DU MÊME AUTEUR

Aux Éditions Gallimard

SOURIRES DE LOUP
L'HOMME À L'AUTOGRAPHE
DE LA BEAUTÉ
CHANGER D'AVIS, *essais*

Du monde entier

ZADIE SMITH

CEUX DU
NORD-OUEST

roman

*Traduit de l'anglais
par Emmanuelle et Philippe Aronson*

GALLIMARD

Titre original :

NW

© *Zadie Smith, 2012.*
© *Éditions Gallimard, 2014, pour la traduction française.*

À Kellas

Quand Adam bêchait et qu'Ève filait,
Où donc était le gentilhomme ?

JOHN BALL

apparition

I

Le soleil généreux s'attarde sur les antennes téléphoniques. La peinture antiadhérente des portails d'écoles et des réverbères devient soufre. À Willesden, les gens marchent pieds nus, les rues prennent un air européen, manger dehors tourne à l'obsession. Elle reste à l'ombre. Elle est rousse. À la radio : je suis le seul auteur du dictionnaire qui me définit. Pas mal, ça – l'écrire au dos d'un magazine. Dans un hamac, dans le jardin entièrement clôturé d'un appartement en sous-sol.

À quatre jardins de là, dans la cité, une fille accablée hurle depuis le troisième étage. De l'anglo-saxon dans le vide. Juliette à son balcon. Sa voix résonne des kilomètres à la ronde. C'est pas ça. Nan, c'est pas ça. Commence pas. Clope à la main. Une main boudinée, rouge comme un homard.

Je suis le seul

Je suis le seul auteur

Le crayon à papier ne laisse pas de marque sur les magazines. Elle a lu quelque part que le papier glacé provoque le cancer. Tout le monde sait qu'il ne devrait pas faire si chaud. Fleurs fripées, pommes petites et acides. Les oiseaux se trompent de chant et d'arbre, gazouillent trop tôt pour la saison. Commence pas, bordel ! Lève les yeux : la bidoche tannée de la fille s'étale sur la balustrade. Pour citer Michel : tout le monde ne peut pas être de la fête. Pas dans ce siècle.

Cruelle pensée. Elle ne partage pas son avis. Dans un couple, on n'est pas toujours d'accord. Soleil jaune haut dans le ciel. Croix bleue sur poteau blanc, limpide, irrévocable. Quoi faire ? Michel est au travail. Il est encore au travail
 Je suis le
le seul
 Les cendres portées par le vent tombent sur la pelouse en contrebas, puis le mégot, puis le paquet. Plus bruyante que les oiseaux, les trains, la circulation. Seul signe de santé mentale : le petit appareil enfoncé dans son oreille. Je lui ai dit, Arrête de faire comme chez toi. Il est où, mon chèque ? Et elle, qui continue de me pomper l'air. Comme chez lui, bordel.
 Je suis le seul. Le seul. Le seul
 Elle ouvre son poing, laisse tomber le crayon. Prend ses aises. Et il faut entendre cette emmerdeuse. Au moins, les yeux fermés, il y a autre chose à voir. Gluantes taches noires. Passeurs qui filent sur l'eau en zigzagant. Zig. Zag. Rivière rouge ? Lac en fusion des enfers ? Le hamac chavire. Les papiers dégringolent par terre. Actualité, immobilier, cinéma, musique se répandent sur l'herbe. Sans parler du sport et des succinctes notices nécrologiques.

2

Ça sonne ! Elle traverse la pelouse pieds nus en vacillant et en se protégeant tant bien que mal du soleil. La porte de derrière donne dans une cuisine exiguë et sombre, au carrelage clair posé par un ancien locataire. Pas seulement quelques coups de sonnette. Un son strident et continu.

À travers le verre cathédrale, un corps, flou. Pas le bon agencement de pixels pour que ce soit Michel. Le plancher du couloir est doré par les reflets du soleil. Ce couloir ne peut mener qu'à de bonnes choses. Pourtant, une femme hurle S'IL VOUS PLAÎT, pleure, et tambourine à coups de poing sur le battant. Alors qu'elle s'apprête à ouvrir, la chaîne de sécurité se tend, et une petite main surgit dans l'entrebâillement.

« S'IL VOUS PLAÎT, oh mon Dieu, aidez-moi, s'il vous plaît, madame, j'habite ici, j'habite juste ici, oh mon Dieu, vous n'avez qu'à vérifier... »

Ongles sales. Agitant une facture de gaz ? De téléphone ? S'engouffrant dans l'ouverture, bien au-delà de la chaîne, s'approchant si près de son visage qu'il lui faut reculer pour voir clairement ce qu'elle lui tend. *37 Ridley Avenue* – une rue à l'angle de la sienne. C'est tout ce qu'elle peut lire. Elle se figure brièvement l'attitude qu'aurait Michel s'il était présent, scrutant la fenêtre de l'enveloppe, vérifiant l'identité de la personne. Michel est au travail. Elle détache la chaîne.

Les genoux de l'inconnue se dérobent, elle tombe en avant, s'écroule. Fille ou femme ? Elles ont le même âge : trente, trente-cinq, dans ces eaux-là. Les sanglots secouent le petit corps de l'inconnue. Elle tire sur ses vêtements et se lamente. Femme suppliant le public de lui être témoin. Femme dans une zone de guerre, debout au milieu des ruines de sa maison.

« Vous êtes blessée ? »

Elle se tient la tête dans les mains. Se cogne dans l'embrasure de la porte.

« Nan, pas moi, ma mère. J'ai besoin d'aide. J'ai frappé à toutes les putains de portes. S'il vous plaît. Shar, je m'appelle Shar. J'suis du quartier. J'habite ici. Vérifiez!

— Entrez. Je vous en prie. Je m'appelle Leah. »

Leah est aussi fidèle à ces quelques trois kilomètres carrés de ville que d'autres le sont à leur famille où à leur pays. Elle sait comment les gens parlent par ici, ce *putain*, dans le coin, ne fait que ponctuer les phrases. Elle prend un air compatissant. Shar ferme les paupières, hoche la tête. Elle articule rapidement des mots inaudibles, se parlant à elle-même. À Leah, elle dit

« Vous êtes si gentille. »

Le thorax de Shar monte et descend, plus lentement à présent. Ses sanglots s'apaisent.

« Je vous jure, merci. Vous êtes si gentille. »

Les petites mains de Shar s'agrippent à celles qui la soutiennent. Shar est minuscule. Sa peau est sèche, parcheminée, couverte de psoriasis sur le front et sur les joues. Leah a l'impression de connaître ce visage. Elle l'a souvent vu dans les rues du quartier. Une particularité des « villages » de Londres : des visages sans nom. Les yeux sont remarquables : iris marron foncé tranchant sur un blanc éclatant. Cela lui donne un air avide, comme si elle dévorait tout ce qu'elle voyait. Les cils sont longs. Un visage de bébé. Leah sourit. Le sourire qu'elle reçoit en retour est machinal, vide. Biscornu et charmant. Seule Leah a été suffisamment aimable pour lui ouvrir sa porte, pour ne pas la lui refermer au nez. Shar répète : vous êtes si gentille, vous êtes si gentille – jusqu'à ce que le plaisir (pour Leah naturellement) qui sous-tend cette phrase s'évanouisse. Leah secoue la tête. Non, non, non, non.

Leah emmène Shar dans la cuisine. Grandes mains sur les épaules étroites de la fille. Leah observe ses fesses qui se soulèvent sous son jogging roulé aux hanches, le petit creux duveteux dans son dos, que la sueur, par cette canicule, accentue. La taille de guêpe s'évase en courbes. Leah n'a pas de hanches. Elle est dégingandée comme un garçon. Shar a peut-être besoin d'argent. Ses vêtements sont crasseux. Derrière son genou droit, le tissu taché est largement déchiré. Ses talons sont noircis dans des tongs qui partent en lambeaux. Elle sent mauvais.

« Crise cardiaque ! Je leur ai demandé, Elle est en train de mourir ? Elle est en train de mourir ? Elle est en train de mourir ? Elle est partie dans l'ambulance, sans qu'on me réponde ! J'ai trois gosses à la maison, je dois aller à l'hôpital. Pourquoi ils parlent de voiture ? J'ai pas de voiture, moi ! Je leur ai dit, *Aidez-moi*... Personne pour lever le putain de petit doigt. »

Leah saisit le poignet de Shar, l'installe sur une chaise à la table de la cuisine et lui tend un rouleau d'essuie-tout. Elle pose à nouveau ses mains sur les épaules de la jeune femme. Leurs fronts sont à quelques centimètres l'un de l'autre.

« Je comprends. Tout va bien. De quel hôpital s'agit-il ?

— C'est genre... je l'ai pas écrit... Dans le Middlesex, ou... en tout cas, c'est loin. J'sais pas exactement. »

Leah serre les mains de Shar.

« Écoutez, je n'ai pas le permis... mais... »

Elle jette un œil à sa montre. Cinq heures moins dix.

« Si vous attendez, disons vingt minutes ? Si je l'appelle maintenant, il peut... ou peut-être un taxi... »

Shar dégage doucement ses mains. Se frotte les yeux avec ses poings fermés en soupirant profondément : la panique est derrière elle.

« Faut que j'aille là-bas... pas de numéros... rien... pas d'argent... »

Shar mordille son pouce droit et s'arrache une peau. Une tache de sang apparaît. Leah saisit à nouveau son poignet. L'oblige à retirer ses doigts de sa bouche.

« Et si c'était *le* Middlesex ? L'hôpital, pas le comté. Du côté d'Acton. »

Le visage de la fille devient rêveur, impossible. Branque, comme on dit. Possible qu'elle soit branque.

« Ouais... p't-êt'... ouais, non, ouais c'est ça. Le Middlesex. C'est ça. »

Leah se redresse, sort un téléphone de sa poche arrière et compose un numéro.

« JE REPASSERAI DEMAIN. »

Leah fait oui de la tête, et Shar poursuit sans se soucier de l'appel en cours.

« JE VOUS REMBOURSERAI. J'AI MON CHÈQUE DEMAIN, HEIN ? »

Leah colle le téléphone à son oreille, sourit et acquiesce, donne son adresse. Elle mime une tasse de thé. Mais Shar contemple les fleurs du pommier. Elle essuie les larmes sur son visage avec son tee-shirt miteux. Son nombril est un nœud serré et plat posé sur son ventre, tel un bouton cousu sur un divan. Leah récite son numéro de téléphone.

« Fait. »

Elle s'approche du buffet, s'empare de la bouilloire d'une main, manque de la faire tomber, pensant qu'elle était vide. Renverse un peu d'eau. La repose sur son socle et reste où elle est, dos à son interlocutrice. Il n'y a pas vraiment d'endroit désigné pour s'asseoir ou se tenir debout. Devant elle, sur le long rebord de fenêtre qui court le long du mur, certains objets de sa vie : photos, bibelots, une partie des cendres de son père, vases, plantes, herbes. Dans le carreau, elle voit Shar attraper ses chevilles et remonter ses petits pieds sur sa chaise. Dans l'urgence elles étaient moins mal à l'aise, plus naturelles l'une avec l'autre. Ce n'est pas le pays pour offrir du thé à une inconnue. Elles se sourient mutuellement dans le reflet. Il y a de la bienveillance. Rien à dire.

« Je vais prendre des tasses. »

Leah énonce tout ce qu'elle fait. Elle ouvre le placard. Il déborde de tasses ; des tasses et des tasses et des tasses.

« Joli chez vous. »

Leah se retourne trop vite. Ses mains font des gestes inutiles.

« On n'est pas propriétaires... On loue... Juste cette partie... Il y a deux autres appartements à l'étage. On partage le jardin. C'est des logements sociaux, donc... »

Leah prend des sachets de thé tandis que Shar observe ce qui l'entoure. Lèvre inférieure en avant, hochant lentement la tête. Approbatrice, tel un agent immobilier. Puis son regard tombe sur Leah. Que voit-elle ? Chemise à carreaux en flanelle froissée, short en jean effiloché, jambes parsemées de taches de rousseur, pieds nus : quelqu'un d'absurde, peut-être, une glandeuse, une rentière. Leah croise les bras sous sa poitrine.

« Pas mal pour un logement social. Y a plein de chambres, et tout ? »

La lèvre pend toujours. Cela altère un peu son élocution. Quelque chose cloche sur le visage de Shar, remarque Leah, gênée, et elle détourne le regard.

« Deux. La deuxième est aussi grande qu'un placard. On l'utilise un peu comme... »

Mais Shar est absorbée par tout autre chose ; plus lente que Leah, elle finit toutefois par trouver ce qu'elle cherchait, et revient dans l'instant. Elle braque son doigt vers le visage de Leah.

« Attends : t'étais pas à *Brayton* ? »

Elle se trémousse sur sa chaise. Euphorique ? Peu probable.

« Je te jure, quand t'étais au téléphone je me disais : mais je la connais. T'étais à Brayton ! »

Leah hisse son derrière sur le plan de travail et se lance dans les dates. Shar se soucie peu de chronologie. Elle veut savoir si Leah se souvient du jour où le bâtiment de sciences a été inondé, de la fois où Jake Fowler s'est fait mettre la tête dans un étau. Grâce à ces événements, au même titre que les voyages sur la Lune ou la mort de présidents, elles se repèrent dans le temps.

« T'avais deux ans d'avance sur moi, pas vrai ? C'est quoi ton nom, déjà ? »

Leah se débat avec le couvercle rigide d'une boîte de biscuits.

« Leah. Hanwell.

— Leah. T'étais à Brayton. T'as encore des contacts ? »

Leah énumère une liste de noms et les biographies concises qui vont avec. Les doigts de Shar tambourinent sur la table.

« T'es mariée depuis longtemps ?

— Trop longtemps.

— Tu veux que j'appelle quelqu'un ? Ton mari ?

— Nan... nan... Il est retourné au pays. J'l'ai pas vu depuis deux ans. Il était violent. Il me frappait. Il avait des problèmes. Des tas de problèmes, dans sa tête et tout. Y m'a cassé le bras, la clavicule, un genou, y m'a carrément refait la face. À vrai dire... »

La suite – sorte d'aparté murmuré, entrecoupé d'un petit rire saccadé – est incompréhensible.

« Y m'violait et tout... c'était chelou. Bref. »

Shar quitte sa chaise et se dirige vers la porte du jardin. Elle observe la pelouse jaunie et desséchée.

« Je suis vraiment désolée.

— C'est pas ta faute ! C'est comme ça. »

La sensation de se sentir absurde. Leah enfonce ses mains dans ses poches. L'interrupteur de la bouilloire saute.

« En vérité, Leah, ce serait faux si je disais que ça a été facile. Ça a été *difficile*. Mais. Je m'en suis tirée, tu vois ? J'suis en vie. Avec trois gosses ! Le plus jeune a sept ans. Donc, y a eu du bon là-dedans, tu vois ce que je veux dire ? »

Leah acquiesce d'un signe de tête en direction de la bouilloire.

« T'as des mômes ?

— Non. J'ai une chienne, Olive. Elle est chez ma copine Nat en ce moment. Natalie Blake, tu te souviens ? En fait, au lycée elle s'appelait Keisha. C'est Natalie De Angelis à présent. Elle était dans ma classe. Elle avait un énorme afro genre… »

Leah dessine d'un geste un champignon atomique derrière sa propre tête. Shar grimace.

« Ouais. Pleine d'elle-même. Une Bounty. Elle s'prenait pour le centre du monde. »

Un froid mépris envahit le visage de Shar. Leah s'y engouffre.

« Elle a des gamins. Elle habite pas loin, dans le coin chic autour du parc. Elle est juriste maintenant. Ou avocate. C'est quoi la différence ? Peut-être qu'il n'y en a pas. Ils ont deux gamins. Les gamins adorent Olive, c'est le nom de la chienne. »

Les phrases sortent de sa bouche les unes après les autres, sans discontinuer.

« J'suis enceinte, en fait. »

Shar s'appuie contre le carreau de la porte. Ferme un œil, fixant de l'autre le ventre de Leah.

« Oh, c'est tôt. Très tôt. En fait, je ne le sais que depuis ce matin. »

En fait en fait en fait. Shar demeure imperturbable devant cette révélation.

«Garçon?
— Non, enfin... j'en suis pas encore là.»
Leah rougit. Elle n'avait pas eu l'intention de parler de cette chose fragile, inachevée.
«Il est au courant, ton homme?
— J'ai fait le test ce matin. Et puis tu es arrivée.
— Prie pour avoir une fille. Les garçons, c'est l'enfer.»
Le regard de Shar s'assombrit. Elle a un sourire maléfique. Autour de ses dents, ses gencives sont noires. Elle revient vers Leah et pose ses mains à plat sur son ventre.
«Laisse-moi sentir. Je peux voir des choses. Même si c'est très tôt. Approche. J'vais pas te faire de mal. C'est comme un don. Ma mère était pareille. Approche.»
Elle attire Leah à elle. Cette dernière se laisse faire. Shar replace ses mains là où elles étaient.
«Ce sera une fille, c'est sûr. Scorpion en plus, t'es pas sortie de l'auberge. Une coureuse.»
Leah rit. Elle sent la chaleur s'intensifier sur son ventre en sueur, sous la pression des mains moites de la fille.
«Une athlète?
— Nan, plutôt genre qui se fait la malle. Faudra pas la quitter des yeux, à aucun moment.»
Shar laisse retomber ses mains; l'ennui gagne à nouveau son visage. Elle se met à parler de tout et n'importe quoi. Sans distinction. Leah ou le thé ou le viol ou la chambre ou la crise cardiaque ou le lycée ou qui a eu un bébé.
«Ah, ce bahut... c'était nul mais les gens qui y ont été... y en a pas mal qui s'sont bien démerdés, non? Comme Calvin : tu te souviens de Calvin?»
Leah verse de l'eau, opinant énergiquement du chef. Elle ne se souvient pas de Calvin.
«Il s'occupe d'une salle de sport sur Finchley Road.»
Leah tourne sa cuillère dans sa tasse. Elle ne prend jamais de thé, surtout par un temps pareil. Elle a pressé trop fort le sachet. Les feuilles se libèrent et se répandent.

« Il est pas gérant : ça lui *appartient*. Je passe devant parfois. J'aurais jamais cru que le petit Calvin s'en sortirait si bien. Il traînait tout le temps avec Jermaine et Louie et Michael. Ils arrêtaient pas les conneries… J'en vois plus aucun. Pas besoin de ce genre de cirque. J'croise encore Nathan Bogle. Et avant, j'croisais aussi Tommy et James Haven, mais je les vois plus depuis un bail. »

Shar continue de parler. La cuisine tangue et Leah pose une main sur le buffet pour maintenir son équilibre.

« Pardon, quoi ? »

Shar grimace, elle articule en gardant sa clope allumée à la bouche.

« J'ai dit, tu me passes mon thé ? »

Elles ont l'air de deux vieilles amies tenant leur tasse dans leurs mains par une nuit d'hiver. La porte est ouverte, toutes les fenêtres aussi. L'air est lourd. Leah soulève sa chemise d'une main, la décolle de sa peau. Une bouche d'aération s'ouvre, un souffle s'y engouffre. La sueur concentrée sous chaque sein laisse d'infâmes auréoles sur le coton.

« Avant, je connaissais… Enfin… »

Leah poursuit avec cette fausse hésitation en fixant intensément sa tasse, mais Shar ne semble pas intéressée ; elle frappe au carreau de la porte, parle en même temps que Leah.

« Ouais, t'étais pas pareille au lycée, ça c'est sûr. T'es mieux maintenant, non ? T'étais rouquine et squelettique. Toute démantibulée. »

Leah correspond toujours à cette description. Ce sont les autres qui ont dû changer, ou l'époque elle-même.

« Mais tu t'es bien démerdée. Comment ça se fait que t'es pas au boulot ? C'est quoi ton taf, déjà ? »

Shar acquiesce avant même que Leah ne commence à parler.

« J'ai appelé pour dire que j'étais malade. Je ne me sentais pas bien. Je travaille dans l'administration, on peut dire.

Pour une bonne cause. On distribue de l'argent. De la loterie nationale, aux œuvres caritatives, aux petites associations locales à but non lucratif, qui ont besoin de... »

Elles ne s'écoutent ni l'une ni l'autre. La fille dans la cité hurle toujours sur son balcon. Shar secoue la tête et siffle. Elle lance à Leah un regard de voisine compatissante.

« Grosse conne abrutie. »

En parlant de la fille, Leah dessine du doigt le mouvement d'un cavalier sur un échiquier. Deux étages au-dessus, et une fenêtre de côté.

« Je suis née juste là. »

De là-bas à ici, un voyage plus long qu'il n'y paraît. L'espace d'un instant, ce détail personnel retient l'attention de Shar. Puis elle regarde ailleurs, laissant tomber la cendre de sa cigarette sur le sol de la cuisine, bien que la porte soit ouverte et la pelouse à quelques centimètres d'elle. Elle n'est pas très futée, peut-être, ou elle est godiche ; ou traumatisée, voire distraite.

« Tu t'es bien démerdée. T'as une bonne vie. Et sûrement plein de potes avec qui tu sors le vendredi en boîte et tout.

— Pas vraiment. »

Shar exhale une bouffée de fumée et émet une sorte de gémissement plaintif en hochant la tête encore et encore.

« Y sont tous snobs dans cette rue. T'es la seule à m'avoir laissée entrer. Les autres te pisseraient pas dessus si t'étais en feu.

— Il faut que je monte deux secondes. Prendre des sous pour le taxi. »

Leah a de l'argent dans la poche. À l'étage, elle fonce dans la pièce la plus proche, les toilettes, ferme la porte, s'assied par terre et pleure. D'un coup de pied elle fait tomber le rouleau de papier, puis le traîne vers elle. La sonnette retentit.

« ÇA SONNE ! ÇA SONNE ! J'OUVRE ? »

Leah se lève, s'efforce d'effacer les rougeurs en se passant de l'eau sur le visage au-dessus du lavabo minuscule. Elle trouve Shar dans le couloir devant une étagère pleine de livres de fac, parcourant du doigt le dos des couvertures.

« T'as lu tout ça ?

— Non, pas vraiment. J'ai plus le temps maintenant. »

Leah prend la clé sur l'étagère du milieu et ouvre la porte d'entrée.

Tout est absurde. Le chauffeur qui se tient près du portillon fait un geste qu'elle ne comprend pas, tend la main vers l'autre bout de la rue et tourne les talons. Shar suit le mouvement. Leah aussi. Une docilité inédite la gagne.

« T'as besoin de combien ? »

Une ombre de pitié passe sur le visage de Shar.

« Vingt ? Trente… c'est plus sûr. »

Elle fume sans ses mains, laissant s'échapper la fumée par un coin de la bouche.

Foisonnement frénétique de fleurs de cerisier. Dans un couloir aux parois roses Michel apparaît, remontant la rue sur l'autre trottoir. Trop chaud : son visage est en nage. La petite serviette qu'il garde pour les jours comme celui-ci dépasse de son sac. Leah lève un doigt en l'air, le priant de rester là où il est. Elle désigne Shar, même si cette dernière est dissimulée par la voiture. Michel est myope ; il cligne des yeux dans leur direction, s'immobilise, sourit nerveusement, enlève sa veste et la jette par-dessus son épaule. Leah l'observe tandis qu'il agite son tee-shirt, tâchant de se débarrasser des vestiges de sa journée : nombreux cheveux minuscules, mèches d'inconnus, blondes ou brunes.

« C'est qui ?

— Michel, mon mari.

— Il a un nom de fille ?

— C'est français.

— Plutôt mignon… ça fera de beaux bébés ! »

Shar fait un clin d'œil : contraction grotesque d'un côté de son visage.

Elle jette sa cigarette et s'engouffre dans la voiture, laissant la porte ouverte. L'argent reste dans la main de Leah.

« Il est du coin, non ? Je crois que je l'ai déjà vu.

— Il travaille chez le coiffeur près de la gare. Il vient de Marseille… il est français. Il vit ici depuis des lustres.

— Oui, mais il est africain.

— D'origine. Écoute, tu veux que je vienne avec toi ? »

Shar demeure silencieuse pendant un moment. Puis elle sort de la voiture et saisit le visage de Leah à deux mains.

« T'es vraiment quelqu'un de bien. C'était écrit que je frappe à ta porte. Franchement ! T'es une belle personne. T'as une belle âme. »

Leah serre énergiquement la petite main de Shar et se laisse embrasser. La bouche de Shar reste ouverte contre la joue de Leah tandis qu'elle prononce *mer*, et se referme sur *ci*. Leah réplique avec une formule qu'elle n'a jamais prononcée de sa vie : Que Dieu te garde. Elles se séparent : Shar recule avec maladresse et se retourne vers la voiture ; elle est déjà partie. Leah fourre l'argent dans la main de Shar avec défi. Mais déjà la bravoure de ce geste menace de tomber dans le banal ou l'anecdotique. Seulement trente livres. Seulement une mère malade, pas de meurtre ni de viol. On anéantit une histoire en la racontant.

« C'est un temps de ouf. »

Shar essuie la sueur sur son visage avec son écharpe en évitant Leah du regard.

« Je repasse demain. Pour te rembourser. J'te le jure devant Dieu. Merci, carrément. Tu m'as sauvée la peau aujourd'hui. »

Leah hausse les épaules.

« Nan, crois-moi, je te jure… Compte sur moi, franchement.

— J'espère qu'elle s'en sortira, ta mère.

— À demain, d'accord ? Merci ! »

La portière se referme. La voiture démarre.

3

C'est évident pour tout le monde sauf pour Leah. Pour sa mère aussi c'est évident.
« Comment as-tu pu être aussi naïve ?
— Elle avait l'air aux abois. Elle l'était.
— J'étais aux abois quand on habitait Grafton Street et quand on habitait Buckley Road. On était tous aux abois. On ne volait pas les gens pour autant. »
Immuable nuée de soupirs. Leah se la figure sans peine : frémissement de frange blanche, oscillation de poitrine fleurie. Sa mère est devenue une chouette irlandaise au plumage épais. Nichée à vie à Willesden.
« Trente livres ! Trente livres pour aller en taxi à l'hôpital Middlesex. Même pour aller à Heathrow c'est moins cher. Si tu veux jeter de l'argent par les fenêtres, t'as qu'à en lancer dans ma direction.
— Elle va peut-être revenir.
— Jésus lui-même sera de retour avant elle ! J'en ai vu deux dans le quartier ce week-end. Ils descendaient la rue en sonnant aux portes. Je les ai reconnus tout de suite. Le crack. Quelle saloperie ! J'en vois tous les jours par ici, près du métro. Jenny Fowler qui vit au coin de la rue a ouvert sa porte une fois. Elle m'a dit que la fille planait comme un cerf-volant. Trente livres ! Ça, tu le tiens de ton père. Si tu me ressemblais un tant soit peu, tu ne tomberais

jamais dans un truc aussi stupide. Qu'est-ce qu'il en dit, ton Michael ? »

Plus facile en fin de compte d'autoriser *Michael* plutôt que de l'entendre prononcer exagérément *Michel* à la française, comme si elle avait un goût douteux dans la bouche.

« Il dit que je suis bête.

— Bah, c'est le moins qu'on puisse dire. C'est pas aux gens comme *lui* qu'on la fait. »

Ils sont tous nigérians, tous – même s'ils sont français, ou algériens, ils sont nigérians ; pour Pauline l'Afrique tout entière se résume au Nigeria, et les Nigérians sont rusés, puisqu'ils possèdent aujourd'hui à Kilburn ce qui appartenait autrefois aux Irlandais, et que cinq des infirmières de son équipe sont nigérianes tandis qu'avant elles étaient irlandaises – ou du moins Pauline a décrété qu'elles étaient nigérianes, et elles sont parfaitement fiables tant qu'on les a à l'œil à chaque instant. Leah presse vigoureusement l'ongle de son pouce sur son alliance.

« Il veut aller là-bas.

— Et pourquoi pas ? Tu t'es fait rouler dans ta propre maison par une manouche, non ? »

Elle mettait tout à sa sauce.

« Non. C'était une fille d'Asie du Sud.

— D'Inde, tu veux dire.

— Quelque part par là. Seconde génération. Anglaise, à l'entendre.

— Je vois.

— Elle était dans mon lycée ! Et elle est venue pleurer à ma porte ! »

Nouvelle immuable nuée.

« Des fois je me dis que c'est parce que tu n'as pas eu de frères et sœurs. Si on avait eu d'autres enfants, tu aurais pu te faire une vraie idée des gens. »

Peu importe ce que Leah raconte, Pauline revient toujours sur ce point. Elle reprend toute l'histoire depuis le début :

de Dublin à Kilburn, elle était l'une des seules huguenotes à avoir fait le voyage, quand presque tout le monde à l'époque était de l'autre bord. Destinée à porter la blouse blanche, comme les autres filles. Elle flirtait avec les frères O'Rourke – les maçons –, mais elle espérait mieux : rousse, gracieuse comme elle l'était, et déjà sage-femme. Elle a attendu, trop longtemps. Et fini par faire son nid au crépuscule avec un veuf tranquille, un Anglais qui ne buvait pas. Les O'Rourke, eux, ont fait fortune finalement dans les matériaux de construction, au point de posséder la moitié de Kilburn High Road. Pour ça, elle aurait bien accepté d'avoir un mari qui picolait un peu. Dieu merci, elle avait repris ses études (radiologie). Sinon, que serait-elle devenue ? Cette histoire, qu'elle racontait naguère de temps à autre, s'impose désormais dans chaque coup de téléphone, y compris celui-ci, qui n'a absolument rien à voir avec Pauline. Le temps se resserre pour la mère, elle n'a plus qu'un petit bout de chemin à faire. Elle veut réduire le passé en une chose suffisamment petite pour pouvoir l'emporter avec elle. C'est à sa fille de l'écouter. Ce qu'elle fait très mal.

« On était trop vieux ? Tu te sentais seule ?

— Maman, s'il te plaît.

— Tout ce que je veux dire, c'est que tu aurais pu avoir plus d'outils pour mieux comprendre la nature humaine. Et d'ailleurs, des nouvelles ? À ce sujet ?

— Quel sujet ?

— Tu vas me faire grand-mère ? Oublie pas l'horloge biologique.

— Elle tourne toujours.

— Bon. T'en fais pas pour ça, ma chérie. Ça viendra quand ça viendra. Michael est là ? Je peux lui parler ? »

Entre Pauline et Michel méfiance et incompréhension règnent, sauf dans des situations bénies comme celle-ci, rares auparavant, mais à présent plus fréquentes, où Leah s'est montrée stupide, poussant des ennemis-nés à faire alliance. Pauline déchaînée, rouge et grossière. Michel tapant dans son petit pactole d'expressions courantes chèrement acquises, trésor de tout immigré : *en fin de compte, tu vois ce que je veux dire, et pour couronner le tout, et je lui fais, et j'étais genre, elle est bonne, celle-là, il faudra que je m'en souvienne.*

« Incroyable. J'aurais aimé être là, Pauline, je te jure. J'aurais aimé être là. »

Pour éviter d'avoir à entendre cette conversation, Leah sort dans le jardin. Ned qui vit à l'étage est dans le hamac de Leah ; c'est un hamac collectif, donc pas le sien à proprement parler. Ned fume de l'herbe sous le pommier. Sa chevelure de lion, grisonnante à présent, est attachée avec un ignoble élastique. Un vieux Leica repose sur son ventre, attendant que le soleil se couche sur le nord-ouest de Londres, car les couchers de soleil dans cette partie du monde sont étrangement saisissants. Leah s'approche de leur arbre et fait le V de la victoire.

« T'as qu'à t'en acheter.
— J'ai arrêté.
— Manifestement. »

Ned glisse le joint entre ses doigts écartés. Elle tire vivement dessus ; cela lui brûle la gorge.

« Va doucement. C'est de l'afghane. Qui déchire.
— Je suis une grande fille.
— Dix-huit heures vingt-trois aujourd'hui. Ça prend de plus en plus de temps.
— Jusqu'à ce que ça en prenne de moins en moins.
— Waouh. »

Ned trouve profond presque tout ce que Leah dit, même les choses les plus factuelles ou banales. Un vrai fumeur : le temps se fige autour de lui. Plus c'est simple, plus c'est chargé de sens. Leah a l'impression qu'il a vingt-huit ans depuis qu'ils se sont rencontrés, dix ans plus tôt.

« Au fait, elle est revenue, la fille ?

— Non. »

La réponse contrarie la nature optimiste de Ned. Leah l'observe en train de chercher sans succès une histoire adéquate.

« Juste à l'heure. Super beau. »

Leah lève les yeux. Le ciel est devenu rose. Traînées blanches des avions volant vers Heathrow. Dans la cuisine, Michel s'amuse.

« Elle est bonne celle-là. Il faudra que je m'en souvienne. Jésus lui-même ! »

4

Le jeune sikh s'ennuie. La sueur coule sous son turban. Ses yeux sont baissés vers le comptoir de son père, où une poignée de pièces de monnaie s'efforce d'atteindre la somme nécessaire pour acheter un paquet de dix Rothmans. Un ventilateur bon marché ronronne inutilement. Leah s'ennuie aussi. Elle regarde Michel tâter des pâtisseries qui ne le satisferont jamais, qui ne seront jamais aussi bonnes qu'en France. C'est parce qu'elles sont faites dans l'arrière-boutique d'une confiserie à deux pas de Willesden Lane. On peut acheter de vrais croissants au marché bio le dimanche dans la cour de l'ancienne école de Leah. Aujourd'hui, c'est mardi. Les nouveaux voisins de Leah lui ont appris que Quinton Primary est un bon endroit pour acheter un croissant, mais pas pour y scolariser son enfant. Olive aspire les miettes sur le sol du magasin. Olive est un peu française, comme Michel. Son grand-père était un champion à Paris. Contrairement à Michel, elle n'est pas difficile en matière de croissants. Orange et blanche, avec des oreilles soyeuses. Ridicule, vénérée.

« et voir un vrai médecin. Une clinique. On n'arrête pas d'essayer. Et *rien*. Tu vas avoir trente-cinq ans cette année. »

Le tout avec son accent français. À une époque ils avaient le même âge. Maintenant Leah vieillit aussi vite qu'un chien. Ses trente-cinq ans à elle valent sept fois ses trente-cinq ans à lui, et sont sept fois plus importants – au point qu'il ne peut s'empêcher de lui rappeler le chiffre, au cas où elle oublierait.

« On ne peut pas se payer une clinique. Quelle clinique ? »

La petite silhouette au comptoir se tourne. Elle sourit tout d'abord à Leah – parce qu'elle la reconnaît sur le coup et éprouve de la joie –, puis l'instant suivant elle se souvient, se mord la lèvre et se saisit de la poignée de porte, faisant retentir la petite sonnette.

« C'est elle. C'était elle. Qui achetait des clopes. »

Leah voudrait s'en tenir là. Shar n'a pas de chance. Elles n'en ont ni l'une ni l'autre. Une femme corpulente plus âgée entre au moment où Shar tente de sortir. Elles se livrent à la maladroite danse du céder le passage. Michel est rapide, audacieux, inarrêtable.

« Voleuse ! Espèce de voleuse ! Où est notre argent ? »

Leah s'empare du doigt pointé sur Shar et le baisse vers le sol. Chacune de ses taches de rousseur s'embrase, et une rougeur lui monte dans le cou, inonde son visage. Shar cesse son ballet. Dégage de son chemin la brave dame d'un coup d'épaule. Se fait la malle.

5

Leah croit à l'objectivité dans le couple :
Voici un homme et une femme allongés. L'homme est plus beau que cette dernière. Et, pour cette raison, la femme a parfois craint d'aimer l'homme plus qu'il ne l'aimait, elle. Quant à lui, il a toujours rejeté cette idée. Il ne peut pas nier qu'il soit plus beau. C'est plus facile pour lui d'être beau. Sa peau est très sombre ; elle vieillit plus lentement. Son visage a des traits ouest-africains bien dessinés. Voici un homme allongé en travers d'un lit, nu. Brigitte Bardot dans *Le Mépris* est étendue sur un lit, nue. Si seulement l'homme était comme Brigitte Bardot, qui n'a jamais eu d'enfants, préférant les animaux. Cela dit, elle est devenue radicale sur d'autres sujets. La femme tente de parler à l'homme qui est son mari de la fille aux abois qui s'est présentée à sa porte. Que cela signifie-t-il de dire que cette fille a menti ? Est-ce un mensonge d'affirmer qu'elle était aux abois ? Elle l'était suffisamment pour sonner à la porte. Le mari ne comprend pas pourquoi la femme se soucie de cette fille. Naturellement, il lui manque une information essentielle. Impossible pour lui de suivre l'obscure logique féminine. Il ne peut qu'essayer d'écouter tandis qu'elle s'exprime. Je veux juste savoir si j'ai fait ce qu'il fallait, poursuit la femme, je n'arrive pas à savoir si je
Mais à ce moment l'homme l'interrompt pour déclarer

«la prise pour le truc de ton côté, elle est toujours là? La mienne a disparu. Mais il n'y a rien à faire. Rien de neuf sous le soleil. Une fumeuse de crack. Une voleuse. On s'en fout. Viens ici, et »

Lorsqu'ils se sont rencontrés, l'attirance fut immédiate et irrésistible entre eux. C'est toujours le cas. Parce que cette attirance est inhabituelle et violente, la chronologie de leur histoire est particulière. Le physique est toujours passé d'abord.

Avant de lui adresser la parole il lui avait déjà lavé les cheveux, à deux reprises.

Ils ont couché ensemble avant de connaître leurs noms de famille respectifs.

Il l'a sodomisée avant de pénétrer son vagin.

Ils ont eu plusieurs douzaines de partenaires avant de se marier.

Flirts de boîte de nuit. Aventures à Ibiza. Les années quatre-vingt-dix, extatique décennie! Ils se sont mariés même s'ils n'en avaient pas besoin, et même s'ils avaient tous deux juré de ne jamais le faire. Il est difficile de savoir – dans ce jeu de chaises musicales – pourquoi leur choix s'est finalement arrêté l'un sur l'autre. La gentillesse en tant que qualité avait quelque chose à voir là-dedans. On trouvait de tout sur ces pistes de danse, mais la gentillesse se faisait rare. Son mari était l'homme le plus gentil que Leah Hanwell ait jamais connu, à l'exception de son père. Puis, naturellement, ils ont été surpris par leur propre conformisme. Le mariage a ravi Pauline. Il a apaisé l'anxiété de la famille de Michel. Ils étaient heureux de faire plaisir à leur entourage. Au-delà de cela, les mots « mari » et « femme » avaient un pouvoir qu'aucun des deux n'aurait soupçonné. Même si cela relevait du vaudou, ils se soumettaient volontiers à cette force occulte. Ainsi ils cessèrent de s'adonner aux chaises musicales sans avoir à admettre qu'ils en avaient assez.

Les choses évoluèrent rapidement.

Elle se retrouva enceinte avant leur mariage, ils se connaissaient depuis deux mois. Ils mirent un terme à cette grossesse.

Ils se marièrent avant d'être amis, ou pour le dire autrement :

Le mariage leur permit de devenir amis.

Ils se marièrent avant de remarquer les petites différences dans leur passé, leurs aspirations, leur éducation, leurs ambitions. Par exemple, l'ambition des pauvres de la ville est différente de celle des pauvres de la campagne.

Leah fut quelque peu déçue de constater que ces disparités n'étaient pas cause de véritable conflit entre eux. Il était difficile d'admettre que le plaisir que son corps éprouvait au contact de celui de son mari, et vice versa, effaçait si facilement les nombreux reproches qu'elle avait, ou aurait dû avoir, ou pensait qu'elle aurait dû avoir.

« Sa mère est peut-être morte. Elle est peut-être en train de s'occuper de l'enterrement et tout ça, et elle a juste oublié. Elle a peut-être glissé une enveloppe sous la porte qui s'est mélangée avec la publicité, et Ned a tout jeté. Ou peut-être qu'elle n'arrive tout simplement pas à mettre la main sur une somme pareille en ce moment.

— Oui, Leah.

— Ne me parle pas comme ça.

— Qu'est-ce que tu veux que je te dise ? Le monde est pourri.

— Pourquoi on essaie d'avoir un enfant alors ? »

Pour être vraiment objective, c'est la faute de la femme s'ils n'abordaient jamais ce sujet. Pour une raison ou pour une autre, elle n'avait jamais pensé que toutes ces merveilleuses parties de jambes en l'air menaient droit à une conclusion évidente. Et c'est précisément cette conclusion qui l'effraie. Sois objective ! En quoi consiste cette peur ? Elle a quelque chose à voir avec la mort et le temps qui passe. Pour parler simplement : j'ai dix-huit ans dans ma tête j'ai dix-huit ans et je ne fais rien si je reste immobile rien ne changera j'aurai toujours dix-huit ans. À jamais. Le temps s'arrêtera. Je ne mourrai jamais. Très banale, cette peur. Tout le monde en souffre, ces temps-ci. Quoi d'autre ? Elle se sent plutôt heureuse dans l'instant qu'elle partage avec son mari. Elle a le sentiment qu'elle mérite ce qu'elle a, ni plus ni moins. Tout changement risquerait de bousculer irrémédiablement cet équilibre. Pourquoi le moment doit-il se transformer ? Parfois le mari de la femme coupe en deux un poivron rouge, met les graines à part dans un bol, lui passe une courgette à éplucher et dit :

Chien.

Voiture.

Appartement.

Cuisiner ensemble, comme ça.

Il y a sept ans, tu étais au chômage. Et je lavais les cheveux.

Les choses changent ! On avance, tu ne trouves pas ?

Vers quoi, la femme l'ignore. Elle ne savait pas qu'ils étaient en route, ni dans quelle direction soufflait le vent. Elle n'a aucune envie d'arriver. En vérité elle croyait qu'ils resteraient pour toujours nus dans ces draps et qu'ils ne connaîtraient jamais rien d'autre que la satisfaction. Pourquoi l'amour doit-il « avancer » ? Pour aller où ? Personne ne peut dire qu'elle n'a pas été prévenue. Personne ne peut l'affirmer. Une femme de trente-cinq ans mariée à un homme qu'elle aime sait sans aucun doute à quoi s'en tenir, elle devrait faire attention, écouter, et ne pas être surprise lorsque son mari lui déclare

« de jours où la femme est fertile ? Seulement trois, je crois. Donc ça ne suffit pas de se dire, "Oh, ça viendra quand ça viendra." On n'est pas si jeunes. Il faut qu'on soit un peu plus, comment dire, militaires avec ça, genre organisés. »

Objectivement parlant, il a raison.

6

We are the village green preservation society. God save little shops, china cups and virginity! Samedi matin. LES KINKS TOUTE LA JOURNÉE. Le samedi matin Michel aide les hommes et femmes du Nord-Ouest à se préparer pour le soir, à avoir l'air frais et dispos, et là dans le salon de coiffure il se lâche et met à fond son sentimental R & B, son oh bébé, oh poupée jusqu'à six heures du mat' jusqu'à l'aube. Le samedi matin elle est libre! S'agiter en bas de pyjama, chanter faux. Ned est dans le jardin. Ned approuve la musique bruyante d'origine blanche. Il chante en même temps. *Well I tried to settle down in Fulham Broadway. And I tried to make my home in Golders Green.* Dans ce laisser-aller de fin de semaine il y a quelque chose d'exalté et de mélancolique : le compte à rebours intérieur qui mène à la semaine de travail suivante a déjà commencé. Elle danse devant le miroir, le nez collé à son reflet. L'être en chair et en os sourit et chante. Entre-temps ce que lui renvoie le miroir l'horrifie : des ombres grises au sommet de sa tête, des poches autour des yeux, un ventre mou. Elle danse comme une gamine. Elle n'est plus une gamine. Où a fui le temps? Ce n'est que lorsque Olive se met à aboyer comme une folle qu'elle comprend que la sonnette a retenti.

« Ma mère a eu une crise... une crise cardiaque. Vous n'auriez pas cinq... livres? »

Les cheveux de la fille sont lissés au fer. Elle est soit grosse soit enceinte. Elle fixe le sol d'un air absent, perplexe devant Olive qui s'agite frénétiquement entre ses jambes. Elle lève les yeux vers Leah et rit. HA ! Trop défoncée pour se souvenir de ce qu'elle est censée dire. Elle fait maladroitement demi-tour, danseuse exécutant un mouvement à contretemps. Retourne vers la rue, titubant et riant.

7

                                  Pommier, pommier.
Le truc avec des pommes dessus. Fleur de pommier.
Tellement symbolique. Entrelacs de branches, de racines. S'enfonçant dans
                                                                                                   le sol.
              Le plus chargé, celui qui donne le plus de fruits.
                      Plus il y a de vers. Plus il y a de rats.
Pommier, pommier. Pomme. Arbre. On avance. Mais où ? Tic, tac.
Trois appartements. Un pommier. Propriétaires, locataires. En pleine flo-
                                                                                                 raison.
À la cime de l'arbre. Quand la branche cassera, le berceau
        Les cendres d'un homme mort. Autour des racines, *dans* les racines ?
                            Pommier centenaire.
Posé sur ses lauriers. Sous un   pommier. Avoir un petit *garçon* ?
Nouvelles branches. Nouvelles fleurs.   Nouvelles pommes. Même arbre ?
                Est née et a grandi ici. Mêmes rues.
                     Même fille ? Étape suivante.
                         Pommierpomme
                            Tronc, écorce.
                            Alice, rêvant.
                              Ève, mangeant.
        Sous lequel des filles bien font des erreurs.

Michel est un homme bon, plein d'espoir. L'espoir, parfois, est exténuant.

«ce que j'ai toujours cru. Écoute : tu sais ce que c'est la différence au fond entre ces gens-là et moi ? Ils ne veulent pas avancer, ils ne cherchent pas à obtenir mieux que ce qu'ils ont entre les mains. Moi je vais toujours de l'avant, je pense à après. Chez moi, les gens ne me comprennent pas du tout. J'ai fait trop de chemin pour eux. Donc quand ils essaient de me contacter, je ne me laisse pas faire – je ne veux pas de ce cirque dans ma vie. Pas question ! J'ai travaillé trop dur. J'aime trop notre existence, je t'aime trop. On est ce qu'on fait. C'est comme ça. Je m'interroge constamment : est-ce bien moi ? Ce que je suis en train de faire ? Est-ce que c'est vraiment moi ? Si je reste assis à me tourner les pouces, je sais que ça ne m'apportera rien. Depuis que j'ai mis le pied dans ce pays j'essaie d'avoir la tête sur les épaules ; c'était très clair pour moi dès le début : j'allais grimper l'échelle, me hisser au moins d'un barreau. En France, tu es africain, tu es algérien, peu importe ! Il n'y a aucune opportunité, tu ne peux pas évoluer ! Ici, au moins, tu peux. Mais il faut bosser ! Il faut se casser le cul pour s'extraire de la fange ! En un mot : j'essaie de m'en protéger. Mais *toi*, tu fais le contraire. Cette fille, c'est un parfait exemple. *Toi*, tu la laisses entrer ici, je sais pas ce que t'avais dans le crâne. Moi, je fais tout pour que ce cirque ne fasse pas partie de ma vie. Dans ce pays il y a des opportunités si on sait les saisir. On peut s'en sortir. Ne mange pas celle-là, elle est piquée, juste là, regarde. Prends ta mère par exemple : c'est pas qu'on soit les meilleurs amis du monde, mais regarde ce qu'elle a accompli. Elle t'a sortie de ce cauchemar là-bas, pour te faire vivre dans un appartement digne de ce nom. Elle a même réussi à devenir propriétaire... Bien entendu ta peau est blanche, c'est différent, c'est plus facile, tu as eu des opportunités que je n'ai pas eues. Les rouges ne sont pas très bonnes. On essaie tous d'avancer pas à pas. De grimper l'échelle. *Brent Housing Partnership* – logements sociaux de Brent. Je ne veux pas voir ça écrit toute ma vie au-dessus de l'entrée du bâtiment où j'habite. Chaque fois que je passe devant je me dis, aïe, aïe, aïe, c'est humiliant. Si on a un fils je veux qu'il vive quelque part – avec *fierté* –, quelque part où on sera propriétaires. C'est ça! Cette pelouse ne m'appartient pas! Cet arbre n'est pas le mien! On a éparpillé les cendres de ton père autour de ce tronc alors qu'il n'est même pas à nous. Pauvre M. Hanwell. Ça me fend le cœur. C'était ton père! C'est pour ça que je suis devant mon ordi tous les soirs. Je tente un coup, parce qu'en ligne, il n'y a que le marché qui compte, il n'est pas question de la couleur de ta peau, il n'est pas question de savoir si tu parles couramment l'anglais, ou si tu as le bon diplôme universitaire ou ce genre de conneries. Je peux faire des affaires comme n'importe qui. Y a de l'argent à prendre en ligne, tu sais? Le marché est devenu tellement fou. Tout le monde se garde bien d'en parler. Je n'arrête pas de penser à ce que Frank a dit au dîner : *les plus malins se remettent tout de suite en selle*. Ça serait trop con de ne pas essayer d'en profiter. Je ne suis pas comme ces Jamaïcains – cette nouvelle fille, Gloria, ou je ne sais plus comment elle s'appelle, à l'étage, elle a toujours pas de rideaux. Deux enfants, pas de mari, et elle touche des allocs. Je suis marié, moi, et qu'est-ce qu'on me donne? Je me suis dit que quand j'aurai des enfants, je resterai avec la femme que j'aime, cette femme que j'aime tant, je resterai avec elle pour toujours. Viens là. Au bout du compte, c'est simple : je ne suis pas du genre à me poser sur mes lauriers et à faire l'aumône. Ça ne m'a jamais intéressé. Je suis africain. J'ai un destin. Je t'aime, et j'aime la direction qu'on a prise. J'avance toujours vers mon destin, je pense toujours à ce que je vais faire après, la chose suivante, je cherche toujours à aller plus haut, pour qu'on puisse *tous les deux* passer à

«Reposer.

— Quoi?

— On se repose sur ses lauriers. On ne se pose pas dessus. Tu poses ton cul.

— Tu ne m'écoutes même pas.»

C'est vrai : elle pense aux pommes.

8

Ailleurs dans Londres, les bureaux sont en *open space*, en verre du sol au plafond ; technologie dernier cri, tout est rutilant, la synergie est de mise. Là-bas, on continue de croire en la nécessité d'une table de ping-pong. Ici, ce n'est pas le cas. Ici, les bureaux sont d'exiguës pièces victoriennes imprégnées d'humidité. Partagées par cinq personnes. La moquette s'effiloche, la perforeuse est introuvable.

« de l'argent qui rentre. Question : pourquoi personne ne s'en est rendu compte plus tôt ? J'aimerais qu'on me le dise. La séparation des pouvoirs, mesdames ! Parce que, en agissant ainsi, vous leur tendez nos têtes sur un plateau, métaphoriquement, s'entend. Donc, ma tête aussi. Et qu'est-ce qui vient ensuite ? Mesures de rationalisation. Ce qui ne veut pas dire qu'il faut utiliser deux fois le même sachet de thé. C'est de votre boulot et du mien dont il est question. Et c'est exactement ce qui »

Ici les mauvais choix d'une nation se transforment en un semblant de bien collectif : groupes de jeu extrascolaires, services de traduction, entretien de jardin pour personnes âgées, ateliers de couture pour prisonniers. Cinq femmes travaillent ici en se tournant le dos. La rumeur veut qu'il y ait un homme à quelques pas de là, dans le couloir – Leah ne l'a jamais vu. Ce travail requiert de l'empathie, et donc attire les femmes, car l'empathie caractérise la gent féminine. Tel est l'avis d'Adina George, la chef d'équipe, qui parle, qui ne cesse de parler. La bouche d'Adina s'ouvre et se ferme.

LANGUE

Ancienne surveillante pénitentiaire, assistante sociale, conseillère municipale. Comment a-t-elle pu accomplir quoi que ce soit avec des serres comme les siennes? Longs et courbés, ses ongles sont vernis à l'effigie du drapeau jamaïcain. Elle s'est accrochée – c'est le moins que l'on puisse dire – pour grimper les échelons. Elle est née et a grandi ici. Elle se méfie des gens comme Leah qui ont obtenu leur place grâce à leurs seuls diplômes. Pour Adina les diplômés d'université rebondissent d'un poste à l'autre avec une rapidité vertigineuse, tels ceux qui sautent à l'élastique. C'est évident, tu ne vas pas rester longtemps avec nous. Écoute, je ne veux pas te confier des projets que tu ne pourras pas mener à terme...

Six années se sont écoulées : elle ne dit plus ce genre de choses à présent. Aujourd'hui lorsque Adina l'a appelée «la diplômée», Leah a songé que personne – ni l'institution qu'elle a fréquentée, ni ses pairs, ni le marché du travail lui-même – n'accordait une aussi grande importance à son diplôme qu'Adina.

«ce qui est essentiel pour le bon fonctionnement de ce service. La prise de décisions relève naturellement du rapport à l'autre et, oui, de l'empathie et du lien personnel, mais il s'agit aussi de suivi et de visibilité car c'est d'argent public que je parle, et il faut savoir où il va. Voilà pourquoi il est primordial de tenir les dossiers et les écritures à jour. Paperassepaperassepaperasse. Dans le climat actuel il faut être attentive au moindre détail, donc en tant que chef d'équipe, quand la hiérarchie me demande des comptes, je veux pouvoir répondre : ouaip, tout est là. Dans les moindres détails. Pas besoin de sortir de la cuisse de Jupiter, mesdames, pour comprendre ça. Du moins je l'espère. »

Question : que sont devenus ses camarades de promotion, ces jeunes diplômés ambitieux, dont la plupart était des hommes ? Banquiers, juristes. Mais Leah, qui sortait d'une école publique sans avoir fait ni latin, ni grec, ni maths, ni langue étrangère, n'a pas su tirer son épingle du jeu – selon les standards de l'époque – et se retrouve à présent débordante d'empathie, assise sur une chaise récupérée six ans plus tôt dans la salle de pause. Pied droit ankylosé. Ordinateur bloqué. L'informaticien invisible. Pas de clim. Et Adina qui parle sans discontinuer, assujettissant le langage comme elle en a le secret.

« C'était un problème de communication ? Quelque chose a fait obstruction entre les personnes concernées. Qui doit faire preuve d'une meilleure compréhension par rapport à l'impact qu'a son comportement sur les autres ? »

Cela aussi passera. Cinq heures moins le quart. Zig, zag. Tic, tac. Parfois l'amertume étreint Leah. L'abat, l'accable. À quoi bon avoir fait tout cela ? Trois années d'études inutiles. Fauchée, dépassée. Elle avait choisi la philosophie en premier lieu parce qu'elle avait peur de mourir, qu'elle avait pensé que cela l'aiderait, et parce qu'elle ne savait ni faire une addition ni dessiner ni se souvenir d'une liste de faits, ni parler une autre langue que la sienne. Dans le descriptif du cursus universitaire, une phrase en italique figurait au-dessus d'une photo de l'estuaire du Forth : *La philosophie, c'est apprendre à mourir*. La philosophie c'est écouter bavasser des fils à papa, c'est s'ennuyer au-delà de tout ce que tu as connu, au-delà de tout ce que tu pensais possible. C'est souhaiter se trouver ailleurs, n'importe où ailleurs dans le multivers, concept que tu ne comprendras jamais complètement. En fin de compte, seule une idée perdurera : le temps est relatif, différent pour le joggeur, l'amant, l'homme torturé, l'oisif. Comme à présent, lorsqu'une minute semble durer une heure. En dehors de cela, c'était inutile. Une dette impayée qui ne fait que s'alourdir. Mêlée d'un sentiment de rancune : quel était l'intérêt de se préparer pour une vie qui jamais ne serait la sienne ? Des années à vivre trop isolée du monde pour éprouver un véritable sentiment d'existence. Triste colline d'Édimbourg, allée inattendue, ombre du château et shot de whisky à cinquante pence, monument à la mémoire de sir Walter Scott, et prêt étudiant pour payer les courses. Elle avait dû avouer n'avoir jamais entendu parler ni de Socrate ni d'Antigone. Jamais, jamais elle n'oubliera : le connard dans son premier cours, qui ricanait. J'AI TELLEMENT D'EMPATHIE, écrit Leah, puis elle gribouille frénétiquement autour de ces mots. Grandes traînées enflammées, longues ombres étirées.

« Des questions ? Des problèmes ? »

Un stylo se brise bruyamment. Éclats de plastique, langue bleue. Adina George se tourne et la fusille du regard, mais Leah n'est pas responsable pour les Albanais. Elle a la bouche pleine de stylo, mais elle n'est pas responsable pour les Albanais, ni pour les fonds qu'ils ont détournés, argent initialement prévu pour un refuge de femmes battues à Hackney. Claire Morgan était chargée de ce dossier. Mais Leah a une langue bleue, un diplôme prestigieux, un mari beau gosse et sans vouloir t'offenser, pour les femmes de notre communauté, la communauté afro-caribéenne, sans vouloir t'offenser, quand on voit l'un des nôtres avec quelqu'un comme toi, c'est un vrai problème. C'est une chose qu'il faut que tu comprennes. Sans vouloir t'offenser (séminaire de cohésion d'équipe à Brighton, bar de l'hôtel, 2004). Quel genre de problème exactement ? Cela ne fut jamais très clair. Anita Baker chantait *Sweet Love* et Adina a trébuché sur une chaise ; elle s'est étalée par terre en tentant de rejoindre la piste de danse. Obstruction.

Leah crache les éclats de plastique dans ses mains. Ni question ni problème. Adina soupire et quitte la pièce. Chacune range ses papiers, rassemble ses affaires avec le même entrain que lorsqu'elles avaient six ans et que retentissait la cloche de la sortie. C'était peut-être cela, la vraie vie. Leah plante ses pieds dans le sol et recule sa chaise. Se lève et s'achemine d'un pas léger vers le meuble où les dossiers sont classés, et c'est la chose la plus agréable qui lui soit arrivée aujourd'hui. Boum.

« Aïe ! Putain, Leah. Fais gaffe ! »

Formidable renflement. Leah a le nez collé sur le nombril de Tori et observe comment cette chose si profondément enfouie surgit à présent, établissant une frontière physique. Au-delà d'une telle transformation, on ne peut plus parler d'être humain.

« Fais gaffe, c'est tout. Tu viens ou pas ? Boire un verre ? T'as reçu l'e-mail ? »

Oui, il a rejoint les relevés de compte, les échéances de prêt étudiant, les circulaires de la direction, les logorrhées maternelles, dans une pile virtuelle, là où les messages n'existent pas tant qu'ils ne sont pas ouverts. Elle savait parfaitement qu'il y avait un e-mail, et quel en était le sujet, mais elle fuit les femmes qui sont dans l'état de Tori. Elle se fuit elle-même.

« Moi, Claire, Kelly, Beverley, Shweta. C'est toi la suivante ! »

Tori énumère les noms sur ses doigts gonflés. Elle est presque à terme. Son visage est léonin ; ses joues saillantes, rebondies. Un sourire de gros chat. Prédateur. Leah fixe le pouce censé la représenter.

« J'essaie. C'est pas si facile.

— Essayer, c'est la partie la plus sympa ! »

Une pièce pleine de femmes qui rient. Complicité féminine dont Leah est exclue. Elle pose ses mains de chaque côté du ventre rond et sourit, dans l'espoir d'agir comme une femme normale, une femme pour qui essayer est la partie la plus sympa, et aux oreilles de laquelle « tu es la suivante » ne résonne pas comme un ordre menaçant. Et cela recommence : l'habituelle ritournelle dans laquelle toutes les voix s'entremêlent ; Leah pose la tête sur son bureau, ferme les yeux et les laisse se moquer d'elle :

Surtout quand il est comme le tien. Il est tellement mignon.

    Il est tellement mignon, ton Michel. Quelle allure.

        Bev, tu te souviens de la fois où on était chez Leah, que j'arrivais plus à ouvrir ma fenêtre de voiture et que Michel s'est mis à genoux avec un cintre en fer ? Ça faisait plus d'un MOIS que je demandais à Leon de me réparer ce truc.

        Il est vraiment sensible. C'est primordial, la famille, pour lui.

Chaque fois que je pense que tous les mecs noirs ne sont que des bons à rien, je respire un grand coup et je me dis : au moins il y a Michel.

                      Ouais, mais ils sont tous pris !

HAHAHAHAHAHAHA   Par des Blanches !

Non, dis pas ça. Leah, elle te chambre, c'est tout.

    Laisse-la tranquille ! C'est pas de sa faute si ton Leon est en dessous de tout.

        Allez, il est pas si mal, Leon.

(Carrément en dessous de tout. « Leon, qu'ess tu fais ce soir ? — Je sors avec mes potes. » Les potes, il a que ce mot à la bouche.)

    Allez, il est pas si mal, Leon.   Mais sérieusement, t'as de la chance.

Et avec ça, il lui sèche les cheveux à l'œil !

Un homme *qui peut te coiffer*. Ça, c'est le paradis. Il sait faire des tresses, des extensions...

        Kelly, pourquoi elle se ferait tresser les cheveux ?

C'est pas Bo Derek.

    HA ! (Nan, Leah, désolée – mais c'est drôle quand même.)

Tout ce que je veux dire, c'est que c'est un professionnel. Il peut coiffer n'importe quelle femme.

        Et il est hétéro. En plus !

En plus !   Hahaha   En plus.

            Ouais. (Y a intérêt !)

C'est ça qui me tue ! Le beurre et l'argent du beurre ! T'as les deux. Tu connais pas ta chance.

        C'est vrai, elle connaît pas sa chance.

                Tu connais pas ta chance.

Tu connais pas.   Tu connais pas ta chance.

Enfin cinq heures. Leah lève les yeux. Kelly frappe sur son bureau du plat de la main.

« C'est l'heure de la débauche ! »

Les mêmes blagues, tous les jours. Des blagues que tu peux te permettre si tu n'es pas Leah, si tu n'es pas la seule Blanche du bureau des subventions. Des femmes s'engouffrent dans le couloir, débouchant des bureaux attenants. Chaleur, peaux enduites de beurre de cacao. Elles vont profiter de la douce soirée sur Edgware Road. Originaires de St Christophe, de Trinidad, de la Barbade, de Grenade, de la Jamaïque, d'Inde, du Pakistan; elles ont la quarantaine, la cinquantaine, la soixantaine, et pourtant leurs poitrines, leurs fesses, leurs jambes reluisantes et leurs bras sont encore prêts à s'abandonner à l'érotisme d'une soirée de début d'été, comme jamais aucune femme de la famille de Leah ne pourrait le faire. Pour ces dernières, le soleil est fatal. Elles sont si rousses, si pâles. Leah se couvre de la tête aux pieds de lin blanc. Telle une sainte méconnue. Elle suit le mouvement. Passe devant la scène du crime, une corbeille à papier pleine de vomi, dissimulée derrière un pot de fleurs dans la salle de pause parce que les toilettes étaient beaucoup trop loin.

9

De A à B :
A. Yates Lane, Londres NW8, GB
B. Bartlett Avenue, Londres NW6, GB

Pour aller à pied à Bartlett Avenue, Londres NW6
Itinéraires recommandés

A5	*47 min.*
3,8 km	
A5 et Salusbury Rd	*50 min.*
4 km	
A404/Harrow Rd	*58 min.*
4,4 km	

1. Tournez *à gauche* dans *Yates Lane*	12 mètres
2. Continuez en direction du *sud-ouest* vers *Edgware Rd*	96 mètres
3. Tournez *à droite* sur l'*A5/Edgware Rd*	2,5 km
Poursuivez sur l'A5	
4. Tournez *à gauche* sur l'*A4003/Willesden Ln*	1,1 km
5. Tournez *à gauche* sur *Bartlett Avenue*	150 mètres

Votre destination est située sur la gauche
Bartlett Avenue, Londres NW6, GB

Cette feuille de route ne vous est proposée qu'à titre indicatif. Elle ne tient pas compte d'éventuels travaux de voirie, de la circulation, de la météo, ou de tout autre événement susceptible de la modifier, et il est recommandé de l'adapter en conséquence. Nous vous rappelons qu'il est impératif de respecter en toute circonstance la signalisation routière.

10

De A à B, bis :
Relent doucereux de narguilé, couscous, kebab, gaz d'échappement d'un bus bloqué dans la circulation. 98, 16, 32, plus de places assises – plus vite fait de marcher ! Évadés de l'hôpital St Mary, à Paddington : un homme sur le point d'être père, qui fume, une vieille femme en fauteuil roulant, qui fume, un dur à cuire armé de ses poches d'urine et de sang, qui fume. Tout le monde aime les clopes. Tout le monde. Journal polonais, journal turc, arabe, irlandais, français, russe, espagnol, *News of the World*. Déverrouille ton portable (volé), achète des piles, des briquets, un coffret de parfums, des lunettes de soleil, trois pour cinq livres, un tigre en porcelaine géant, des robinets dorés. Bingo ! Tout le monde croit au destin. Tout le monde. C'était écrit. Ce n'était tout simplement pas écrit. Marché conclu, ou pas ? Écrans télé en vitrine. Câble télé, câble d'ordinateur, câble audiovisuel, je te fais un bon prix, un bon prix. Prospectus : téléphonez à l'étranger pas cher, apprenez l'anglais, épilation des sourcils, Falun Gong, Jésus en abonnement illimité ? Tout le monde aime le poulet frit. Tout le monde. Banque d'Irak, Banque d'Égypte, Banque de Libye. Taxis vides à cause du beau temps. Boom boxes. Juste parce que. Un Italien solitaire, en mocassins, perdu, à la recherche de Mayfair. Mille et une façons de se dissimuler : niqab, burqa,

hidjab, lunettes Louis Vuitton, Gucci, lacets jaunes attachés aux branches, le plus souvent portées sur la tête, rayées, rose bonbon; assorties aux survêts, jeans moulants, robes légères, chemisiers, débardeurs, jupes gitanes, et autres pantalons pattes d'eph. Tout cela est bien loin des débats qui agitent les journaux, le Parlement. Tout le monde aime les sandales. Tout le monde. Chant d'oiseau! On passe du miteux centre commercial aux immeubles cossus jusqu'à l'Anglais roi dans son château. Voitures qui passent, toit ouvert, toit fermé, hip-hop. Regardez l'argent qui s'empile. *Holla!* Je t'ai pas déjà vue quelque part? Éclairages de sécurité, portails de sécurité, murs d'enccintc, haies d'enceinte, Tudor, modernisme, après-guerre, avant-guerre, ananas en pierre, lions en pierre, aigles en pierre. Se tourner vers l'est et rêver de Regent's Park, de St John's Wood. Arabes, Israéliens, Russes, Américains : tous unis ici par la villa meublée, la clinique privée. Si l'on paie assez cher, si l'on ferme les yeux, Kilburn n'a plus besoin d'exister. Repas gratuits. Anglais deuxième langue. Voici le collège où le principal s'est fait poignarder. Voici le Centre islamique d'Angleterre. En face d'un pub, le Queen's Arms. Faites un tour dans ce quartier et voyez ce que vous en pensez. Tout le monde aime le Grand National. Tout le monde. On n'est vraiment qu'en avril? Et c'est parti!

11

Si près de la maison, juste sur Willesden Lane. Étrange coïncidence. Penchée dans une cabine téléphonique défoncée, elle mâchouille un bâton de glace à l'eau. Verre brisé, éclats cuboïdes éparpillés. À quelques mètres de Cleopatra's Massage Emporium. Leah écarquille les yeux afin d'enregistrer les détails pour les raconter à Michel, c'est ce qu'on fait quand on est mariés. Attirée par les détails inutiles. Ample bas de survêtement gris, soutien-gorge de sport blanc cassé. Rien d'autre, pas de haut. Pas de chaussures! Poitrine petite et ferme. Difficile de croire qu'elle a eu des enfants. Peut-être était-ce aussi un mensonge. Taille délicate qu'on a envie de serrer. Elle est belle dans les rayons du soleil, créature entre garçon et fille qui rappelle à Leah une époque de sa vie où elle n'avait pas encore eu à choisir à propos de tout cela. Le désir n'est jamais définitif, il est indécis et mystérieux : tu marches vers elle, à grands pas tu marches vers elle, et puis quoi? Quoi? Leah a largement le temps de s'approcher avant d'être repérée. Cela fait trois semaines. Shar lâche le combiné et essaie de traverser la rue. Heure de pointe, circulation intense. Au début Leah est soulagée de ne pas être avec Michel. Puis son visage se métamorphose prend l'expression de celui de Michel ; la voix qui sort de sa bouche est la sienne. Mais le mimétisme conjugal n'est peut-être qu'une excuse, et il ne s'agit que de sa propre voix sortant de sa propre bouche :

«Contente de toi ? Voleuse. Rends-moi mon argent. »

Shar a un mouvement de recul et se faufile entre les voitures. Elle se précipite vers deux hommes imposants aux visages cachés sous une capuche, debout dans une porte cochère. Se réfugie dans les bras du plus grand. Leah s'empresse de rentrer chez elle ; dans son dos et à son intention se déverse une cascade d'injures incompréhensibles, un charabia telle une rafale de mitraillette.

37

Allongée sur un lit près d'une fille qu'elle aime, des années plus tôt. Elles parlent du chiffre 37. Dylan en fond sonore. La fille a une théorie selon laquelle le chiffre 37 est magique. Irrésistiblement attirant. Des sites Web sont consacrés à ce phénomène. Dans les films, les romans, la peinture ou la poésie, les maisons sont presque toujours situées au 37. Quand il faut choisir un chiffre au hasard : c'est généralement le 37 qui sort. Tu n'as qu'à regarder, lui a dit la fille, le 37 est partout, au loto, dans les jeux télévisés, dans les rêves, dans les blagues, et Leah en convient, encore aujourd'hui. *Remember me to one who lives there. She once was a true love of mine.* Cette fille est mariée à présent, elle aussi.

Le 37 Ridley Avenue est squatté. Squatterisé ? La porte d'entrée est condamnée. Une fenêtre est cassée. Des bruits humains filtrent à travers les filets de sécurité gris et déchirés. Leah quitte l'ombre d'une haie, s'approche du bâtiment. Personne ne la remarque. Rien ne se produit. Elle se tient sur une jambe, un pied en l'air au-dessus du sol. Que ferait-elle de 37 vies ! Elle en a une : elle s'en va voir sa mère ; elles sont censées acheter un canapé. Si elle reste ici plus longtemps, elle sera en retard. Dans la porte-fenêtre qui lui fait face : Mickey, Donald, Bart, un nounours anonyme, un éléphant sans trompe. Têtes en tissu contre le carreau sale.

12

« T'as pris ton temps. Ça va ? T'es un peu pâlotte. On va prendre la Jubilee, non ? »

Pauline sort sur son perron à reculons, tirant un chariot de courses à carreaux écossais. Toujours un peu plus vieille. Plus petite, aussi. Vu de la rue, on peut croire que l'être humain est perfectible : chaque génération fait mieux que la précédente. Plus musclée, en meilleure santé, plus productive. De la chouette s'élève le phénix. Ou s'élève pour mieux redescendre ? De plus en plus, puis de moins en moins.

« Tu m'inquiètes. Tu as l'air toute retournée.

— Je vais bien.

— Si ce n'était pas le cas, tu ne m'en parlerais pas de toute façon. »

Qu'y a-t-il à dire ? Toujours sur le qui-vive, près d'un mois plus tard. Prête à la voir sortir de telle boutique, déboucher à tel coin de rue, téléphoner dans telle cabine. L'existence de cette fille absente est plus réelle pour Leah que celle du minuscule renflement qu'elle dissimule constamment sous son sweat.

« Je ne porte que ce chemisier, et je transpire déjà comme un bœuf. Il y a quelque chose qui ne tourne pas rond. »

Le temple hindou a les couleurs d'un Napolitain glacé, et plus ou moins la même forme. Un Napolitain avec, de part et d'autre, deux cornets renversés. De vieilles hindoues descendent en masse les marches du temple, indifférentes à la chaleur. Elles portent leurs saris avec des pulls, des cardigans, d'épaisses chaussettes de laine. On dirait qu'elles sont venues à pied de Delhi, se couvrant toujours un peu plus au gré de leur progression vers le nord. À présent elles avancent toutes ensemble vers l'arrêt de bus le plus proche : foule qui absorbe Leah et sa mère, les emporte.

«On a de la chance. Voilà le bus. Prenons-le, on gagnera du temps.

— Si à plus de trente ans on prend encore le bus, on peut considérer qu'on a raté sa vie.

— Purée, j'ai oublié ma carte! Qu'est-ce qu'il y a, ma chérie ?

— Thatcher. C'est ce qu'elle disait à l'époque.

— Un ticket pour le métro Kilburn, s'il vous plaît. Deux livres! Quelle sacrée salope, celle-là. Tu peux pas t'en souvenir, moi si. Aujourd'hui, c'est Brent. Demain ce pourrait être toute l'Angleterre!

— Maman, assieds-toi là. Je vais me mettre en face. Il n'y a pas d'autre place.

— En première page du *Mail*. Aujourd'hui, c'est Brent. Demain ce pourrait être toute l'Angleterre. Le culot de certains. Sans parler de leur grossièreté. »

Leah fixe un tilak rouge. Il devient flou, puis énorme, envahissant son champ de vision tout entier, comme si elle pénétrait à l'intérieur, le traversait pour en ressortir dans un univers plus doux, parallèle au sien, où les gens se connaissent intimement, où le temps, la mort, la peur, les sofas n'existent plus, et

«on a peut-être eu des différends, mais il t'aime. Et tu l'aimes. Vous ne devriez plus attendre. Vous avez obtenu un bel appart', vous êtes bien installés, vous avez une petite voiture, vous avez tous les deux un boulot. C'est l'étape suivante. »

C'est toi la suivante. C'est l'étape suivante. Prochain arrêt, Kilburn Station. Les portes s'ouvrent vers l'intérieur, insecte urbain repliant ses ailes. Une fille voilée, téléphone portable à l'oreille, monte dans le bus comme elles en descendent, perturbant le déroulement de l'histoire avec ses rires, son accent cockney et son maquillage outrancier. Mais Pauline ne peut s'empêcher de faire une réflexion, comme toujours, même si elle varie quelque peu en fonction de l'actualité du moment.

« Tu te rends compte, à Dubai, ils étaient juste en train de s'embrasser, et ils risquent douze ans de prison. C'est interdit là-bas, tu vois. C'est tellement triste. »

Mais la tristesse en question est bien vite éclipsée par une autre, plus proche. Une jeune gitane sale et un grand type dansent frénétiquement devant les distributeurs automatiques. Pauline souffle à l'oreille de Leah.

« Dieu merci, c'est pas mon gamin qui ferait ça. »

Un cortège de délices passés défile dans l'esprit de Leah, dont le souvenir lui procure un plaisir presque insoutenable : blanche et brune, naturelle et chimique, en cachets et en poudre.

« Je ne vois vraiment pas ce qu'il y a de drôle. Flûte, j'arrive pas à croire que je l'ai laissée à la maison. Je l'ai toujours dans ma poche d'habitude.

— C'est pas pour ça que je riais. »

Cartedetransportcartedetransportcartedetransport.

« Qu'est-ce qu'elle dit, cette pauvre petite ?

— Ils vendent des cartes de transport, j'imagine. »

Certes très triste, mais également l'occasion de faire quelques économies. Pauline tend le bras vers l'épaule du type.

« Combien de zones ? C'est combien ?

— Ticket journalier. Six zones. Deux livres.

— Deux livres ! Comment je sais que c'est pas un faux ?

— *M'man.* Y a la date dessus, enfin ! »

— Je vous l'achète une livre, pas plus.
— D'accord, Mme Hanwell. »
Lève les yeux. Brusque voyage dans le temps, dans deux directions opposées : se remémorant l'enfant qu'était l'homme, dévisageant l'homme autrefois enfant. L'un familier, l'autre inconnu. L'afro de l'homme est inégal, et une minuscule plume grise s'y est logée. Les vêtements sont en loques. Un gros orteil surgit du caoutchouc troué d'une antique paire de Nike Air blanche et rouge. Le visage paraît beaucoup plus vieux qu'il ne le devrait, même en prenant en compte le travail dévastateur du temps sur l'humain. Curieuse tache blanche dans le cou. Pourtant la beauté de ses traits n'a pas complètement disparu.
« Nathan ?
— D'accord, Mme Hanwell. »
Cela fait du bien de voir Pauline déconcertée, ses mèches de cheveux imprégnés de sueur frisotant autour de son visage.
« Euh, comment ça va, Nathan ?
— Je survis. »
Il a la tremblote. Une entaille profonde sur la joue, récente. Pourtant, son visage est encore ouvert et franc. Ne prétend rien. Ce qui rend la rencontre encore plus pénible.
« Comment vont ta mère et tes sœurs ? Tu te souviens de Leah. Elle est mariée maintenant.
— Ah oui. C'est bien, ça. »
Il sourit timidement à Leah. Quel sourire il avait, à dix ans ! Nathan Bogle : l'incarnation même du désir pour les filles qui jusque-là n'en avaient éprouvé que pour certaines gommes parfumées. Un sourire qui anéantissait les résolutions des professeurs les plus stricts, et des autres parents. À dix ans elle aurait donné n'importe quoi, n'importe quoi ! À présent quand elle voit des gamins de cet âge-là elle n'arrive pas à croire qu'ils ont en eux ce qu'elle avait en elle aussi à l'époque.

« Ça fait longtemps.
— Oui. »

Surtout pour lui. Elle l'aperçoit environ une fois par an dans la rue principale. Elle se réfugie dans un magasin, ou change de trottoir, ou s'engouffre dans un bus. Désormais il a une dent en moins ici, et là, et encore là. Des yeux dévastés. Ce qui devrait être blanc est jaune. Vaisseaux éclatés.

« Voilà une livre. Prends soin de toi, et salue ta mère de ma part. »

Elles franchissent rapidement le portillon, se bousculant dans leur hâte, puis grimpent les escaliers quatre à quatre.

« C'était horrible.
— Sa pauvre mère! Il faudrait que je passe la voir un de ces jours. C'est tellement triste. J'en avais entendu parler, mais je ne l'avais pas vu de mes propres yeux. »

Le métro arrive et Leah regarde Pauline observer tranquillement la rame avant de s'avancer jusqu'à la ligne jaune. Le domaine de Pauline – le domaine du tellement triste – est immuable, inévitable, au même titre que les ouragans et les tsunamis. Aucune angoisse particulière n'en découle. En temps normal, c'est supportable. Aujourd'hui, c'est obscène. Tellement triste n'a pas d'emprise sur l'existence de Pauline, qui n'est faite que de déception. Du coup, être déçue passe pour une bénédiction. Ce qui explique probablement pourquoi le spectacle du tellement triste est toujours si bienvenu, si satisfaisant pour elle.

« Tu avais le béguin pour lui, je me souviens. Il a fait quelques années de prison après, je crois. Mais ce n'est pas lui qui a tué quelqu'un. Ça, c'était quelqu'un d'autre. Il s'est fait interner, non? À un moment donné? Il a presque battu à mort son père, ça j'en suis sûre. Ce type le méritait sans doute. »

Tandis que le métro s'ébranle, Leah s'empare de deux journaux gratuits sur une pile, car la lecture se fait en silence.

Elle essaie de lire un article au sujet d'une actrice qui

promène son chien dans un parc. Mais Pauline veut en lire un autre sur un homme qui n'était pas vraiment celui qu'il affirmait être, et elle tient aussi à en parler.

« Voilà ce qui se passe quand on se croit infaillible. On peut dire ce qu'on veut sur nous, mais nous au moins on ne prétend pas être infaillibles. Des hommes de Dieu, tu parles. Ces pauvres enfants. Des vies ruinées. Et ils appellent ça la religion ! Eh bien, espérons que ça mettra un terme une bonne fois pour toutes à cette satanée tartufferie. »

Étant donné que c'est à toute la rame que sa mère s'adresse, Leah prend faiblement le flambeau de la partie adverse, se remémorant l'odeur de l'encens, les voluptueux angelots, les dorures éclatantes, le sol froid en marbre, le bois sombre sculpté et orné, les femmes agenouillées chuchotant et allumant des bougies (voyage avec InterRail, 1993).

« J'aime bien la confession. J'aimerais bien pouvoir me confesser.

— Oh, arrête tes enfantillages, Leah. »

Pauline tourne la page d'un geste brusque. Par la fenêtre, l'horizon de Kilburn se profile. Pas boboïsé, impossible à boboïser. Ici, ni crise ni croissance. La dépression est permanente. Salle de jeu déserte, cinéma désert, murs couverts de graffitis montant et descendant, montagnes russes brinquebalantes. Toits et cheminées pêle-mêle, certaines grandes, d'autres petites, comprimées les unes contre les autres, telles des cigarettes émergeant d'un paquet. De l'autre côté, Willesden s'éloigne. Numéro 37. Vers la fin du dix-neuvième siècle, les murs ont surgi de terre d'un seul coup – maisons, églises, écoles, cimetières –, vision optimiste de Metroland. Petites maisons de ville, faux colombages. Tout le confort moderne ! Toilettes intérieures, eau chaude. Paysage campagnard bien agencé pour les fatigués de la ville. Avance rapide. Décevante vie citadine pour les blasés de leur pays.

« *Nuage de cendres volcaniques ?* »

Pauline articule exagérément chaque syllabe, dubitative

quant à la réalité de ce qu'elle énonce, et approche la photo trop près du nez de sa fille. Leah ne distingue qu'une longue volute grise. Peut-être n'y a-t-il rien d'autre à voir. Les jeunes branchés assis devant elles évoquent également le sujet. *La vengeance de Gaïa*, déclare la fille au garçon. *On récolte ce qu'on sème*. Pauline, toujours prête à prendre part aux conversations d'autrui, se penche en avant.

— Il paraît que bientôt, on ne pourra plus acheter de fruits ni légumes. C'est logique, quand on y pense. Naturellement on vit sur une île. Je l'oublie toujours, pas vous ? »

13

« T'as fini avec l'ordinateur ?
— Faut que j'attende que ça ferme.
— Il est presque sept heures. J'en ai besoin.
— Il n'est pas sept heures en ligne. T'as pas des trucs à faire pour toi ?
— C'est pour ça que j'en ai besoin.
— Leah, je t'appellerai quand j'aurai fini. »
Marché des devises. Exploitation de la volatilité. Les mots parlent plus à Leah que les chiffres. Et ceux-là sont menaçants. Sans compter le regard de Michel à cet instant précis : un regard absent. Temps intérieur qui s'étire et s'immobilise. Son mari est inconscient des minutes et des heures qui s'égrènent à l'extérieur. Cinq minutes ! lance-t-il irrité, quand trente ou cent ou deux cents minutes se sont déjà écoulées. La pornographie a également cet effet. L'art aussi, paraît-il.

Leah se tient debout derrière lui dans la pénombre du petit bureau. Éclat bleuté de l'écran. Il est à une cinquantaine de centimètres d'elle. De l'autre côté du monde. T'as pas des trucs à faire pour toi ?

Il y a un tas de choses qu'elle pense faire depuis des semaines, songe-t-elle, et à présent elle va passer brillamment à l'action, comme dans un film. Dans le salon la télé est allumée. La lueur bleue s'intensifie dans le couloir. Un hip-hop agressif émane de l'ordinateur dans le petit bureau, signe que les choses ne vont pas dans le bon sens. Parfois elle lui demande : Tu as tout perdu ? Il se fâche, affirmant que les choses ne marchent pas ainsi. Parfois je perds, parfois je gagne. Comment peut-il perdre et gagner encore et encore les mêmes huit mille livres ? Le seul héritage que le père de Leah lui ait laissé, leurs seules économies. L'argent lui-même est devenu virtuel, notion que le matérialiste Hanwell – qui conservait ses billets de banque dans une boîte en carton dissimulée dans un buffet en acajou – n'aurait jamais comprise. Pas plus que Leah aujourd'hui, d'ailleurs. Elle s'assied sur une chaise dans l'embrasure de la porte ouverte entre cuisine et jardin. Orteils dans l'herbe. Les cieux sont vides et silencieux. La radio du voisin diffuse des voix scandalisées : il m'a fallu cinquante-deux heures pour rentrer de Singapour ! Une vieille leçon sur le temps qui n'a pas pris une ride. Le brocoli vient du Kenya. Le sang doit être transporté. Les soldats ont besoin de ravitaillement. La plupart des habitants du nord-ouest londonien sont partis en vacances pour Pâques avec leurs petits chéris. Peut-être ne reviendront-ils jamais. Pensée qui fait rêver.

Ned descend bruyamment les marches de l'escalier en fer, les yeux levés vers le ciel.

« Trop bizarre.

— J'aime bien. J'aime bien le calme.

— Ça me fait flipper. On dirait *Cocoon*.

— Pas vraiment.

— C'était complètement vide en ville. L'expo Arbus à la Portrait Gallery était déserte. Trop bien. Il faut y aller. »

Leah se soumet à la longue et passionnée description de Ned. Elle lui envie son enthousiasme pour la ville. Il ne passe pas son temps avec ses anciens potes dans leurs enclaves banlieusardes à se taper des bières et à mater le rugby. Il fait tout pour les éviter. Admirable. Il explore la capitale en solitaire, à l'affût des concerts, des conférences, des projections, des expositions, des parcs les plus éloignés et des piscines les plus méconnues. Leah, qui est née et a grandi ici, ne va jamais nulle part.

« C'est vraiment à propos de l'intégrité de, genre, genre, une idée, tu vois ? Ça m'a scotché. Bref. J'ai la dalle. Je vais monter me faire des pâtes au pesto. Écoute, je t'en laisse quelques-uns pour finir la soirée. »

Il en dépose trois sur le rebord de la fenêtre, déjà roulés. Puis elle les observe alignés dans la paume de sa main. Elle fume le premier rapidement, jusqu'au carton orange. Olive chasse les bruissements à travers les ombres. Puis le deuxième. Les fenêtres à l'étage sont ouvertes : Gloria hurle sur ses enfants. Vous allez m'écouter! Moi, j'ai pas toute la journée pour vous ouépéter la même chose enco' et enco'! Leah appelle Olive, qui déboule. Elle la ramasse dans ses bras. Peau de chamois. Petite cage thoracique vulnérable, chacun de ses doigts se logent dans les interstices entre les côtes. Pas normal d'aimer autant un chien, affirme Michel, qui a brisé des cous de poulets, tranché une gorge de chèvre. Leah tient le cou d'Olive entre ses mains – comment pourrait-on porter un enfant avec plus de tendresse ? Depuis Olive c'est facile de croire que les animaux ont une conscience. Leah compatit même à la tragique agonie des tourteaux sur l'étalage du poissonnier. Pourtant, cela ne l'empêche pas de les manger. Quel monstre. Attends que je t'attouape, et tu vas t'en pouend' une. Elle fume le troisième.

Le soir tombe doucement, puis soudain c'est la nuit. Comme chez les étudiants, des guirlandes de lumière s'entortillent dans le pommier. Ses lentilles de contact sont si sèches qu'il est difficile de voir clair. Derrière l'arbre, la clôture, la voie ferrée, Willesden. Numéro 37. C'est là que son père apparaît, cheminant dans sa direction. Il ne dépasse pas le rosier chétif de Ned. Il porte un chapeau.

Comment va ton petit chien, s'enquiert-il.

Leah découvre qu'elle peut lui répondre sans avoir besoin d'ouvrir la bouche. Elle lui raconte tout ce qu'Olive a fait depuis qu'il est mort, en novembre dernier, chaque détail, tous les petits détails ! Il se délecte de la moindre broutille de son quotidien canin. Il s'exclame, Oh, là, là, et époussette son cardigan bleu élimé. Il est habillé précisément comme il l'était dans son cercueil, à l'exception du feutre – seul mot qu'elle connaisse pour désigner les chapeaux masculins à l'ancienne – qu'elle voit pour la première fois. Il a une tache blanche sur la cuisse, qui ressemble à du sperme séché incrusté entre les rainures de son pantalon de velours marron, que personne n'a pris la peine de nettoyer. Ces jolies infirmières ukrainiennes ne restaient jamais bien longtemps.

Là-bas, il n'y a que des putains de renards, déclare Hanwell tristement en regardant derrière lui.

C'est un véritable fléau. En fait, ils ont toujours été là, aussi nombreux qu'ils le sont maintenant, mais aujourd'hui on parle de fléau. Un gros titre récent du *Standard* annonçait : LES RENARDS, FLÉAU DU NORD-OUEST DE LONDRES, et montrait la photo d'un homme à genou dans un jardin entouré des cadavres de renards qu'il avait abattus. Des douzaines et des douzaines et des douzaines. Des douzaines et des douzaines ! s'écrie Leah, et c'est comme ça qu'on vit à présent. Chacun défendant son petit lopin de terre, c'était différent avant, mais tout a changé, n'est-ce pas, c'est ce qu'ils disent, tout a changé. Colin Hanwell s'efforce d'écouter. En réalité, les renards et ce qu'ils peuvent symboliser ne l'intéressent guère.

Eh bien, je comprends qu'on puisse avoir cette impression, affirme Hanwell.

Comment ?

Je dis, je comprends qu'on puisse penser ça, quand j'entends ce que tu dis.

Comment ?

Si tu affirmes que tu es heureuse, poursuit Hanwell, tu es heureuse, et ça s'arrête là.

La conversation glisse vers d'autres sujets. Quand ils font

la lessive ils ne te rendent jamais ta taie d'oreiller. Le plus important, c'est que Chef Maureen me garde mes lasagnes congelées sans gluten et me les sert, alors qu'elle ignore les restrictions alimentaires de certains autres, qui du coup chient du sang, ont des convulsions et attrapent un hoquet qui n'en finit pas. Oui, concède Leah, oui, papa, peut-être. Possible que chier du sang soit pire que les symboles, la tristesse et l'état de la planète. On ne peut pas parler comme ça aux docteurs, chuchote Hanwell. Ils entendent tout. On ne sait jamais quand ils débarquent. On n'a plus qu'à prier qu'ils nous oublient pas.

Leah commence à sentir qu'elle contrôle la situation, qu'elle peut modeler cette rencontre selon ses désirs. Elle fait dire à son père certaines choses, le dirige, lui fait bouger les bras, changer d'expression, d'abord innocemment puis délibérément ; ainsi il déclare, Je t'aime, tu sais. Puis : ma chérie, je t'ai toujours aimée. Et : je t'aime ne t'inquiète pas c'est beau ici. Et même : je vois une lumière. Au bout d'un moment la pantomime qu'elle lui impose la met mal à l'aise, et elle s'interrompt. Malgré tout il ne disparaît pas, ce qui ouvre la porte à l'idée délicieuse de la folie, exquis plaisir. Si elle n'avait pas son quotidien à gérer, avec les tâches administratives, le loyer à payer, le travail, le mari, elle pourrait devenir folle ! Pourquoi ne pas devenir folle !

Et souviens-toi de fermer le portail avec le robinet d'eau où le gaz chauffe dans le four de la prise pour l'éteindre quand tu pars tu n'as besoin que d'oignons rouges et d'une pincée de cannelle et tu rentres avant de devoir prendre un taxi – *sans* boire, conseille Hanwell.

Elle ne parvient pas à le faire s'approcher d'elle. Pourtant, elle a l'impression que sa main est dans la sienne, sa joue contre son visage, et elle embrasse cette main et sent ses larmes couler dans son oreille, parce qu'il a toujours été un vieux sentimental. Elle serre ses mains sèches comme des feuilles d'automne entre les siennes. Elle sent sous ses doigts la chair mâchée d'une blessure mal refermée, au centre de sa main, parce qu'à un certain âge ce genre de lésion ne cicatrise plus. La plaie est violette et pleine de sang ; il s'était très légèrement éraflé, presque imperceptiblement, voici des mois et des mois, au coin de la table de jeu de la salle commune. La peau s'était arrachée. Ils l'avaient retendue et recousue. Mais durant toute cette dernière année la blessure était restée violette et pleine de sang.

Leah lance, Papa ! Ne pars pas !

Hanwell répond, Je dois aller quelque part ?

Michel s'écrie, L'ordi est libre !

14

Une vaste colline traverse le nord-ouest de Londres. Elle démarre à Hampstead et s'étend à travers Kilburn, Willesden, Brondesbury, Cricklewood. La littérature la connaît bien. La femme en blanc gravit un versant et retrouve sur l'autre Jack Sheppard, le voleur de grand chemin. Même Dickens s'y aventure parfois, pour boire une pinte ou enterrer quelqu'un. Regardez, là, sur la moquette de la bibliothèque entre la science-fiction et l'histoire locale : un préservatif usagé fermé par un nœud. Avant, tout cet espace vallonné n'était que fermes et champs, avec quelques maisons de campagne se saluant de loin. À présent ces demeures sont remplacées par des gares, tous les huit cents mètres.

Cela fait un peu plus d'un mois que la fille est venue chez elle : fin mai. Les feuillages foisonnants des marronniers sont trompeurs ; tout le monde sait qu'ils sont infestés de rouille. Leah monte vers Brondesbury sous la lumière éblouissante. Insouciante. La surprise est telle que Leah fait appel à un sentiment réflexe : le mépris. Elle plisse les yeux en apercevant la fille et les détourne d'un air dégoûté, comme le font les mômes à l'école, mais elle réagit si tardivement, elle est déjà si proche du visage de Shar, que son comportement s'avère plus violent qu'elle n'aurait voulu. Si Michel était ici ! Michel n'est pas ici. À la dernière seconde, Leah esquisse un pas de côté dans l'espoir de passer son chemin. Une petite main lui saisit le poignet.

« HÉ. TOI. »

Sa tête est découverte. D'épais cheveux noirs tombent en bataille sur son visage. Entre les mèches pêle-mêle Leah aperçoit un œil jaunâtre et violacé, duquel coule de l'eau, des larmes, ou autre chose. Leah s'efforce de parler mais ne fait que bégayer.

« Qu'est-ce que tu veux que je fasse ? Qu'est-ce que tu veux que je dise ? Je t'ai volée ? Je suis toxico. Je t'ai piqué ton fric. D'accord ? D'ACCORD ?

— Laisse-moi t'aider, peut-être que je... il y a des endroits qui... qui aident. »

Leah grimace en entendant sa propre voix. Quelle faiblesse ! Une vraie gamine suppliante.

« J'ai pas ton fric, d'accord ? J'ai un problème. Tu comprends ce que je dis ? J'AI RIEN POUR TOI. J'ai pas besoin de me faire chier avec toi et ton putain de mec tous les jours. Z'êtes là, à me montrer du doigt et me crier dessus. J'en ai plein le cul, j'te dis. Qu'est-ce que tu veux que je fasse ? Que je me mette à genoux ?

— Non, je... Je peux peut-être t'aider. Je peux faire quelque chose ? »

Shar la lâche, hausse les épaules, se détourne, chancelle, manque tomber. Sur son joli visage, ses yeux se révulsent. Leah tend la main pour la soutenir. Shar la repousse brutalement.

« Prends mon numéro. S'il te plaît. Je vais l'écrire là-dessus. Je travaille avec... enfin je suis en rapport avec pas mal d'organismes, par mon travail, tu vois, qui pourraient peut-être... »

Leah fourre une enveloppe froissée dans la poche de Shar. Cette dernière tend son doigt sous le nez de Leah.

« J'en peux plus. J'en peux plus j'te dis. »

Leah l'observe gravir tant bien que mal le sommet de la colline et disparaître.

15

Dans le 98 une femme est assise en face de Leah, avec une petite fille sur les genoux. Elle montre à l'enfant un paquet de cartes illustrées, supposées stimuler son esprit. Éléphant. Souris. Tasse. Soleil. Champ, avec meuhs meuhs. L'enfant réagit particulièrement à celle représentant un visage humain. C'est la seule qu'elle essaie d'attraper, gloussant. Bravo, Lucia! Ses doigts potelés frappent le carton. Puis elle se tourne vers le visage de sa mère avec la même violence. Non, Lucia! L'enfant menace de pleurer. Certaines choses sont des gens, lui explique sa mère, et certaines choses sont des images et certaines choses sont molles et d'autres sont dures. Leah regarde par la fenêtre. Il pleut sans discontinuer. Les avions sont de retour dans le ciel. Le travail c'est le travail. Le temps a cessé d'être inexplicable. C'est juste le temps. Elle a pris des prospectus au travail, dans le placard qui leur est réservé. Organismes professionnels proposant une aide professionnelle. C'est «tout ce que l'on peut faire». À présent il est temps pour le toxicomane de «prendre ses propres décisions.» Car «personne ne peut forcer quiconque à se faire aider». Tout le monde dit les mêmes choses. Tout le monde dit les mêmes choses de la même façon. Leah descend à Willesden Lane et se met à marcher rapidement, mais le bus la rejoint et s'immobilise. Les passagers du niveau inférieur peuvent la voir se pencher pour vomir – de l'eau principalement, qui se mêle à la pluie – par-dessus une haie bordant une église. Elle fréquentait cette église quand elle était petite ; elle était louvette. Aujourd'hui l'édifice est transformé en appartements de luxe, et chacun a hérité d'un morceau de vitrail coloré. À l'extérieur, là où se trouvait jadis un cimetière, sont garés quelques petits bolides. Le bus s'ébranle en direction de la rue principale. Elle se redresse, essuie sa bouche avec son foulard. Repart à vive allure, une main agrippée à un parapluie inefficace, car l'eau dégouline le long de sa manche droite. Numéro 37. Elle soupèse brièvement les dépliants, comme une fille organisée devant une boîte aux lettres vérifie que son courrier est correctement affranchi avant de le glisser dans la fente.

37

Elle avait espéré trouver une autre solution. Quelque remède de bonne femme qu'elle aurait pu discrètement avaler chez elle, en se servant des produits de l'armoire de la salle de bains. Toute autre solution serait chère. Toute autre solution apparaîtrait sur le compte joint. En ligne elle ne tombe que sur des moralisateurs, ne trouve aucun conseil pratique en dehors des épouvantables histoires d'un autre âge : gin et bains chauds, épingles à chapeau. Qui a encore des épingles à chapeau ? Elle a préféré venir ici, avec une vieille carte de crédit de ses années de fac. Étrange endroit. Anonyme. Elle pourrait se trouver chez le dentiste, ou chez le kiné. Ah, la médecine privée ! Somptueux sofas, tables basses en verre, intimité. Pas de bloc-notes. Personne pour demander :

a) Avez-vous décidé de votre plein gré de subir cette intervention ?
b) Y a-t-il quelqu'un pour vous ramener chez vous après l'intervention ?

Non, une fille lui demande si elle désire un verre d'eau, se renseigne sur le moyen de paiement qu'elle souhaite utiliser. C'est tout. L'argent évacue toute obligation, tout contact plus approfondi. C'est très différent. La première fois, elle avait dix-neuf ans ; l'infirmière de la fac avait tout organisé. Elle était avec une ex bienveillante, toutes deux assises avec leurs jupes d'été au bord d'un lit d'hôpital, jambes pendantes, telles des petites filles punies, et ce qui les intéressait le plus, c'étaient les effets de l'anesthésiant.

« Il m'a tenu le poignet et il a compté dix, neuf, huit, et la seconde d'après, *la seconde d'après*, c'était juste là quand tu m'as embrassé le front.

— Ça fait deux heures et demie ! »

Dans un sens, cela constituait une plus grande révélation que les conférences impénétrables sur la conscience, sur Descartes, ou sur Berkeley auxquelles elles assistaient.

Dix, neuf, huit…

                                  Ça fait deux heures et demie !

Aucun livre n'aurait jamais pu la convaincre comme ce qui s'était produit ce jour-là. Dix, neuf, huit… néant. Quelle gentillesse de la part de cette fille ! Elle n'avait pas à en faire autant. Un des avantages qu'il y a à aimer les femmes, à être aimée par les femmes : elles feront toujours beaucoup plus que le minimum syndical. Dix neuf huit. Retour à la vie. Baiser sur le front. Il y avait aussi une décalcomanie d'enfant, à moitié effacée, sur le mur en face d'elle. Tigrou, Jean-Christophe, Winnie l'ourson, tous décapités. Lit d'appoint dans le service pédiatrique ? Elle ne se souvient que de dix neuf huit : générale indolore avant la mort. Moment à garder en tête lorsqu'on a peur de mourir (dans les petits avions, dans les eaux profondes). À l'époque, elle était enceinte de deux mois. La deuxième fois, de deux mois et trois semaines. Aujourd'hui, c'est la troisième fois.

La réceptionniste boitille en traversant la pièce. Entorse, bandage grisâtre mal ajusté sur la cheville. Leah rougit. Elle a honte devant une entité imaginaire qui n'existe pas, qui contrôle nos pensées. Elle se sermonne. Naturellement, il ne s'agissait pas en venant ici de sa propre non-existence, naturellement, mais plutôt de la non-existence d'autrui. Naturellement. Oui, c'est ça que je voulais dire, que je voulais penser, naturellement. Le genre de choses que pensent les femmes normales.

« Mme Hanwell ? Prenez votre temps. »

16

«Pas pertinent? Comment ça? Comment tu peux me raconter toute cette histoire sans parler du voile?»
Natalie rit. Frank rit. Michel encore plus. Légèrement éméché. Non seulement à cause du verre de prosecco qu'il tient à la main, mais aussi à cause de la beauté de cette maison victorienne, de l'étendue du jardin, et parce qu'il connaît une avocate et un banquier, et qu'il s'amuse de ce qui les amuse. Les enfants courent frénétiquement en cercle sur le gazon, riant aux éclats pour faire comme tout le monde. Leah regarde Olive et la caresse avec ferveur, jusqu'à ce que la chienne, décontenancée, s'esquive. Elle lève les yeux vers sa meilleure amie, Natalie Blake, et la hait.
«Leah.. toujours en train d'essayer de sauver quelqu'un.
— C'est pas ton métier, plutôt?
— Défendre quelqu'un, ça ne veut pas dire que tu le sauves. De toute façon, je prends surtout des cas qui rapportent maintenant.»
Natalie croise une de ses jambes dénudées par-dessus l'autre. Élégance d'une statue d'ébène. Incline sa tête directement dans le soleil. Frank aussi. On dirait un roi et une reine de profil sur une pièce de monnaie antique. Leah est obligée de rester dans l'ombre de ce que Frank appelle le pavillon de jardin. Séparées par un pan de pelouse parfaitement entretenue, les deux femmes s'observent en plissant les yeux. Elles

se portent mutuellement sur le système. Et ce depuis le début de l'après-midi.

« Je n'arrête pas de la croiser.
— Naomi, arrête de faire ça.
— Elle était au lycée avec nous. C'est difficile à croire.
— Ah bon? Pourquoi? Naomi, arrête. Éloigne-toi du barbecue. C'est du feu, c'est chaud. Viens ici.
— Peu importe.
— Excuse-moi. Qu'est-ce que tu me disais? Je t'écoute. Shar. Je ne me souviens pas du tout de ce nom. C'était peut-être pendant notre "pause"? Tu traînais avec un tas de gens que je n'ai jamais fréquentés.
— Non. Je la connaissais pas à l'époque.
— Naomi! Je ne rigole pas. Désolée... mais attends : c'est quoi le problème?
— Y a pas de problème. Laisse tomber.
— Ça fait partie de l'ordre des choses ce n'est pas très...
— "Dit-elle, sans finir sa phrase."
— Quoi? Naomi, viens ici!
— Rien. »

Frank s'approche avec la bouteille, aussi chaleureux avec Leah que sa femme est revêche. Son visage est très proche du sien. Il sent l'argent. Leah se recule légèrement pour qu'il la serve.

« Comment ça se fait que tous ceux de votre lycée sont devenus des criminels fumeurs de crack?
— Et pourquoi tous ceux du tien sont devenus des élus de droite? »

Frank sourit. Il est beau sa chemise est parfaite son pantalon est parfait ses enfants sont parfaits sa femme est parfaite voici un verre de prosecco parfaitement frais. Il dit :

« Ça doit être réconfortant de pouvoir diviser le monde en deux comme ça, dans ta tête.
— Frank, arrête de la taquiner.
— Leah ne m'en veut pas. Tu ne m'en veux pas, Leah, n'est-

ce pas ? Évidemment, moi, je suis déjà divisé en deux, donc tu comprends que ça m'est difficile de penser comme ça. Quand vous aurez des gosses, ils sauront de quoi je parle. »

Leah s'efforce de voir Frank comme ce qu'il suggère : une projection d'un certain avenir pour elle, et pour Michel. La peau café au lait, les taches de rousseur. Mais en dehors du hasard de la génétique, Frank n'a rien à voir avec Leah ou Michel. Elle a rencontré sa mère une fois. Elena. Elle s'était plainte du provincialisme milanais et avait suggéré à Leah de se teindre les cheveux. Frank est issu d'une autre couche du multivers.

« Dans sa grande sagesse ma belle-mère dit toujours que si tu veux vraiment connaître la différence entre les gens, il faut faire le test de l'auxiliaire de santé. Tu sonnes à la porte, et s'ils s'allongent par terre et qu'ils éteignent toutes les lumières, c'est pas des gens bien ! »

Michel dit :

« Je ne comprends pas. Ça veut dire quoi ? »

Natalie explique :

« Parfois les gens n'ouvrent pas à Marcia parce qu'ils ont peur qu'elle soit des services sociaux, ou des allocations familiales. Ils veulent passer sous le radar, en fait. Donc si jamais ma mère vient sonner chez vous, surtout ne vous allongez pas par terre. »

Michel acquiesce avec sérieux, jugeant ce conseil primordial. Il ne se rend pas compte, contrairement à Leah. La façon dont le doigt de Natalie tambourine sur la table de jardin, et le regard qu'elle lance vers le ciel en parlant. Il ne se rend pas compte qu'on les ennuie, qu'ils aimeraient se débarrasser de nous, de cette vieille obligation. Il poursuit sur sa lancée, et déclare :

« Ces gens, ils se coucheraient par terre. Ils sont sur Ridley Avenue. Et on a fini par comprendre qu'ils vivent tous ensemble dans un squat là-bas, il y a peut-être quatre ou cinq de ces filles qui travaillent dans la rue, à sonner aux portes, et on pense qu'il y a aussi des mecs. Des maquereaux sans doute. Mais tu vois ça tous les jours. J'ai pas besoin de te faire un dessin, tu sais de quoi je parle. Tu dois voir des gens comme ça tous le jours, pas vrai ? Au tribunal.

— Michel, chéri... C'est comme si tu demandais à un toubib dans une fête d'examiner le grain de beauté que tu as dans le dos. »

Michel s'exprime toujours avec sincérité, et c'est étrange que ce trait de caractère en particulier – que Leah apprécie extrêmement en privé – la mette si mal à l'aise en public. Nat suit du regard la progression de Spike qui déambule tant bien que mal dans un parterre de fleurs. Puis elle retourne son attention vers Leah, aux yeux de laquelle elle apparaît sereine, un brin impérieuse. Compassée.

« Non, ça m'intéresse. Continue, Michel, excuse-moi.

— Il y en a un autre, il était aussi dans votre lycée. Il lui a demandé de l'argent dans la rue il y a quelques semaines.

— C'est pas ce qui s'est passé ! Il parle de Nathan Bogle. Il vendait des tickets de métro. Tu sais qu'il fait ça, tu l'as vu faire, non, à Kilburn, et à Willesden parfois ?

— Hmmm. »

C'est humiliant de barber à ce point sa plus ancienne amie. Leah en est réduite à exhumer de vieux noms oubliés dans l'espoir d'éveiller son attention.

Frank dit :

« Bogle ? C'est pas celui qui s'est fait arrêter pour trafic d'héroïne ?

— Non, ça c'était Robbie Jenner. Il avait un an de moins que nous. Bogle n'a jamais atteint ce niveau. Il a arrêté ses études pour devenir footballeur. Spike, s'il te plaît, ne fais pas ça, bébé.

— Et il a réussi ? À devenir footballeur ?

— Hein ? Oh... non. Non. »

Elle a peut-être oublié Brayton, aussi. Disparu, largué. Elle est sans doute aussi surprise d'être sortie de Brayton que l'institution elle-même l'est de l'avoir engendrée. Nat, la fille qui a réussi dans un bahut de mille gamins plus tarés les uns que les autres. Trop bien réussi peut-être pour se souvenir d'où elle vient. Pour vivre comme elle le fait, il faut oublier tout ce qu'il y a eu avant. Comment faire autrement ?

« Il était adorable. Sa mère venait de Sainte-Lucie. Toutes nos mères se connaissaient. Il était très beau, très farceur. Il jouait très bien de la batterie. Il était assis près de Keisha. À l'époque où elle s'appelait Keisha. J'étais très jalouse, quand j'avais huit ans. Pas vrai, Keisha ? »

Natalie se ronge un ongle, détestant qu'on se moque d'elle. Elle n'aime pas qu'on lui rappelle ses propres incohérences. Intérieurement, Leah ose accentuer le trait : lui rappeler son hypocrisie. Leah, elle, passe devant leur ancienne cité tous les jours en allant à l'épicerie du coin. Elle peut même la voir de son jardin. Nat vit suffisamment loin pour l'éviter. En tout cas, c'est toujours ici qu'elles se voient, chez Nat, et pourquoi pas ? Regardez cette magnifique maison ! Leah rougit tandis qu'un mot interdit surgit dans son esprit, un mot de Shar : Bounty. Puis Michel prend la parole, donnant le coup de grâce :

« Tu as changé ton nom. J'oublie toujours. C'est genre : "Si tu veux qu'on te prenne pour un roi, tu n'as qu'à porter la couronne." C'est la même chose avec les noms, j'ai l'impression. »

Mais ce déprimant *j'ai l'impression*, qu'il ne prononce qu'ici, dans cette maison, et qui est embarrassant, gâche le plaisir de Leah. Les yeux de Natalie s'écarquillent ; elle se jette sur un autre sujet de conversation, ce que les enfants sont toujours prêts à fournir.

« Michel, tu peux peut-être m'aider. Qu'est-ce que je peux faire avec ça ? » Natalie empoigne à deux mains les cheveux de Naomi, et montre comme ils sont emmêlés en s'efforçant de passer ses doigts à travers les mèches pleines de nœuds, tandis que l'enfant se tortille.

« Elle ne me laisse même pas les toucher, donc je devrais te l'envoyer pour lui raser la tête, non ? Elle pourrait passer au salon demain, et tu lui mets la boule à zéro, d'accord ? »

Naomi hurle. Michel répond à la question gentiment, attentivement, sincèrement. S'opposant à toute mesure drastique, il suggère des produits nourrissants et de l'huile de noix de coco. Même après toutes ces années passées dans ce pays, il ne comprend toujours pas comment les Anglais peuvent autant se délecter à torturer leurs enfants à coups d'ironie. Nat ne se départit pas de son large sourire.

« OK, OK, Naomi. NAOMI. Maman rigolait... Personne ne va... oui, faire des tresses avant de dormir, ça devrait aider, merci Michel... »

Frank enchaîne :

« Dans mon lycée on ne savait pas ce que c'étaient, les vacances scolaires. Ma mère ne me voyait jamais avant Noël. »

Sa femme sourit tristement et l'embrasse sur la joue.

« Oh, je suis sûre qu'il y en avait. Connaissant ta mère elle ne devait jamais venir te chercher, c'est tout. »

Pas très drôle, dit Frank. Plutôt drôle, réplique Natalie. Leah regarde Naomi tendre à Nat un collier de marguerites qu'elle a commencé à fabriquer. Fendre une tige d'un coup d'ongle, et enfiler la suivante dans la fente.

« Je ne vais pas envoyer mes enfants dans une pension. Pour qu'ils se retrouvent complètement seuls dans une classe de trente gamins blancs. Il faudrait être fou.

— Nos enfants avec vingt gamins blancs. Ça ne m'a pas fait de mal, à moi.

— T'as vu un peu tes mocassins, Frank ? »

Pas très drôle, dit Frank. Plutôt drôle, réplique Natalie. Souvent Leah tente de dépister une maladie entre ces deux-là – quelque chose de pourri, de virulent. Mais les patients persistent à bondir de leurs lits et à balancer des vannes. En s'embrassant sur la joue.

« Tu l'as cassu ! »

Leah considère le collier de marguerites. Naomi a raison : Nat l'a cassu. À présent Spike finit le travail en l'arrachant des mains de sa mère et en éparpillant les fleurs déchiquetées sur la pelouse. Les cris retentissent. Leah affiche le sourire affable de celle qui apprécie les enfants. Frank se lève et attrape un gamin furibard sous chaque bras.

« Ils iront dans une école chrétienne pour expier nos péchés. »

Quand Frank ne sait plus comment se comporter avec Leah, il se parodie lui-même. Mais Leah refuse de lui faciliter la tâche en feignant l'innocence, en le forçant à formuler franchement ce qu'il essaie de dire à demi-mot.

« École chrétienne ? Si tôt ? »

Natalie répond :

« Tout ça est ridicule. C'est gratuit, il faut juste prouver qu'on fréquente une église. Ce serait quand même mieux pour eux mais c'est maintenant qu'il faut s'en occuper. Sinon ils ne seront pas acceptés. Il faudrait qu'on trouve une église pas trop contraignante. Elle va où, Pauline, déjà ?

— Maman ? Elle doit y aller une fois par mois. À Saint je ne sais plus quoi. Je lui demanderai si tu veux. »

Frank lâche ses enfants et soupire.

« C'est à votre tour bientôt, non ? »

Michel se charge de répondre à celle-là. Son sujet, son domaine. Une conversation s'amorce sur le fonctionnement du corps de Leah et comment, si elle avait écouté Michel, il aurait été beaucoup plus actif ces dernières années. Leah se concentre sur Natalie. Son corps est là, mais où est son esprit ? Au travail ? Occupé à songer à une envoûtante passion adultérine ? Ou à souhaiter que ces gens partent, afin qu'elle puisse retrouver sa vraie vie, sa vie de famille ?

« Merde ! Le cake à la banane. Je l'ai oublié. Naomi, viens m'aider. »

Leah suit du regard Natalie qui part à grands pas vers

sa belle cuisine avec sa belle enfant. Tout ce qui se trouve derrière ces baies vitrées est chargé et significatif. Les gestes, les regards, la conversation que l'on n'entend pas. Comment devient-on si chargé ? Et de choses uniquement significatives ? Nat s'est apparemment débrouillé pour se débarrasser de tout le reste. Elle est adulte.

Comment s'y prend-on pour devenir adulte ?

« Bon... Michel. Comment ça va, mec ? Quoi de neuf ? Ça marche, la coiffure ? Est-ce que les gens... en période de crise ? »

Le visage de Frank exprime une légère panique, comme à chaque fois qu'il se retrouve seul avec les étranges amis de sa femme.

« En fait, je me lance dans ta sphère, Frank. À une petite échelle, naturellement.

— Ma sphère ?

— Le *day trading*, sur Internet. Après notre dernière conversation, tu sais, j'ai acheté un livre, et...

— Tu as acheté un livre ?

— Un guide... et j'ai essayé tout seul, des petites sommes, juste pour commencer. »

Le visage de Frank suggère à présent le besoin d'une explication supplémentaire : il pressent une improbabilité quelque part. C'est une forme très subtile d'humiliation, mais elle se transmettra de Michel à Leah tel un liquide se transformant en gaz, plus tard dans la journée, ou demain, au cours d'une dispute, au lit.

« Eh bien, le père de Leah lui a laissé, nous a laissé une petite somme.

— Ah, d'accord ! C'est vrai qu'il vaut mieux commencer avec de petites sommes. Mais bon, écoute, je n'ai pas envie d'être responsable si tu te fais plumer, Michel... Je travaille pour un gros bonnet, tu vois, et on a une sorte de filet de sécurité, mais tu sais, pour les traders particuliers, ça vaut la peine de se souvenir que... »

Leah soupire bruyamment. C'est puéril, mais elle ne peut pas s'en empêcher. Frank se tourne vers elle avec un sourire pacificateur et las. Il tapote légèrement son épaule d'un doigt conciliateur.

« Michel, tout ce que je voulais dire, c'est que ça vaut la peine de s'inscrire sur un site du genre *Today Trader*, ou un truc comme ça, et s'entraîner avec de l'argent factice d'abord, pour se mettre le pied à l'étrier...

— Vous m'excusez ? Je crois qu'Olive a besoin de chier, et je ne voudrais pas qu'elle le fasse sur ta magnifique pelouse.

— *Leah*.

— Non, non, non, c'est bon. Michel, Leah et moi on se connaît depuis très longtemps. J'ai l'habitude de ses idées loufoques. Spike, et si on allait promener Olive jusqu'au coin de la rue avant qu'elle rentre chez elle ? Allons chercher un sac, d'accord ? »

Leah et Michel se retrouvent assis dans l'herbe, en tailleur, comme des gamins. Elle se sent petite fille dans cette maison. Ingrédients à gâteaux, tapis élégants, chaises tapissées de tissus choisis. Pas un futon en vue. Du jour au lendemain tout le monde a grandi. Tandis qu'elle s'efforçait de devenir, chacun a grandi et *est* devenu.

« Pourquoi tu me traites comme un débile tout le temps ?

— Quoi ?

— Je t'ai posé une question, Leah.

— C'était pas mon intention. C'est juste que je ne supporte pas son air condescendant quand il te parle.

— Il est pas condescendant. C'est toi qui l'es.

— Qui est-elle ? Qui est cette femme ? C'est quoi cette existence de bourgeois !

— Bourgeois, bourgeois, bourgeois. Tu n'as que ce mot-là à la bouche. Tu es comme ces Anglais... qui détestent tous leurs amis. »

Frank réapparaît dans l'encadrement de la baie vitrée. S'il avait été plus observateur il les aurait surpris à jouer les Punch and Judy, figés dans des attitudes de dégoût et de rage. Mais la capacité à observer n'est pas le fort de Frank, et le temps qu'il lève les yeux ils ont repris leur contenance habituelle : celle d'un couple amoureux et heureux.

« Vous savez où est la laisse ? »

Derrière lui, Nat revient, toujours à grands pas, de la cuisine, l'air serein, sibyllin. Naomi est perchée sur sa hanche comme le bébé qu'elle était il n'y a pas si longtemps. Son afro bouclé explose dans tous les sens. Leah remarque Michel fixant l'enfant. Un profond désir s'inscrit sur son visage.

17

« Tatie Leah ! Tatie Leah ! Maman dit RALENTIS. »
Leah s'immobilise, se retourne. Personne en vue, puis Nat surgit au coin de la rue, soupirant avec emphase. La poussette est vide, Spike est dans ses bras, Naomi accrochée à son tee-shirt. Gulliver, sur le point d'être terrassé par les Lilliputiens.
« Lélé, t'es sûre que c'est par là ? J'ai pas l'impression.
— C'est au bout de cette rue. Sur la carte on dirait qu'elle tourne sur elle-même. Pauline a dit que c'était difficile à trouver.
— Je vois le tribunal et… un rond-point je crois. Les enfants, restez près de moi sur le trottoir. C'est comme marcher sur la bande d'arrêt d'urgence d'une autoroute ici. Un vrai cauchemar. Kennedy Fried Chicken. Bar et billards polonais, Euphoria Massage. Heureusement qu'on a pris la route pittoresque. C'est pas possible que ce soit encore Willesden tout ça. On dirait qu'on est déjà à Neasden.
— Mais non, c'est parce qu'il y a cette église justement que c'est Willesden. C'est la paroisse du quartier.
— Ouais, mais c'est où ? Comment elle fait, Pauline, pour venir ici ?
— En bus, j'crois. J'sais pas.
— Une horreur. »
La route tourne effectivement sur elle-même. Elles se

retrouvent sur un trottoir étroit qui semble être un cul-de-sac. Elles tiennent fermement les enfants tandis que les voitures passent en trombe dans un sens et dans l'autre. Sur leur droite, un centre commercial en faillite, et un immeuble de bureaux voué à l'échec, vide, aux fenêtres presque toutes brisées. Sur leur gauche une étendue herbeuse nichée à côté d'une quatre voies. Censé être une oasis de verdure, c'est devenu une décharge sauvage. Un matelas trempé. Un canapé renversé, aux coussins déchirés et couverts de taches innommables. Et des articles plus excentriques, évoquant des vies abandonnées à la hâte : un demi-scooter, une lampe d'architecte décapitée, une portière de voiture, un porte-manteau, une quantité suffisante de lino pour refaire le sol d'une salle de bains.

Entre deux vagues de voitures, elles traversent en courant la large route agrippées l'une à l'autre tel un seul animal, puis elles se lâchent, s'appuyant sur leurs genoux pour reprendre leur souffle. Censée « y aller doucement » pendant quarante-huit heures, Leah est prise d'un léger vertige. Elle se détourne, lève lentement la tête et la remarque la première : une antique tour-clocher crénelée surgissant entre les branches d'un frêne. Une vingtaine de mètres plus loin, un spectacle des plus improbables se révèle à leurs yeux : une petite église de campagne, médiévale, perdue sur son lopin de terre à côté d'un rond-point. Hors du temps, hors sujet. Cernée d'un champ magnétique de sérénité. Devant le vitrail côté est, un cerisier. Entourée d'un muret de brique qui la protège autant aujourd'hui qu'une guirlande de marguerites. Les portes des caveaux familiaux sont défoncées. De nombreuses pierres tombales sont taguées de couleurs criardes. Leah, Nat et les enfants passent sous le porche du cimetière et marquent une pause sous le clocher. Cadran bleu resplendissant sous le soleil. Il est onze heures et demie dans un autre siècle, une autre Angleterre. Nat essuie son front couvert de sueur avec un lange de bébé. Les enfants, jusqu'alors agités et grincheux à cause de la chaleur, s'apaisent. Un étroit chemin traverse le cimetière ombragé, les pierres tombales victoriennes aux noms des morts les plus récents. Natalie manie tant bien que mal la poussette sur le sol cahoteux.

« C'est dingue. Je l'avais jamais vue avant. J'ai dû passer des centaines de fois ici en voiture. Lélé, t'as l'eau ? C'est sûrement pour ça que Pauline l'aime tant. Parce qu'elle est si vieille. Parce que les vieilles choses sont plus fiables. »

Leah croise les bras sur sa poitrine et se transforme en sa mère, prend le visage maternel : bouche faisant la moue, paupières papillonnant pour se protéger des poussières du monde déterminées à s'introduire dans ses yeux. Natalie, en train de boire, est prise d'un éclat de rire et se renverse de l'eau partout.

« Ah ça, non, les nouvelles églises, très peu pour moi. Je les aime vraiment pas. Les vieilles églises sont plus fiables, c'est sûr.

— Arrête, je vais m'étouffer. Je vis ici depuis toujours et je ne savais même pas que cet endroit existait. Toutes ces années coincée avec Marcia dans cette boîte à conserve pentecôtiste quand on aurait pu venir ici. Écoute-moi, Keisha, je veux juste que l'esprit du Seigneur veille sur nous tous. »

Elles ont beau tourner en dérision leurs mères, elles ne peuvent se soustraire à la gravité enchanteresse du lieu. Les enfants marchent avec précaution entre les tombes, cherchant à savoir s'il y a vraiment des vrais morts sous leurs pieds. Leah accélère, s'écartant du chemin pour s'aventurer dans l'herbe haute, laissant Nat évoquer tant bien que mal avec sa progéniture la différence entre les morts récents et les anciens. Leah étire les bras. Ses doigts effleurent le haut des plus grands monuments, une urne en pierre cassée, une croix en ruine. Bientôt elle se retrouve derrière l'église. Le passé se bouscule, en partie lisible sur les pierres tombales plantées de guingois et usées par le temps. Enfants morts et accouchements fatals. Guerre et maladie. Stèles massives couvertes de lierre, de lichen, de mousse et de taches de moisissures jaunes.

Emily W– membre de cette paroisse s'est éteinte
Dans sa trente– année, en l'an mille huit cent– sept
de notre Seigneur
Laissant derrière elle six enfants et un mari, Albert,
Qui la rejoignit peu de temps après dans la

Marion– fidèle de cette par–
Décédée le 17 décembre 1878 à l'âge de 2– ans
Ainsi que Dora, sa fi–
Décédée le 11 décembre 1878

Allez-y doucement pendant quarante-huit heures,
Dans ce redoutable soleil
Allez-y doucement, Leah Hanwell fidèle de cette paroisse,
Fille unique de Colin Hanwell également fidèle de cette paroisse.
Allez-y doucement pour le restant de votre vie

Leah s'appuie contre une tombe aussi haute qu'elle. Ornée de trois silhouettes en haut relief, presque entièrement érodées. Elle passe ses doigts dans les sillons moussus. Une femme remontant ses jupes serre fermement quelque chose contre elle, une masse informe, quelque chose qu'on lui a peut-être donné. Elle est entourée de deux jeunes garçons en redingote qui lui tendent les bras. Elle n'est personne. Le temps a effacé tous les détails : pas de nom ni de date ni de visage ni de genoux ni de pieds ni d'explication au sujet du mystérieux cadeau...

« Lélé, ça va ?

— Chaud. Il fait tellement chaud. »

Elles franchissent deux lourdes portes en bois, pénètrent à l'intérieur. La messe est sur le point de s'achever. L'étrange odeur d'encens persiste dans l'air. Elles font le tour de la nef, évitant les regards des fidèles. Délicieusement frais à l'intérieur, mieux que la climatisation. Natalie ramasse un prospectus. Autodidacte jusqu'au bout des ongles, cherchant toujours à savoir. C'était sûrement cette « pause ». La pause avait fait la différence. Elle était devenue Natalie Blake durant cette courte interruption dans leur longue histoire, entre seize et dix-huit ans. Tandis que Nat se cultivait, assise sur le sol de la bibliothèque de Kensal Rise, Leah fumait de l'herbe à longueur de journée. Natalie prend toujours des brochures, des brochures et tout le reste.

« Paroisse fondée en 938... rien de la structure originelle de l'édifice ne subsiste... l'église actuelle date d'environ 1315... impacts de balles sur la porte, vestiges de l'époque cromwellienne... d'origine... »

Naomi court devant et tente d'escalader les fonts baptismaux (vers 1150, en marbre de Purbeck). Leah tente d'échapper à la portée de la voix de Natalie. La messe se termine : les paroissiens commencent à sortir en file indienne. Dans l'entrée le jeune vicaire s'efforce de s'entretenir avec chacun d'eux. Il a une main posée sur sa taille replète, telle une vieille femme nerveuse, une mèche de cheveux bruns lui tombant sur la tempe. Son visage s'évertue à plaire sans y parvenir à cause de son absence de menton. Il aurait été le même en 1920, en 1880, ou en 1660. Il est le même, mais sa congrégation est différente. Polonais, Indiens, Africains, Caribéens. Les adultes soigneusement habillés avec des costumes rutilants ou des robes moulantes achetées au marché. Les petits garçons portent des costumes trois-pièces à rayures, les petites filles tiennent fermement contre elles de minuscules châles espagnols, leurs cheveux minutieusement lissés avec des mèches en accroche-cœur sur les tempes. Les fidèles ont pitié du vicaire, qui ne tarit pas d'aimables conseils. Voyons si nous pouvons démarrer à l'heure la semaine prochaine. Tout ce que vous pouvez donner. N'importe quoi. Ils sourient et hochent la tête, sans le prendre véritablement au sérieux. Le vicaire lui-même n'écoute pas vraiment ses propos. Il se concentre sur Leah, l'observant par-dessus les têtes de ses ouailles qui se dispersent. Les rayons de lumière pénètrent à l'intérieur par la façade est de l'édifice. Leah se dirige instinctivement dans cette direction, vers un monument en marbre noir et blanc érigé en hauteur contre un mur, sur lequel elle apprend qu'elle LUI DONNA AVEC BONHEUR 10 FILS ET 7 FILLES, ET C'EST AVEC FOI EN NOTRE SEIGNEUR QU'ELLE ÉRIGEA CE MONUMENT À SA MÉMOIRE. IL S'ÉTEIGNIT DANS SA 48ᵉ ANNÉE, LE 24 MARS 1647. On ne sait rien de plus sur Elle. Leah a envie de poser ses doigts sur les lettres pour sentir leur fraîcheur. Mais Natalie lui conseille de s'abstenir, elle dit Spike arrête d'éclabousser l'eau bénite WAOUH le même sculpteur que celui qui a fait la tombe d'ELIZABETH 1ʳᵉ non chérie pas celle-là c'était une reine chérie il y a TRÈS LONGTEMPS non chérie même encore d'avant et savais-tu qu'avant on disait WILSDON ce qui signifiait source bienveillante au pied d'une colline et c'est de là que vient cette eau J'AI DIT ARRÊTE D'ÉCLABOUSSER. Leah a soudain terriblement soif, elle est faite de soif, elle n'est que soif. Elle s'agenouille pour examiner le robinet, lit le panneau. Non potable. Bénite, mais non potable.

« Maman !

— Non, ce n'est pas maman. C'est quelqu'un d'autre. "Connue pour être plus puissante que la Vierge traditionnelle, elle a des pouvoirs miraculeux, tels que : le don de l'heureux hasard, la capacité de restaurer la mémoire perdue, de ressusciter les enfants morts..." Marcia adorerait : parfois les gens ont des visions d'elle dans le cimetière. Marcia a tout le temps des visions. De vierges blanches le plus souvent, cela dit, avec des cheveux blonds, et de jolies tuniques de chez Marks & Spencer... »

Comment a-t-elle pu passer devant sans la voir ? Derrière elle, une Vierge en bois de tilleul couleur de jais. Qui porte un énorme bébé emmailloté. *L'Enfant Jésus* indique le panneau, les bras tendus de chaque côté, *les mains levées en signe de bénédiction*, indique le panneau, mais Leah n'y voit aucune bénédiction. Le geste lui semble plutôt accusateur. Le bébé a la forme d'une croix : il a l'apparence de ce qui va le détruire. Il tend les bras vers Leah. Comme pour l'empêcher de s'échapper, d'un côté comme de l'autre.

« "devenue le fameux sanctuaire de Notre-Dame-de-Willesden, 'la Vierge noire', détruite et brûlée durant la Réforme, en même temps que Notre-Dame-de-Walsingham, d'Ipswich, et de Worcester, par le Garde du Sceau privé." Encore un Cromwell. Un autre Cromwell ? Ce n'est pas précisé. Voilà où un bon prof d'histoire au lycée aurait été utile... "est lieu saint depuis", attends, c'est l'original ça ? Qui date de 1200 ? Pas possible. C'est super mal écrit, difficile de savoir si...
NAOMI SORS DE

37

« Comment as-tu pu vivre toutes ces années dans ce quartier sans me connaître ? Pendant combien de temps encore pensais-tu pouvoir m'éviter ? Qu'est-ce qui t'a fait croire que tu pouvais te passer de moi ? Tu ne sais pas que je suis ici depuis que les gens appellent au secours ? Écoute-moi : je ne suis pas une de ces vierges blanches et faux cul, ces espèces de madones qui minaudent ! Je suis plus vieille que ce lieu, plus vieille même que la religion qui blasphème en mon nom ! Je suis l'esprit de ces bois de hêtres, de ces cabines téléphoniques, de ces haies et de ces lampadaires, de ces sources d'eau vive et de ces stations de métro, de ces ifs antiques et de ces grands magasins, de ces pâturages et de ces multiplexes 3D. Incontrôlable Angleterre de la vraie vie, la vie animale ! De la vieille église, de la nouvelle, de celle d'avant les églises. Tu as chaud ? C'est trop d'un coup ? Espérais-tu autre chose ? On t'a peut-être mal informée ? Y accordais-tu plus d'importance que tu ne croyais ? Ou moins ? Si on disait les choses autrement, cesserais-tu d'avoir la sensation de flotter ? Tes genoux se dérobent-ils ? Qui es-tu ? Veux-tu un verre d'eau ? Est-ce que le ciel te tombe sur la tête ? Est-ce qu'on aurait pu agencer les choses différemment, dans un autre ordre, un autre endroit ? »

18

« Oh, je m'évanouissais souvent. Souvent ! Ils pensaient que c'était le signe d'une constitution délicate, d'un tempérament artistique et sensible. Mais toutes les filles voulaient devenir infirmières ou secrétaires à l'époque, tu vois ? C'était comme ça. On n'avait pas d'autre choix.

— C'était juste à cause de la chaleur.

— Parce que tu avais beaucoup de potentiel, non, franchement, c'est vrai : le piano, la flûte à bec, la danse, le truc avec le… le… comment ça s'appelle déjà, oh tu sais… la sculpture. Tu as été passionnée de sculpture pendant un temps, et le violon, tu étais une merveille au violon, et plein de petits trucs comme ça.

— J'ai ramené à la maison un pot en terre de l'école, et j'ai joué du violon pendant un mois.

— On s'est assuré que tu prennes toutes les leçons qu'il fallait, cinquante pence par-ci, cinquante pence par-là, ça finit par compter ! Et on n'avait pas toujours cet argent ! C'est grâce à ton père… Paix à son âme… il ne voulait pas que tu grandisses en ayant le sentiment d'être pauvre, même si nous *l'étions*. Mais tu ne t'es jamais vraiment décidée pour une chose, c'est ça que je veux dire. Cette pelouse a besoin d'être arrosée. »

Pauline se penche brusquement et se relève, une poignée d'herbe et de terre dans la main.

« Terre argileuse de Londres. Très sèche. Bien sûr, vous les filles vous faites tout différemment aujourd'hui. Vous attendez et attendez et attendez. Même si je ne sais pas ce que vous attendez au juste. »

Empourpré par l'effort, son visage est encadré de cheveux blancs coupés au carré, mouillés et plats. Les mères sont pressées de communiquer quelque chose à leurs filles. Et c'est précisément cet empressement qui repousse ces dernières, qui les contraint à se détourner d'elles. Les mères se retrouvent esseulées, à la dérive, tenant à la main une poignée d'argile londonienne, d'herbe, de racines blanches, assortie d'un pissenlits, et d'un gros ver laissant glisser le monde autour de lui.

« Beurk. Tu devrais lâcher cette boue, maman. »

Elles sont assises toutes deux sur un banc public que Michel a trouvé voici quelques années. Au milieu de la route, en haut de Cricklewood Broadway. Comme si de rien n'était ! Là au milieu de la circulation ! On aurait dit qu'il avait surgi du bitume. Toutes les autres voitures slalomaient pour l'éviter. Michel a arrêté son Austin Metro, baissé la banquette arrière, ouvert le coffre et l'a chargé, avec Pauline lui donnant un coup de main inutile, sous un concert de klaxons. Une fois arrivés à la maison ils ont découvert qu'il portait le sceau des parcs royaux. Pauline l'a baptisé le trône. Asseyons-nous sur le trône pendant un petit moment.

« C'était à cause de la chaleur. Olive, viens ici, mon chien.

— Pas près de moi ! Je ne veux pas avoir les yeux bouffis ! Voilà ma petite fille. C'est la seule que j'aurai si les choses continuent comme ça, et je suis allergique à ma propre petite fille.

— Maman, ça suffit ! »

Elles restent assises sur le trône en silence, chacune fixant le vide dans deux directions différentes. Leur problème, c'est que leur conception du temps diverge. Leah sait que la puissance de sa nature animale devrait, à l'heure qu'il est, prendre les choses en main. Peut-être a-t-elle été un renard de ville pendant trop longtemps. Chaque nouvelle naissance – les faire-part semblent lui parvenir tous les jours à présent – lui fait l'effet d'une terrible trahison. Pourquoi les gens ne cessent-ils pas de s'agiter ? Elle s'est contrainte à l'inertie, mais le monde ne s'est pas arrêté pour autant. Et les choses qui se produisent ne servent qu'à anéantir définitivement la possibilité que d'autres choses se produisent, ainsi le numéro 37, ainsi la porte s'ouvrant au moment même où elle se tient devant, les bras chargés de prospectus, et Shar lui disant : pose-les, donne-moi la main. Et si on se faisait la malle ? Tu es prête ? Cassons-nous ! Laissons tout ça ! Devenons des hors-la-loi ! Dormons dans les buissons. Suivons la voie ferrée jusqu'à la mer. Se réveiller avec de longs cheveux noirs dans les yeux, dans la bouche. Téléphoner à la maison depuis des cabines imaginaires acceptant encore les vieilles pièces de deux pence. On va bien, ne t'inquiète pas. Je veux rester immobile et continuer d'avancer. Je veux cette vie et une autre. Ne cherche pas à me retrouver !

« et j'essaie juste d'aider, mais je n'attends pas de merci. Je ne sais même pas si tu m'écoutes. Bref. C'est ta vie.

— Et le sanctuaire, t'en fais quoi ?

— De quoi, le sanctuaire ? Celui de la Vierge ? Oh, je ne m'occupe pas d'elle. Elle est absolument inoffensive. C'est écrit église anglicane sur la porte, et c'est le cas depuis mille ans. Ça me suffit bien. Ceux des colonies, et d'Europe de l'Est, ils sont superstitieux, on ne peut pas leur en vouloir ! Ils ont vécu des choses très dures. Pourquoi est-ce que je les priverais de ce qui les réconforte ? »

Pauline jette un regard insistant vers leur vieille cité, peuplée de gens des colonies et d'Europe de l'Est. Aujourd'hui, comme tous les jours ou presque depuis qu'il fait beau, la fille braillarde est sur le pont, en plein débat avec la personne à l'autre bout de son oreillette mains libres. Tu te fous de ma gueule, là ? Arrête de te foutre de ma gueule ! On peut dire

tout ce que l'on veut sur elle, une chose est sûre : elle est d'origine irlandaise. Front bas de criminel, yeux largement espacés. Pauline réserve aux membres déchus de sa propre tribu un mépris particulier.
«Même la Vierge ne pourrait rien pour quelqu'un comme elle. Oh, bonjour Edward!
— Salut, Mme Hanwell!
— Ah, comme ça fait plaisir de te voir, Ned. Comment ça va? Tu as bonne mine tout compte fait. Tu as arrêté la fumette, j'espère.
— Pas encore, pas encore. J'aime trop le goût.
— Ça va ruiner tes ambitions.
— Je n'ai qu'une ambition, de toute façon.
— Et c'est quoi?
— De vous épouser, bien sûr. C'est pas l'herbe qui va m'en empêcher, non?
— Oh, arrête de dire des bêtises.»
Très heureuse, vraiment très heureuse, et le soleil se couche lentement, étirant ses rayons violacés derrière le minaret aigue-marine, tandis que le drapeau de la croix de St Georges ondule dans ce qu'il y a de brise sur le toit de leur vieille tour, fiché dans une antenne parabolique en vue du match de foot. Peu importe peut-être que la vie ne s'épanouisse pas au-delà de ce qu'elle est. Amarrée à la côte où tout a commencé, comme presque toutes les femmes, jadis.
«Leah, ma chérie, c'est ton téléphone.»
Regarde-moi ça : la clôture à droite est presque entièrement démolie. Le lierre de la cité envahit tout, étouffant systématiquement ce que Michel essaie de faire pousser, à l'exception du pommier qui grandit sans l'aide de personne. Elle écrit à la mairie, mais ils n'entendent rien; Ned n'écrit jamais, ni Gloria : ils vivent en communauté, mais elle est la seule à penser de manière communautaire et oh mon Dieu ce pauvre ver déterré, livide dans le soleil. Tel un prépuce qui avance et

recule, avance et recule, sur lui-même. Personne ne m'aime tout le monde me hait parce que je suis un ver grouillant. Mais qui est-ce
cette voix
si calme
et si violente, juste dans son oreille, et elle pense qu'elle a mal entendu, qu'elle est en train de devenir folle, elle pense
«Pardon?
— Tu m'entends? Arrête de venir par ici.
— Pardon? Comment avez-vous obtenu ce numéro?
— Cette fille, c'est mon affaire. Ne viens plus par ici à glisser tes merdes sous la porte, tu m'entends? Fais gaffe à toi. Je sais qui tu es. Si tu reviens ici, fais gaffe à toi.
— Qui êtes-vous?
— Sale gouinasse.»
Le ver se tortille sur lui-même, faute de mieux. Une dalle à sa gauche, une dalle à sa droite.
«et à Poundland la même boîte, carrément la même marque, est à seulement deux quarante-neuf! Il faut vraiment être bête pour faire ses courses ailleurs, c'est tout ce que j'ai à dire. Leah, chérie? Leah? Leah? C'était qui? Au téléphone? Ça va?»

19

L'honneur d'une épouse doit être défendu. C'est un instinct primitif, explique-t-il, en faisant référence aux grands singes dans un documentaire. Tout comme la mère défend son petit, le mâle protège sa femelle. Michel est très heureux d'être en colère, ils s'y abritent tous deux comme sous un auvent. Cela fait des mois qu'ils n'ont pas partagé un aussi bon moment ensemble. Elle est assise à la table de la cuisine tenant ses coudes contre elle tandis qu'il marche en long et en large agitant les bras tel un grand singe. Elle est un bon singe, elle aussi ; elle veut contribuer au bonheur de sa famille simiesque. C'est ce désir parfaitement légitime qui lui fait dire :

« Je crois. Je crois que c'était lui. C'est difficile à dire à la voix. Écoute, je le connaissais il y a vingt ans au moins. Mais je dirais que c'était lui. Si tu me demandes si je suis sûre à cent pour cent, c'est non. Je ne peux pas l'affirmer. Mais spontanément j'ai pensé, oui, c'est lui, c'est Nathan. »

Il se passe si peu de choses dans ce coin du nord-ouest de Londres. Quand un événement se produit, il est naturel de vouloir se placer au milieu du tableau. On aurait dit sa voix. Vraiment. Dit-elle à Michel. Elle rapporte tout à Michel sauf un mot.

20

Ils rentrent du supermarché où ils font leurs courses – pourtant, c'est à cause de lui que l'épicerie du quartier a fermé, et ils exploitent leurs salariés –, les bras chargés de nouveaux sacs quand ils auraient dû prendre les vieux, remplis de brocolis du Kenya, de tomates du Chili, de café non équitable, de sucreries dégueulasses, et du mauvais journal.

Ce ne sont pas des gens bien. Ils n'ont même pas l'intégrité de ceux qui se moquent d'être des gens bien. Eux s'en inquiètent constamment. Les voici encore le cul entre deux chaises. Ils achètent toujours du pinot grigio et du chardonnay car ce sont les deux seuls mots relatifs au vin qu'ils connaissent. Ils sont invités à un dîner et il faut apporter une bouteille de vin. Ils ont au moins appris cela. Ils n'achètent pas de produits équitables parce qu'ils ne peuvent pas se le permettre, prétend Michel, et Leah lui réplique, non, c'est parce que tu t'en fous. Secrètement elle pense : tu veux être riche comme eux mais tu te moques de leurs principes, alors que moi, je m'intéresse plus à leurs principes qu'à leur argent, et cette pensée, cette opposition, la réconforte. Le mariage, ou l'art de la comparaison désobligeante. Et merde c'est lui dans la cabine et si elle y avait pensé ne serait-ce qu'une demi seconde elle n'aurait jamais dit :

« Merde c'est lui dans la cabine.

— C'est lui ?
— Oui, mais... non, je ne sais pas. Non. J'ai cru. Peu importe. Laisse tomber.
— Leah, tu viens de dire que c'était lui. C'est lui, ou pas ? »
Très vite Michel ne l'entend plus, il est déjà là-bas, prêt pour une autre comparaison désobligeante : sa silhouette compacte et bien proportionnée de danseur face à une menace grande et musclée, qui se retourne et s'avère ne pas être Nathan, mais l'autre garçon qu'elle a vu avec Shar – mais peut-être pas. La casquette, le sweat à capuche, le jean taille basse, c'est un uniforme : ils se ressemblent tous. Du point de vue de Leah ce ne sont que des pantins ridicules, avec leurs gestes, et leurs grimaces grossières, et naturellement la promesse d'un fait divers potentiel qui explique tout sauf la misère et ce qui va avec : un jeune en a poignardé un autre sur Kilburn High Road. Ils avaient des noms, et des âges, et c'est affreusement triste, cela stigmatise une chose ou une autre, et ce n'est pas bon pour le prix de l'immobilier. Leah a si peur qu'elle respire avec difficulté. Elle se précipite pour rejoindre Michel, Olive trottinant à ses côtés, et tandis qu'elle court elle se surprend à remarquer quelque chose qui ne devrait pas avoir d'importance : elle a l'air plus vieille qu'eux. Le garçon est un garçon, et Michel est un homme, mais ils semblent avoir le même âge.
« Je sais pas de quoi tu causes, mec, mais TU FERAIS MIEUX DE ME LÂCHER.
— Michel... s'il te plaît. Laisse tomber.
— Dis à ton homme de me lâcher.
— N'appelle plus chez moi, d'accord ? Laisse ma femme tranquille ! Compris ?
— Mais de quoi tu parles, bordel ! Tu veux que je t'en colle une ? »
Ils se heurtent d'un coup de poitrine, tels des primates ; Michel valdingue ignominieusement à la renverse sur le trottoir, atterrissant près de son chien ridicule, qui lui

lèche l'oreille. Puis son adversaire s'approche, le dominant de toute sa hauteur, et arme son pied comme pour tirer un penalty. Leah s'interpose entre eux, tendant les mains pour les séparer, femme suppliante d'une histoire antique.

« Michel ! Arrête ! Ce n'est pas lui. S'il vous plaît : c'est mon mari, il se trompe, ne lui faites pas de mal, laissez-nous tranquille je vous en prie. »

Le pied, indifférent, poursuit son mouvement, pour gagner en puissance. Leah commence à pleurer. Du coin de l'œil elle aperçoit un jeune couple de Blancs bien habillés traversant la rue pour les éviter. Personne ne les aidera. Elle joint les mains, en prière.

« Je vous en supplie, laissez-le tranquille, s'il vous plaît. Je suis enceinte... laissez-nous. »

Le pied bat en retraite. Une main flotte au-dessus de Michel tandis qu'il se relève péniblement, une main en forme de pistolet braqué sur sa tête.

« Si je te revois... *pan, pan !* Je te dégomme.

— Va te faire foutre, OK ? Tu me fais pas peur. »

En un clin d'œil le pied prend une nouvelle fois son élan et percute le flanc d'Olive. La chienne est propulsée à plusieurs mètres de là, dans la porte d'entrée d'une confiserie. Elle fait un bruit que Leah n'a jamais entendu auparavant.

« Olive !

— T'as de la chance que ta meuf soit venue te chercher, mec. Sinon. »

Il a déjà à moitié traversé la rue, hurlant par-dessus son épaule.

« Sinon, quoi ? Espèce de lâche ! Tu frappes mon chien ! Je vais appeler la police !

— MICHEL. Arrête d'envenimer la situation. »

Elle pose sa main sur sa poitrine. N'importe quel passant pourrait croire qu'elle le retient. Elle seule sait qu'il n'essaie pas vraiment de se dégager. C'est ainsi que les deux hommes se séparent, s'invectivant vertement tandis qu'ils s'éloignent l'un de l'autre, flirtant avec l'idée qu'ils n'en ont pas fini, qu'à n'importe quel moment ils peuvent se retourner pour se jeter l'un sur l'autre. Ce n'est qu'une illusion de plus : la présence d'une femme les a déchargés de leurs obligations.

21

Leah croit à l'objectivité. Elle est un peu plus calme à présent ; ils sont presque à la maison. Qui était cette femme pendant l'altercation ? Hurlant, sanglotant, implorant à genoux dans la rue ? Bête à admettre, mais elle s'était toujours considérée « courageuse ». Une battante. Maintenant elle découvre qu'elle sait négocier, implorer, mentir par calcul. Je vous supplie de ne pas détruire la chose que j'aime ! Et sa requête avait été accordée en échange d'un sacrifice de moindre importance, et à ce moment-là elle s'était sentie tout simplement et pitoyablement reconnaissante de la concession octroyée.

Après quoi, elle n'a pas su immédiatement se ressaisir. C'est Michel qui tient Olive dans ses bras et cogne à leur propre porte tandis que Leah continue d'être incapable de trouver les clés dans les sacs de courses.

« Comment elle va ?
— Elle va bien. À moins qu'elle soit blessée à l'intérieur. Mais je crois qu'elle va bien. Elle est choquée surtout.
— Et toi, ça va ? »

La réponse se lit sur son visage. Humiliation. Rage. Naturellement, c'est plus délicat pour un homme d'être objectif. Ils ont ce problème de fierté.

« Ned !
— Hé, ça va, les enfants ?

— Aide Lélé avec les sacs. »
Ils se dirigent vers la cuisine et allongent la chienne adorée dans son panier. Elle a l'air d'aller bien. La nourrir ? Elle mange. Lui jeter une balle ? Elle court. Elle va peut-être bien, mais pour les humains, l'adrénaline et le traumatisme sont encore trop forts pour passer à autre chose. Leah raconte l'histoire à Ned en la débarrassant de toute trace de rage ou d'humiliation. Michel le courageux ! Michel le protecteur ! Elle pose une main sur le bras de son mari. Il la repousse d'un geste brusque.

« Elle a fait croire qu'elle était enceinte. Il a eu pitié de nous ! J'étais allongé par terre comme un con.

— Non. Tu as empêché que les choses ne dégénèrent encore plus. »

Elle pose à nouveau une main sur son bras. Cette fois, il ne proteste pas.

« Tu crois qu'on peut la laisser ce soir ? Je ne sais pas. Ned, tu pourras jeter un œil ? Et nous appeler s'il y a quoi que ce soit ? Ou peut-être qu'on devrait rester ici tout simplement. On devrait annuler. »

C'est un dîner, dit Michel, je ne crois pas qu'on puisse annuler. Elle va bien. Tu vas bien, mon chien, pas vrai ? Tu vas bien ? Les deux humains regardent l'animal dans les yeux, pour se rassurer. Leah s'efforce d'être objective. L'un des humains n'aurait-il pas déjà prononcé le mot « véto » s'il ne redoutait la somme d'argent que cela impliquerait ?

22

Hanwell n'organisait pas de dîners. Il n'allait pas non plus dîner dehors. Ce n'est pas vrai : en certaines occasions il emmenait sa petite famille chez Vijay's sur Willesden Lane, où ils s'installaient à une table près de la porte et mangeaient à la hâte en parlant de manière empruntée. Rien dans l'enfance de Leah ne l'avait préparée à la fréquence avec laquelle elle est maintenant conviée à des dîners, la plupart du temps chez Natalie, où elle est invitée avec Michel pour donner une sorte de couleur locale à la soirée. Ni l'un ni l'autre ne sait quoi dire aux avocats, banquiers, et autres juges. Natalie n'arrive pas à croire qu'ils sont timides. Elle met chaque fois cela sur le compte d'un mauvais plan de table, mais chaque fois le malaise perdure. Ils sont timides, que Natalie le croie ou non. Ils n'ont aucun talent pour l'anecdote. Ils gardent le nez dans leurs assiettes, coupant soigneusement leur nourriture, laissant la maîtresse de maison raconter leurs histoires à leur place, hochant la tête pour confirmer certains détails, noms, dates, endroits. Livrés en pâture au reste de l'assemblée, ces récits acquièrent une existence à part entière, indépendante d'eux, impressionnante.

« ou je serais juste partie. J'aurais couru comme une dératée, pour les laisser se débrouiller. Sans vouloir t'offenser, Michel. Tu es très courageuse, Leah.

— Puis chacun est parti de son côté comme ça ? "Merci, j'ai failli te buter, mais il faut que j'y aille..."
— Ha !
— "J'ai plutôt une journée chargée, il me reste plein de gens à braquer avec mon faux flingue."
— Ha !
— Tu peux me passer la sauce ? Si tu mimes un flingue avec tes doigts, ça veut dire que tu en as vraiment un, ou c'est en fait ta seule et unique arme ? La récession touche tout le monde, j'imagine... pourquoi les gangsters seraient-ils épargnés ? Regarde, j'en ai un aussi. *Pan !*
— Ha ! Ha !
— Mais attends... t'es enceinte ? »
Douze personnes assises à la longue table en chêne de Natalie cessent de parler et de rire et se tournent vers Leah en train de se bagarrer avec du canard.
« Non.
— Non, c'est juste un truc qu'elle a *dit*, comme ça, pour l'arrêter.
— Très courageux. Bien vu. »
Ainsi s'achève la version de Natalie de l'histoire de Leah et Michel. D'autres s'emparent de la conversation et racontent leurs anecdotes avec plus de panache, les reliant à des sujets d'actualité qui font débat dans les journaux. Leah tente d'expliquer ce qu'elle fait dans la vie à quelqu'un qui s'en moque. Les épinards viennent directement du potager. L'espace d'un instant tout le monde s'accorde à se plaindre des ravages de la technologie, quel désastre, en particulier pour les adolescents, et pourtant la plupart des convives ont leurs téléphones portables posés à côté de leurs assiettes. Tu me passes les carottes vichy s'il te plaît. Entretemps les parents sont devenus vieux et malades au moment même où leurs enfants décident de fonder leur propre famille. La plupart des parents sont immigrés – de Jamaïque, d'Irlande, d'Inde, de Chine – et ils ne parviennent pas à comprendre

pourquoi leurs enfants ne les ont pas encore invités à vivre chez eux, comme le veut la coutume de leur pays. La technologie propose de se substituer à cette impossible proposition. Monte-escalier électrique. Pacemakers. Prothèse de hanches. Dialyse. Mais rien ne les satisfait. Ils ont travaillé dur pour que nous, les enfants, puissions vivre ainsi. Ils ne seront «littéralement» jamais heureux jusqu'à ce qu'ils s'installent dans nos maisons. Ce qu'ils ne pourront jamais faire. Tu me passes la salade de tomates anciennes s'il te plaît. Le truc avec l'islam. Je vais te dire, moi, à propos de l'islam. Le problème avec l'islam. Soudain tout le monde se prétend expert de l'islam. Mais qu'en penses-tu, Samhita, ouais, qu'en penses-tu, Samhita, quel est ton point de vue sur la question? Samhita, l'avocate spécialisée en droit de la propriété intellectuelle. Tu peux me passer le thon s'il te plaît. Des solutions circulent entre les convives, des stratégies. Cliniques privées. Cinémas privés. Noël à l'étranger. Un restaurant avec seulement cinq tables. Systèmes de sécurité. Clôtures. L'habitacle d'un 4x4 qui vous permet de dominer la circulation. Il y a sûrement un moyen de parfaitement s'isoler du monde, cela se trouve, même si ce n'est pas donné. Mais Leah, lance quelqu'un, Leah, au bout du compte, est-ce que ton souhait le plus cher, au bout du compte, ce n'est pas de donner à ton enfant les meilleures opportunités au monde? Tu peux me passer les haricots verts aux amandes s'il te plaît. Qu'entends-tu par meilleure? Tu peux me passer la tarte au citron. Tout ce qui peut permettre à un enfant de réussir. Tu peux me passer les fruits rouges. Qu'entends-tu par réussir? Tu peux me passer la crème fraîche. Tu penses que la différence entre toi et moi, c'est que toi tu veux donner à ton gamin les meilleures chances? Tu peux me passer la petite cuillère. Il incombe à l'hôtesse d'arrondir les angles, de faire remarquer que ces questions sont encore hypothétiques. Pourquoi se disputer à propos d'un enfant non encore né? Tout ce que je sais, c'est que je ne veux pas avoir à expulser un truc gros comme une pastèque par un canal pas plus large qu'un citron. Infirmière, shootez-moi et que ça saute ! As-tu pensé à accoucher dans l'eau ? Tout le monde dit les mêmes choses de la même façon. Conversations teintées de terreur. Animaux captifs rêvant d'un retour à la nature. Natalie est calme, car elle a déjà fait ce voyage. Tu peux me passer l'ordi. Il faut que vous voyiez ça. Ça ne dure que deux minutes, c'est hilarant.

Pénurie d'eau. Guerres alimentaires. Virus H5N1. L'océan engloutit Manhattan. L'Angleterre gèle. L'Iran appuie sur le bouton. Une tornade dévaste Kensal Rise. Il doit y avoir quelque chose d'attrayant dans l'idée de l'apocalypse. Des quartiers entiers livrés au pillage. Des écoles installées dans des supermarchés et des églises désaffectées. Nouveaux groupements, nouveaux liens, partenaires multiples, enfants libérés de toute cette assommante protection. De gigantesques systèmes sono bidouillés hurlant de la musique à chaque coin de rue. Population se déplaçant en masse, anonyme, sans meneur, par vagues, masquée, à la recherche de nourriture et d'armes. Bande courant dans les couloirs de Caldwell le dimanche, sonnant à toutes les portes.

C'était le bon temps. N'est-ce pas, Leah ? C'était carrément le bon temps. Tu peux me passer le whisky. Parce que c'est une comparaison facile : tu ne peux pas être responsable d'un événement économique complexe de la même manière que tu es responsable quand tu descends dans la rue avec l'intention de voler. Tu peux me passer le café. Et pas n'importe lequel, c'est du très, très bon café.

« C'est juste décevant.

— C'est tellement décevant.

— Surtout quand tu te plies en quatre pour aider quelqu'un et qu'on s'en prend à toi pour te remercier. C'est ça que je ne supporte pas. Comme ce qui est arrivé à Leah, en fait... Lélé raconte-leur l'épisode avec la fille.

— Quoi ?

— La fille avec le voile. Qui est venue chez toi. C'est une histoire vraiment triste. Bon, je vais le faire... »

Ce n'est qu'après avoir reçu des bises sur les deux joues, après que la lourde porte d'entrée se referme derrière eux, après qu'ils se retrouvent à nouveau à l'air libre, dans la nuit, que Leah et Michel reviennent à la vie. Mais même cette complicité fondée sur le mépris peut très vite s'évanouir. Le temps qu'ils arrivent à la bouche de métro, Leah en a trop dit, s'est trop plainte, et leur délicate alliance, leur partenariat basé sur le «seul-contre-tous» faiblit, révélant ses failles.

« Tu ne crois pas qu'ils se sont ennuyés autant que toi ? Tu crois que t'es quelqu'un d'exceptionnel ? Tu crois que je me réveille tous les matins ravi de te voir ? Tu es snob, mais d'une autre façon. Tu crois que tu es la seule à vouloir autre chose ? Une autre vie ? »

Ils prennent le métro en silence, furieux. Ils traversent Willesden à pied en silence. Ils arrivent devant la porte en silence, chacun cherchant sa clé de son côté. Ils se disputent la serrure de manière comique, et Leah craque la première. Le temps d'arriver dans le couloir, ils rient, et peu après, s'embrassent. Si seulement ils pouvaient rester entre eux tout le temps. Si le monde se réduisait à toi et moi, dit Leah, on serait heureux tout le temps. Tu parles exactement comme eux, rétorque Michel, et il enfonce sa langue dans l'oreille de sa femme.

Le lendemain matin ils arrivent dans la cuisine détendus, en tee-shirt et pantalons, s'abandonnant au rythme ralenti d'un samedi matin. Leah va relever le courrier. C'est elle qui la voit la première. Innocent, adoré petit animal, froid, pas encore raide, loin de son panier, sous la table du petit bureau, couchée sur le côté. Mousse ensanglantée aux babines. Michel ! Michel ! Elle ne crie pas assez fort. Ou bien il est dans le jardin, à admirer l'arbre. La sonnette retentit. C'est Pauline. Olive est morte ! Elle est morte ! Oh mon Dieu ! Elle est morte ! Où ? demande Pauline. Montre-moi. C'est l'infirmière en elle qui parle. Et lorsque Michel les rejoint, qu'il découvre sa chienne morte et qu'il devient aussi hystérique que Leah, cette dernière se surprend à éprouver de la reconnaissance face au côté pragmatique avec lequel sa mère aborde l'existence. Leah veut pleurer, et seulement pleurer. Michel veut retracer encore et encore l'ordre des événements. Établir une chronologie, comme si cela pouvait changer quoi que ce soit. Quant à Pauline, elle veut surtout s'assurer de désinfecter le sol sous la table et d'enterrer la boîte à chaussures à au moins trente centimètres dans le sol du jardin commun. Pas besoin de demander aux autres, déclare Pauline, évoquant les voisins – ils diront non de toute façon. Dépêchez-vous, poursuit-elle, essayez de vous ressaisir. Il faut qu'on s'en occupe. Prenez un thé. Calmez-vous. Elle demande : ça ne vous a pas effleurés qu'elle n'ait pas aboyé quand vous êtes rentrés ?

23

On pourrait croire que l'un des rêves de Michel s'est réalisé : ils ont grimpé un échelon, du moins en ce qui concerne la qualité et l'intensité de leur peur. Leah en blâme naturellement Michel : leur nouvelle méfiance, leur nouveau verrou, le fait qu'il va à présent la chercher au métro, la façon dont ils traversent la rue pour éviter «certains éléments», leurs discussions incessantes sur un éventuel déménagement. Michel passe plus de temps devant l'ordinateur, à rêver d'une rentrée d'argent inattendue qui les transporterait dans un autre quartier, plus à son goût, c'est-à-dire plus africaine, moins caribéenne. Ce à quoi Leah ne fait aucun commentaire. Elle est submergée; juillet est un mois perdu. Elle laisse ses petits changements se produire, là-haut à la surface tandis qu'elle chemine au fond de l'océan. Sa douleur est atroce. Elle connaît mal les règles en matière de deuil d'animaux. Pour un chat : une semaine. Pour un chien : deux sont tolérées, trois commencent à paraître absurdes, en particulier dans un bureau où – selon la mentalité caribéenne – tout animal plus petit qu'un âne est considéré comme de la vermine. Elle pleure son chien. Elle croit que la tristesse va la tuer. Lorsqu'elle croise l'un des nombreux semblables d'Olive traînant la patte sur Edgware Road, souffrant dans la chaleur, elle est submergée. Au travail, Adina plisse les yeux en voyant son visage bouffi de larmes. Pas encore le chien ? S'il s'agit effectivement d'autre chose, si le chagrin n'est pas dû à la perte de son chien, cela ne fait concrètement aucune différence pour celle qui souffre : c'est Olive qu'elle connaissait, et c'est Olive qui lui manque. Leah est devenue l'une de ces folles qui interpellent les propriétaires de chiens dans la rue pour leur raconter son malheur.

En rentrant à pied d'une journée de formation à Harlesden, elle se perd dans les petites rues. Elle tourne plusieurs fois à gauche au hasard, pour continuer d'avancer, pour semer un inconnu à capuche certainement inoffensif, quand voici à nouveau cette étrange petite église, qui sonne six heures du soir. Elle rentre à l'intérieur. Une demi-heure plus tard elle en ressort. Elle n'en dit pas un mot à Michel ni à personne. Elle se met à y aller presque tous les jours. Fin juillet, Michel insiste : il faut qu'ils passent à la vitesse supérieure. Leah acquiesce. Ils s'inscrivent sur la liste d'attente pour l'insémination artificielle. Mais chaque matin elle s'enferme dans la salle de bains et avale sa petite pilule contraceptive. Des boîtes volées dans l'armoire de salle de bains de Natalie, qu'elle cache dans un tiroir. Elle ne veut pas « passer à la vitesse supérieure. » Leur rythme actuel lui convient parfaitement. Elle n'a qu'un seul désir : qu'ils restent ensemble elle et lui pour toujours.

Août arrive.

Août arrive.

Carnaval ! Les filles du travail, les garçons du salon, les vieux copains d'école, les cousins de Michel du sud de Londres : tous déambulent dans la rue, parmi la foule. À la recherche d'une bonne sono, se trémoussant contre des inconnus, mangeant de la viande séchée, pour atterrir dans Meanwhile Gardens, allongés dans l'herbe, défoncés. D'habitude. Pas cette année. Cette année ils ont finalement accepté l'invitation de Frank qui leur propose tous les ans de venir chez l'ami d'un ami, qui a « un pur appart pour voir le carnaval ». Un Italien. Ils arrivent tôt le dimanche matin, comme convenu, pour y être avant que la rue ne soit fermée à la circulation. Ils se sentent un peu bêtes d'errer ainsi dans l'appartement quasiment vide de quelqu'un qu'ils ne connaissent pas. Aucun signe de Frank ni de Nat. Michel part donner un coup de main en cuisine. Leah accepte un rhum-coca et s'assoit sur une chaise devant la fenêtre pour observer la police dehors qui installe des barrières. Dans un coin de la pièce la télévision parle. Et ce pendant un bon moment avant que Leah ne la remarque ; ce n'est que lorsqu'elle entend le nom d'une rue à deux pas de chez elle qu'elle en prend conscience.

« sur Albert Road, dans Kilburn, où hier soir les espoirs d'un paisible week-end de carnaval ont été anéantis par une attaque fatale à l'arme blanche, ici, à la limite de la zone de passage du carnaval dans le nord-ouest de Londres, alors que les habitants se préparaient pour les festivités d'aujourd'hui... »

« Albert Road ! » hurle Michel depuis la cuisine. Leah crie à son tour :

« OUAIS, MAIS ÇA N'A RIEN À VOIR AVEC LE CARNAVAL. C'ÉTAIT HIER SOIR. C'EST JUSTE... »

Michel apparaît dans l'embrasure de la porte.

« c'est du sensationnalisme à deux balles. Ils *veulent* créer...
— Je peux écouter s'il te plaît ? »

La télévision dit :

« Le jeune homme, nommé Felix Cooper selon nos sources, avait trente-deux ans. Ayant grandi dans la tristement célèbre Garvey House, sur Holloway Road, il avait emménagé avec sa famille dans ce coin relativement calme de Kilburn, à la recherche d'une vie meilleure. Et pourtant, c'est ici, à Kilburn qu'il a été accosté samedi en début de soirée par deux jeunes, à quelques pas de chez lui. On ne sait pas si la victime connaissait... »

« Il a été assassiné ! Qu'est-ce que ça peut leur foutre où il a grandi ? »

Je vais mettre la musique maintenant, lance un Italien, et il éteint le poste. Il faut qu'on déménage, déclare Michel. Je ne veux pas déménager, c'est chez moi, répond Leah. Elle accepte un baiser dans le cou. Ne nous disputons pas, dit Michel, d'accord ? Essayons de passer un bon moment. Je ne cherche pas la dispute, assure Leah. OK, mais tu es naïve.

Ils se séparent de mauvaise humeur. Leah monte à l'étage, sur une terrasse. Michel retourne dans la cuisine. À présent l'appartement se remplit très vite. La sonnette retentit continuellement. Ce serait plus facile de laisser la porte d'entrée ouverte, mais le maître des lieux tient à voir le visage de chaque invité sur l'interphone vidéo avant qu'ils ne pénètrent dans l'immeuble. Les convives affluent à la fête tels des soldats au triage médical. C'est l'enfer dehors ! J'ai cru qu'on n'allait jamais arriver. Chacun prend son tour pour profiter des balcons en stuc blanc, danser et souffler dans des langues de belle-mère aux couleurs rasta vers les foules en contrebas. Très vite, Leah est saoule. Elle a commencé trop tôt. Elle ne retrouve plus Michel. Elle repère Frank, qui se démarque des autres invités. Ils restent dans le couloir. Que ce soit à l'intérieur ou à l'extérieur, la musique est si forte qu'on ne peut échanger des informations qu'au compte-gouttes. Nat vient plus tard. Elle est avec les enfants sur un des chars de l'église de Marcia. Feuilleté à la saucisse ?

« Alors c'est quoi le secret ?
— Quoi ?
— DE VOTRE BONHEUR, FRANCESCO.
— JE T'ENTENDS PAS. T'ES SAOULE OU QUOI ? »

Ils se réfugient dans la cuisine, à l'abri des basses. Elle réitère sa question. On se dit tout, affirme-t-il. Du punch ?

La cuisine est bondée. Elle a besoin d'eau. Elle tente de se frayer un chemin jusqu'au robinet. Tasse propre, verre, ou bol ? Clopes et nourriture au fond de l'évier. Pendant cette manœuvre, le temps a continué de s'écouler. Frank a disparu. Michel aussi. Qui sont tous ces gens ? Pourquoi n'ont-ils de cesse de répéter qu'ils passent un bon moment ? Pas de queue aux toilettes, pas de poussière de bitume accumulée entre les orteils, pas besoin de débourser six livres pour une cannette de Red Stripe. Tu vois ! Je te le dis depuis des années ! C'est l'endroit rêvé. Tu peux tout voir d'ici. Et soudain apparaît Nat, debout sur le balcon, seule, regardant dehors. Elle se tourne. Frank se tient dans l'embrasure de la porte. Leah est à mi-chemin des deux, invisible dans la foule. Elle voit le mari regarder la femme, et la femme regarder le mari. Elle ne perçoit aucun sourire, aucun hochement de tête, aucun geste, aucun signe qu'ils se reconnaissent, pas la moindre communication, rien. Des saladiers remplis d'appareils photo jetables aux couleurs éclatantes circulent. Le maître des lieux encourage les convives à immortaliser la fête. Tout le monde essaie à tour de rôle la perruque rasta. Leah se surprend elle-même : elle passe un bon moment.

37

«Comment ça elles ne sont pas là? J'ai laissé mon appareil il y a deux heures. Vous êtes censés les tirer en une heure.
— Je suis désolée, madame. Je ne trouve rien sous ce nom.
— Hanwell, Leah. Vérifiez encore s'il vous plaît.»
Leah pose ses deux mains sur le comptoir du drugstore.
«Vous êtes sûre que c'était aujourd'hui?
— Je ne comprends pas. Vous êtes en train de me dire que vous les avez perdues? J'étais là il y a deux heures. Aujourd'hui. Lundi. C'est un homme qui s'est occupé de moi.
— Je n'ai aucune trace du nom que vous m'indiquez. Je viens juste d'arriver, madame. Savez-vous qui vous a servie? C'était un jeune homme, ou un monsieur plus âgé?
— Je ne m'en souviens pas. Mais je sais que je suis venue ici.
— Madame, il y a un autre drugstore dans la gare, vous êtes sûre que c'était celui-là?
— Oui, je suis sûre. Hanwell, Leah. Vous pouvez regarder à nouveau?»
Une file d'attente se forme derrière elle. Chacun se demande si elle est folle. L'internement est courant dans le nord-ouest de Londres, et ce n'est pas toujours ceux qu'on croie. La femme indienne habillée en blanc derrière son comptoir parcourt une fois de plus sa boîte d'enveloppes jaunes.

« Ah... Hanwell. Ce n'était pas dans les H. Quelqu'un l'avait rangée au mauvais endroit, voyez. Je suis désolée, madame. »

Elle n'est pas folle. Des photos. C'est facile d'oublier le plaisir des vraies photos, leur brillant. Mais la première est entièrement noire, et la deuxième aussi ; la troisième ne montre qu'une espèce d'aura rouge, comme une lampe électrique que l'on tient sous un drap.

« Écoutez, ce ne sont pas les miennes. Je n'en veux pas... »

Shar apparaît sur la quatrième. Immanquable. Shar riant à celui ou celle qui prend la photo, s'appuyant contre une porte, tenant une petite bouteille de quelque chose – vodka ? – à la main. Sous une cible de fléchettes. Aucun autre meuble dans la pièce en désordre. Shar est également sur la cinquième, riant toujours, mais cette fois assise par terre, détruite. Une rousse figure sur la sixième, une junkie cadavérique avec des traces de piqûres, une clope au bec, et si on regarde attentivement...

« Je suis désolée, madame. Laissez-moi reprendre celles-ci, on a dû les mélanger. »

Michel, qui était parti chercher de la mousse à raser, la rejoint. Il n'est pas surpris. Exaspérant, ce refus pervers d'être étonné ou surpris.

Le nord-ouest de Londres, une petite zone.

Avec deux drugstores.

Parfois les photos se mélangent.

Cela n'est pas impossible, mais elle ne peut pas l'admettre. L'éventualité qu'il ne la croie pas la met hors d'elle. C'est la fille ! Tu ne me crois pas ? C'est une coïncidence démente ! Ses photos sont dans mon enveloppe ! Tu ne me crois pas ? Mais pourquoi la croirait-il quand elle lui a menti sur tout ? Les clients dans la file d'attente s'agitent. Elle crie, et les gens la regardent comme si elle était folle. D'un geste brusque Michel l'entraîne vers la sortie, la clochette au-dessus de la porte tinte, tout s'achève si vite. Bizarrement, la brièveté de la scène rend tout plus flou : ces quelques secondes trop courtes durant lesquelles elle a ouvert l'enveloppe et vu ce qui se trouvait à l'intérieur. La fille. Ses photos. Mon enveloppe. Voilà ce qui s'est produit. Comme une énigme dans un rêve. Il n'y a pas de réponse. Et elle ne peut pas non plus revenir sur ce qu'elle a clamé haut et fort devant toutes ces bonnes gens du quartier, ni demander à revoir des photos qui clairement ne sont pas les siennes. Que penserait-on ?

convive

NW6

L'homme était nu, la femme habillée. Cela paraissait curieux, mais elle devait se rendre quelque part. Il faisait le pitre allongé dans le lit, la tirait par le poignet. Elle essaya d'enfiler une chaussure. Ils entendirent des portières de camion s'ouvrir sous leurs fenêtres, des caisses de fruits et légumes qu'on balançait sur l'asphalte. Felix se redressa et observa le parking en contrebas. Un homme en blouse orange avec trois cageots de pommes empilés dans les bras, s'efforçait tant bien que mal de passer par les portes automatiques. Le long faux ongle de Grace cogna sur le carreau. «Bébé, ils peuvent te voir.» Felix s'étira. Il ne fit aucun effort pour se couvrir. «Y en qui sont sans gêne», remarqua Grace, et elle se faufila pour remettre en place les figurines sur le rebord de la fenêtre. C'était idiot de les mettre là. L'homme avait fait tomber quelques princesses durant la nuit et à présent la femme souhaitait savoir où se trouvait «Ariel». Il se retourna vers la fenêtre. «Felix, je te parle, qu'est-ce que t'en as fait? — J'y ai pas touché, moi. C'est laquelle? La rouquine? — Arrête, elle est pas rouquine. Elle a les cheveux rouges. Elle est coincée derrière ce truc... qu'est-ce que c'est sale là-dessous!» L'occasion pour une démonstration de masculinité : Felix glissa son bras mince derrière le radiateur et en extirpa une ex-sirène. Il la brandit dans la lumière en la tenant par ses pieds chèrement acquis. «Indéniablement rouquine. » Grace remit la figurine à sa place, entre la brune et la blonde. « Continue de rigoler, dit-elle. Tu riras moins quand je te foutrai dehors. » Vrai. Les draps étaient blancs et propres, hormis la tâche humide dont il était responsable, et la moquette élimée à force d'avoir été aspirée. Sur l'unique chaise ses vêtements de la veille avaient déjà été pliés et empilés. Le téléphone rose sur la commode en verre reluisait, tout comme le meuble lui-même. Il avait connu beaucoup de femmes : mais il n'avait jamais rencontré quelqu'un d'aussi pleinement féminin, pensait-il. « Bouge ! » Il souleva son postérieur pour qu'elle puisse récupérer une chaussette. Même le flacon qu'elle tenait dans sa main, un faux parfum de marque acheté au marché, avait la forme d'une silhouette féminine. Comme il aurait aimé pouvoir lui acheter les choses qu'elle désirait ! Il y en avait tant. « Et si tu passes devant chez Wilson dans la rue principale... Felix écoute-moi. Si tu passes par là demande à Ricky, tu vois de qui je parle ? Le petit gars à la peau claire avec les mini-twists. Demande-lui s'il peut venir jeter un œil à l'évier. Quelle heure il est ? Merde, je suis en retard. » Il la regarda furtivement s'asperger dans le creux du cou, à l'intérieur du poignet, comme s'il était censé croire qu'elle sentait naturellement la rose et le bois de santal. « T'as vu ma carte de métro ? » L'homme croisa les mains derrière sa tête en haussant les épaules d'un air viril. La femme fit un bruit de bouche désapprobateur et partit inspecter le minuscule salon. C'était difficile de continuer de jouer les costauds en solo. Il faisait tous ces abdos. Tous ces abdos ! Son ventre demeurait concave, tel un rideau aspiré par le vent dans une fenêtre ouverte. Il ramassa par terre le journal de la vieille. La clé, c'était peut-être de faire moins d'efforts. Les hommes qu'elle avait le plus aimés n'étaient-ils pas ceux qui avaient pris le moins soin d'elle ? « Felix, tu bosses aujourd'hui ? — Nan. Cette semaine ils ont seulement besoin de moi vendredi. — Il faut qu'ils te garantissent tes samedis. C'est là qu'il y a du boulot.

Ils te manquent de respect. T'es formé maintenant. T'as ton certificat. Il faut que t'arrêtes de laisser les gens te marcher dessus comme ça. — C'est vrai », dit Felix, et il passa à la Page Trois, celle avec la femme en petite tenue. Grace s'approcha de lui et susurra les paroles d'une chanson en l'embrassant entre chaque mot. « *Never. Ignorant. Getting. Goals. Accomplished.* » Elle grimaça distraitement devant le journal et les mamelons de la femme blanche que Felix – même s'il était plus accoutumé qu'elle à ce genre de tétons – trouvait curieux également, si roses et si petits, telles les tétines d'un chat. « T'as même pas fait ce truc, je parie. Hein ? Felix ? — Quel truc ? — La liste. Tu l'as même pas faite, hein ? » Felix émit un son évasif, mais en vérité il n'avait effectivement pas dressé la liste des choses qu'il attendait de l'univers, et il doutait au fond de lui que cela changeât quoi que ce soit à ses conditions de travail. Il n'y avait pas suffisamment d'activité pour justifier la présence de cinq salariés cinq jours par semaine. Il était le moins expérimenté, le dernier arrivé. « Felix ! » Le visage adoré apparut dans l'embrasure de la porte : « Hé, ça vient d'arriver ! Faut que j'y aille : je le mets sur le canap'. Tu le déposeras chez ton père, hein ? » L'homme voulut protester, il avait des choses à faire, mais il n'était pas censé en parler ; aussi demeura-t-il silencieux. « Vas-y, Felix. Il sera content. Fais attention à toi. Et écoute, je vais rester chez Angeline ce soir, et j'irai directement au carnaval de chez elle. Donc appelle-moi et dis-moi quand tu nous rejoins. » Felix fit la moue. « Nan, Felix, je lui ai promis qu'on se préparerait ensemble. C'est notre tradition. Tu sais bien qu'elle est toute seule maintenant. Toi et moi on peut aller au carnaval n'importe quand. Sois pas égoïste. On pourra y aller lundi. Nous, on est ensemble. Angeline, elle a personne. Allez, sois pas comme ça. » Elle embrassa deux de ses doigts et les pointa vers le cœur de Felix. Il lui sourit en retour. « C'est tout. À plus. » Comment peut-on dissimuler la joie ? Il entendit le claquement de la porte d'entrée se refermant, suivi du martèlement de ses talons sur le plancher usé de l'escalier tandis qu'elle dévalait à la hâte les quatre étages.

« Felix ! Felix Cooper. Quoi de neuf, mec ? »

Un gigantesque gaillard, avec un sourire niais, les dents écartées, un mono-sourcil et d'épais poils noirs dépassant à l'arrière de son tee-shirt. Felix coinça la lourde enveloppe sous son bras et se livra à une poignée de main laborieuse et complexe. Il se tenait à une cinquantaine de centimètres de sa propre porte. « Ça fait un bail... Tu te souviens pas de moi, je parie. » Felix se rendit compte qu'il n'aimait pas le coup de poing trop fort qu'il venait de recevoir dans l'épaule, mais il sourit faiblement et mentit : « Bien sûr que si, mec, ça fait un bail. » Cette réponse parut satisfaire son interlocuteur. Qui donna une nouvelle bourrade à Felix. « Sympa de te voir, mec. Tu vas où comme ça ? » Felix se frotta les yeux. « Des trucs de famille. Je vais voir mon vieux. J'ai pas le choix. » Le jeune homme rit : « Lloyd ! Il venait chez nous dans le temps acheter ses Rizla+. Ça fait une paie que je ne l'ai pas vu. » Ouais, le vieux Lloyd. Ouais, sympa le vieux Lloyd. Toujours là-bas, à Caldwell. Ouais. Jamais parti. Toujours rasta, ouais. Et il a toujours son étal à Camden. Pour vendre ses babioles. Toujours pareil. Felix pouffa comme il crut de bon ton de le faire à ce moment-là. Ils se tournèrent ensemble vers les tours de Caldwell, se dressant à quelques cinq cents mètres de là. « La pomme ne tombe jamais loin de l'arbre, mec. *Carrément.* » À ces mots, le nom de famille lui revint brusquement : Khan. De la supérette Khan, à Willesden. Il y avait beaucoup de frères dans cette famille, ils se ressemblaient tous. Ils tenaient à tour de rôle le magasin du père. Celui-ci est sans doute le plus jeune. Ils faisaient partie de la bande de gamins de la cité à l'époque, ils habitaient deux étages en dessous des Cooper. Dans son souvenir ils n'étaient pas particulièrement sympathiques. Felix était arrivé trop tard à

Caldwell pour se faire de vrais amis. Pour cela il aurait fallu être né et avoir grandi là-bas. « C'était le bon vieux temps », lança le fils Khan. Par politesse, Felix acquiesça. « Tu vis ici, maintenant ? — Ma meuf habite juste là. » D'un geste du menton il désigna l'enseigne du supermarché au-dessus de sa tête. « Felix, mec tu peux pas faire plus ter ter. Je m'en souviens encore, quand tu taffais là. Tu te rappelles la fois où je t'ai vu à la caisse, et j'étais genre... — Ouais, ben c'est fini maintenant. » Felix regarda fixement par-dessus la tête du garçon le terrain de basket grillagé et désert de l'autre côté de la rue, sur lequel personne n'avait jamais joué ni ne jouerait jamais. « J'habite Hendon, moi, maintenant », reprit le jeune homme avec une pointe de timidité, comme s'il y avait quelque chose d'indécent à avoir eu tant de chance. « J'adore. J'suis marié. Une fille bien, traditionnelle et tout. On attend un petit, *Inch'Allah*. » Il brandit sous les yeux de Felix un annulaire scintillant. « La vie est belle, mec. La vie est belle. » Les gens ont besoin de remporter de petites victoires. « Au fait, Felix, tu vas au carnaval ? — Ouais. Mais seulement lundi, je crois. Je me fais vieux, mec. — On se croisera peut-être là-bas. » Felix lui fit un large sourire. Pointant son enveloppe vers Caldwell.

PAS DE SONNETTE.
Il avait déjà vu SONNETTE CASSÉE plusieurs fois, et aussi DÉFENSE D'ENTRER. PAS DE SONNETTE suggérait une étape supérieure dans le renoncement. D'un coup de pouce Felix repositionna le post-it qui commençait à se décoller. Il frappa pendant un moment, sans succès : le reggae était assourdissant au point de faire vibrer la boîte aux lettres. Il avança jusqu'à la fenêtre de la cuisine et approcha sa bouche de l'entrebâillement. Lloyd apparut dans son champ de vision, pieds et torse nus, mâchouillant distraitement un morceau de pain grillé. Il avait planté dans ses dreadlocks une cuillère en bois façon baguette de geisha pour se faire

un chignon. «Lloyd, j'arrête pas de frapper. Ouvre-moi, vieux.»

Lloyd attrapa un lacet jadis blanc posé sur un cactus mort devant la fenêtre, auquel était suspendue une clé, et le tendit à son fils.

«C'est un vrai sauna là-dedans!» Felix laissa tomber son manteau par terre et se débarrassa de ses baskets d'un coup de pied. Dans le couloir étroit il s'écarta autant que possible d'un des radiateurs en fusion, car même en les effleurant ils vous brûlaient la peau. Ses pieds s'enfoncèrent dans la moquette, une épaisse toison voilette, synthétique. Identique depuis vingt ans.

«Écoute, je peux pas rester. J'ai un truc à faire dans le centre à midi. Mais j'ai quelque chose pour toi.»

Felix se faufila dans l'étroite cuisine derrière son père. Même cette pièce était un bric-à-brac de tambours, de masques africains et d'autres objets ethniques en tout genre. Il y en avait toujours plus à chaque visite. Les piles grandissaient. Une énorme casserole pleine d'un liquide jaune bouillonnant à ras bord était posée sur le gaz. Felix observa son père tandis qu'il enroulait sa main dans un torchon et soulevait le couvercle.

«Le livre est arrivé... celui que Grace a trouvé, tu te souviens?» Il lui tendit l'enveloppe. «Tu devrais emmener tous tes trucs à ton étal. Il fait beau, c'est bon pour le commerce. Tu pourrais les vendre au carnaval.»

Lloyd balaya d'un geste de la main la suggestion de son fils. «J'ai pas le temps pour ces bêtises. C'est plus ma musique. C'est juste du bruit.»

Les assiettes s'empilaient dans l'évier et un petit tas de draps était entassé dans un coin en attendant de partir pour la laverie. Une ampoule nue pendait du plafond. Un demi-joint fumait encore dans un cendrier.

«Lloyd... faut faire du ménage. Pourquoi t'as mis le chauffage? Où est Sylvia?

— Pas ici.
— Comment ça, pas ici ?
— La femme n'est pas là. La femme est partie. Elle s'est cassée y a une semaine. Mais t'as pas appelé pendant tout ce temps, donc tu débarques. Mais moi, y a longtemps que je le sais. Elle reviendra pas. *Ce qui signifie libération, ce qui signifie li-ber-té !* » reprit-il en écho à la chanson qui résonnait par hasard dans l'appartement à ce moment précis. Il esquissa mollement quelques pas de danse en avançant vers son fils.
« Elle me devait quarante livres, lança Felix.
— Regarde ça. Gris ! » Lloyd posa ses mains sur ses cheveux juste au-dessus de son front, tira, et une petite touffe de cheveux blancs surgit. Les deux hommes n'avaient que dix-sept ans d'écart. « Cette femme m'a fait blanchir les cheveux. En trois mois elle a fait de moi un vieillard. »
Nettoyait ton appart. Planquait l'herbe jusqu'à midi. Ramenait un peu de fric, donc tu venais pas me taper. Felix contempla ses doigts.
« Y a rien à dire de plus, Felix, c'est comme ça : comment retenir les gens quand ils veulent partir ? Comment les retenir ? On peut pas les arrêter. Écoute : si tu peux pas retenir une femme avec quatre gosses, je te raconte pas une gamine idiote comme Sylvia, qui n'a rien. Elle n'a personne dans la vie. » Emporté par son élan, il retroussa les lèvres et l'espace d'un instant ressembla en tout point à un chien. « Les gens doivent suivre leur propre route, Felix ! Si tu aimes quelqu'un, laisse-le partir ! Ne sors jamais avec une Espagnole en tout cas... sérieusement, conseil d'ami. Elles ont pas toute leur tête. J'te jure ! Leur cerveau est pas normal. » Quelque chose d'humide tomba sur l'épaule de Felix. À cause du chauffage constamment allumé, de la cuisine et de l'absence de ventilation, des bouquets de moisissure fleurissaient au plafond. De temps à autre, tels des pétales, des lambeaux dégringolaient. « Écoute, je m'en suis très bien sorti sans ta mère.

Ça sera pareil maintenant. Te bile pas, ça ira. Ça a très bien été jusqu'ici.
— Qu'est-ce qu'il est devenu, l'abat-jour ?
— Je me suis réveillé, et elle avait pillé l'appart. J'te jure, Felix. J'aurais dû appeler la police. Elle est sûrement retournée à Madrid à l'heure qu'il est. Le lecteur DVD. Le tapis de bain. Le grille-pain. Tout ce qui n'était pas vissé, elle l'a embarqué. Y compris la camionnette ! Comment je suis censé vendre mon matos sans la camionnette. Tu peux me le dire ?
— Elle me devait quarante livres », répéta Felix, même si c'était vain. Lloyd prit affectueusement le visage de son fils entre ses mains. Ce dernier lui tendit l'enveloppe avec le livre à l'intérieur.
« Pourquoi ta supermeuf vient pas me le montrer, plutôt ? » demanda Lloyd, s'emparant du paquet. « C'est elle que je veux impressionner, pas toi. C'est ça, l'idée, non ? C'est pour ça qu'elle l'a commandé ! Elle veut savoir comment c'était, à Garvey House. Toi, tu y es né, c'est tout. Mais moi, j'y ai vécu. Nan, je rigole. Laisse-moi pisser d'abord. Il y a du thé au gingembre quelque part. »

Dans le salon Felix déchira sommairement l'enveloppe ; un nuage de peluche grise se répandit sur la moquette. Ses frères et sœurs dans leurs cadres rouillées en forme de cœur trônant sur le dessus de la télévision, l'observaient se dépatouiller comme il pouvait. Devon, âgé de six ans, dans la neige devant Garvey House, et les jumelles, Ruby et Tia, plus récemment, assises chacune sur une marche en béton d'un escalier quelque part dans la cité de Caldwell. Plus il déchirait l'enveloppe, plus la charpie s'échappait. Il inspira profondément et souffla sur la poussière qui s'était accumulée sur la jaquette en papier glacé de l'ouvrage. Vingt-neuf livres ! Pour un bouquin ! Et quand est-ce qu'il serait remboursé ? Jamais. Couverture rigide, pareil à un atlas. Garvey House, une galerie de portraits. Felix ouvrit une page au hasard, comme à la roulette russe. Pas de balle : un couple timide, tout juste marié, maigre, l'air campagnard, avec des afros inégaux et des cicatrices d'acné, dans des tenues de mariage trop grandes pour eux, sûrement empruntées. Pas d'invités, ou du moins pas sur la photo. Célébrant seuls avec une bouteille à moitié vide de martini rosso. Il se mordilla la lèvre et continua de feuilleter le livre. Quatre jolies filles noires avec des foulards sur la tête, recouvrant d'une couche de peinture fraîche des graffitis (couleur inconnue. Tout le livre était en noir et blanc). En arrière-plan, des chaises cassées, un matelas et un garçon fumant un joint. Felix entendit la chasse d'eau. Lloyd réapparut, reniflant, bizarrement guilleret. Il sortit un nouveau joint de son pantalon de pyjama et l'alluma. « Allons-y. Montre-moi ça. »

> Les photographies de cet ouvrage témoignent d'une période fascinante de l'histoire de Londres. Entre squat, centre de réinsertion et communauté, Garvey House accueillait de jeunes adultes vulnérables issus des franges de

« Arrête de me lire ce que je sais déjà. J'ai pas besoin qu'il me raconte ce que je sais déjà. C'est qui, qui y était ? Moi ou lui ? » Le livre se rouvrit sur la page que Felix venait de regarder. « Je connaissais toutes ces filles, mec. Elle, c'est Anita, elle, c'est Prissy, et celle-ci, Vicky, Queen Vicky on l'appelait ; celle-là j'sais pas, belle plante en tout cas ! Ce petit connard derrière, c'est Denzel Baker. Un vaurien. Je les connaissais tous ! Qu'est-ce que ça dit, là ? J'ai pas mes lunettes. »

Mai, 1977. Les jeunes femmes décoraient et redécoraient la maison. Parfois les garçons rentraient tard et cassaient tout, par ennui peut-être, ou dans l'espoir que Brother Raymond les paie pour remettre les lieux en état une fois de plus.

« Ouais, c'est à peu près ça. Brother Raymond avait obtenu des financements de la mairie d'Islington, et on les a un peu roulés, c'est vrai. Les garçons foutaient le bordel, et les filles essayaient de réparer derrière eux. Ha! Je peux pas dire le contraire. Sauf ta mère. Elle cassait des trucs, aussi. C'était pendant la vague de chaleur. On avait juste enlevé la porte. Il faisait trop chaud! Où je suis, moi? Je devrais être sur celle-là. Il y a Marilyn! Et... ça, c'est Brother Raymond. Il est tourné du mauvais côté, mais c'est lui. »

Felix regarda attentivement. Les habitants de Garvey House dispersés dans la cour en ciment. Gosses pieds nus, parents ayant l'air de gamins eux-mêmes. Afros, foulards, tresses couchées, étranges perruques raides, grand rasta efflanqué au regard habité, appuyé sur un gros bâton. Il ne savait pas s'il se rappelait effectivement de tout cela, ou si les photographies elles-mêmes lui créaient des souvenirs. Il n'avait que huit ans lorsque la municipalité relogea les Cooper. « Felix, regarde comme on était sapés! Regarde cette chemise! Les jeunes font plus attention à leurs fringues aujourd'hui, avec leurs jeans qui leur tombent sur le cul. Ça nous connaissait, nous, la sape! » Felix dut le concéder : ils avaient du style sans argent, sans le moindre moyen. Des vêtements en nylon récupérés à l'armée du salut, portés avec panache. Des Clark élimées faisant l'effet d'élégantes chaussures italiennes. BLACK POWER peint en grosses lettres sur les murs de la cour. Étrange de voir ici confirmé en noir et blanc ce qu'il avait toujours pris pour une mythologie exagérée. « Laisse-moi trouver une bonne photo de Brother Raymond. Je t'en ai parlé tant de fois, de ce gars! C'était lui, le moteur. » Lloyd tourna négligemment les pages en papier glacé, ratant de nombreuses photos. Il tendit le joint à Felix; ce dernier déclina en silence. Neuf mois, deux semaines et trois jours. « Sans Brother Raymond, je dormirais encore à King's Cross aujourd'hui. C'était un homme bien. Il n'a jamais... — Attends!» Felix posa brusquement sa main sur le livre.

Page 37. Lloyd allongé sur un matelas taché en train de lire *L'Autobiographie de Malcolm X*. Larges pattes d'eph, petites lunettes, torse nu là aussi. L'air juvénile. Pas les dreadlocks qu'il connaît, mais un afro soigné d'une dizaine de centimètres. «Tu vois? Tu me crois jamais : je lisais tout le temps, tout le temps. C'est pour ça que vous êtes intelligents, vous autres. Ils m'appelaient tous le professeur. C'est pour ça que Jackie m'a mis le grappin dessus. Elle voulait savoir ce qu'il y avait *là-dedans*.» Lloyd se tapota la tempe en grimaçant, comme si l'intensité des mystères de son esprit était effrayante, même pour lui. «Une vraie vampire. Elle suçait la connaissance.» Felix opina du chef. Il s'efforça d'observer plus attentivement la photographie. Il demanda les noms des trois autres types sur le cliché, assis autour d'une table à fumer et à jouer au Blackjack. «Deux de ces gars sont tombés pour meurtre. Celui qui a le petit visage, là, je n'arrive pas à me rappeler de son nom, mais l'autre, c'est Antoine Greene. La vie était dure à cette époque! Vous autres jeunes, vous avez pas idée. Les gens aujourd'hui... cet idiot de Barnes. Comment il dit déjà? "La lutte"! C'est lui qui habite un trois-pièces, non? C'est lui qui touchera une retraite de la poste dans quelques années. J'ai pas de leçon à recevoir de ce crétin. Je la connais, moi, la lutte.» Lloyd souligna ses dires en frappant du poing sur le mur, et les pensées de Felix suivirent les réverbérations du son jusqu'à l'appartement mitoyen. «Barnes, c'est un gars bien, mec. Il est sympa», lança-t-il par réflexe, pour défendre un certain nombre de souvenirs. Jouer avec les filles de Phil près des poubelles, examiner les fossiles de Phil, faire pousser des graines de moutarde dans du coton mouillé sur le balcon de Phil. Enfant, Felix s'était imaginé que le monde adulte était peuplé d'hommes comme Phil Barnes. Qu'ils étaient aussi courants en Angleterre que les fleurs sauvages. «C'est un imbécile », décréta Lloyd, et il trouva ses lunettes entre deux coussins du canapé.

Felix décida de se charger de tourner les pages et s'arrêta bientôt sur Brother Raymond, qui apparaissait distinctement cette fois, participant à la reconstruction du mur de façade. « Tu vois où c'est, Holloway Road, n'est-ce pas ? Là où il y a l'agence pour l'emploi, c'était là. » Brother Raymond était un homme petit avec une barbe à la Trotski parfaitement taillée. « Tu m'as dit qu'il était prêtre. — Ben, c'est vrai ! » Felix passa son doigt sous la légende. « "Travailleur social autoproclamé." — Écoute : c'était un prêtre. Spirituellement, c'était un prêtre. » Felix bâilla ouvertement. Les légendes commencèrent à contrarier Lloyd. « Ouais, c'est ça, OK, c'est Ann. Et alors ? Ann machin ou truc : c'était il y a trente ans, mec ! Tout le monde se la tapait, Ann. C'était une fille facile ! Et alors ? Qui lui a dit qu'il avait le droit de prendre plein de photos ? On n'était pas au zoo, bordel ! » Felix reconnut le changement d'humeur provoqué par l'herbe. Dans la cuisine à côté, une vieille bouilloire en étain sifflait sur la gazinière. « Felix, va nous faire du thé. »

En ouvrant les placards, Felix découvrit le pot de miel renversé, et la boîte de thé collée sur l'étagère. Il s'empara d'un torchon humide. Lloyd criait de l'autre côté de la fine cloison : « Je me souviens de ce petit Blanc. Toujours à nous mitrailler, à nous faire chier. Un de ces mecs qui veulent prendre part à la lutte, quand c'est pas leur problème. L'idiot d'à côté, c'est pareil. La même mentalité. Nous, on essayait de s'en sortir, c'est tout. Y a des fois où il a eu de la chance de rester en vie, crois-moi ! Ils rigolaient pas, ces garçons-là. Pas du tout. Personne nous a jamais parlé d'un livre, ni d'argent. Sans ça, la mairie s'en serait mêlée. Si tu prends une photo, Felix ? Hein ? Si tu prends un homme en photo, eh bien, y a des droits ! » Lloyd apparut dans l'encadrement de la porte de la cuisine, les yeux injectés de sang. « C'est son âme en quelque sorte. Comment tu peux vendre ça comme ça sous la loi anglaise ? C'est pas possible. Dans un bâtiment qui dépend de la mairie en plus ? Ça m'étonnerait. Va à la bibliothèque. Va voir dans les livres de droit. Il est où mon fric ? Il vend mon image sur les Internets ? *Mon* image ? Ça m'étonnerait. Ils sont où, mes droits selon la loi anglaise ? Mets un peu de miel dans le mien. »

Depuis la porte, Felix observa Lloyd s'installer avec son livre dans le vieux canapé en velours gris, empiler des biscuits sur la petite table en verre, poser à côté son thé et placer délicatement en équilibre son joint, afin de préserver la table tandis que la cendre tombait sur la moquette. Il songea à demander à son père à quand remontait sa dernière conversation avec Devon, mais choisit plutôt le chemin de l'autopréservation : « Lloyd, je vais y aller. — Tu viens d'arriver ! — Je sais, mais il faut que j'y aille. J'ai des trucs à faire. » Felix donna une claque sur le montant de la porte, espérant conférer à son geste une note conclusive et joyeuse. « Pour qui ? interrogea Lloyd froidement, sans lever les yeux. Pour toi ou pour elle ? » Il avait cette voix particulière, haute perchée et inquisitrice – une voix soudain jamaïcaine – s'insinuant dans les oreilles de Felix tel un serpent sortant de son panier. Il tenta d'en sourire – « Allez, mec commence pas avec ça » –, mais Lloyd savait parfaitement comment distiller son poison. « J'essaie de t'éduquer, d'accord ? C'est pas que tu me comprends pas, Felix, c'est que tu ne veux pas me comprendre. Tu te la pètes ces derniers temps. Mais laisse-moi te demander queq' chose : pourquoi que tu continues à courir après les gonzesses comme si elles pouvaient te sauver la vie ? Sérieusement. Pourquoi ? Regarde Jasmine. Tu n'apprends jamais rien. L'homme ne peut pas satisfaire la femme, OK ? Peu importe ce qu'il lui donne. La femme est un trou noir. J'ai lu plein de trucs là-dessus, Felix. Biologiquement, socialement, historiquement parlant. La femme est un trou noir. Ta m'man était un trou noir. Jasmine était un trou noir. Celle avec qui t'es maintenant, c'est la même chose. Et en plus elle est jolie, donc elle va te sucer tout ton sang avant même que tu comprennes ce qui t'arrive. Mieux elles sont, pire c'est. » Lloyd avala une longue et satisfaisante gorgée de thé. « Allez, tu me fais trop rire », souffla Felix, réussissant presque à s'éclipser.

Dans le couloir, tandis qu'il s'efforçait de remettre ses Nike, Felix entendit la main de Lloyd claquer violemment sur une page. « Felix ! Viens ici ! » Ce dernier fit demi-tour et trouva son père en train d'écarteler le livre, appuyant fermement entre deux pages pour les aplatir au maximum. « Là, juste dans le coin, avec la robe à fleurs... je m'en souviens de ces fleurs, elles étaient violettes. J'en suis sûr à deux cents pour cent. J'te jure ! Pourquoi tu ne me crois jamais ? C'est Jackie. Écoute, quand elle était enceinte des filles, elle portait des chaussures plates. Tout le temps. Mais sans ça, elle était toujours avec ses talons ! Elle était trop coquette. » Lloyd tendit le bras vers son joint, satisfait de son analyse. Felix s'assit sur l'accoudoir du canapé et examina le coude et le pied gauche appartenant soi-disant à sa mère. Une flamme d'espoir s'efforça de naître en lui, mais les déceptions accumulées l'étouffèrent. Il s'appuya contre le mur. Lloyd approcha le livre du visage de Felix. L'appartement était une étuve, c'était insupportable. Les murs transpiraient ! Lloyd gifla la page à nouveau. « Ça, c'est Jackie. Deux cents pour cent. — Faut que j'y aille », croassa Felix, embrassant furtivement Lloyd sur la joue, et il s'enfuit.

Par comparaison, il faisait frais dehors ; il s'essuya le visage et s'évertua à respirer comme une personne normale. Alors qu'il fermait la porte, Phil Barnes de l'appartement mitoyen sortait de chez lui. Il avait, quoi, soixante ans à présent ? Il s'évertua à soulever le lourd pot de fleurs trônant à côté de sa porte. Il fixa Felix qui sourit et dégagea sa casquette de ses yeux.

« Salut, Felix !
— Salut, M. Barnes.
— Je l'ai fait sauter sur mes genoux, et maintenant il m'appelle "monsieur".
— Salut, Phil.
— J'aime mieux ça. Dieu que c'est lourd, ce machin. Reste pas là avec ton air de "jeune", Felix. De jeune malotru. Donne-moi un coup de main, s'il te plaît. » Felix souleva le pot. « Voilà. Comme ça. »
Phil Barnes regarda à droite et à gauche tel un agent secret, puis fit tomber une clé par terre et la poussa du pied sous le pot.
« C'est affreux, hein ? Je suis là à m'inquiéter pour mon bien comme une vieille bonne femme. Comme un PLOUTOCRATE. Si ça continue comme ça, je vais commencer à dire des trucs du genre, "On n'est jamais trop prudent !". Zigouille-moi quand j'en arriverai là, d'accord Felix ? Flanque-moi une balle dans la tête. » Il rit et enleva ses petites lunettes rondes à la Lennon, pour les nettoyer avec son tee-shirt. Soudain aveugle et vulnérable, il chercha Felix du regard. « Tu vas au carnaval ?
— Ouais. Sûrement. Demain. C'est samedi aujourd'hui, non ?
— Mais oui, bien sûr. J'ai le cerveau en compote. Comment va ton père ? Je l'ai pas vu beaucoup ces derniers temps.
— Ça va. Toujours le même. »
Felix fut touché que Phil Barnes soit suffisamment aimable pour prétendre devant lui ne pas être fâché avec celui qui était son voisin depuis trente ans. « Quelle éloquence, Felix ! "Un mot vaut mieux qu'un grand tableau !", n'est-ce pas ? Mais c'est pas plutôt le contraire ? On dit "une image vaut mieux qu'un long discours", non ? »
Felix haussa gentiment les épaules.
« Ne m'écoute pas, Felix. Je suis devenu un vieux gâteux. Ça doit être d'un ennui à pleurer de m'entendre déblatérer.

Je me souviens quand j'étais jeune, je supportais pas les vieux en train de se plaindre constamment. Que les jeunes fassent ce qu'ils ont à faire. Faut avoir confiance en eux. Faut les laisser faire leur truc ! Je suis un peu anticonformiste, mais c'est logique parce que j'étais un mod à l'époque ! Et je le suis encore, à ma façon. Mais aujourd'hui, dit Phil en posant une main sur la rambarde de la coursive, eh bien les jeunes n'ont plus d'espoir, Felix, plus d'espoir. On a gaspillé toutes leurs ressources, n'est-ce pas, jusqu'au bout, j'en ai bien peur ! Et maintenant je suis encore là à te faire une conférence. Sauve-toi ! Sauve-toi ! Je fais partie du "tsunami gris" ! Tu l'as lu, cet article ? C'était dans le *Guardian*, l'autre semaine. "Tsunami gris." C'est les gens comme moi, apparemment. Ceux qui sont nés entre 1949 et 19 quelque chose. Enfant égoïste du baby boom. On a bouffé toutes les ressources, tu vois. J'ai raconté ça à Amy et elle m'a répondu, "Et qu'est-ce qu'on a eu en échange, bordel ?!" Ça m'a fait rire. La politique, ce n'est pas vraiment son truc, à Amy, mais elle n'est pas méchante, tu vois. Elle n'est pas méchante », répéta Phil, l'air troublé car il s'était égaré loin du bonjour-bonsoir – cela se produisait de plus en plus ces derniers temps –, et il devait à présent tenter de revenir à des banalités. « Quel âge as-tu, Felix, maintenant ? »

Felix frappa son poing dans sa paume. « Trente-deux. Je *vieillis*. C'est même plus drôle.

— Bah, ça l'est jamais, non ? C'est pour ça qu'ils se plaignent tout le temps, les vieux. Je commence à avoir de la sympathie pour eux, avec leurs douleurs qui se baladent. Tu peux appuyer sur le bouton s'il te plaît ? C'est cassé ? Bon, d'accord, prenons les escaliers. C'est meilleur pour la santé. Ces ascenseurs, c'est vraiment une honte. » Felix ouvrit la porte coupe-feu et laissa passer Barnes. « D'un autre côté, ils n'ont rien d'autre à faire, ces gosses, n'est-ce pas ? C'est ça qui me tue. C'est de ça qu'on devrait parler. »

Ils descendirent ensemble l'étroite cage d'escalier en

parpaing, Barnes devant, Felix sur ses talons. De derrière, le regarder c'était comme voyager dans le temps : il n'était ni plus gros ni plus maigre qu'avant, portant les mêmes vêtements. Aucun signe des vingt années écoulées. Ses fins cheveux clairs blanchissaient avec une subtile touche argentée, ce qui les rendait simplement plus blonds, et comme un jeune homme, il les portait encore longs et lâches ; ses épaules étaient rondes, larges et détendues comme elles l'avaient toujours été. Il portait encore un énorme tee-shirt blanc, un gilet noir ouvert avec un badge pour le désarmement nucléaire épinglé au revers, et un jean bleu clair à taille élastique. Dans ses poches arrière il avait une paire de chaussons qu'il enfilait dès qu'il avait fini sa tournée. On le voyait chez Rose, le café de la rue principale, avec ses chaussons aux pieds, en train de déjeuner. Felix avait mis cette habitude sur le compte de l'excentricité, jusqu'à ce qu'il distribue le courrier lui aussi, durant cinq mois seulement, au tournant du siècle, et qu'il se soit rendu compte qu'il s'agissait du travail le plus éreintant qu'il avait jamais fait.

« Ils disent toujours "jeunes", n'est-ce pas ? » poursuivit Phil, s'immobilisant à mi-chemin dans les escaliers, l'air songeur. Felix s'appuya contre la rampe et attendit, même s'il avait entendu ce discours de nombreuses fois. « C'est jamais les gosses qui habitent dans les rues chic du côté du parc, ceux-là ce sont juste des gosses, mais les nôtres sont des "jeunes", nos garçons issus de la classe ouvrière sont des jeunes. C'est carrément affreux, non ? Ils viennent ici, Felix, j'ai essayé d'en parler à ton père, mais il s'en fiche, tu le connais, il pense plus aux femmes qu'à autre chose... la police vient ici se renseigner sur nos gamins, pas nos gamins au sens littéral, naturellement les nôtres sont partis depuis longtemps, mais les gamins de la cité, ils cherchent des tuyaux, tu vois. Ils veulent protéger leurs grosses baraques autour du parc de nos enfants. C'est honteux, c'est tout ce que j'ai à dire. Mais vous autres, vous vous en foutez de tout ça, n'est-ce pas, Felix ? Vous voulez juste vous amuser. Et pourquoi pas ? Laissons les gosses tranquilles, voilà ce que je dis. C'est mon avis. Ma femme trouve que j'ai un avis sur tout, mais c'est comme ça. La nouvelle génération par ici, ils ne veulent rien savoir. Ça me fend le cœur. Ils passent leur temps devant la télé-réalité, à lire des torchons, toutes ces putains de conneries, ferme ta gueule et achète un nouveau portable. C'est comme ça que sont les gens ici de nos jours. Ils ne sont pas organisés, ils n'ont aucun sens politique, alors que j'avais de sacrées conversations avec ta mère à l'époque. Très bonnes, très intéressantes. Elle avait plein d'idées intéressantes, tu sais. Naturellement, je me rends compte qu'elle avait des problèmes, beaucoup de problèmes. Mais elle avait ce truc que plein de gens n'ont pas : la curiosité. Elle avait peut-être pas toujours les bonnes réponses, mais elle tenait à poser les questions. C'est une vraie qualité chez quelqu'un. On s'appelait camarade entre nous. Ça énervait ton père ! C'était une femme passionnante, ta maman, je pouvais lui parler. C'est très dur, Felix, tu vois, si tu t'intéresses aux idées et tout ça, aux idées et aux philosophies du passé, c'est très dur de trouver quelqu'un à qui parler vraiment par ici, c'est ça le tragique de l'histoire, franchement, enfin, quand t'y penses. Une chose est sûre : je n'ai personne avec qui parler maintenant. Et pour une femme c'est encore plus dur, tu sais. Elles peuvent se sentir complètement prisonnières. À cause du patriarcat. Je crois que tout le monde a besoin de bavarder un peu de temps à autre. Oui, une femme passionnante, ta mère, très sensible. C'est dur pour quelqu'un comme ça.

— Ouais, fit Felix.

— T'as l'air dubitatif. Évidemment je ne connaissais pas très bien ta mère. Je suis sûr... je sais que ton père n'a pas grand-chose de bien à dire à son sujet. Enfin. C'est compliqué tout ça. Les familles. Et puis, tu as trop le nez dedans, c'est difficile d'y voir clair. Je vais faire une analogie.

Tu vois, les dessins que vend ton père parfois, les points avec l'image cachée dedans ? Si tu te tiens trop près, tu ne vois rien. Mais moi je suis de l'autre côté de la pièce. J'ai une perspective différente. Quand mon vieux était à la maison de retraite... un taudis, un vrai taudis... certaines des infirmières me racontaient des trucs à son sujet qui m'échappaient complètement. Elles le connaissaient mieux que moi. Dans un sens. Pas toutes. Mais bon. Tu vois ce que je veux dire, de toute façon. C'est une question de contexte, en fait. »

Ils se retrouvèrent sur la pelouse de la cité ; un énorme soleil orange brillait dans le ciel.

« Et tes sœurs, elles vont bien ? Je parie que tu n'arrives toujours pas à les différencier.

— Ces filles, mec. Tia est toujours à l'arrache. Et Ruby est veugra feignasse.

— C'est toi qui le dis ! Pas moi ! Que ce soit consigné dans les tablettes ! s'écria Phil en riant doucement, levant les mains en l'air comme un homme innocent. Alors, voyons voir : "à l'arrache" veut dire en retard, n'est-ce pas ? Je crois que tu me l'as dit la dernière fois. Tu vois ? J'suis à la page. J'essaie de suivre comment on parle aujourd'hui. Et "veugra" c'est, c'est "grave" donc "carrément", ou "très". Ça sert à intensifier le propos, plus ou moins. J'essaie de suivre. Ça aide de vivre ici, t'entends les gosses parler tout le temps ; suffit de t'arrêter et de leur demander. Ils me regardent comme si je sortais de l'asile, comme tu peux imaginer. » Il soupira. Puis vint le sujet difficile, toujours aussi pénible.

« Et le petit dernier ? Devon ? Comment il va ? »

Felix hocha la tête, respectueux devant la question formulée. Phil était l'unique personne dans toute la cité à lui demander des nouvelles de son frère.

« Ça va, mec. Ça va. »

Ils traversèrent la pelouse en silence.

« Sans eux, je te jure, Felix, des fois je me dis que je partirais bien d'ici, franchement. J'irais à Bournemouth avec tous les autres vieux schnocks. » Il tambourina sur un tronc d'arbre le poing fermé, obligeant Felix à s'arrêter et à lever les yeux : un vaste dais de feuillages épais s'étendait au-dessus de leurs têtes, comme s'ils se tenaient sous une jupe de princesse de dessin animé. Felix ne savait jamais quoi dire à propos de la nature. Il attendit.

« Un peu de verdure, c'est très puissant, Felix. Très puissant. Surtout en Angleterre. Même nous, qui sommes nés et avons grandi à Londres, on en a besoin. On monte jusqu'à Hampstead Heath, n'est-ce pas, on ne peut pas s'en passer. Même notre petit square ici est important. Un peu de verdure. *Dans un bosquet mélodieux/De hêtres verdoyants, et d'ombres innombrables...* D'où est tiré ce ver! "Ode à un Rossignol"! Poème très célèbre, de Keats. Londonien s'il en est. Mais pourquoi en aurais-tu entendu parler ? Qui te l'aurait enseigné ? Tu as ta musique, non, ton hip-hop et ton rap. C'est quoi la différence entre les deux, d'ailleurs ? Je n'ai jamais trop su. Je dois dire que je ne comprends pas ce côté bling bling. Ça m'a l'air vraiment archaïque, tout cet intérêt pour l'argent. C'est peut-être un symbole d'autre chose. Je ne sais pas. En tout cas, j'ai mes vers, c'est toujours ça. Mais j'ai dû les apprendre moi-même. À l'époque, si tu n'avais pas ton certificat d'études, tu dégageais, et hop, sur ton vélo. C'était comme ça. Le peu de savoir que j'ai, je suis allé le chercher moi-même. Quand j'étais jeune ça me foutait en rogne. Mais c'était comme ça avant en Angleterre, pour les gens comme nous. C'est la même chose maintenant, sauf qu'on appelle ça différemment. Ça devrait te mettre en colère aussi, Felix, je te jure !

— Je vis plus au jour le jour. » Felix donna un petit coup de coude dans le flanc de Phil Barnes. « T'es carrément un vieux gaucho, Phil, un vrai coco. »

Il rit à nouveau, plié en deux, les mains sur les genoux. Lorsqu'il releva la tête Felix aperçut des larmes dans ses yeux.

« C'est vrai ! La moitié du temps tu dois te dire, Mais qu'est-ce qu'il raconte ? De la propagande ! Qu'est-ce qu'il raconte ? » Ses traits se relâchèrent et son visage s'imprégna de sentimentalité. « Mais je crois au peuple, tu vois, Felix, je crois en lui. Non pas que ça m'ait apporté quoi que ce soit, mais j'y crois. Sincèrement.
— Ouais, Phil, mais enchaîne », dit Felix en tapant amicalement dans le dos de son vieil ami.
Ils sortirent de la cité et grimpèrent le talus, se dirigeant vers la rue.
« Je vais au dépôt, Felix. Je suis dans l'équipe de l'après-midi. Au tri. Et toi ? Tu descends la rue principale ?
— Nan, j'suis à la bourre. Je vais en ville. Je ferais mieux de prendre le métro. Mais peut-être que je vais choper ce bus. »
Stationné juste en face d'eux, il ouvrait ses portes. Mme Mulherne, une autre résidente de Caldwell, traînait tant bien que mal un sac de courses à reculons dans la porte avant, le dos courbé, ses collants plissant sur ses chevilles fragiles ; Barnes se précipita pour l'aider. Felix songea qu'il devrait en faire de même. Elle paraissait si frêle, comme prête à s'envoler. Les femmes vieillissent différemment. Lorsqu'il avait douze ans, Mme Mulherne lui avait semblé un peu vieille pour sortir avec son père ; à présent elle avait l'air d'une grand-mère. Le matin il apercevait une paire de solides jambes roses enveloppées dans une serviette de bain miteuse, qui se précipitaient dans le couloir en direction des seules et uniques toilettes. Il n'y avait pas qu'elle, d'ailleurs. « Tu es si courageux de t'occuper tout seul de ces quatre marmots. Elle n'est pas assez bien pour toi, chéri. Tu mérites mieux. Tout le monde te plaint. » Les dames de Caldwell exprimant leur sympathie. À l'arrêt de bus, dans la salle d'attente du docteur. Chez Woolworth. Toujours la même chanson. Comme un tube qu'on entend dans les magasins. « Il fait tout pour ses gamins. Il mourrait pour eux. C'est pas elle qui en ferait

autant. » L'une d'entre elles, Mme Steele, était la dame de service à la cantine. Elle devenait rouge cramoisi à chaque fois qu'elle voyait Felix – et il avait droit à des chips supplémentaires. C'est drôle, ce dont on se souvient après coup, ce dont on se rend compte.

« Grace comment ? — Grace. C'est tout. — T'as pas de nom de famille ? — Pas pour toi. » C'était ici, à ce même arrêt de bus. Les yeux rivés sur le bas de son jean brut, lissant encore et encore ses ourlets pour qu'ils tombent parfaitement sur ses bottes noires. Une mèche en accroche-cœur collée au front. Il songea qu'il n'avait jamais rien vu d'aussi beau. « Allez, sois sympa. Écoute : tu sais ce que ça signifie, "Felix" ? Heureux. J'apporte le bonheur, tu vois. Mais je peux te demander quelque chose ? Ça te gêne si je m'assois ici ? Grace ? Je peux te parler ? On attend tous les deux le même bus, non ? Tant qu'à faire. Mais est-ce que ça te dérange vraiment si je m'assois ici ? » Elle avait finalement levé les yeux sur lui, des yeux artificiels, de ceux, marron clair, qu'on achète dans la rue principale. Elle paraissait surnaturelle. Et il avait su immédiatement : voilà mon bonheur. J'ai attendu à cet arrêt de bus toute ma vie, et voilà enfin mon bonheur arrivé. Elle parla ! « Felix, c'est ça ? Tu me gênes pas, Felix. Il faudrait que tu existes pour que tu me gênes, tu vois ce que je veux dire ? Ouais. C'est comme ça. » Son bus surgit au sommet de la colline. Alors ? Maintenant ? « Nan, attends, sois pas comme ça, écoute-moi, j'essaie pas de te chanter la sérénade. C'est juste que je t'ai remarquée. J'ai envie de te connaître, c'est tout. T'as un visage qui est vraiment… intense. » Lever de sourcil de star de cinéma. « Tu parles. Et toi t'as trop la tête de celui qui chante la sérénade aux filles à l'arrêt de bus. »

Cinq ans et innocent à cet arrêt de bus. Quatorze ans et saoul. Vingt-six et défoncé à l'herbe. Vingt-neuf dans le néant absolu, démâté à la coke et à la Kétamine. « Faut pas dormir ici, fiston. Faut bouger, ou on t'embarque au poste pour cuver. » Quand on vit suffisamment longtemps au même endroit, les souvenirs se superposent. « Merci de m'avoir aidée, mon petit Felix. J'étais contente de te voir. Passe me rendre visite quand tu veux. Bien le bonjour à Lloyd. J'habite juste en dessous et tu es toujours le bienvenu. » Felix sauta dans le bus. Il salua d'un signe de main Phil Barnes, qui brandit dans sa direction ses deux pouces en l'air. Il salua également madame Mulherne tandis que le bus la dépassait, gravissant la colline. Il appuya une main contre le carreau. Grace, à soixante-dix ans. Le tatouage de la fée clochette au creux de ses reins fripé ou dilaté. Mais comment Grace pourrait-elle avoir soixante-dix ans ? À la voir comme elle était aujourd'hui. (« Et Felix, souviens-toi : je ne devais même pas me trouver là. J'étais censée être chez ma tante à Wembley. Tu te souviens ? C'était le jour où j'étais censée m'occuper de ses gamins, mais elle s'était cassé le pied, et elle était restée à la maison. Donc je me suis dit : j'ai qu'à prendre le bus et aller faire du shopping en ville. Felix, s'il te plaît, n'essaie pas de me dire que ce n'était pas écrit. Peu importe ce que les gens peuvent prétendre. Il est évident que tout arrive pour une bonne raison. N'essaie pas de me dire que l'univers ne voulait pas que je sois là à ce moment précis ! »)

Attention à la marche. Felix monta dans l'avant-dernier wagon de la rame, et à l'instar d'un touriste examina une carte de métro, prenant un instant pour confirmer des détails qu'aucun Londonien de souche ne devrait avoir besoin de vérifier : de Kilburn à Baker Street (Jubilee) ; de Baker Street à Oxford Circus (Bakerloo). D'autres ont confiance en eux. Une variation du même instinct l'avait poussé à plonger sa main au fond de sa poche pour se saisir d'un morceau de papier avec un nom dessus. Une autre rame arriva comme une boule de canon, le bousculant vers le siège qu'il visait.

L'instant d'après, les deux trains semblaient circuler de concert. Il tourna la tête vers son homologue dans le wagon d'à côté. Une petite femme, juive décida-t-il sans vraiment savoir pourquoi : brune, jolie, se souriant à elle-même elle portait une robe bleue années soixante-dix – grand col, imprimé petit oiseau blanc. Elle grimaça en regardant son tee-shirt. Essayant de le déchiffrer. Il en eut envie : il sourit ! Un large sourire révélant ses fossettes et faisant apparaître trois dents en or. Le petit visage de la fille se referma comme une huître. Sa rame accéléra, puis celle de Felix.

(W1)

« C'est toi, Felix ? Salut ! Super ! C'est toi, Felix ! »
Il se tenait devant Topshop. Un jeune Blanc grand et maigre, avec une épaisse frange châtain sur les yeux. Jean slim et lunettes noires rectangulaires. Il eut l'air d'avoir besoin d'un instant pour remettre ses idées en place, ce que Felix lui accorda, sortant son tabac et commençant à rouler tandis que le garçon déclarait : « Tom Mercer. C'est juste au coin de la rue ; enfin, à quelques pas d'ici », et il rit pour dissimuler sa surprise. Felix ne comprenait pas pourquoi sa voix donnait si souvent une fausse impression au téléphone.
« On y va ? Enfin, tu peux faire ça et marcher en même temps ?
— Même d'une main en courant, mon pote.
— Ha. Super. Allons-y. »
Mais il n'avait pas l'air de savoir comment négocier la cohue du carrefour entre Oxford et Regent Streets ; après quelques faux départs il se retrouva très vite à la traîne. Felix lécha sa feuille et observa le garçon qui cédait le passage à un Péruvien tenant une longue pancarte : AFFAIRE : MOQUETTES SOLDÉES CENT MÈTRES. Pas londonien, pas d'origine du moins, songea Felix, qui était allé dans le Wiltshire une fois et en était revenu ébahi. Felix prit les commandes, marchant en tête et fendant une foule de filles indiennes aux luxuriantes queues-de-cheval noires avec de

petits badges dorés Selfridges épinglés sur leurs poitrines. Ils avancèrent à contre-courant, le garçon blanc et Felix : il leur fallut cinq minutes pour traverser la rue. Felix décela une gueule de bois. Lèvres gercées, yeux de panda. Sensibles à la lumière.

Felix risqua : « Tu l'as depuis longtemps, ou...? »

Le garçon parut interloqué. Il passa la main dans sa frange. « Je l'ai...? Ah, je vois. Non. Enfin, on me l'a offerte il y a quelques années, pour mes vingt et un ans. C'était celle de mon père. Lui, il l'avait depuis longtemps... Pas très pratique comme cadeau. Mais t'es un spécialiste, évidemment... t'auras pas le même genre de problème.

— Non, je suis mécanicien.

— Je sais. Mon père connaît ton garage. Il a ce genre de voitures depuis trente ans, même plus. Il connaît tous les garages spécialisés. T'es à Kilburn, c'est ça?

— Ouais.

— C'est du côté de Notting Hill, non?

— Nan, pas vraiment.

— Ah, bon Felix, on va tourner à gauche, là, histoire d'échapper à ce bazar. »

Ils s'esquivèrent dans une rue pavée adjacente. À cinquante mètres de là, sur Oxford Street, les gens se pressaient les uns contre les autres, multitude aussi dense qu'au carnaval, presque aussi bruyante. Ici, tout était silencieux, vide. Portes noires laquées, poignées et boîtes aux lettres en cuivre, lampadaires sortis de contes de fées. Vieux tableaux dans des cadres richement ouvragés, reposant sur des chevalets tournés vers la rue. PRIX SUR DEMANDE. Chapeaux de femme, chacun perché sur son socle, ornés de plumes, prêts à s'envoler. POUR TOUT RENSEIGNEMENT, SONNEZ. Les boutiques se succédaient sans âme qui vive. Au bout de cette enfilade, Felix aperçut à travers une fenêtre à meneaux scintillante, une cliente assise sur un pouf en cuir en train d'essayer une de ces vestes vertes à l'aspect lustré, telle une toile cirée, doublée d'un tissu à carreaux écossais. Puis, dans la partie supérieure transparente d'une autre fenêtre surgit un gros visage rose, avec quelques mèches de cheveux blancs ici et là, principalement autour des oreilles. Le genre de personne que Felix voyait tout le temps, en particulier dans cette partie de la ville. Il y en avait des hordes. Ils se mélangeaient rarement : restaient entre eux. THE HORSE AND HARE.

«Il est bien, ce pub», lança Felix. C'était toujours quelque chose à dire.

«Mon père ne jure que par cet endroit. Quand il est à Londres, il y vient tout le temps.

— Ah oui ? Je travaillais dans le coin avant. Dans la production de cinéma.

— Ah bon ? Quelle boîte ?

— Oh, j'en ai fait plusieurs. Dans Wardour Street et tout, poursuivit Felix, regrettant ces mots immédiatement après les avoir prononcés.

— J'ai un cousin vice-président chez Sony, je me demande si tu ne l'as pas croisé ? Daniel Palmer. Du côté de Soho Square ?

— Ouais, nan... j'étais coursier en fait. J'allais ici et là. Dans plein d'endroits.

— Je vois», répliqua Tom d'un air satisfait. Une petite énigme venait d'être résolue. «Je m'intéresse beaucoup au cinéma. J'ai trempé un peu dans tout ça, tu sais, j'ai appris à écrire un scénario, comment tu peux raconter une histoire avec des images.»

Felix mit sa capuche sur sa tête. «T'es dans le milieu du cinoche, c'est vrai ?

— Pas exactement. Enfin, pas en ce moment, non. J'aurais pu le faire, sans doute, mais c'est vraiment un boulot aléatoire, le cinéma. Quand j'étais à la fac, j'étais un vrai cinéphile. Non, je suis plutôt un créatif, en fait. En rapport avec le monde média. C'est difficile à expliquer. Je travaille pour une boîte qui créé des idées pour consolider les marques, tu vois ? Pour que les marques en question ciblent mieux leurs clients : le *nec plus ultra* de la manipulation d'image de marque, en fait. »

Felix s'immobilisa, obligeant le garçon à en faire de même. Il regarda distraitement sa clope, qu'il n'avait pas encore allumée.

« De la pub, quoi.

— En fait, ouais », répondit Tom contrarié, puis, comme Felix ne lui emboîtait pas le pas, il ajouta : « Tu veux du feu ?

— Nan. J'en ai quelque part. Genre, des campagnes publicitaires ?

— Euh... non, pas vraiment, parce que... c'est difficile à expliquer... en fait, les campagnes publicitaires, c'est plus d'actualité. Il s'agit maintenant d'intégrer les marques de luxe dans la conscience quotidienne des gens.

— De la pub, conclut Felix, sortant son briquet de sa poche en prenant un air innocent.

— C'est la prochaine à droite, si tu...

— Je te suis, mon pote. »

Ils traversèrent une petite place, puis s'engouffrèrent dans une rue adjacente, où les demeures restaient somptueuses : grandes façades blanches, à plusieurs étages. Quelque part, les cloches d'une église sonnèrent. Felix ôta sa capuche.

« Nous y voilà. Elle est là. Enfin, ce n'est évidemment pas le genre de chose où... pardon, Felix, tu m'excuses un instant ? Il faut que je prenne cet appel. »

Le garçon colla son téléphone à son oreille et s'assit sur les marches à carreaux noir et blanc de la maison la plus proche, pile entre deux orangers en pot. Felix décrivit un cercle autour de la voiture et se retrouva sur la rue. Il s'accroupit. Elle lui sourit. Mais elles font toutes ça, peu importe l'état dans lequel elles se trouvent. Phares ronds tels des yeux de grenouille, rictus dément du radiateur. Un seul phare, en l'occurrence. Il toucha l'endroit où le sigle aurait dû se trouver. Il replacerait bientôt l'octogone argenté, avec ses deux lettres collées l'une à l'autre comme si elles dansaient. Pas en plastique : en métal. Ce serait nickel. Il se redressa. Il glissa sa main dans l'énorme déchirure du toit ouvrant, et tâta le tissu entre ses doigts : une fine toile en polyester décolorée. Pare-brise arrière en plastique disparu. La rouille, il n'eut pas besoin de la toucher, il voyait bien l'étendue des dégâts. Pire sur l'aile arrière gauche – à cet endroit c'était comme un continent –, mais le capot lui aussi était durement touché, ce qui signifiait que c'était probablement rouillé à l'intérieur. Pourtant : c'était le bon rouge. Le rouge d'origine. Courbe parfaite sur les ailes avant, carré comme il se doit à l'arrière, et un pare-chocs en caoutchouc impeccable – ce qui confirmait bien en tout cas l'authenticité du véhicule. M DGET. Facile à réparer, comme toutes les retouches externes : cosmétique. Mais ce qui comptait se trouvait sous le capot. Bizarrement, plus ce qu'il découvrirait là-dessous serait en triste état, mieux ce serait pour lui. Comme disait Barry, au garage : « Si ça roule, fiston, c'est trop cher pour toi. » Il la ferait rouler, lui. Peut-être pas ce mois-ci, ou celui d'après, mais tôt ou tard. Avec une certaine impatience il tenta d'ouvrir une portière. Il eut envie d'arracher le carton et le scotch faisant office de fenêtre.

« C'est pas le problème, qui ressent le plus les choses », affirma le garçon. Il faisait rouler sous son pied un petit caillou. Felix s'appuya contre la voiture. « Soph', Soph', écoute, je peux pas te parler maintenant. Bien sûr que non ! Mon téléphone était mort. Non, pas maintenant. S'il te plaît, calme-toi. Soph', je suis en plein milieu d'un truc. Soph' ? » Le garçon décolla le téléphone de son oreille et l'observa avec étonnement l'espace d'un instant. Il le glissa dans la poche de son manteau. Felix siffla.

« Quatre-vingt-dix-neuf problèmes, comme dirait l'autre. Je te comprends, mon pote.

— Pardon... Quoi ?
— La voiture. Il y a des problèmes.
— Bah, oui, répondit Tom Mercer en faisant un large geste censé désigner le véhicule tout entier. C'est évidemment une voiture en devenir. Ce n'est pas avec ça que tu vas rentrer chez toi. Ce qui explique le prix. Sinon, on parlerait de plusieurs milliers de livres. Une voiture en devenir, ça c'est sûr. Je vais l'ouvrir pour te la montrer en entier. »

Felix examina Tom en train de se débattre avec la clé.

« Je peux le faire si... », suggéra Felix. La portière s'ouvrit d'un coup.

« Elle a besoin d'être trifouillée un peu. Une voiture en devenir, comme je t'ai dit. Mais c'est faisable. » La visite s'avéra quelque peu limitée. « Embrayage », lança Tom, et « levier de vitesse », et « volant », caressant du bout des doigts tout ce qu'il désignait, puis comme ils regardaient tristement tous deux le tapis moisi et gondolé, le sol rouillé, le rembourrage et les ressorts surgissant des banquettes éventrées et tachées, le trou béant de l'autoradio absent, il murmura l'année de fabrication.

« L'année de ma naissance, remarqua Felix.

— C'est le destin, alors. »

Sur ce, le garçon énuméra une série d'éléments inscrits sur un petit bout de papier qu'il avait sorti de sa poche : « MG Midget, mille cinq cents cc, moteur Triumph 14, cent mille au compteur, manuel, essence, coupé, roadster deux portes, la transmission nécessite... »

Felix ne put résister : « Deux portes, hein ? C'est noté. »

Tom rougit, penaud. « C'est la liste de mon père. Je connais pas vraiment les voitures, moi. »

Felix ne put s'empêcher de poser gentiment sa main sur l'épaule anguleuse du jeune homme. « Je te taquine, c'est tout. On peut jeter un coup d'œil sous le capot ? »

Lequel s'ouvrit en grinçant, révélant toutes les mauvaises nouvelles que Felix avait espérées. La batterie envahie de

rouille, le cylindre fendu. Les pistons traversant le bloc-moteur.
«Récupérable?» demanda Tom. Felix parut perplexe. Tom tenta à nouveau sa chance : «Elle est réparable?
— Ça dépend. Tu en veux combien?»
Tom jeta à nouveau un œil sur son bout de papier.
«Il faut que je la vende autour de mille livres.»
Felix s'esclaffa et tendit la main vers le moteur. D'un ongle, il gratta la rouille.
«Pour être honnête avec toi, Tom, j'en vois des comme ça tous les jours, et en meilleur état, bien meilleur... Pour six cents. Personne te filera six cents pour celle-là. Tu peux que la vendre à un mécanicien, je te le garantis.»
Le soleil tapait directement à présent sur la voiture : le capot s'illumina. Radieuse épave! Tom leva les yeux, fermant à demi les paupières.
«Heureusement que t'es mécanicien, alors, hein?»
Il y avait quelque chose de drôle dans sa façon de le dire. Les deux hommes rirent. Felix, comme à son habitude, à gorge déployée, Tom dans sa main, comme un petit garçon. Le téléphone dans sa poche sonna.
«Oh, écoute, personnellement je m'en fous, mais si je dis à mon père que j'en ai eu moins de sept cents, je n'ai pas fini de l'entendre. Si ça ne tenait qu'à moi, je serais encore au lit. Excuse-moi une seconde... Soph', je te rappelle dans une minute...» Mais il garda le téléphone contre son oreille, et Felix entendit plus qu'il ne l'aurait souhaité tandis que Tom articulait des excuses silencieuses à son intention. Au bout de la rue une joyeuse rumeur s'éleva d'un groupe de personnes installées à la terrasse d'un pub. Tom haussa les sourcils d'un air interrogateur et fit mine de trinquer; Felix acquiesça.

«Qu'est-ce que tu prends?
— Une ginger beer, merci.
— Une ginger beer et...

— Nan, c'est tout.
— Écoute, il faut que je soigne le mal par le mal... tu pourrais au moins te joindre à moi.
— Nan, je t'assure, juste une ginger beer.
— Selon mon père, il n'y a que deux phrases que tout Anglais qui se respecte peut accepter dans ce genre de situation : *Je suis sous antibiotiques* et *Je suis alcoolique*.
— Je suis alcoolique. »
Felix cessa de fixer le bois de la table. Tom essuya son front en sueur, ouvrit la bouche, mais demeura silencieux. Felix se délecta l'espace d'un instant à l'idée que sa peau ne trahissait pas la honte aussi rapidement ou aussi efficacement que celle de son interlocuteur. Le téléphone de Tom se remit à sonner.
Felix se leva. « T'inquiète pas, mec, réponds. Je vais aller commander. Une pinte, c'est ça ? »
Dehors c'était l'heure du déjeuner, un magnifique samedi de fin d'été ; dedans il était dix heures du soir un mardi d'octobre. Plafond noir à caissons hexagonaux, moquette vert bouteille absorbant la lumière, meubles en bois de cercueil, anciens et lourds. Un vieil homme assis dans un coin près du juke-box vêtu d'un caban élimé, à la peau blanche parcheminée et aux cheveux et aux ongles jaunes, roulait une cigarette – il *ressemblait* à une cigarette. Au comptoir, une femme d'un certain âge, aux jambes maigres, perchée sur un tabouret, comptait et recomptait quatre piles de pièces de vingt pence. Elle s'interrompit pour regarder Felix dans les yeux. Ce dernier se contenta de lui sourire en retour. « Bonjour », lança-t-il, se tournant vers la serveuse au bar. La vieille femme gifla brusquement ses piles de pièces. D'un geste réflexe éclair Felix sauva une pile sur le point de valdinguer du comptoir. Du coin de l'œil il aperçut Tom se dirigeant vers les toilettes. La serveuse articula « Désolée » silencieusement et vissa un doigt contre sa tempe. « Pas de problème », dit Felix. Il prit un verre froid dans chaque main

et laissa la serveuse lui glisser un paquet de chips au vinaigre entre les dents.

« Tu as quel âge, Felix ?
— Trente-deux.
— Mais pourquoi t'as l'air plus jeune que moi ? »
Felix ouvrit le paquet de chips et les versa sur la table.
« Comment ça. Tu as quel âge ?
— Vingt-cinq. Et je perds déjà mes putains de cheveux. »
Felix mordilla sa paille en souriant. « Mon vieux est pareil. Pas de rides. C'est génétique.
— Ah, la génétique. Ça explique tout maintenant. » Tom mit la main devant ses yeux pour se protéger du soleil qui ostensiblement le dérangeait. Le regard de Felix était intense – on avait beau essayer de les éviter, on croisait toujours ses yeux –, et Tom n'avait pas l'habitude de regarder ainsi, même ses plus proches amis, encore moins un parfait inconnu auquel il espérait vendre une voiture. Il sortit une paire de lunettes de soleil de sa poche et les chaussa. « Et comment t'as fait pour passer du cinéma à la mécanique, si je puis me permettre ?
— J'ai fait toutes sortes de boulots, Tom, proclama Felix avec entrain, s'apprêtant à compter sur ses doigts. J'ai commencé en cuisine. J'ai fait une formation professionnelle en restauration. Je suis allé assez loin là-dedans quand j'étais jeune. J'ai même été chef à un moment donné dans un petit restau thaïlandais, à Camden. C'était pas mal comme endroit. Puis j'ai laissé tomber, j'ai fait un peu de peinture et de décoration, j'ai travaillé comme videur, tu sais, dans les boîtes, j'ai été vendeur, puis livreur, je distribuais en camion les chips que t'es en train de manger le long de la M25, et j'ai travaillé pour la poste, poursuivit Felix avec un accent si étrange qu'il était difficile de déterminer qui il imitait. Je faisais ça à une époque. » Il pointa un doigt sur sa poitrine. « Ensuite j'ai eu de la chance. J'ai fait autre chose. Tu connais

le Cot-tes-low ? » demanda Felix en articulant distinctement chaque syllabe. « C'est un théat', expliqua-t-il, oblitérant cette fois la fin du mot. Près d'ici. J'ai été ouvreur pendant un an. C'est-à-dire que je déchirais les billets. Puis je suis passé assistant en coulisses. Je plaçais les accessoires là où il fallait et tout. C'est comme ça que je me suis retrouvé dans le cinéma. J'ai juste eu beaucoup, beaucoup de chance. J'ai toujours eu de la chance. Mais après j'suis vraiment tombé dans la came, pour ne rien te cacher, Tom. Et je m'en relève tout juste en fait. Après y avoir passé plusieurs années. Donc, tu vois. »

Tom attendit qu'il enchaîne sur la mécanique, mais cela ne vint pas. Comme si l'on venait de lui présenter une série d'objets insolites, Tom jeta son dévolu sur celui qui l'avait le plus interpelé.

« Tu fabriquais des tee-shirts ? »

Felix fit la moue. Ce n'était pas ce qui intéressait les gens habituellement. Il se leva et tira sur son tee-shirt, pour que le message un peu passé puisse se lire sans faux pli.

« Désolé, je ne parle pas… c'est du polonais ?

— Exactement ! Ça dit, J'aime les Polonaises.

— Oh. Tu es polonais ? » demanda Tom, dubitatif.

Felix trouva cette question prodigieusement drôle. Il s'enfonça dans son siège et pendant un bon moment répéta la question en tapant sur la table et en riant tandis que Tom aspirait à petites gorgées le sommet de sa bière, tel un oiseau piquant sur une flaque d'eau.

« Nan, Tom, nan, j'suis pas polonais. J'suis né et j'ai grandi à Londres. J'ai fait ces trucs il y a longtemps. Je voulais lancer une affaire. C'était il y a cinq ans… tu sais quoi ? C'était il y a sept ans. Le temps file, c'est un truc de guedin. En vérité, c'était une idée de mon paternel. J'étais plus celui qui amenait le capital », expliqua Felix, gêné, car c'était un bien grand mot pour décrire sa participation de mille livres.

« Chaque tee-shirt était dans sa propre langue. J'aime les

Espagnoles en espagnol, J'aime les Allemandes en allemand, J'aime les Italiennes en italien, J'aime les Brésiliennes en brésilien...

— En portugais», rectifia Tom, mais Felix continua d'égrener la liste.

«J'aime les Norvégiennes en norvégien, J'aime les Suédoises en suédois, J'aime les Galloises en gallois... ça c'était plus pour rigoler, tu vois? Nan, c'est méchant, mais tu vois ce que je veux dire... J'aime les Russes en russe, J'aime les Chinoises en chinois. Attention, il y a deux langues en chinois. Y a pas beaucoup de gens qui savent ça, c'est mon pote Alan qui me l'a dit. Il faut les deux. J'aime les Indiennes en hindi, et on en avait plein de différents en arabe, et j'aime les Africaines en yoruba je crois, ou quelque chose comme ça. On avait chopé les traductions sur Internet.

— Super, approuva Tom.

— J'en ai fait trois mille et je les ai emportés à Ibiza, pour les vendre, t'y crois toi? Imagine, tu marches dans Ibiza avec un tee-shirt qui dit J'aime les Italiennes en italien! Elles te sautent toutes dessus!»

En reparlant de cette idée avec l'enthousiasme dont Lloyd avait fait preuve pour le convaincre initialement, Felix oublia presque que les clients ne s'étaient pas jetés sur sa marchandise, qu'il avait perdu sa mise sans compter le bon job qu'il avait au restaurant thaïlandais, et qu'il avait dû abandonner, sur l'insistance de Lloyd, pour se rendre à Ibiza. Deux mille cinq cents tee-shirts reposaient encore dans des cartons dans le box de Clive, le cousin de Lloyd, sous les arcades de King's Cross.

«Et toi alors, Tom?

— Quoi, moi alors?»

Felix sourit. «Allez, sois pas timide. Qu'est-ce que tu m'aurais acheté, toi? Tout le monde a un type. Laisse-moi deviner. J'te parie que t'aimes les Brésiliennes!»

Quelque peu ébloui par l'artillerie scintillante de la bouche de Felix, Tom répondit : « Je dirais les Françaises », se demandant avec un certain trouble quelle était la véritable réponse.

« Les Françaises. D'acc. Je t'en filerai un quand j'aurai conclu notre affaire. Il m'en reste quelques-uns.

— C'est pas moi plutôt qui dois conclure notre affaire ? »

Felix se pencha par-dessus la table et donna une petite tape sur l'épaule de Tom.

« Bien sûr, Tom, bien sûr. »

Le mot « came » planait encore au-dessus de la table. Tom l'ignora.

« Et t'es marié, Felix ?

— Pas encore. Mais c'est prévu. C'est madame qui arrête pas de t'appeler ?

— Mon Dieu, non. Ça fait que neuf mois qu'on sort ensemble. Et j'ai vingt-cinq ans !

— J'avais déjà deux gosses quand j'avais ton âge, répliqua Felix en tendant l'écran de son téléphone à Tom. C'est eux avec leurs habits du dimanche. Felix junior ; c'est un homme maintenant, il a presque quatorze ans. Et Whitney, elle en a neuf.

— Ils sont magnifiques, remarqua Tom, même s'il n'avait rien vu. Tu dois être très fier.

— On se voit pas beaucoup, en fait. Ils vivent avec leur mère. On n'est plus ensemble. Pour te parler franchement, moi et elle on s'entend pas très bien. C'est une de ces femmes qui... n'est jamais d'accord, tu vois. »

Tom rit, puis s'aperçut que Felix n'avait pas cherché à faire de l'humour.

« Désolé... je... enfin, c'est une bonne façon de le dire. J'en ai peut-être une comme ça dans les pattes en ce moment : une qui n'est jamais d'accord.

— Écoute, quand je disais à Jasmine que le ciel était bleu, elle disait qu'il était vert, tu vois le genre ? déclara Felix en grattant l'étiquette de sa bouteille de ginger beer. Elle avait plein de problèmes dans la tête. Elle a grandi en foyer.

Comme ma mère. Ça laisse des traces. Ça, c'est sûr. J'ai connu Jasmine quand on avait seize ans, et elle a *toujours* été comme ça. Elle était déprimée, elle restait enfermée dans l'appart pendant des jours, sans faire le ménage, ça devenait une vraie porcherie. C'était dur pour elle. Bref.
— Ouais, ça doit être dur », répéta Tom doucement. Puis il avala une grosse gorgée de bière.
Après quoi ils demeurèrent silencieux, chacun regardant dans la rue, comme s'ils étaient assis par hasard à la même table.
« Ça t'ennuierait de m'en rouler une ? Je suis nul. »
Felix alluma la sienne, hocha la tête, et sans un mot se mit à en rouler une autre. Son téléphone vibra dans sa poche. Il lut le message et brandit à nouveau l'appareil sous le nez de Tom.
« Hé, Tom, toi qui es dans la pub. Qu'est-ce que tu dis de ça ? »
Tom, qui était hypermétrope, se recula pour pouvoir lire l'écran. « "Sauf erreur de notre part, vous n'avez toujours pas perçu l'indemnisation pour votre accident. Vous avez peut-être droit à £3,650. Pour percevoir cette somme sans frais supplémentaires, répondez PERCEVOIR. Si vous n'êtes pas intéressé(e), répondez STOP."
— C'est une arnaque, pas vrai ?
— Oui, je crois.
— Parce que comment ils peuvent savoir si j'ai eu un accident ? C'est diabolique. Imagine si t'es vieux ou malade et que tu reçois ça.
— Oui, souffla Tom sans vraiment le suivre, je crois qu'ils ont juste des… banques de données.
— Banques de données, répéta Felix en secouant tristement la tête. Et tu réponds et ça te coûte une blinde sur ton forfait. Mais les gens sont comme ça maintenant. Chacun pense qu'à sa gueule. Ma copine m'a filé un livre, *Les dix secrets du leader accompli*. Tu l'as lu ?

— Non.
— Tu devrais. Elle m'a dit, "Felix, tu sais qui a lu ce livre ? Bill Gates, les patrons de la Mafia, la famille royale, les banquiers. Tupac l'a lu. Les Juifs l'ont lu. Éduque-toi." Elle est intelligente, celle-là. Je lis jamais, moi, mais ce bouquin m'a ouvert les yeux. Et voilà, tiens. »

Tom prit la cigarette, l'alluma et inhala profondément, avec le soulagement de celui qui a complètement arrêté de fumer quelques heures plus tôt.

« Écoute, Felix… j'ai une question un peu bizarre à te poser, commença Tom en désignant d'un signe de tête le paquet de tabac entre eux, puis d'une voix plus basse, il poursuivit, t'aurais pas par hasard quelque chose de plus fort ? Pas pour acheter, juste pour fumer maintenant. Je trouve que ça marche bien contre les lendemains de cuite. »

Felix soupira, s'appuya sur le dossier de la banquette et murmura. Mon Dieu donnez-moi la sérénité d'accepter les choses que je ne puis changer, le courage de changer les choses que je peux, et la sagesse d'en connaître la différence.

« Oh, zut », lâcha Tom. Mortifié, il eut un mouvement de recul vers la droite, puis vers la gauche. « Je ne voulais pas…

— C'est pas grave. Ma copine pense que j'ai un tatouage invisible sur le front : SVP DEMANDEZ-MOI DE L'HERBE. Je dois avoir la gueule de l'emploi. »

Tom souleva son verre et le siffla. Avait-il de l'herbe finalement, ou pas ? Il scruta un Felix déformé à travers le fond de sa pinte.

« Elle semble perspicace, constata enfin Tom.
— De quoi ?
— La fille dont tu parlais, ta copine. »

Felix afficha un large sourire. « Oh. Grace. Ouais. C'est vrai. J'ai jamais été aussi heureux, Tom, pour te parler franchement. Elle a changé ma vie. Je lui dis tout le temps : tu m'as sauvé la vie. Et c'est vrai. »

Tom brandit son téléphone qui sonnait et le regarda d'un œil mauvais.

« On dirait que la mienne, elle est déterminée à me la détruire.

— Personne ne peut faire ça, Tom. T'es le seul à en avoir le pouvoir. »

Felix était sincère, mais il se rendit compte que ses paroles faisaient sourire Tom ironiquement, ce qui lui donna d'autant plus envie d'enfoncer le clou : « Écoute, cette fille a complètement changé ma vision du monde. De fond en comble. Elle voit mon potentiel. Et au bout du compte, on est là pour donner le meilleur de soi-même. Le reste viendra naturellement. J'ai traversé tout ça, Tom, donc je sais de quoi je parle. L'individuel est éternel. Pense à ça. »

Comme son travail devenait superflu à présent ! Les slogans étaient intégrés dans les âmes des êtres. Bien vu : Tom se félicita intérieurement d'avoir eu cette pensée. Il s'inclina profondément devant Felix, avec sarcasme, tel un samouraï. « Merci, dit-il. Je m'en souviendrai. Le meilleur de soi-même. L'individuel est éternel. Tu as l'air d'avoir tout compris, toi, comme mec. » Il leva son verre vide pour trinquer avec Felix, mais ce dernier, que l'ironie ne laissait pas de marbre, laissa son verre là où il se trouvait.

« L'air d'avoir c'est pas avoir, objecta-t-il à voix basse, en détournant les yeux. Écoute... » Il sortit de sa poche arrière une enveloppe pliée en deux. « J'ai des trucs à faire, donc... »

Tom comprit qu'il était allé trop loin. « Naturellement. Bon... on en était où ? Il faut que tu me fasses une offre.

— Il faut que tu demandes un prix raisonnable, mon pote. »

Ce n'est qu'alors que Tom s'aperçut qu'il ne détestait finalement pas l'extrême familiarité de Felix. Au contraire, se faire appeler « mon pote » à cet instant lui inspira une certaine mélancolie. Et pourquoi est-ce que je n'arrive à profiter des choses que lorsqu'elles s'achèvent ? s'interrogea Tom, s'efforçant de se remémorer la citation d'un livre français qui formulait précisément ce qu'il éprouvait, et qui aimablement fournissait la réponse. *Candide*? Proust? Pourquoi n'avait-il pas continué le français? Il se rappela Mercer père au téléphone le matin même : « Ton problème, c'est que tu ne vas pas au bout des choses, Tom. Ça a toujours été ton problème. » Et naturellement Sophie avait pour ainsi dire le même point de vue. Certains jours avaient une déprimante cohérence thématique. Le nuage au-dessus de sa tête allait peut-être s'ouvrir à présent, et une gigantesque main de dessin animé en sortirait, le doigt pointé sur lui tandis que tonnerait une voix autoritaire : TOM MERCER : ÉCHEC RETENTISSANT. Mais on lui avait déjà fait remarquer – pas plus tard que ce matin, encore une fois ! – que cette approche n'était qu'un piège d'une autre espèce : « Tom, mon chéri, c'est affreusement narcissique de penser que le monde entier est contre toi. » En écoutant la voix de sa mère à l'autre bout du fil, il avait été impressionné par le calme et la gentillesse dont elle semblait faire preuve, et par la satisfaction qu'elle paraissait éprouver devant le diagnostic qu'elle posait sur la personnalité de son fils. Dieu merci, il avait sa mère ! Elle ne le prenait pas au sérieux et riait quand il faisait de l'humour, même lorsqu'elle ne comprenait pas, ce qui était le cas la plupart du temps. Ses parents étaient des gens de la campagne, et ils avaient l'âge d'être ses grands-parents, car il s'agissait pour chacun d'eux d'un second mariage. Ils ne pouvaient concevoir la vie quotidienne de leur fils, ne connaissaient pas l'e-mail, n'avaient jamais entendu parler de l'Université du Sussex avant qu'il ne s'y inscrive, ne savaient pas ce que signifiait « voisin du dessous », ou « bus de nuit », ignoraient la réalité d'un « stage non rémunéré » (« Vas-y et expose tes idées, Tom. Montre-leur ce que tu vaux. Charlie t'écoutera, au moins. On a travaillé ensemble pendant sept ans, bon sang ! »), comme celle des boîtes de nuit où l'on laisse ses vêtements – et plus encore – à l'entrée. Ils n'avaient pas de double vie, pour autant qu'il le sache. Ils buvaient pendant le dîner, toujours avec modération. Tandis que son père trouvait Tom exaspérant et incompréhensible, sa mère le ménageait un peu plus, envisageant la possibilité que son fils souffre véritablement d'un ennui intellectuel spécifique au vingt et unième siècle qui l'empêchait de profiter de la bonne étoile sous laquelle il était né. Il y avait, cependant, des limites. Il ne fallait quand même pas essayer de leur faire croire que Brixton était un endroit pour vivre. « Mais Tom, si ça ne va pas, le 20 Baresfield est vide au moins jusqu'à juillet. Je ne sais pas ce que tu as contre Mayfair. Et tu pourras garer la voiture sans avoir peur de la retrouver carbonisée le lendemain matin à cause d'une émeute. — C'était il y a vingt ans ! — Tom, permets-moi de te rappeler la fable d'Ésope : l'histoire du léopard et de ses taches. — Ce n'est pas une fable ! — Franchement, je ne comprends pas pourquoi tu n'as pas emménagé là-bas tout de suite. » Parce que parfois on a envie d'avoir l'illusion de vivre sa propre vie, avec ses propres moyens. Mais il garda cela pour lui. Il lança : « Maman, ta sagesse dépasse l'entendement du commun des mortels. » Ce à quoi elle répliqua : « Arrête tes facéties. Et ne mets pas la pagaille. » Mais c'est précisément ce qu'il était en train de faire. Avec cette fille. C'était une belle pagaille.

« Un prix raisonnable, répéta Tom en se tapotant la tempe, comme si les étranges pensées qui le traversaient n'étaient dues qu'à une synapse défectueuse et que quelques coups bien placés suffiraient à la remettre en place.

— Parce que c'est ridicule, ce que tu me demandes », affirma Felix, commençant à rassembler son tabac, ses Rizla+ et son téléphone, paraissant déçu non seulement de l'échec de leur affaire, mais aussi de Tom lui-même. C'est du moins ce que songea ce dernier.

« Mais tu ne peux pas sérieusement me demander de te la laisser pour moins de six cents ! »

À la moitié de sa phrase, Tom prit conscience de l'étrange

et larmoyante intonation, tout à fait saugrenue, de sa propre voix.

« Quatre cents plutôt, mon pote. Et je me charge du remorquage. C'est généreux ! La casse t'en donnera pas autant. D'ailleurs, ça serait sans doute le prix à payer pour la faire remorquer. »

L'audace de ces paroles fit sourire Tom. « Tu crois vraiment ? Allez, parlons sérieusement. »

Le visage de Felix demeura impassible. Tom, toujours souriant, appuya son menton dans sa main et prit l'air de celui qui « réfléchit. »

« Cinq cents ? Et on n'en parle plus. Je ne peux vraiment pas descendre plus bas. C'est une MG après tout !

— Quatre cent cinquante. J'irai pas plus haut. »

Le téléphone de Tom sonna derechef. Ce dernier afficha une expression confuse, comme ces acteurs qui errent dans les coulisses après les matinées en attendant le lever de rideau du soir, songea Felix. Pas complètement dans leurs personnages, ni complètement eux-mêmes non plus.

« Madame la Destructrice en ligne. T'es dur en affaires, Felix. Je vois que rien ne t'échappe. »

Sortant des billets froissés, Felix se mit à les compter et à les empiler lentement.

Donc le garage t'a prêté une MG.
Nan, vieux, je l'ai achetée.
Ah ouais ? Tu roules sur l'or, toi.
C'était pas si cher que ça. J'ai fait des économies. Je vais la retaper. Ce sera ~~un cadeau pour Grace~~ mon truc à moi. Ma voiture en devenir.
Mais tu sais pourquoi tu l'as achetée, pas vrai ? Tu le sais ? Tu n'en as pas la moindre idée, c'est ça ? Tu veux le savoir ? Je vais éclairer ta lanterne, fiston. Prépare-toi. Tu crois savoir pourquoi, mais c'est pas vrai...

Felix entendait la voix de son père aussi clairement que s'il l'avait eu en face de lui, en chair et en os : la conversation lui paraissait tout aussi réelle. Peut-être était-ce comme repérer un train très tôt, alors qu'il est encore loin sur la voie. Les garçons du garage iraient chercher la voiture plus tard dans la journée et la déposeraient à Caldwell, dans la zone de stationnement réservée aux résidents. Pour ce faire, il allait falloir qu'il demande à son père son passe de parking. Peu après, celui-ci ne manquerait pas de l'appeler. Cette perspective ternit l'éclat du sentiment de triomphe qui aurait dû accompagner son acquisition. Plus il avançait dans Regent Street, puis la voix s'intensifiait.

Felix, écoute-moi : tu peux pas acheter une femme. Tu peux pas acheter son amour. Elle va te quitter si tu fais ça. L'amour va te quitter de toute façon, donc pas besoin de t'emmerder avec les voitures et les bijoux. Franchement.

Felix passa devant le môme de la Saint Valentin, avec sa jambe en l'air, et son arc prêt à l'emploi. Qui serait content pour lui ? Il passa son pouce sur la molette de son téléphone, parcourant les coordonnées de ses frères et sœurs, mais communiquer avec eux se révélait être un casse-tête potentiel, donc il hésita et remit finalement l'appareil dans sa poche. Tia aurait ses enfants dans les pattes, et sa solitude et son ennui se transformaient facilement en jalousie, même s'il s'agissait de choses qui lui importaient peu, comme les voitures. Ruby ne chercherait qu'à savoir comment la MG allait pouvoir lui rendre service – quand elle pourrait l'emprunter, pour aller où. Elle vivait dans la chambre d'amis de sa sœur jumelle, n'avait rien ni personne et s'apitoyait intensément sur elle-même. Elle s'attendait toujours à ce qu'on lui fasse l'aumône, mais dans le même temps elle réclamait le meilleur de tout. *Pourquoi t'as acheté ce tas de ferraille ? Idiot.* Les jumelles exécraient les choses d'occasion. Grace aussi. Il ne lui dirait rien jusqu'à ce que la voiture ait l'air de sortir tout droit de la chaîne de montage. Devon était le seul qui pourrait être intéressé, mais on ne pouvait pas le joindre ; il fallait attendre qu'il appelle.

Un orchestre numérique entonna dans la poche de Felix une mélodie classique que Felix connaissait d'une pub pour après-rasage de son enfance. Il répondit avec entrain, mais sa bien aimée semblait stressée et ne prit pas la peine de le saluer. « T'es allé voir Ricky ? — Nan, désolé. J'ai oublié. Je vais l'appeler. — Comment tu vas l'appeler ? J'ai pas son numéro... Tu l'as, toi ? — En rentrant je passerai le voir. — Les voisins d'en dessous m'ont téléphoné. La fuite traverse leur plafond. — Je vais aller le voir, détends-toi. — Où t'es ? — Chez mon père. — Tu lui as montré ? Qu'est-ce qu'il a dit ? Dis-lui que je peux commander plus d'exemplaires sur Internet. En fait, laisse-moi lui dire un mot. — Ouais. Il est en train de le regarder. Ça lui plaît. Il m'a raconté plein d'histoires. Tu sais comment il est. Un vrai voyage dans le temps. Écoute, il faut que j'y aille. — Passe-moi Lloyd. » Une ambulance fonça dans la rue. « Je suis sur le balcon... il est dans la salle de bains. Écoute, je te rappelle tout à l'heure. Il faut que j'y aille. — Il faut que t'y ailles ? Eh bien, moi il faut que je travaille. — C'est vrai ! » Puis la conversation tourna au babillage de bébé avant de devenir, l'espace d'un instant, sexuellement explicite. Grace se disait volontiers coquine, même si au lit elle était soumise, presque pudique. Et depuis six mois qu'ils étaient ensemble, Felix n'était pas parvenu à faire de la fille qui parlait au téléphone et de celle qu'il tenait dans ses bras une seule et unique femme. « Je t'aime, bébé », susurra-t-elle, et Felix répéta ces mots passionnément, s'efforçant de retrouver l'optimisme qui l'habitait avant de répondre au téléphone. Étrange de penser qu'elle n'était qu'à quelques rues de lui à ce moment-là. Felix entendit la voix de son chef lui parlant d'une réservation pour douze à deux heures – et elle raccrocha sans même lui dire au revoir. Disparue.

Tel un fantôme sur votre épaule qui l'instant d'après s'évanouit, miracle quotidien. Il se souvenait de l'époque des téléphones à cadrans rotatifs. Parfois les lignes se croisaient et quatre spectres s'exprimaient en même temps. À présent Felix junior et ses nièces se parlaient par vidéo interposée. Si on attend assez longtemps, les films deviennent réalité – et tout le monde fait comme si de rien n'était. Malgré tout, il était content d'avoir pu côtoyer l'avenir. Cela avait été critique pendant un moment. Lecteur de BD, fan de science-fiction, Felix avait toujours senti que le futur lui conviendrait. Hollywood n'avait rien à lui apprendre en la matière. Il n'avait même plus besoin d'aller au cinéma ; il lui suffisait de marcher dans la rue comme aujourd'hui et une superproduction se projetait de A à Z dans son esprit. Scénario : Felix Cooper. Mise en scène : Felix Cooper. Avec : Felix Cooper.

Anflex, mon amour, comment vas-tu rentrer à la maison ?

Par téléportation. À tout de suite, ma chère Gracian. Dans une nano seconde.

Des trucs comme ça. Qui défilaient dans sa tête. Parfois il racontait à Grace un film tout entier, et elle adorait, et pas seulement parce qu'elle l'aimait : en vérité, les films qui peuplaient l'esprit de Felix étaient manifestement meilleurs que tous les autres. Soudain Felix heurta un jeune homme en chair et en os qui sortait d'une salle de jeux vidéo. Il venait de franchir à reculons la double porte vitrée tout en saluant ses amis restés à l'intérieur à se débattre avec leurs manettes. Felix prit doucement le type par les coudes et l'inconnu, avec autant de délicatesse tendit les bras en arrière et posa ses mains sur les reins de Felix ; ils rirent tous deux furtivement et s'excusèrent, se donnant du « Chef », avant de vite se séparer, l'inconnu repartant à grands pas vers Éros et Felix poursuivant sa lancée vers Soho.

Une fois arrivé, il glissa la main dans sa poche, sortit son téléphone et tapa : **Ds ta rue. T libre ?** La réponse ne se fit pas attendre : **Porte ouverte**. Il n'était pas venu ici depuis trois mois. Son téléphone vibra à nouveau : **Cinq mn stp. T'achètes des clopes ?** Cette requête inopinée le contraria . cela le mettait en mauvaise posture. Il gagna la boutique surchauffée du coin de la rue où il fit la queue pendant dix minutes, s'efforçant de peaufiner le bref discours qu'il avait envisagé faire, tout en s'apercevant qu'en réalité il n'avait pas décidé grand-chose. Pourquoi avait-il besoin de venir ici ? Et pour dire quoi ? Elle ne comptait plus pour lui. Ce simple fait aurait dû se propager jusqu'à Soho sans le moindre effort de sa part : elle n'aurait dû avoir qu'à sortir sur le pas de sa porte et à le sentir dans l'air. « J'ai pas besoin de ça », dit la femme au comptoir. Elle lui rendit cinquante pence. Quelqu'un derrière lui soupira ; il s'écarta rapidement avec la honte qu'éprouve tout Londonien qui même l'espace d'un instant en a dérangé un autre. Le paquet de clopes était dans sa poche. La monnaie dans sa main. Il n'avait aucun souvenir de la transaction. Il transpirait comme un veau.

Dehors il tenta de se calmer et de replonger dans l'ambiance festive de la rue. Le soleil incitait à la fête. De jeunes Noirs étaient torse nu, comme s'ils s'apprêtaient déjà à aller en boîte. Les garçons blancs portaient des tongs, des bermudas, et buvaient au goulot des bières importées. Un petit groupe se trémoussait mollement devant le G-A-Y bar, en pilote automatique depuis la nuit précédente. Felix rit dans sa barbe et s'appuya contre un lampadaire pour se rouler une clope. Il avait l'impression que quelqu'un l'observait, prenant des notes (« Felix était un gars sympa, avec le cœur au bon endroit, qui aimait contempler le monde autour de lui »), mais cette illusion s'estompa, et il se retrouva désœuvré. Une voiture passa devant lui. Il lui fallut un moment pour reconnaître son propre visage dans celui de l'enfant apeuré se reflétant sur les vitres tintées du véhicule. Il leva les yeux sur sa porte. C'était ouvert ; deux des filles se tenaient devant l'immeuble, bavardant gentiment avec les chauffeurs somaliens d'à côté. Felix se mit à rouler des épaules, affectant une démarche virile et chaloupée («Parfois, il faut ce qu'il faut»). Mais ces filles-là n'étaient pas du genre à se laisser amadouer par un sourire, quel qu'il soit. Chantelle le foudroya du regard alors qu'il était encore à une vingtaine de mètres d'elle. Le temps qu'il la rejoigne, elle avait décidé qu'elle n'avait pas besoin de le saluer ; elle saisit entre deux doigts son léger haut à capuche, examinant brièvement le tissu, puis le lâcha comme s'il s'agissait d'une guenille ramassée par terre.

«T'es estival. La vache. Monsieur Rayon de soleil.

— C'est pas si chaud pour moi. J'suis pas gros, j'ai besoin d'épaisseurs.

— Ça fait un bail, lança Cherry, la Blanche au visage maussade.

— J'avais des trucs à faire.

— Si j'étais toi, je m'embêterais pas avec Sa Majesté là-haut : tu serais bien mieux ici.

— Ouais, ouais, ouais», répondit Felix, se fendant d'un sourire révélant ses dents en or. Il n'avait jamais vraiment cru que le dernier étage était un monde à part, même si Sa Majesté là-haut l'affirmait pourtant. Ils se chamaillaient à ce sujet, avant. Mais cela n'avait plus d'importance à présent.

«Je peux y aller?»

C'étaient deux filles imposantes et leur blague favorite depuis qu'il les connaissait consistait à ne pas bouger pour le laisser passer, l'obligeant à se faufiler entre elles deux. Felix avança d'abord une épaule maigrichonne.

«Un vrai os de poulet !

— Pas un pet de gras là-dessus !»

Cherry lui pinça le derrière – trois étages plus haut il les entendait encore glousser. Il atteignit le dernier palier. Des violons classiques s'en donnaient à cœur joie, et l'eau coulait

à tout-va dans la salle de bains. Sur le seuil les volutes de vapeur s'entortillèrent autour de lui.
« Felix ? C'est toi, chéri ? La porte est ouverte ! Karenin est par-là ? Ramène-moi cette canaille à l'intérieur. »
Karenin se tenait sur le paillasson. Felix le prit tant bien que mal dans ses bras. Le chat était tellement gros qu'il était impossible de tout contenir en même temps : son derrière, son ventre ou sa tête tombaient continuellement d'un côté ou de l'autre. Il lui chuchota à l'oreille : « Ça va, Karenin ? » et pénétra à l'intérieur. Le même chat obèse dans les bras, les mêmes affiches de théâtre et photos jaunissantes au mur, les mêmes cartons pleins de partitions pour un piano absent. Vendu au mont-de-piété avant que Felix ne fasse partie de l'histoire. Tout était à l'ancienne ici. Il ne le savait que trop bien. La même saleté immuable ; rien n'était jamais rafraîchi ni remplacé. Elle appelait tout ce bric-à-brac ses antiquités. Une autre façon de dire qu'il n'y avait plus d'argent. Cinq ans ! Il laissa tomber le chat sur la méridienne sans ressorts, qui s'affaissa sous le poids de l'animal. Comment avait-il atterri ici ? S'il n'avait pas connu cet endroit, les choses seraient restées naturelles et saines.
« Annie ! Tu sors ?
— J'suis dans le bain ! C'est divin. Entre !
— Nan, ça va. Je vais attendre.
— Quoi ?
— JE VAIS ATTENDRE.
— Ne sois pas ridicule. Apporte un cendrier. »
Felix regarda autour de lui. Sur un portemanteau accroché à la fenêtre était suspendu un ensemble : jean violet, haut alambiqué avec épingles de nourrice sur le devant, espèce de cape à carreaux, et par terre une paire de bottes en cuir jaune avec talons d'une dizaine de centimètres. La tenue, que personne ne verrait sauf le garçon du caviste qui lui livrait ses « courses », était inondée de lumière.
« J'vois pas de cendrier. »

Des petits tas de mégots et de cendres trônaient sur diverses enveloppes et pages de journaux. Il était difficile de circuler : une tentative de réorganisation était manifestement en cours. Des piles de papier étaient disséminées sur le sol. La situation était pire que chez son père, mais il comprit soudain que l'état d'esprit était le même : une existence foisonnante comprimée dans un espace trop petit. Il ne leur avait jamais rendu visite l'un après l'autre comme c'était le cas aujourd'hui. Le sentiment de suffocation et d'impatience était identique, tout comme son irrésistible besoin de prendre la fuite.

« Mon Dieu... près des photos de Pavlova. "La Russe qui tire la tronche". Juste en dessous. »

Il n'aurait plus jamais besoin de prétendre s'intéresser à ces choses qui le laissaient indifférent : la danse classique, les romans, la longue et douloureuse histoire familiale de celle qui lui parlait depuis la salle de bains. Il enjamba une table basse en verre au-dessus de laquelle étaient disposées en diamant sur le mur huit photographies de Pavlova, faisant écho à la pyramide de mégots empilés avec soin sur une petite table voisine.

« S'il est plein, utilise le sac en plastique accroché à la poignée de porte, cria Annie. Vide-le dedans. »

Il s'exécuta. Il entra dans la salle de bains, posa le paquet de clopes dans le cendrier et le cendrier sur le rebord de la baignoire.

« Qu'est-ce que tu fais avec ça ? »

Elle glissa le bout de ses doigts sur la paire de lunettes de soleil vintage en nacre qu'elle avait sur le nez. « Cette salle de bains est terriblement lumineuse, Felix. Ça m'aveugle. Tu peux m'aider ? Je ne peux pas utiliser mes mains. »

Elle avait sur la lèvre inférieure ce qui ressemblait à un flocon d'avoine, enduit de rouge à lèvres. Felix glissa une cigarette dans sa bouche et l'alluma. Cela ne faisait que quelques mois qu'il ne l'avait pas vue, mais les rides sous ses yeux semblaient s'être allongées, creusées, car elles dépassaient largement les verres de ses lunettes de soleil. La poudre dont elle s'était aspergée faisait des paquets ici et là, et n'arrangeait rien. Il battit en retraite, vers la cuvette des toilettes. C'était la bonne distance. Elle réajusta son apparence, redonnant du volume à sa tignasse brune tout en laissant retomber autour de son visage maquillé quelques mèches mouillées. Ses épaules étroites émergèrent de la mousse; il connaissait chaque veine bleue, chaque grain de beauté. Elle eut ce sourire, celui qui avait tout déclenché le jour où il l'avait vue apporter un plateau avec du thé à l'équipe du film sur son toit, les cheveux dissimulés sous un foulard comme les femmes durant la guerre. Elle étira ses fines lèvres, et ses gencives éclatantes apparurent.

« Comment ça va, Annie ?

— Pardon ? » Facétieuse, elle mit sa main en pavillon autour de son oreille.

« Comment ça va ?

— Comment je vais ? C'est ça, la question ? » Elle s'enfonça dans la mousse. « Comment je vais ? Comment je vais ? Eh bien, j'ai la tête dans le cul pour ne rien te cacher. » Elle fit tomber sa cendre à côté du cendrier, maculant la mousse. « Pas seulement parce que tu as disparu, rassure-toi. Quelqu'un à la mairie de Westminster s'est permis de remettre en cause mon titre de propriété parce que quelqu'un d'autre, quelque *citoyen* zélé, a cru bon de leur signaler la chose. Mon compte est bloqué, mais le plus tragique c'est que j'en suis réduite à manger des sardines grillées. Et certains autres produits de base sont drastiquement restreints... » Elle fit une moue malheureuse de petite fille. « Devine qui ?

— Barrett », répondit Felix d'un air renfrogné ; il aurait préféré la trouver de n'importe quelle humeur sauf celle-ci. Il parcourut la pièce discrètement du regard et trouva bientôt ce qu'il cherchait : un billet de 20 roulé en paille et un

petit miroir, mal dissimulés derrière le pied de la baignoire à l'ancienne. «Il essaie de me ruiner, j'imagine. Pour qu'ils puissent sans plus attendre installer...
— Un Russe à mille livres par semaine, murmura Felix, exactement en même temps qu'elle.
— Excuse-moi d'être aussi prévisible.»
Elle se redressa. S'il s'agissait d'un défi, il était prêt à le relever. Il observa la mousse glisser sur sa peau. Elle avait le corps d'une danseuse, avec toutes les courbes qui vont avec. Ses seins, tels deux muscles bandés, surplombaient un impitoyable réseau de leviers et poulies abdominales. Mais ce spectacle n'avait guère d'utilité en réalité car il était conçu pour une existence qui n'avait rien à voir avec la sienne.
«Tu passerais une serviette à une pauvre fille?»
Une espèce de chiffon miteux pendait à la porte. Il essaya de lui envelopper chastement les épaules, mais elle s'effondra dans ses bras, trempant tous ses vêtements.
«Brrrr. Ça fait du bien.
— Putain!»
Elle lui chuchota dans l'oreille : «La bonne nouvelle, c'est que si je suis virée, je pourrais en profiter pour en faire une vraie, de virée. *On* pourra en profiter.»
Felix recula, se mit à quatre pattes et tendit un bras sous la baignoire.
«À les croire c'est déjà le cas. Ils sont persuadés que je suis au Heaven toutes les nuits à danser avec les petits pédés. Je ne suis même pas au courant! Ce doit être ma vie de somnambule. C'est peut-être le début du renouveau pour moi! Mais enfin, qu'est-ce que tu fabriques là-dessous? Oh, Felix, ne sois pas casse-pieds. Laisse ça tranquille...»
Felix réapparut tenant dans la main un miroir à poignée d'argent tout droit sorti d'un conte de fées, sur lequel reposaient quatre épaisses lignes de poudre et une paille posée en travers, dessinant une sorte de blason. Annie tendit les

bras dans sa direction, poignets vers le ciel. Les veines paraissaient plus grosses, plus bleues.

« C'est même pas l'heure du déjeuner.

— Au contraire, *c'est* le déjeuner. Ça t'ennuierait de remettre ça où tu l'as trouvé ? »

Ils se tenaient tous deux de part et d'autre de la cuvette des toilettes : le geste à faire était évident. Ce serait une façon de formuler ce qu'il avait à dire.

« Remets ça. À sa place. S'il te plaît. » Annie sourit de toutes ses dents de danseuse de cabaret. Quelqu'un frappait à la porte. Felix remarqua que la paupière d'Annie tressaillait malgré elle, trahissant la lutte à laquelle elle se livrait pour trouver un équilibre entre l'insouciance qu'elle affichait et la gravité de sa situation. Il connaissait ce combat par cœur. Il reposa le miroir là où il l'avait pris. « J'arrive ! »

Elle se saisit d'une espèce de tunique en soie japonaise accrochée à une patère derrière la porte et l'enfila, croisant un pan par-dessus l'autre pour dissimuler une énorme déchirure. Le dos était orné d'une kyrielle d'hirondelles plongeant en piquée vers le sol. Elle se précipita dans le couloir, enfermant Felix derrière elle. Par habitude, il ouvrit l'armoire à glace au-dessus du lavabo. Il poussa sur le côté la première rangée de produits — des crèmes Pond's et Elizabeth Arden, un flacon vide de l'historique Chanel n° 5 – pour atteindre les médicaments. Il souleva une petite bouteille de poxymachintrucrendridine, celle avec le bouchon rouge ; associé à l'alcool, ce produit était à la fois speedant et euphorisant, comme de l'ecstasy mélangé à la kétamine. Ça marchait très bien avec la vodka. Il la tint dans sa main. Puis la remit à sa place. Soudain la voix stridente d'Annie lui parvint de l'autre pièce. « Mais non... je ne suis pas du tout de cet avis... »

Désœuvré, Felix passa dans le salon et s'installa sur une inconfortable chaise en bois à haut dossier qui jadis ornait l'antichambre du château de Wentworth.

« Je me sers à peine des escaliers. C'est peut-être une "partie commune", mais je ne les utilise pas. Seuls le livreur et un ami de temps à autre passent me voir. Mais c'est vraiment rare. Je ne descends jamais. Je ne peux pas. En vérité, vous devriez vous adresser aux filles d'en bas, qui comme nous le savons tous deux... j'imagine que vous êtes un homme du monde... ont des visiteurs qui montent et descendent constamment. Qui montent et descendent, montent et descendent. On se croirait à Piccadilly Circus, je vous jure. »

Elle s'avança pour désigner du doigt l'axe tant fréquenté, et Felix aperçut l'homme dans l'encadrement de la porte : un grand blond baraqué en costume bleu marine, tenant un classeur marqué Google.

« Mademoiselle Bedford, s'il vous plaît, je ne fais que mon travail.

— Désolée... comment vous appelez-vous, déjà ? Est-ce que je peux voir un papier officiel... »

Le blond tendit une carte à Annie.

« On vous a ordonné de me harceler, c'est ça ? Je ne crois pas, monsieur... je ne pourrai certainement pas prononcer ce nom... je ne crois pas que ce soit le cas, Erik. Parce que je n'ai pas de compte à rendre à M. Barrett. Je ne communique qu'avec le véritable propriétaire. Je suis une parente du véritable propriétaire. En d'autres termes, celui qui possède la propriété. C'est un parent proche, et je suis certaine qu'il ne voudrait pas que l'on me harcèle. »

Erik ouvrit son classeur et le referma. « Nous sommes les gestionnaires, et il nous appartient d'informer les habitants que les parties communes vont être prochainement rénovées, et que le coût engendré par ces travaux est à répartir entre eux. Nous avons envoyé plusieurs courriers à cette adresse et n'avons reçu aucune réponse.

— Quel drôle d'accent vous avez. Seriez-vous suédois ? »

Erik se mit presque au garde-à-vous. « Je viens de Norvège.

— Oh, norvégien ! La Norvège. Comme c'est charmant. Je n'y suis jamais allée, naturellement, je ne vais jamais

nulle part. Felix, lança-t-elle en se tournant vers lui avec une certaine lascivité, Erik est norvégien.
— Ah bon », répondit Felix. Il bougea exagérément la mâchoire pour l'imiter. Elle lui tira la langue.
« Dites-moi, Erik, ce n'est pas en Suède qu'il y a eu tous ces problèmes, récemment ?
— Pardon ?
— Je veux dire, en Norvège. Ah, vous savez bien, avec l'argent. C'est difficile de croire qu'un pays tout entier puisse faire faillite. C'est arrivé à ma tante Helen, mais il faut dire qu'elle l'avait bien cherché. Mais tout un pays, il faut être... bien négligeant.
— Je crois que vous parlez de l'Islande.
— Ah bon ? Oh oui, peut-être. Dans ma tête, tous ces pays nordiques... » Annie entrecroisa ses doigts.
« Mademoiselle Bedford...
— Écoutez, personne ne veut plus que moi voir embellir cet endroit. Enfin, on n'a pas eu de tournage ici depuis... peu importe depuis quand. La vue du toit est faite pour être filmée. Franchement. C'est juste absurde de laisser tout ça dépérir. C'est l'une des plus belles vues de Londres. Je crois sincèrement que c'est dans votre intérêt de rendre ce bâtiment plus attractif aux investissements extérieurs. Il faut dire que vous avez fait preuve d'un véritable laisser-aller en la matière. »
Erik se ratatina dans son costume bon marché. Peu importait toutes les bêtises qui sortaient de la bouche d'Annie, son accent était ensorceleur. Grâce à lui, elle s'était sortie comme par magie de situations compromettantes, Felix en avait été témoin, comme lorsque les gens des allocs avaient débarqué, ou lorsque les flics avaient fait une descente dans la maison close du rez-de-chaussée alors qu'une quantité non négligeable d'héroïne trônait dans un sac en plastique sur sa table de nuit, tout juste à l'abri des regards. Rien qu'en parlant elle pouvait empêcher quiconque de pénétrer chez elle. Elle

pouvait dégringoler, dégringoler, dégringoler, elle retombait toujours sur ses pieds. Son grand-oncle, le comte, possédait le sol sous le bâtiment, sous chaque bâtiment de la rue, le théâtre, les cafés, le McDonald's.

« L'idée que l'on demande à une femme vulnérable qui vit seule et qui quitte à peine son appartement de payer la même somme qu'un groupe de "femmes d'affaires" qui reçoivent des visiteurs de sexe masculin environ toutes les huit minutes… je trouve ça aberrant. Poum poum poum, s'écria-t-elle, en frappant du pied en rythme sur le palier, c'est ça qui use ce satané tapis de sol. Poum poum poum. Et un soupirant de plus qui monte les marches. » Erik jeta un regard un peu désespéré à Felix. « Lui, poursuivit Annie en montrant Felix du doigt, il n'entre pas dans cette catégorie. C'est mon petit ami. Il s'appelle Felix Cooper. Il est réalisateur. Et il ne vit pas ici. Il habite au nord-ouest de Londres, un coin un peu minable dont vous n'avez probablement jamais entendu parler, et qui s'appelle Willesden, mais je vous préviens, vous auriez tort d'en dire du mal en fait, parce qu'en fait c'est un quartier très intéressant, très "diversifié". Seigneur, quel mot. Et pour ne rien vous cacher, nous sommes tous deux très autonomes et issus de milieux extrêmement différents, et chacun préfère tout simplement garder son indépendance. Ce n'est pas si inhabituel, n'est-ce pas, d'avoir… »

C'est alors que d'un bond Felix enlaça Annie par la taille et l'attira à l'intérieur de la pièce. Elle s'affaissa en soupirant sur la méridienne à côté de Karenin et se concentra sur l'animal, qui sembla considérer toute cette attention comme son dû. Erik ouvrit son classeur et en sortit une liasse de papiers qu'il glissa vers Felix.

« J'ai besoin que Mlle Bedford signe ceci. Ces documents l'engagent à payer sa part des travaux qui…

— Vous en avez besoin maintenant ?

— Il me le faut cette semaine, sans faute.

— Voilà ce qu'on va faire. Laissez-les ici, d'accord ?

Revenez les chercher à la fin de la semaine. Ce sera signé, je vous le promets.

— Nous avons déjà envoyé de nombreux courriers...

— Je comprends, mais... elle ne se sent pas très bien, chef. Elle n'est pas dans son état... elle est agrophobe », déclara Felix, une vieille erreur qu'Annie n'était pas parvenue à corriger, nonobstant ses innombrables roulements d'yeux, peut-être parce que ce mot-valise exprimait une plus profonde vérité : ce n'était pas en réalité les lieux publics qui l'effrayaient, mais plutôt ce qu'elle serait susceptible de vivre avec les personnes qui s'y trouvaient. « Revenez plus tard, ça sera signé. J'y veillerai.

— Ouf, quelle plaie, s'exclama Annie avant que la porte ne soit complètement refermée. J'ai réfléchi, Felix. J'y pense depuis le lever du soleil. Passons le reste de l'été sur mon toit. On adorait traîner là-haut. Reste ici ce week-end, c'est férié lundi! C'est un week-end prolongé.

— C'est le carnaval ce week-end. »

Mais elle ne sembla pas entendre cette réponse. « Pas avec plein de gens. Juste nous. On fera ce truc au poulet que tu aimes bien, grillé au barbecue là-haut. Mariné. Du poulet mariné. Et on se marinera comme des fous.

— Tu manges aussi, maintenant ? »

Annie cessa se rire, tressaillit, détourna le visage. Elle croisa délicatement ses mains sur sa cuisse. « C'est toujours agréable de regarder les autres manger. Je mange des champignons. On pourrait s'acheter des champignons, ceux qui sont légaux. Tu te souviens ? Ça m'a pris un an pour aller d'ici jusque-là. » Elle désigna la chaise du doigt, puis la méridienne. « Je ne sais pas pourquoi j'étais convaincue qu'on était en France. Je croyais avoir besoin d'un passeport pour traverser la pièce. »

Felix s'empara de son tabac. Il ne se laisserait pas embarquer dans les tendres réminiscences.

« On peut plus en acheter maintenant. Le gouvernement les a interdits. Ça fait quelques mois.
— Ah bon ? Qu'est-ce qu'ils sont assommants.
— Un gamin à Highgate s'est pris pour une télé et a voulu s'éteindre. Il s'est jeté du pont. Hornsey Lane Bridge.
— Oh, Felix, elle est aussi vieille que moi, celle-là. Je l'entendais déjà dans la cour de récré de l'école de jeunes filles de Camden, en 1985. Le "pont du suicide". C'est ce qu'on appelle un mythe urbain. » Elle s'approcha de lui, enleva sa casquette et frotta son crâne rasé. « Allons là-haut pour bronzer. Enfin moi, je vais bronzer. Tu pourras transpirer. Inaugurer l'été.
— Annie, écoute. L'été est presque fini. Je travaille. Tout le temps.
— T'as pas l'air de travailler maintenant.
— Normalement je travaille le samedi.
— Bah, un autre jour alors, tu n'as qu'à choisir, et on pourra se voir, genre régulièrement, répliqua Annie avec l'idée qu'elle se faisait d'un accent du Nord.
— Je ne peux pas.
— Est-ce à mes charmes qu'il ne peut résister, dit-elle en s'essayant à un accent américain... ou à mon toit ?
— Annie... assieds-toi. Il faut que je te parle. Sérieusement.
— Parle-moi sur le toit ! »
Il tenta de lui attraper le poignet, mais elle s'esquiva et passa devant lui. Il la suivit dans la chambre. Elle avait déjà descendu l'échelle de la trappe dans le plafond et était en train d'y grimper.
« On ne regarde pas sous les jupes ! » Mais elle poursuivit son chemin de façon à rendre la chose impossible : Felix aperçut même la petite ficelle d'un tampon qui dépassait telle une queue de souris, entre ses cuisses. « Attention. Il y a du verre. »
Felix émergea en pleine lumière. Il lui fallut un moment pour accommoder. Il posa avec précaution son genou entre

deux bouteilles de bière cassées et se hissa. Le bois peint s'écaillant sous l'effet de la pluie et du soleil lui laissa de petits flocons blancs sur les mains. Il avait participé à la construction de cette terrasse ; il l'avait peinte avec quelques technos, et même un des producteurs, parce que le temps et le budget étaient très serrés. Ils avaient tout recouvert d'une épaisse couche de blanc brillant pour augmenter au maximum la lumière. Tout cela à la hâte, pour les besoins du film. Il n'avait pas été prévu que l'on en fasse usage dans la vraie vie. Elle ramassa un paquet de cigarettes écrasé et une bouteille de vodka vide, les enfonçant méticuleusement dans la poubelle pleine à ras bord, comme si enlever ces deux objets allait changer quoi que ce fût à la mer de déchets qui s'étendait partout. Felix enjamba un duvet dégoulinant, plein d'eau et d'autre chose – Dieu merci, pas une personne. Il avait plu la nuit précédente –, une certaine fraîcheur subsistait, mais une odeur nauséabonde commençait à se propager, et chaque minute supplémentaire de soleil ne faisait que l'accentuer. Felix se dirigea dans le coin le plus à l'est du toit, près de la cheminée, parce qu'il y avait de l'ombre et parce que c'était l'endroit le moins prisé. Les planches sous ses pieds faisaient des bruits désespérés.

« Tout ça a besoin d'être retapé.

— Oui. Mais c'est juste impossible de trouver quelqu'un pour le faire de nos jours. Il fut un temps où l'on pouvait mettre la main sur une charmante et jeune équipe de tournage, qui te payait deux mille livres la semaine, construisait une terrasse, la peignait et te baisait passionnément en te disant je t'aime. Mais ce genre de prestation est révolue, j'en ai bien peur. »

Felix prit sa tête dans ses mains.

« Annie, tu me fais trop rire, sans déconner. »

Annie sourit. « Je suis contente de te faire encore quelque chose, au moins... » Elle remit sur pied une chaise longue. « Ça a l'air un peu en désordre maintenant, je sais... mais j'ai reçu du monde... j'ai fait une grande soirée vendredi dernier, comme je sais les faire. C'était vraiment formidable, tu aurais dû venir. Je t'ai envoyé un texto. Tu t'arranges toujours pour ne pas voir mes messages. Un groupe charmant. Des gens adorables. Il faisait aussi chaud qu'à Ibiza. »

À l'entendre il s'agissait d'une soirée mondaine où s'était côtoyée la crème de la crème. Felix se saisit d'une bouteille vide de cidre Strongbow transformé en bong.

« Tu devrais arrêter de laisser les gens profiter de toi. »

Annie s'insurgea : « N'importe quoi ! » Elle s'assit les jambes écartées sur le petit mur de brique reliant les conduits de cheminées. « C'est pour ça que les gens existent. Pour profiter les uns des autres. Pourquoi, sinon ?

— Ils passent du temps avec toi parce que tu as quelque chose qu'ils veulent. C'est des parasites de Soho. Ils cherchent juste un endroit où crécher. Et s'il y a de la came gratis, c'est tout bon.

— Eh bien tant mieux. C'est ce que j'ai. Pourquoi les gens ne profiteraient pas de moi si j'ai quelque chose qui peut leur être utile ? » Elle croisa une jambe par-dessus l'autre à la façon d'un professeur abordant le sujet central de sa conférence. « Il se trouve qu'en matière de propriété et de drogues, je suis forte et ils sont faibles. Dans d'autres domaines, c'est le contraire. Les faibles doivent profiter des forts, tu ne crois pas ? Mieux vaut ça que le contraire. Je veux que mes amis profitent. Je veux qu'ils se nourrissent de moi. Je veux qu'ils boivent mon sang. Pourquoi pas ? Ce sont mes amis. Qu'est-ce que je peux faire d'autre ici ? Élever une famille ? »

Felix sentit le piège dans cette dernière réplique et contourna le sujet.

« Ce que je dis, c'est que ce ne sont pas tes amis. Ce sont des profiteurs. »

Annie le scruta par-dessus ses lunettes. « Tu as l'air très sûr de toi. Tu parles d'expérience ?

— Pourquoi tu m'embrouilles ? » Il était facilement troublé

et ses réactions passaient souvent – à tort – pour de la colère. Les gens pensaient qu'il était sur le point de frapper quelqu'un alors qu'il était simplement nerveux ou légèrement contrarié. Annie leva un doigt tremblant en l'air.

« N'élève pas la voix sur moi, Felix. J'espère que tu n'es pas venu ici pour me faire une scène, parce qu'en vérité je me sens assez fragile présentement. »

Felix bougonna et s'assit près d'elle, sur le mur de brique. Il posa sa main délicatement sur son genou, comme l'aurait fait un père ou un ami, pensait-il, mais elle l'empoigna et la serra passionnément dans la sienne.

« Tu vois ? Là-bas ? Le drapeau flotte. Il y a du monde à la maison. La meilleure vue de la ville.

— Annie…

— Ma mère a été présentée au palais, tu sais ? Et ma grand-mère.

— Ah bon.

— Oui, Felix, oui. Je te l'ai sûrement déjà dit.

— Ouais, c'est vrai, en fait. »

Il libéra sa main et se leva.

« Elles me fuient celles qui me cherchaient naguère », récita Annie paisiblement, puis elle enleva sa robe et s'allongea nue dans le soleil. « Il y a de la vodka dans le congélateur.

— Je t'ai dit que j'buvais plus.

— *Encore* ?

— Je te l'ai dit. C'est pour ça que j'ai arrêté de venir. Pas seulement, d'ailleurs, y a d'autres raisons aussi. Je suis clean. Tu devrais y penser toi aussi.

— Mais chéri, je suis clean. Ça fait deux ans que je suis clean.

— À part la coke, la beuh, l'alcool, les cachets…

— J'ai dit je suis clean, pas une Mormone, bon sang !

— Je parle de le faire sérieusement. »

Annie se redressa sur ses coudes et releva ses lunettes de soleil sur ses cheveux. « Et passer mes journées à écouter les gens déblatérer sur la fois où ils se sont retrouvés couverts de vomi dans une poubelle ? Et prétendre que tous les bons moments que j'ai eus dans ma vie n'étaient qu'une espèce d'illusion d'adolescente attardée ? » Elle se rallongea et remit ses lunettes sur son nez. « Non merci. Peux-tu aller me chercher une vodka s'il te plaît ? Avec du citron si tu arrives à le trouver. »

En diagonal sur un autre toit-terrasse de l'autre côté de la rue, une Japonaise habillée strictement – pantalon noir ajusté, pull en V noir – lâcha le plateau qu'elle portait. Un verre explosa et une assiette de nourriture fit un vol plané ; elle réussit néanmoins à empêcher l'autre de tomber. Elle se dirigeait vers une petite table en fer forgé à laquelle était assis un Français efflanqué qui portait un jean remonté à mi-mollet, avec des bretelles rouges caricaturales. Il se leva d'un bond. Au même moment une petite fille surgit et, observant la tragédie domestique en cours, posa une main sur sa bouche. Felix les connaissait bien tous les trois. Il les avait vus de nombreuses fois au fil des ans. D'abord elle seule ; puis lui emménagea. Et le bébé apparut. L'enfant semblait à présent avoir quatre ou cinq ans. Où avait filé le temps ? Très souvent, aux beaux jours, il avait observé la femme en train de prendre en photo sa famille avec un véritable appareil, installé sur un trépied.

« Oups, fit Annie. Du rififi au paradis.

— Annie, écoute : tu te souviens de cette fille dont je te parlais. Celle avec qui c'était sérieux.

— J'ai bien peur qu'ils n'aient que ce qu'ils méritent. Ils n'avaient qu'à manger dans leur appartement. Mais ça aurait été trop leur demander. Non, il fallait qu'ils apportent sur un plateau chaque portion individuelle de filet de cabillaud glacé au vinaigre balsamique et à la sauce miso, pour qu'ils puissent les manger sur leur satanée terrasse en se répétant sans doute : comme on a de la chance de pouvoir manger sur la terrasse. Ma foi, on se croirait en Toscane. Tu as goûté

ça, mon chéri ? C'est une tempura de fleurs de courgettes. Fusion italo-japonaise ! Ma propre création. Et si j'en faisais une photo ? On pourrait la mettre sur notre *blog*.
— Annie.
— Notre blog qui s'appelle *Jules et Kim*.
— Moi et cette fille. Grace. C'est sérieux. Je vais plus pouvoir venir te voir. »
Annie leva une main en l'air et parut examiner ses ongles. Il s'agissait plus en vérité de bouts de doigts bouffis, à la peau écorchée, et aux cuticules couvertes de sang séché. « Je vois. Elle n'avait pas un autre amant, elle aussi ?
— C'est fini.
— Je vois, répéta Annie, se tournant sur le ventre et balançant en l'air ses pieds à la cambrure admirable. Quel âge ? »
Felix ne put s'empêcher de sourire. « Bientôt vingt-quatre, je crois. En novembre. Mais ça n'a rien à voir avec ça.
— Et *toujours* pas de vodka. »
Felix soupira et s'achemina vers la trappe du toit.
« Je penserai à l'autre amant ! clama Annie tandis qu'il descendait. Je compatirai. C'est tellement important de se témoigner de la compassion l'un l'autre ! »
Marlon. Grace avait mis un terme à leur relation un dimanche de février alors que Felix, assis dans la cage d'escalier, se roulait une clope en frissonnant tout en jetant de temps à autre un regard à travers le rideau transparent de la fenêtre. Il avait observé son rival parcourir l'appartement d'un pas lourd, récupérant un antivol de vélo, quelques vêtements moches, une station d'accueil pour iPod et deux tondeuses à cheveux manuelles. Il était plutôt enrobé, Marlon, pas franchement gros mais grassouillet et sans beaucoup d'allure. Il resta un long moment dans la salle de bains, pour en ressortir les bras chargés de pots et tubes de crème en tout genre, dont au moins un appartenait à Felix, mais ce dernier avait conquis la femme et il considéra qu'il pourrait s'en passer. Après que Marlon

eut rassemblé toutes ses affaires, Felix l'aperçut prendre les mains de Grace dans les siennes, comme un homme sur le point de célébrer un rituel religieux, et dire : « Je te remercie pour le temps qu'on a passé ensemble. » Pauvre Marlon. Il n'avait vraiment rien compris. Par la suite, il passa même voir Grace à quelques reprises – avec des mixes de soca, des mots écrits à la main, des larmes. Tout ceci fut vain. En fin de compte, ce que Grace prétendait aimer chez Marlon – il n'était pas flambeur, il était doux, timide et désintéressé – la poussa à le quitter. Et c'est à cause de cette douceur aussi qu'il lui fallut un moment pour intégrer le message. Il finit par remballer son numéro du « Je-suis-infirmier-je-trouve-le-rap-trop-agressif-je-sais-cuisiner-le-curry-de-chèvre-je-veux-aller-vivre-au-Nigeria » pour regagner le sud de Londres, là où, selon Felix, était sa place.

« Frigo », articula Felix dans le vide en ouvrant le frigidaire – deux énormes bouteilles de coca, trois citrons et une boîte de maquereaux –, avant de se souvenir et de se saisir de la poignée du congélateur. Il en sortit la bouteille de vodka. Il rouvrit le frigo et choisit le citron le moins blanc. Il regarda autour de lui. La cuisine était exiguë : un évier en céramique fêlé, pas d'espace pour ranger quoi que ce soit, et pas de poubelle. La vaisselle n'était pas faite ; il n'y avait pas de verre propre. Un rideau en loques flottait à la fenêtre entrebâillée. Des fourmis allaient et venaient en file indienne le long de l'évier et sur la fenêtre, transportant des miettes de nourriture sur leurs dos, avec une confiance laissant penser qu'elles ne s'attendaient pas à voir de l'eau couler de sitôt. Felix trouva une tasse. Il coupa tant bien que mal le citron avec un couteau à la lame émoussée. Il versa la vodka. Il reboucha la bouteille, la remit dans le congélateur, se demandant comment il décrirait cette scène de sobriété mardi à dix-neuf heures à ses compagnons de route, qui ne manqueraient pas de savourer l'héroïsme dont il était en train de faire preuve.

De retour sur le toit Annie avait changé de position, assise en tailleur façon yoga, les paupières closes, et portait à présent un bikini vert. Il déposa la tasse devant elle et elle acquiesça telle une déesse acceptant une offrande.

« Il sort d'où, ce bikini ?

— Des questions, toujours des questions. »

Sans ouvrir les yeux, elle pointa un doigt en direction de la famille sur la terrasse. « Maintenant tout ce qu'il leur reste à faire, c'est de ramasser les morceaux. Le déjeuner est gâché, le sancerre est à sec, mais ils trouveront, Dieu sait comment, le moyen de passer à autre chose.

— Annie...

— Quoi d'autre ? Je n'ai aucune idée de ce que tu deviens maintenant. Ça bouge, côté cinéma ? Comment va ton frère ?

— J'ai quitté cette boîte il y a longtemps. Je suis apprenti dans un garage maintenant. Je te l'ai dit.

— Les voitures anciennes, c'est charmant comme passe-temps.

— Ce n'est pas un passe-temps... c'est mon travail.

— Felix, tu es un réalisateur très talentueux.

— Allez, arrête. C'était quoi, mon taf ? Apporter les cafés, la coke. C'était ça, mon boulot. C'était ça. Ils n'allaient pas me donner autre chose à faire, crois-moi. Pourquoi t'es tout le temps en train de parler de trucs qui sont même pas vrais ?

— Je sais que tu es très talentueux, c'est tout. Et je trouve criminel de te sous-estimer comme tu le fais.

— Laisse tomber, je te dis ! »

Annie soupira et ôta la pince de ses cheveux, qu'elle sépara en deux mèches et tressa en deux longues nattes enfantines. « Comment va ce pauvre Devon ?

— Bien.

— Tu te trompes si tu crois que je suis de ces gens qui posent des questions par politesse.

— Il va bien. Il a une date provisoire de remise en liberté. Le 16 juin.

— Mais c'est fantastique ! » s'écria Annie, et une vague de chaleur à son égard envahit Felix malgré lui. Avec Grace il était rarement question de Devon. Il représentait l'une des « sources d'énergie négative » qu'ils étaient censés éradiquer de leurs existences.
« Pourquoi "provisoire" ?
— Ça dépend de son comportement. Faut pas qu'il fasse chier quiconque d'ici-là.
— Si tu veux mon avis, je crois qu'il a plus que payé sa dette envers la société, tout ça pour un petit braquage avec un pistolet un plastique.
— Il était pas en plastique. C'était un vrai, mais pas chargé. Ils qualifient quand même ça de vol à main armée.
— Oh, mais quelqu'un m'a raconté une histoire très drôle vendredi... ça va te plaire. Flûte, comment c'était déjà ? Quelque chose comme : sais-tu ce que les pauvres...? Attends. Je recommence. Les pauvres... ah, mince : "Dans les quartiers pauvres les gens te volent ton téléphone. Dans les quartiers riches ils te volent ta retraite." » Felix esquissa à peine un sourire. « Sauf que c'était mieux raconté que ça. »
Elle hurlait, sans s'en rendre compte. Sur l'autre terrasse la Japonaise se tourna vers elle, scrutant poliment l'horizon.
« Enfin, regarde cette femme : je *l'obsède*. Regarde-la. Elle veut désespérément me prendre en photo, mais elle n'ose même pas me le demander. C'est très triste en vérité. » Annie fit un signe de main à la femme et à sa famille. « Mangez ! Continuez votre bonhomme de chemin ! »
Felix s'avança pour boucher la vue à Annie. « Elle est moitié jamaïcaine moitié nigériane. Sa mère enseigne à William Keble, du côté de Harlesden. Une femme sérieuse. Elle est comme sa mère. Elle a ce truc de l'éducation nigériane : elle est déterminée. Tu l'aimerais bien.
— Hmmmmm.
— Tu connais cet endroit, York's, sur Monmouth Street ?

— Naturellement. C'était un restaurant incontournable dans les années quatre-vingt.

— Elle vient juste d'avoir une promotion, déclara fièrement Felix. Elle est genre la chef des serveuses. Comment ça s'appelle déjà ? Elle ne fait plus les tables. Comment on appelle ça ?

— Maître d'hôtel.

— Ouais. Elle va sûrement finir par gérer le truc. C'est blindé tous les jours. Y a plein de gens qui vont là-bas.

— Sans doute, mais des gens de quel genre ? » Annie porta son verre à ses lèvres et l'avala d'une traite. « Autre chose ? »

Felix se troubla à nouveau. « On a beaucoup en commun, genre... enfin, plein de choses.

— Les longues promenades dans la campagne, le vin rouge, les opéras de Verdi, le sens de l'humour... » Annie écarta les bras puis entrecroisa les doigts comme si elle pratiquait la méditation.

« Elle sait ce qu'elle veut. Elle est consciente. »

Annie le regarda bizarrement. « Tu mets la barre plutôt bas, tu ne crois pas ? Je veux dire, heureusement pour toi qu'elle n'est pas dans le coma... »

Felix éclata de rire et remarqua qu'elle-même souriait de toutes ses dents, le plaisir illuminant son visage.

« Elle a une conscience politique, raciale, genre elle a pigé la lutte. Elle est consciente, quoi.

— Elle est éveillée et elle comprend. » Annie ferma les yeux et respira profondément. « Tant mieux pour toi. »

Mais un éclair de mépris sur son visage fit sortir Felix de ses gonds. Il cria :

« Tout ce que tu sais faire, c'est te moquer. C'est tout ce que tu connais. Qu'est-ce que tu fais, toi, de si impressionnant ? Qu'est-ce que tu accomplis dans la vie ? »

Annie ouvrit un œil surpris. « Qu'est-ce que je... mais de quoi tu parles ? Je plaisantais, enfin. Qu'est-ce que je suis censée accomplir au juste ?

— Je veux dire, c'est quoi tes buts ? Comment tu vois la vie que tu veux ?

— *Comment je vois la vie que je veux ?* Pardonne-moi, mais la syntaxe de cette phrase me semble particulièrement douteuse.

— Va te faire foutre, Annie. »

Elle s'efforça de rire de cette réplique et tenta de lui saisir le poignet, mais il la repoussa. « Nan, mais ça sert à rien de te parler. J'essaie de te raconter ce que je fais de ma vie, et tu te fous de moi. Ça sert à rien de te parler. À rien. »

Il n'avait pas mesuré la potentielle brutalité de ces mots. Elle tressaillit.

« Je trouve que tu es très cruel. J'essaie seulement de comprendre. »

Felix redescendit d'un cran. Il ne voulait pas être pris pour quelqu'un de cruel. Il s'assit près d'elle. Il avait préparé son discours, mais il avait également le sentiment que tous deux ne faisaient que réciter des répliques, et qu'en réalité elle s'était autant répétée ce moment que lui.

« J'en ai eu marre de vivre comme je vivais. Je me suis rendu compte que je jouais à ce jeu, et à ce niveau depuis trop longtemps Je me suis bien marré, mais allez, Annie : même toi tu dirais que ce niveau est bourré de démons. Plein de démons. Des démons, et…

— Excuse-moi… mais tu parles à une fille élevée dans la foi catholique…

— Laisse-moi finir ! Pour une fois ! »

Annie acquiesça en silence.

« J'ai perdu le fil maintenant.

— Démons, souffla Annie.

— Ah oui. Et je les ai tués. C'était dur, et ils sont morts. Je suis allé au bout de ce niveau, et maintenant il est temps de passer au suivant. Mais toi ça t'intéresse même pas de changer de niveau. C'est évident. »

Tel était le discours qu'il avait préparé. Une fois sortis de sa bouche, ces mots ne semblaient plus avoir la même subtilité profonde que lorsqu'il les avait imaginés. Malgré tout, ils avaient quand même fait leur effet : elle avait ouvert les yeux et abandonné sa pause de yogi ; décroisé les bras et posé les mains à plat par terre.

« Tu m'écoutes ? Le niveau suivant. Les gens peuvent passer toute leur vie à ressasser les mêmes choses. Je pourrais passer toute ma vie à ressasser certaines des merdes qui me sont arrivées. Et c'est ce que je faisais. Maintenant, il est temps de passer au niveau supérieur. J'avance dans le jeu, et je suis prêt à le faire.

— Oui, oui, j'ai saisi la métaphore, tu n'as pas besoin de la répéter encore et encore. » Annie alluma une cigarette, inspira profondément et souffla la fumée par le nez. « La vie n'est pas un jeu vidéo, Felix. Il n'y a pas un certain nombre de points qui te permettent de passer au niveau supérieur. Il n'y a pas en fait de niveau supérieur. La mauvaise nouvelle, c'est que pour finir tout le monde meurt. Fin de partie. »

Les quelques nuages restant dans le ciel mettaient le cap vers Trafalgar. Felix les regarda avec ce qu'il espérait être un air songeur. « C'est ton avis en tout cas. Chacun a le droit de penser ce qu'il veut.

— Le mien, celui de Nietzsche, Sartre, beaucoup de monde. Felix, chéri, c'est très bien que tu viennes ici pour "parler sérieusement" et pour me faire part du cheminement de ta foi intérieure, mais j'en ai un peu assez de discuter à présent, et personnellement j'aimerais vraiment savoir une chose : on va baiser aujourd'hui, ou pas ? »

Elle tira malicieusement sur la jambe de Felix. Il tenta de se lever, mais elle se mit à lui embrasser les chevilles, et bientôt il se laissa tomber à genoux. C'était une défaite, et il l'en tint responsable. Il l'attrapa par les épaules, assez brutalement, et, se poussant l'un l'autre, ils se retrouvèrent au pied du mur où, pensèrent-ils, personne ne les verrait. La tenant fermement par les cheveux, il tenta de l'embrasser avec rudesse, mais elle avait le don de transformer tout coup malveillant en élan passionné. Ils étaient faits physiquement l'un pour l'autre. Depuis le début. Mais quel était l'intérêt de s'entendre sur ce plan uniquement ? Il sentit ses mains sur ses épaules, le poussant vers le bas, et il se retrouva très vite au niveau de la cicatrice d'appendicite qu'elle avait sur le ventre. Elle souleva son cul. Il l'empoigna à deux mains et enfonça son visage entre ses cuisses. Il avait quatorze ans lorsque Lloyd lui avait expliqué que lécher une femme était malsain et constituait une humiliation. Seulement sous la menace d'une arme à feu, telle était l'opinion de son père, et ce à condition que tous les poils jusqu'au dernier aient été enlevés. Annie était la première. Des années de conditionnement brisées en un après-midi. Il se demanda ce que Lloyd pourrait penser de lui en cet instant, alors qu'il avait le nez enfoui dans une telle abondance de poils raides et ce goût étrange dans la bouche.

« Si ça te gêne, enlève-le ! »

Il saisit la queue de souris entre ses dents et tira. Le tampon sortit facilement. Felix le lâcha comme une chose morte, ensanglantée sur le sol blanc. Il se retourna vers elle et enfonça sa langue. Comme s'il creusait frénétiquement un tunnel dans l'espoir d'atteindre l'autre côté. Elle avait un goût de fer, et lorsqu'il émergea cinq minutes plus tard, pour reprendre sa respiration, il s'imagina avec une auréole de sang autour de la bouche. En fait, il n'y en avait qu'une gouttelette, qu'elle essuya d'un baiser. La suite fut rapide. Ils étaient de vieux amants et avaient leurs positions favorites. À genoux, les regards perdus vers la ville, ils eurent tôt fait d'atteindre respectivement une conclusion satisfaisante, qui malgré tout semblait teintée de déception comparée à ces cinq minutes, ces cinq minutes passées, quand il avait paru possible de s'enfoncer à l'intérieur de l'autre, tête la première, pour y disparaître entièrement.

Après quoi, il s'allongea sur elle, sentant sur sa peau la

désagréable moiteur de leur proximité, se demandant quand il pourrait bouger sans être impoli. Il n'attendit pas très longtemps. Il roula sur le dos. Elle balança ses cheveux d'un côté et posa sa tête sur sa poitrine. Ils suivirent du regard un hélicoptère de la police s'envolant vers Covent Garden.

«Je suis désolé, dit Felix.

— Et pourquoi donc?»

Felix remonta son jean. «Tu prends toujours ton truc?»

Felix entraperçut un éclair de rage traverser le visage d'Annie. Elle se maîtrisa et l'évacua en s'emparant de son paquet de cigarettes, en s'en allumant une, en souriant tristement, en riant.

«Pas besoin. J'ai plus de chances d'être foudroyée par un éclair. Le sang continue de couler, mais crois-moi, le puits est presque à sec. Dame Nature, l'exécutrice. La destructrice! À propos, mon cher frère James est censé m'inviter au Wolseley pour célébrer notre mutuelle décrépitude. Il m'a appelée hier, complètement naturel au téléphone. On aurait dit qu'on s'était parlé la veille. Complètement ridicule. Mais j'ai joué le jeu. J'ai fait : "Bonjour, mon cher jumeau!" Il a suggéré un déjeuner d'anniversaire... quand en réalité notre anniversaire n'est qu'en octobre... et je lui ai répondu bien sûr, mais je sais exactement ce qu'il a en tête : il veut me faire signer ce satané transfert de propriété pour qu'il puisse vendre la maison de ma mère sans me demander mon avis. Il n'a pas l'air de comprendre que peu importe ce qu'il croit, une partie de cet endroit m'appartient, et qui sait combien il en a déjà hypothéqué pour payer l'éducation de ses petits chéris, la totalité si ça se trouve. À mon avis, il n'y a plus un sou à en tirer, et on sait tous de toute façon qu'il aurait bien aimé me dévorer dans le ventre de notre mère, mais j'ai bien peur qu'il n'y soit pas parvenu. Et tant qu'elle est en vie, je ne vois vraiment pas pourquoi on devrait vendre. Où irait notre mère si c'était le cas? Et qui va payer? Ce genre de soins coûte cher. Mais il a toujours été comme ça : James

s'est toujours comporté comme s'il était enfant unique et que je n'existais pas du tout. Tu sais comment ils m'appelaient, avec papa, derrière mon dos ? Le placenta. Et si on buvait un autre verre ? Il fait tellement lourd. »
Elle se rallongea sur la poitrine de Felix. Embrassa la peau à la base de l'encolure de son tee-shirt. Il passa ses doigts dans ses cheveux.
« Tu devrais peut-être prendre une de ces pilules... celles pour après. Histoire d'être sûre. »
Annie lâcha un son exaspéré.
« Je ne veux pas être la mère de tes enfants, Felix. Je te garantis que je ne suis pas l'une de ces tragiques femmes brisées qui passent leurs nuits à rêver d'avoir tes bébés. » Elle se mit à dessiner du bout du doigt un huit sur le ventre de Felix. Elle paraissait ne pas prêter attention à son geste, mais elle n'en enfonçait pas moins son ongle. « Tu sais que si c'était dans l'autre sens il y aurait une loi, et la loi serait la suivante : John contre Jen au tribunal. Et John accuserait Jen d'avoir baisé délibérément avec lui pendant cinq ans avant de s'en débarrasser sans crier gare, à l'orée de sa fenêtre procréatrice, et de s'être mis en ménage avec Jack le beau gosse, tout juste vingt-quatre ans et une bite aussi longue que mon bras. Le tribunal se prononce toujours en faveur de John. À chaque fois. Jen doit payer des dommages et intérêts. Des sommes énormes. Et faire six mois de prison en plus. Non... neuf. Quelle justice poétique. Et tu n'aurais pas le droit de...
— Tu sais quoi ? Il faut que je décolle. » Il se dégagea d'Annie, rabaissa son tee-shirt sur son ventre et se leva. Elle se redressa et croisa les bras sur sa poitrine, son regard se perdant en direction du fleuve.
« Ouais, bonne idée. »
Il se pencha pour l'embrasser mais elle tourna la tête brusquement comme une enfant.
« Pourquoi tu fais ça ? Je dois y aller, c'est tout. » Felix sentit

que quelque chose clochait. Il baissa les yeux : sa braguette était ouverte. Il la referma. Il s'aperçut que depuis qu'il avait passé le seuil de la porte d'Annie, tout ce qu'il avait dit et fait était précisément le contraire de tout ce qu'il avait pensé dire et faire.

« Je suis désolé, ajouta-t-il.

— Ne t'en fais pas. Ça va. La prochaine fois, amène ta Grace. J'aime celles qui sont conscientes. Elles sont tellement plus vivantes. Je trouve que la plupart des gens sont dans un état semi-végétatif.

— Je suis vraiment désolé. » Felix l'embrassa sur le front.

Il se dirigea vers la trappe. L'instant d'après, il entendit des pas dans son dos et entraperçut un pan de la robe de chambre d'Annie, quelques hirondelles plongeant en piqué, puis une main empoigna son épaule.

« Tu sais, Felix, commença-t-elle d'une voix posée telle une serveuse récitant les plats du jour, tout le monde ne veut pas de cette petite vie conventionnelle vers laquelle tu t'efforces de ramer. J'aime ma rivière de feu. Et quand mon heure sonnera j'ai l'intention de me laisser tomber de mon petit canoë dans les flammes. Je n'ai pas peur ! Je n'ai jamais eu peur. Contrairement à la plupart des gens. Mais je ne suis pas comme la plupart des gens justement. Tu n'as jamais rien fait pour moi, et je n'ai pas besoin que tu fasses quoi que ce soit.

— Jamais rien fait pour toi ? Et quand tu étais allongée sur ce toit, à baver partout, avec les yeux révulsés, qui était là, qui a mis ses doigts... »

Les narines d'Annie frémirent, et son visage devint cruel.

« Felix, c'est quoi ce besoin pathologique que tu as d'être le type bien ? C'est vraiment rasoir. Franchement, tu étais plus drôle quand tu étais mon dealer. Tu n'as pas à me sauver la vie. Ou la vie de quiconque. On va tous bien. On n'a pas besoin de te voir débouler sur ton cheval blanc. Tu n'es le sauveur de personne. »

Ils parlaient sans effusion, mais se touchaient de plus en plus violemment, se dégageant à tour de rôle de l'emprise de l'autre, et Felix comprit ce qui était en train de se produire : les choses ne pouvaient aller plus mal ; ils vivaient la scène tant redoutée qu'il s'était efforcé d'éviter pendant tous ces longs mois en s'abstenant de venir la voir ; et le plus étrange, c'était qu'il savait précisément ce que ressentait Annie en cet instant : il avait tenu ce rôle tant de fois, avec sa mère, avec d'autres femmes, et plus il en était conscient plus il avait envie de lui échapper, comme si perdre comme elle était en train de le faire était une sorte de virus que l'on contractait en prenant l'autre en pitié.

« Tu te comportes comme si on avait une relation. Mais ce n'est pas une relation. Moi, j'ai une relation... C'est ce que je suis venu te dire. Mais ça ? C'est de la merde, c'est rien, c'est...

— Bon sang, encore un de ces mots hideux ! Dieu me préserve des "relations" ! »

Désespéré de partir, Felix joua ce qu'il croyait être son atout. « Tu as plus de quarante ans. Regarde-toi. Tu vis toujours de la même manière. Je veux avoir des gosses. Je veux construire ma vie. »

Annie expulsa un semblant de rire : « Tu veux dire d'"autres gosses", n'est-ce pas ? Ou bien serais-tu une de ces âmes optimistes qui croient devenir une nouvelle personne tous les sept ans, une fois que leurs cellules se sont régénérées, page blanche nouveau départ, peu importe qui ils ont blessé, peu importe ce qui s'est passé avant. Maintenant il faut que je me consacre à ma nouvelle *relation*.

— Je me casse, décréta Felix, et il se mit en marche.

— Quel mot pitoyablement faux cul : "relation". Pour ceux qui n'ont pas le courage de vivre, ni l'imagination de remplir leurs soixante-dix années sur terre avec autre chose que... »

Felix savait qu'il ne fallait surtout pas poursuivre : il n'avait plus de cartes, et de toute manière elle jouait seule.

Dans cet état elle était capable de se disputer avec un portemanteau, avec un balai. Et comment pouvait-il même savoir combien elle avait pris avant qu'il n'arrive ? Lui tournant le dos, il ouvrit la trappe et amorça la descente, mais elle le suivit.

« C'est ça que les gens font de nos jours, n'est-ce pas ? Quand ils ne trouvent rien d'autre à faire. Pas de conscience politique, pas d'idées, pas de couilles. Ils se *marient*. Mais j'ai transcendé tout ça. Il y a longtemps. Une éternité. Cette idée que tout ton bonheur dépende d'une autre personne. Cette idée du bonheur ! Je suis à un autre niveau de conscience, chéri. J'ai plus de couilles qu'on ne pourrait en rêver dans ta philosophie de la vie. J'ai été fiancée à dix-neuf ans. J'ai été fiancée à vingt-trois ans, je pourrais être en train de moisir dans une grande demeure du Hampshire à l'heure qu'il est, à changer et rechanger la couleur du canapé, mariée à un baron, dans une harmonie sans sexe absolument parfaite. C'est ça qu'on fait, chez moi. Tandis que chez toi on fait des bébés alors qu'on n'a pas l'argent pour en prendre soin. Je suis sûre que c'est formidable, mais pour moi, jamais de la vie ! »

Dans le couloir entre la chambre et le salon, Felix fit volte-face et la saisit par les poignets. Il tremblait. Jusqu'à cet instant il n'avait pas compris ce qu'il voulait : non seulement qu'elle perde, mais qu'elle disparaisse.

« T'as de la chance de trouver la vie facile, Felix. T'as de la chance d'être heureux, de savoir comment l'être, d'être une bonne personne, et tu veux que tout le monde soit heureux et bon parce que tu l'es, et que tout le monde trouve les choses faciles parce que tu les trouves faciles. Ça ne te vient donc jamais à l'esprit que pour certaines personnes la vie peut paraître plus compliquée à vivre ? »

Elle paraissait triomphante. Il observa ses mâchoires cocaïnées mastiquant dans le vide.

« Ma vie ? Ma vie est facile ?

— Je n'ai pas dit qu'elle était facile. J'ai dit que tu la trouvais facile. Ce n'est pas pareil. C'est pour ça que j'aime la danse classique : c'est difficile pour tout le monde. Felix, lâche-moi, j'ai mal. »

Felix obtempéra. À force de se toucher, leur colère mutuelle s'éteignit, et ils s'adoucirent, parlèrent plus calmement, s'évitant du regard.

« Je prends trop de place, je m'en rends compte. Bon. Ça ne fait de mal à personne. Enfin, sauf à moi, naturellement.

— Chaque fois que je viens ici, c'est le même cirque. Le même cirque. » Felix secoua la tête en regardant par terre. « Je ne comprends pas. J'ai toujours été gentil avec toi. Pourquoi tu essaies de me pourrir la vie ? »

Elle le transperça du regard.

« Très drôle, répliqua-t-elle. Mais bien entendu, c'est comme ça que tu vois les choses. »

Après quoi, ils s'acheminèrent tranquillement vers la porte, l'homme légèrement en tête. Un inconnu voyant la scène aurait pu penser que l'homme venait d'essayer sans succès de vendre à la femme une bible ou une collection d'encyclopédies. Pour sa part, Felix était convaincu que c'était la dernière fois – la dernière fois qu'il passait devant ce tableau, la dernière fois qu'il voyait cette craquelure sur le mur –, et il se récita intérieurement une petite prière de remerciements. Il aurait presque souhaité pouvoir raconter ce qu'il venait de vivre à la femme qu'il aimait, tant tout cela constituait un parfait exemple de ce qu'elle lui avait enseigné. L'Univers vous veut libre. Il faut se débarrasser de la négativité. L'Univers souhaite simplement que vous demandiez, afin de pouvoir recevoir. Il entendit derrière lui la femme pleurer doucement. C'était le signe qu'il fallait se retourner vers elle, mais il n'en fit rien, et sur le seuil les larmes se muèrent en sanglots. Il se dépêcha de s'élancer dans les escaliers, et il avait déjà dévalé quelques marches lorsqu'il entendit un bruit sourd venant du dessus, comme si elle était tombée à genoux sur le tapis, et il savait qu'il était censé se sentir abattu, mais en vérité il avait l'impression d'être un homme en train de vivre un concept non encore réalisé, nommé téléportation, et il n'était que bonheur et légèreté.

NW6

Felix avança dans le wagon. Il s'agrippa à la barre de sécurité. Il examina le plan du métro. Qui ne reflétait aucunement sa réalité. Son centre à lui n'était pas « Oxford Circus », mais les lumières éclatantes de Kilburn High Road. « Wimbledon » était à la campagne, « Pimlico » relevait de la science-fiction pure. Il posa son index droit sur la ligne bleue de Pimlico. C'était au milieu de nulle part. Qui vivait là-bas ? Qui même y passait ?

Deux places se libérèrent dans un carré de quatre. Felix sortit de sa rêverie et alla s'asseoir. Le type en face de lui hochait la tête au rythme assourdissant d'un breakbeat dans un casque. Son camarade à côté de lui posa ses pieds sur le siège. Pupilles dilatées, riant de temps à autre dans sa barbe, en proie à quelque délire intérieur. Felix se délimita un espace en écartant les jambes et en se voûtant sur lui-même. À Finchley Road, alors que le métro passait à l'air libre, son téléphone se réveilla, signalant un appel manqué. Son pouce parcourut la liste avec espoir. Le même numéro, trois fois. L'appel ne pouvait venir que d'un seul endroit dans le monde : une cabine téléphonique amochée, fixée sur un mur dans un couloir en béton. Il l'avait vue de nombreuses fois à travers le verre épais du parloir. Il remit son portable dans sa poche.

Le problème avec Devon, c'est qu'on avait à la fois envie et pas envie de lui parler. Ce n'était plus Devon en réalité, mais un inconnu à la voix endurcie, qui appelait pour dire des choses cruelles et blessantes. Jackie s'exprimant par la bouche de Devon. Elle lui envoyait des lettres. Felix l'avait appris par Lloyd (Devon n'avait rien dit ; Felix n'avait rien demandé). Leur mère avait un curieux pouvoir sur les gens – Felix n'écartait pas la sorcellerie. (Jackie prétendait avoir une grand-mère ghanéenne. Ce genre de choses était courant là-bas.) Elle avait sans aucun doute eu un pouvoir sur Felix à une époque. Un pouvoir sur les filles. Mais c'était une personne avec laquelle il y avait toujours une «goutte de trop». Devon allait devoir le comprendre, comme Felix et les filles avaient eu l'occasion de le faire auparavant. Felix se souvenait très précisément de ce qui avait fait déborder le vase, pour lui. Ce jour-là c'était la première fois en huit ans qu'elle lui «rendait visite». Les filles refusèrent de la voir. Toujours sentimental, Felix l'accueillit chez lui, prudemment, sans rien lui promettre. Il demanda à son frère de venir pour le soutenir moralement. Devon débuta la soirée à l'autre bout de la pièce, debout, appuyé contre le mur, lançant des regards noirs. Il la finit confortablement installé sur le canapé laissant Jackie couvrir son visage de baisers baveux. Felix s'adoucit aussi. Il sortit le rhum blanc dissimulé sur une étagère en hauteur. Erreur. Tia l'avait averti très tôt, tout comme Ruby. Lloyd aussi. Tout le monde l'avait averti. La sœur de Jackie, Karen lui avait même déclaré : «Écoute-moi. Flanque-la à la porte et change tes serrures.» Mais à l'époque le fait que Devon consente à la voir autorisait – obligeait – Felix à le faire également. Il avait souffert tellement plus que Felix depuis toutes ces années, et pourtant il n'en gardait aucune rancune.

Elle avait fait son apparition au cœur de l'été. Ils passèrent des jours et des jours à fumer de l'herbe ensemble dans Hampstead Heath, riant comme des fous et se roulant sur les pelouses tels de jeunes amants. Jackie, Devon, Felix. Le soir, ils buvaient. « J'arrive pas à croire comme ce garçon a la peau claire ! Regarde-moi ces boucles ! » Une fois, sortant de la cuisine avec un paquet de biscuits, elle lâcha en passant à ce pauvre Devon que son père était mort plusieurs années auparavant – noyé. Felix eut le sentiment qu'il s'agissait d'un bobard. Mais il garda le silence. En fin de compte, ils étaient demi-frères, le reste ne le regardait pas. Il avait son propre père, ses propres difficultés. Au petit matin elle se tint au milieu de la pièce et se remémora telle une actrice sur scène la solitude et la misère de ses années de jeunesse en Angleterre. Felix n'avait jamais entendu cette histoire ; et il eut envie d'en savoir plus, même s'il savait parfaitement que si elle lui avait raconté tout autre chose, il l'aurait accepté aussi facilement. Il voulait l'aimer. Il essaya d'imaginer sa vie dans la célèbre Garvey House, ce que cela signifiait de se faire « cracher dessus par les gamins d'extrême droite chez l'épicier ». Elle exposa ses diverses théories du complot. Felix ne l'interrompit pas. Il voulait être heureux. Il y eut celle au sujet des tours. Celle des voyages sur la lune. La Vierge Marie était noire. La planète ne cessait de se refroidir. 2012 marquerait la fin de tout. On aurait dit qu'elle avait passé les dernières années dans des cafés Internet à travers le pays à glaner ces informations. Devon abondait dans son sens sur chaque point. Felix, plus sceptique, laissait ses paroles glisser sur lui, sans commentaire. Elle avait deux grosses tresses, lui donnant des airs de squaw, et un fin bandeau doré autour du front. Et dans le monde parfait à venir, il n'y aurait ni argent ni magasins, rien que des entrepôts au milieu de la ville, avec tout ce dont on avait besoin et sans verrou sur les portes. Les gens vivraient tous ensemble sans religion. Ses yeux, il le savait, étaient empreints de folie.

    Le lendemain elle avait disparu avec la carte de crédit de Felix, sa montre et toutes ses chaînes. Deux mois plus tard, Devon fit irruption chez Khandi's Gem Express and Jewelry sur la rue principale, avec un gamin du sud de Kilburn, Curtis Ainger, et un pistolet. Souriez, vous êtes sur CCTV. Il avait dix-neuf ans lorsqu'il se fit coffrer. Il en avait vingt-trois à présent.

« Excusez-moi, vous pouvez demander à votre ami d'enlever ses pieds ? »

Felix ôta ses écouteurs. Une femme blanche, enceinte jusqu'aux yeux et en sueur, se tenait debout devant lui.

« J'aimerais m'asseoir », dit-elle.

Felix regarda son « ami » immobile en face de lui et trouva préférable de s'adresser à l'autre. Il se pencha en avant. Le type, la tête appuyée contre la vitre, à moitié dissimulé sous sa capuche, hochait la tête au rythme de sa musique, inconscient du monde alentour. Felix lui effleura le genou.

« Hé, mec, je crois que la dame voudrait s'asseoir. »

Il souleva un de ses énormes écouteurs.

« Quoi ?

— Je crois que la dame voudrait s'asseoir. »

La femme enceinte esquissa un sourire contrit. Il faisait trop chaud pour être dans cet état. La sueur perla sur le nez de Felix.

« Ouais ? Mais pourquoi tu me demandes ? Pourquoi tu me touches ?

— Quoi ?

— Pourquoi tu me demandes ? Pourquoi c'est pas elle qui me demande ?

— Ton copain a ses pieds sur le siège, mon pote.

— Mais ça te regarde ? T'as qu'à te mêler de tes oignons. Et qui t'appelles mon pote d'abord ? J'suis pas ton pote.

— J'ai pas dit que c'était…

— Qu'est-ce que t'en as à foutre ? T'as une place, non ? T'as qu'à te lever. » Felix tenta de se défendre. Le gamin agita une main sous son nez. « Ferme-la, imbécile. »

L'autre type ouvrit un œil et rit doucement. Felix se leva.

« Prenez ma place. Je descends.
— *Merci.* » Felix se rendit compte à quel point la femme tremblait et vit que ses yeux étaient pleins de larmes. Il se décala pour la laisser passer et sentit la peau moite de son bras sur le sien. Elle s'assit. Elle leva les yeux vers les deux hommes. Sa voix chevrotait : « Vous devriez avoir honte », osa-t-elle.
Ils arrivaient à Kilburn Station. Le wagon était silencieux. Personne ne regardait – ou alors les coups d'œil étaient si rapides qu'ils passaient inaperçus. Felix sentit une vague d'approbation accablante déferler sur lui, et simultanément mépris et dégoût enveloppèrent les deux hommes, les ostracisant, les séparant de Felix, du reste du wagon, de l'humanité. Ils semblèrent en être conscients : ils se levèrent brusquement et se précipitèrent vers la porte devant laquelle Felix se tenait déjà debout à attendre. Il entendit l'inévitable bordée d'injures à son intention. Fort heureusement les portes s'ouvrirent ; Felix fut bousculé par-derrière ; il chancela sur le quai comme un clown. Rires, près de son oreille, puis plus rien. Il leva les yeux et aperçut les semelles de leurs baskets tandis qu'ils montaient les escaliers quatre à quatre, sautaient le portillon et disparaissaient.

Arbres touffus au-dessus de sa tête. Haies hirsutes dépassant des clôtures. Chaque fissure du trottoir, chaque racine. La façon dont le soleil éclaire le toit du 98. Les murs ont grandi à l'extérieur des écoles juive et musulmane. La Kilburn Tavern a été repeinte d'un noir brillant avec des lettres dorées. S'il se dépêchait, il serait peut-être rentré avant elle. S'allonger dans cette pièce propre, cet endroit sain. L'attirer à lui. Tout recommencer, à zéro.
Devant la Tavern, Felix repéra Hifan et Kelly en train de manger une barquette de frites à une table de pique-nique ; ils étaient tous deux dans sa classe, au lycée – lui était chauve à présent, et elle était toujours aussi canon. Histoire de les

faire rire, Felix tapa dans la main de Hifan, embrassa Kelly sur la joue et chipa une frite tout en continuant de marcher. Comme dans un seul mouvement, une espèce de chorégraphie. « Pourquoi t'es content comme ça ? » lança Kelly à Felix tandis qu'il s'éloignait, et ce dernier lui cria : « L'amour, ma petite, l'A.M.O.U.R. L'amour ! » sans se retourner, poursuivant son chemin de sa démarche chaloupée, savourant les rires qui fusaient dans son dos tandis qu'il disparaissait avec aisance au coin de la rue. Personne pour le voir trébucher sur les poubelles grises de la taverne. Il se rattrapa en s'appuyant d'une main sur la porte à l'arrière de l'établissement : vitres colorées à présent et nouvelles poignées dorées. Du parquet à la place de la moquette. De la vraie nourriture au lieu des chips et des trucs à grignoter. Environ six livres pour un verre de vin ! Jackie ne reconnaîtrait pas l'endroit. Aujourd'hui elle ferait peut-être partie de ces exilés que l'on voyait sur les marches des bookmakers, une cannette de Special Brew à la main, chassée des pubs par les travaux de rénovation. Peut-être n'avait-elle jamais connu une telle déchéance. Il était impossible de discerner, avec Lloyd, ce qui était vrai de ce qui était pur venin. Felix jeta un œil à l'intérieur par la fenêtre : plus de banquette en velours dans le coin. Là où il s'était assis avec ses sœurs, leurs six petits pieds ne touchant même pas le sol, écoutant avec attention Jackie leur annonçant son départ. Un nouvel homme qu'elle avait rencontré, et avec lequel elle se sentait libre. Il vivait à Southampton, un Blanc. À sept ans, on ne sait pas. Il ignorait que la liberté était une chose que l'on pouvait sentir. Il croyait qu'on *était* libres, tout simplement. Il ne savait pas où se trouvait Southampton. Il aimait son père et ne voulait pas aller vivre avec un Blanc qu'il ne connaissait pas. La conversation touchait presque à sa fin lorsque Felix comprit qu'elle ne lui demandait pas de la suivre à Southampton. Deux ans plus tard, elle revint à Londres avec un petit garçon café au lait. Laissa Devon à Lloyd et disparut – Dieu sait où. Dieu sait où.

Sur Albert Road Felix emboîta le pas d'une grande fille qui portait un jean rouge moulant et un débardeur à bretelles noir. Carrée, avec de larges épaules, elle était plus baraquée que Felix, et lorsqu'elle marchait son corps se déplaçait avec fluidité, complexe réseau musculaire rattachant ses bras à son dos, et ses fesses à ses hanches. Tout le contraire de Grace, qui était plus petite, plus ronde, moins athlétique. Cette femme aurait pu soulever Felix, courir en le portant jusque chez lui et le déposer sur le seuil de sa porte tel un bébé. Elle portait une ribambelle d'anneaux argentés de pacotille, qui verdissaient autour de ses doigts, et sur l'un de ses avant-bras le tatouage d'une fleur avec une longue et sinueuse tige. Ses talons étaient desséchés et craquelés. L'étiquette de son haut dépassait. Devrait-il la remettre en place ? Un filet de sueur coulait de son oreille le long de son cou et dans son dos, directement vers cette raie musclée – parfaitement dessinée – séparant sa fesse gauche de sa droite. Son téléphone sonna. Elle décrocha et appela la personne à l'autre bout du fil « Bébé ». Elle tourna à droite. Une autre vie. Felix sentit deux doigts s'enfoncer dans son dos.

« Ton fric. Ton portable. Maintenant. »

Ils l'encadraient. Capuches remontées mais parfaitement reconnaissables. Les deux types du métro. Pas beaucoup plus grands que lui. Ni beaucoup plus costauds. Il était tout juste dix-huit heures.

« MAINTENANT. »

Il se fit bousculer, malmener. Il leva les yeux vers leurs visages. Le bavard, celui qui jurait constamment, était vraiment un gamin ; l'autre, le taiseux, avait plus l'âge de Felix, et il était trop vieux pour ce genre de bêtises. Il avait les mains sèches, comme Felix, et la même peau du visage terne. Une cicatrice lui balafrait la joue. Il devait être du quartier, Felix avait l'impression de le connaître. Il essaya de se dégager mais ils l'en empêchèrent. Il les insulta longuement, avec inventivité, et tourna la tête vers la droite : à quatre maisons de là la grande fille glissait une clé dans une serrure et disparaissait derrière une porte.

« Je ne vous donnerai rien. Rien ! »

Il se retrouva sur le trottoir. Alors qu'il se redressait sur ses genoux, il entendit : « Tu te la pétais dans le métro, hein ? Ben, tu te la pètes moins maintenant. » Et au lieu d'avoir peur, un sentiment de pitié l'envahit ; il se souvint de l'époque où se la péter était ce qui comptait le plus. Il mit la main à sa poche. Ils pouvaient prendre son téléphone. Ils pouvaient prendre son unique billet de 20, s'il le fallait. Il s'était fait braquer à de nombreuses reprises, il connaissait la musique. S'il avait été plus jeune son ego en aurait peut-être pâti ; à présent toute rage et tout sentiment d'humiliation avaient disparu – ils pouvaient tout lui piquer. Ce qui avait de la valeur pour lui se situait ailleurs. Il tenta de leur rire au nez tout en leur tendant ses maigres possessions : « Fallait arriver plus tôt, les mecs. Y a deux heures j'étais plein aux as. » La violence submergea le visage du gamin, mais son regard resta vide. C'était un masque nécessaire, sans lequel il ne pouvait agir comme il le faisait. « Et tes pendeloques », lança le gamin. Felix se toucha les oreilles. Ses boucles en zirconium chéries, cadeau de Grace.

« Tu rêves », rétorqua-t-il.

Il se tourna à nouveau vers la rue. Une brise souffla sur eux, gonflant leurs capuches et faisant voltiger un nuage de feuilles de sycomore sur le trottoir. Un solide coup de poing le frappa de côté. Coup de poing ? La douleur pénétra vers la gauche, profondément et vers le bas. Un liquide chaud remonta dans sa gorge. Dégoulina de ses lèvres. Cependant, il ne pouvait s'agir du néant, puisqu'il pouvait le nommer et, avec cela en tête, il formula à voix haute ce que l'on venait de lui faire, ce que l'on était en train de lui faire, il essaya de le dire mais aucun son ne sortit de sa bouche. Grace !

Un bus descendait Willesden Lane en vrombissant ; au moment où Felix entraperçut le manche et la lame, il vit les portes du 98 se rouvrir pour laisser monter la dernière âme en vue – une jeune fille en robe jaune. Elle courait en brandissant son ticket bien au-dessus de sa tête, comme pour prouver quelque chose, arriva juste à temps, cria « Merci ! » et les portes se refermèrent délicatement derrière elle.

hôte

1. Des nattes rousses

Il y avait eu un incident. Le plus que parfait était nécessaire pour en parler. Keisha Blake et Leah Hanwell, les protagonistes de cet événement, avaient quatre ans à l'époque. La piscine extérieure – en réalité une pataugeoire carrée dans le parc, profonde d'une trentaine de centimètres au maximum – était pleine d'enfants, « qui éclaboussaient de l'eau partout et faisaient les fous ». Il n'y avait pas de maître nageur, et les parents surveillaient seuls leur progéniture, comme ils le pouvaient. « Ils en avaient un à Hampstead, eux, mais pas nous. » Il s'agissait là d'un détail intéressant. Keisha – qui avait dix ans à présent et était très curieuse des tensions existant entre adultes – s'efforça d'en comprendre le sens. « Concentre-toi. Lève le pied », lui ordonna sa mère. Assises sur un banc dans un magasin de chaussures de Kilburn High Road, elles mesuraient le pied de Keisha pour lui acheter une paire de chaussures à boucles d'un marron terne n'exprimant pas la joie qui sans aucun doute et malgré tout devait exister dans le monde. « J'avais Cheryl d'un côté qui faisait n'importe quoi, Jayden dans les bras qui braillait, et j'essayais de voir où tu étais, pour être sûre qu'il ne t'arrive rien... » Et c'est durant cette ellipse que l'événement s'était produit : une enfant avait failli se noyer. Toutefois, la signification dudit événement résidait ailleurs. « Tu t'es relevée avec des nattes rousses dans la main. Tu l'as ramenée à la surface. Tu étais la seule à avoir vu qu'elle était en difficulté. » Après l'incident, la mère de l'enfant, une Irlandaise, remercia encore et encore Marcia Blake, ce qui constituait en soi une espèce d'événement. « Je connaissais Pauline de vue, mais on ne se parlait pas. Elle me prenait un peu de haut à l'époque. » Keisha ne pouvait ni confirmer ni infirmer cette version des choses : elle n'en avait aucun souvenir. Mais il y avait quelque chose de suspect dans sa façon de prêter à ses enfants d'alors les qualités et les défauts que les filles avaient à présent : l'exceptionnelle volonté et capacité à anticiper de Keisha, et le côté sauvageon déjà incontrôlable de Cheryl. Par ailleurs, Jayden n'était même pas né à ce moment-là, puisqu'il avait cinq ans de moins que Keisha. « Arrête de bouger », murmura Marcia en plaçant le curseur en acier au bout des orteils de sa fille.

2. *Kiwi*

Dans le silence mortifère de l'appartement des Hanwell, le goûter était un moment fort. Madame Hanwell le prenait très au sérieux, et elle avait une desserte spécialement prévue à cet effet. À trois étages avec des roulettes en cuivre. Elle était trop basse, de sorte qu'on devait se pencher de façon ridicule pour la pousser. « Ça ne sert à rien de la sortir pour deux personnes, mais quand on est trois ça vaut la peine. » Keisha Blake était assise en tailleur devant la télévision en compagnie de son amie, Leah Hanwell, avec laquelle elle s'était liée d'amitié à la suite d'un événement dramatique. Elle se tourna pour suivre la progression de la desserte : la nourriture ravissait Keisha Blake, et elle s'y intéressait plus que toute autre chose. Bouchant la vue des filles, madame

Hanwell posa une question à la télévision : « Qui sont tous ces types dangereux dans la camionnette ? » Leah augmenta le volume. Elle désigna du doigt la chevelure argentée d'Hannibal à l'écran, puis sa mère en chair et en os. « Ta couleur de cheveux te vieillit vachement », déclara-t-elle. Keisha essaya de s'imaginer en train de dire une chose semblable à sa propre mère. Silencieusement elle se résigna à renoncer à l'assiette de biscuits et à ce que pouvaient renfermer ces œufs marron et velus. Elle décroisa les jambes et s'apprêta à se lever pour rentrer chez elle. Mais madame Hanwell ne se mit pas à crier ou à donner des gifles. Elle se contenta de toucher ses cheveux coupés au carré et de soupirer : « Ils sont devenus de cette couleur quand je t'ai eue. »

3. *Trous*

Le bâton coinça les portes de l'ascenseur – tel était précisément le but de la manœuvre. Une alarme retentit. Les trois enfants dévalèrent les escaliers en criant, gravirent la pente et passèrent par-dessus le mur d'enceinte pour s'asseoir sur le trottoir de l'autre côté. Nathan Bogle croisa les bras autour de ses genoux, qu'il avait ramenés sous son menton. « Combien de trous t'as ? » demanda-t-il. Les deux filles restèrent silencieuses. « Quoi ? répondit finalement Leah. — En bas, là... » Il pointa un doigt vers l'entrejambe de Keisha pour appuyer ses dires. « Combien ? Tu le sais même pas. » Keisha osa quitter le bitume des yeux pour regarder son amie. Le visage de Leah était irrémédiablement cramoisi. « Tout le monde sait ça », contre-attaqua Keisha Blake, s'efforçant de rassembler en elle l'audace qu'elle croyait nécessaire dans cette situation. « Va te faire foutre. T'as qu'à trouver la réponse toi-même. — Tu le sais même pas », conclut Nathan, mais Leah se leva soudain, lui donna un coup de pied dans la cheville et hurla : « Mais si, elle le sait ! » et elle s'empara de la main de Keisha ; elles détalèrent toutes deux en courant vers l'appartement sans se lâcher une seconde, parce qu'elles étaient meilleures amies pour la vie, à la suite d'un dramatique événement, et que tout le monde dans la cité avait intérêt à le savoir.

4. Incertitude

    Elles trouvèrent Cheryl devant la télévision, en train de se tresser les cheveux. Keisha Blake mit sa sœur aînée au défi de dire combien de trous il y avait. Ce n'était pas agréable d'être la cible des moqueries de Cheryl. Son rire, bruyant et implacable, se nourrissait de l'humiliation de l'autre.

5. Désaccord philosophique

    Keisha Blake avait très envie de reproduire certaines habitudes qu'elle avait observées chez les Hanwell. Tasse, sachet de thé, eau, puis – et seulement alors – lait. Sur un plateau. La mère de Keisha considérait que lorsqu'on passait autant de temps dans l'appartement de quelqu'un d'autre, comme le faisait Leah Hanwell chez les Blake, on n'était plus une invitée, mais on faisait tout simplement partie de la famille, avec toute la liberté et l'absence de réserve que cela suggérait. Cheryl avait une troisième opinion : « Elle est tout le temps fourrée ici. Elle est pas bien chez elle, ou quoi ? Et qu'est-ce qu'elle a à farfouiller dans mon maquillage tout le temps ? Pour qui elle se prend ? »
    « Maman, t'as un plateau pour le thé ?
    — Apporte-lui comme ça, bon sang ! »

6. Quelques réponses

Keisha Blake	Leah Hanwell
Violet	Jaune
Cameo, Culture Club, Bob Marley	Madonna, Culture Club, Thompson Twins
Préférerais avoir l'argent	Être vraiment célèbre
Michael Jackson	Harrison Ford
Personne. S'il le fallait, Rahim	Top secret : Nathan Bogle
Sais pas	Marguerites ou boutons d'or
Médecin ou missionnaire	Gérante
Leah Hanwell	Keisha Blake
La paix mondiale en Afrique du Sud	Plus de bombes
Sourde	Sourde
Alerte au cyclone	*Le lion, la sorcière blanche et l'armoire magique*
E.T.	E.T.

7. *Filet-O-Fish, grandes frites, chausson aux pommes*

Il était commun de croire à Caldwell que les plombiers gagnaient bien leur vie. Keisha n'en eut que très peu de preuves. Soit la fortune personnelle des plombiers était un mythe, soit son père était incompétent. Elle avait par le passé prié pour qu'Augustus Blake trouvât du travail, sans succès. Il était à présent presque midi un samedi et personne n'avait signalé de fuites ou de toilettes bouchées. Quand il était anxieux Augustus Blake sortait sur le balcon pour fumer des Lambert & Butlers, et c'est précisément ce qu'il était en train de faire. Keisha ne savait pas si Leah ressentait l'angoisse qui les habitait tous à cause de l'absence d'appel

téléphonique. Les deux filles étaient allongées sur le ventre devant la télévision. Elles regardèrent quatre heures d'émissions matinales et de dessins animés. Elles tournaient tout en dérision et gâchaient le plaisir de Jayden, mais c'était la seule façon pour elles de justifier le fait de regarder les mêmes choses qu'un garçon de six ans. Lorsque le journal télévisé commença, Gus rentra dans la pièce et demanda où se trouvait Cheryl.
« Dehors.
— Dommage pour elle. »
Cris et petite danse de joie en se tenant par la main. Mise à part Marcia qui ne put s'empêcher de faire un commentaire acerbe – « Regardez-moi ça, on peut dire que vous êtes prêts à partir en deux temps trois mouvements quand c'est pour aller où vous voulez ! » –, la joie était sans limites, et tout s'accorda pour la prolonger : Marcia ne les obligea pas à saluer chaque dame de l'église sur la rue principale, Gus appela Keisha « Madame n° 1 » et Leah « Madame n° 2 », et ne se fâcha pas lorsque Jayden partit en courant vers les arches jumelles du M doré.

8. Radiographie

Mais sur le chemin du retour ils croisèrent Pauline Hanwell, seule, tirant un chariot de courses. Il était vrai qu'elle ressemblait à l'acteur George Peppard. Jayden brandit le jouet de son Happy Meal pour que madame Hanwell puisse l'admirer. Mais cette dernière ne le remarqua pas : elle regardait Leah. Keisha Blake observa son amie et vit le rouge envahir son cou. Madame Blake demanda à madame Hanwell comment elle se portait, et cette dernière répondit très bien, et la même question fut formulée dans l'autre sens avec le même résultat. Madame Hanwell était infirmière au Royal Free Hospital, et Mme Blake auxiliaire de santé affiliée à l'hôpital St. Mary à Paddington. Aucune des deux femmes n'était bourgeoise – pas le moins du monde –, mais elles ne croyaient pas non plus faire vraiment partie de la classe ouvrière. Elles évoquèrent brièvement le système de santé publique avec un mélange de déception et de fierté. Mme Hanwell raconta aux Blake qu'elle faisait une formation pour devenir radiologue, et Keisha se demanda si elle se rendait compte qu'elle leur avait dit précisément la même chose quelques jours plus tôt, devant les poubelles. « Au fait, Augustus, Colin a dit que si vous vouliez toujours ce passe de parking pour votre camionnette, il pouvait vous aider. » M. Colin Hanwell travaillait pour la municipalité. Il s'occupait principalement de la sécurité des vélos, mais il avait aussi quelque pouvoir en matière de stationnement. Keisha pensa : maintenant elle va nous dire qu'elle est en route pour Marks & Sparks ; et lorsque la mère de son amie prononça effectivement cette phrase, un élan inoubliable d'omnipotence créatrice s'empara de Keisha. Peut-être le monde lui appartenait-il ? « Leah, ajouta Mme Hanwell, tu viens ? » Le silence entre la question et la réponse fut pour Keisha Blake intolérable, presque éternel, au-delà de ce qu'elle pouvait supporter.

9. *Abasourdie*

Il était évident que Keisha Blake ne pouvait commencer quelque chose sans aller au bout. Si elle escaladait le mur d'enceinte de Caldwell, elle devait le parcourir d'un bout à l'autre peu importait ce qu'elle rencontrait sur son chemin (cannettes de bière, branches). Cette tendance compulsionnelle appliquée à d'autres domaines se révélait être de l'« intelligence ». Chaque mot inconnu la poussait à prendre un dictionnaire – à la recherche de quelque chose relevant de l'« aboutissement » –, et chaque livre menait à un autre, processus qui naturellement ne s'achevait jamais. Comme on pourrait le croire, ce cheminement dans l'existence lui procura une grande joie, et effectivement il sembla au début que ses désirs et ses capacités allaient de concert. Elle voulait lire des choses – ne pouvait résister à l'envie de lire des choses – et la lecture était une activité qui se pratiquait facilement, ne nécessitant pas de gros moyens financiers. Cependant, la jeune fille était déconcertée lorsqu'on la complimentait sur des habitudes relevant pour elle du réflexe, car elle se savait incroyablement stupide à de nombreux égards. Était-ce possible que ce que les autres prenaient pour de l'intelligence ne soit en vérité qu'une sorte de mutation de la volonté ? Elle pouvait rester assise à la même place beaucoup plus longtemps que les autres enfants, s'ennuyer pendant des heures sans se plaindre, et se consacrait entièrement, jusque dans les moindres détails, aux coloriages qu'Augustus Blake rapportait parfois à la maison. Elle ne pouvait rien changer à sa volonté déformée – pas plus qu'elle n'avait de pouvoir sur la forme de ses pieds ou sur le nom de la rue dans laquelle elle était née. Elle était incapable de glaner la moindre satisfaction des hasards de la vie. Dans son esprit, une brèche apparut alors : entre ce qu'elle croyait savoir d'elle-même, *essentiellement*, et la nature profonde – l'essence justement – que les gens lui prêtaient. Elle commençait à exister pour les autres et, lorsqu'on lui posait une question dont elle ignorait la réponse, elle avait pour habitude de croiser les bras sur sa poitrine et de regarder en l'air. Comme si la question elle-même était trop évidente pour qu'elle s'y intéresse.

10. Parle, radio

Une coïncidence ? La coïncidence a ses limites. L'animateur à la radio de Colin Hanwell dans la cuisine ne pouvait pas toujours être en train de parler entre des plages musicales.

Il ne pouvait pas toujours être entre des plages musicales au moment précis où Keisha Blake pénétrait dans la cuisine des Hanwell. Elle fit son enquête. Mais le père de Leah, qui écossait des petits pois sur le plan de travail, parut ne pas comprendre la question.
« Comment ça ? Il n'y a pas de musique. C'est Radio 4. Ils parlent, c'est tout. »
Un exemple précoce de l'adage : « La vérité dépasse parfois la fiction. »

11. Push it

Keisha Blake n'avait jamais songé que son amie Leah Hanwell avait un type de personnalité particulière. Comme la plupart des enfants, leur relation était basée sur des verbes, pas des noms. Leah Hanwell était une personne prête et toujours partante pour faire un certain nombre de choses que Keisha Blake était toujours partante et prête à faire. Ensemble, elles couraient, sautaient, dansaient, chantaient, prenaient leur bain, faisaient des coloriages, du vélo, glissaient une carte de la Saint-Valentin sous la porte de Nathan Bogle, parcouraient des magazines, mangeaient des frites, fumaient une cigarette en cachette, lisaient le journal intime de Cheryl, écrivaient le mot ENCULÉ sur la première page d'une bible, essayaient de louer *L'Exorciste* au vidéoclub, observaient une prostituée ou une femme facile ou une fille simplement folle amoureuse faire une pipe à quelqu'un dans une cabine téléphonique, trouvaient l'herbe de Cheryl, la vodka de Cheryl, rasaient l'avant-bras de Leah avec le rasoir de Cheryl, faisaient le moonwalk, apprenaient la danse obscène rendue célèbre par Salt-N-Pepa, et beaucoup d'autres choses de cette nature. Mais à présent elles quittaient Quinton Primary pour Brayton Comprehensive, où tout le monde semblait avoir une personnalité ; ainsi Keisha observa Leah, tentant de déterminer les contours de celle de son amie.

12. *Portrait*

Une personne généreuse, ouverte sur le monde entier – à l'exception toutefois de sa propre mère. Qui cessa de manger du thon à cause des dauphins et à présent toute viande à cause des animaux en général. S'il se trouvait qu'un sans-abri était assis par terre devant le supermarché de Cricklewood, Keisha Blake devait attendre que Leah Hanwell ait fini de se pencher vers l'homme pour lui parler, lui demandant non seulement s'il avait besoin de quoi que ce fût, mais lui faisant aussi la conversation. Si elle était plus revêche avec sa propre famille qu'avec un clochard, cela ne faisait que suggérer que la générosité n'était pas infinie et qu'il fallait s'en servir de façon stratégique, là où on en avait le plus besoin. À Brayton elle se lia avec tout le monde sans distinction ni limites, mais la gentillesse dont elle faisait preuve avec les cas sans espoir ne l'empêchait pas d'être acceptée par les gens plus populaires, et vice versa ; comment y parvenait-elle ? Keisha n'en avait aucune idée. Ce bon sentiment universel déteint sur Keisha par association, même si personne ne confondait le volontarisme cérébral de cette dernière avec la générosité d'esprit de son amie.

13. *Gravier*

En rentrant à pied de l'école avec une fille nommée Anita, Keisha Blake et Leah Hanwell entendirent une terrible histoire. La mère d'Anita avait été violée par un cousin en 1976, et cet homme était le père d'Anita. Il avait fait de la prison, puis était sorti, et Anita ne l'avait jamais rencontré et ne souhaitait pas le voir. Certains membres de la famille pensaient que son père avait violé sa mère, mais d'autres, non. C'était un drame domestique, mais également une espèce d'histoire d'horreur palpitante, car comment pouvait-on savoir que le père violeur ne vivait pas dans le quartier, et/ou n'était pas en train de les épier en ce moment même depuis un poste d'observation. Les trois filles s'arrêtèrent dans la cour en gravier d'une église et s'assirent sur un banc. Anita pleura, Leah aussi. Anita demanda : « Comment je peux savoir quelle part de moi est maléfique ? » Mais l'héritage parental signifiait peu de choses aux yeux de Keisha Blake. Elle était persuadée qu'elle n'était en aucune façon la création de ses parents, et en conséquence elle ne pouvait sérieusement croire que quiconque pût croire à une telle théorie. En effet, un père et/ou une mère inexistants était l'un de ses fantasmes les plus tenaces, et les livres pour enfants qu'elle avait le plus aimés commençaient toujours avec le héros héritant d'une terrible liberté après quelque apocalypse parentale. Elle décrivit un huit sur le sol avec son pied gauche et songea aux deux pages qu'elle devait écrire sur la législation céréalière de 1804 avant le lendemain matin.

14. Cet obscur objet du désir

La technologie « air » rouge et blanche de la déesse grecque de la victoire. Keisha Blake posa une main sur la vitrine en verre du magasin. Séparée du bonheur. Jusque-là l'air était partout, gratuit pour tous, mais elle n'avait commencé à le désirer que maintenant qu'elle le contemplait ainsi défini, extrait, rendu visible. La chose infiniment disponible, à présent contenue dans la semelle d'une chaussure ! On ne pouvait qu'admirer l'audace. Quatre-vingt-dix-neuf livres. Peut-être à Noël.

15. Évian

La même chose avait été accomplie avec l'eau. Lorsque Marcia Blake remarqua la bouteille cachée sous un sachet de carottes dans le chariot elle enguirlanda Keisha Blake, s'empara de la bouteille et la remit en place sur le mauvais rayon près des confitures.

16. Le nouvel emploi du temps

« Là. Il est dans ton cours de français. Et dans ton cours de théâtre.
— Qui ?
— Nathan !
— Bogle ? Et alors ?
— !
— Oh là là, Keisha. On était des *bébés*. T'es tellement bête parfois. »

17. Examens

Dans le bureau du professeur principal de Keisha Blake, les casquettes de base-ball et les bijoux trop voyants qui avaient été confisqués étaient suspendus à des crochets sur le mur. Keisha Blake n'avait pas été convoquée pour se faire réprimander ; elle était venue pour discuter de ses options en vue des examens qu'elle allait devoir passer dans trois ans. Elle n'avait pas véritablement envie de parler de ces échéances ; elle voulait simplement que l'on sache qu'elle était le genre de personne à penser trois ans à l'avance aux étapes importantes de son existence. Comme elle se levait pour partir elle remarqua une chaîne en argent à laquelle pendait un minuscule pistolet serti de faux diamants. « C'est à ma sœur, affirma-t-elle. — Oh, vraiment ? » répondit le professeur en regardant par la fenêtre. Keisha insista : « Elle ne vient plus ici maintenant. Elle a été renvoyée. » Le professeur grimaça. Il enleva le collier du mur et le tendit à Keisha. Il dit : « J'ai du mal à croire que Cheryl Blake et toi vous êtes de la même famille. »

18. Walkman Sony (emprunté)

Que Keisha puisse écouter Rebel MC en descendant à pied Willesden Lane constituait une sorte de miracle, une extase moderne ; pourtant, il n'y avait que très peu de place dans la journée pour ce qui relevait de l'euphorie, de l'abandon, ou tout simplement de la paresse, car quand on entreprenait quelque chose il fallait le faire deux fois mieux qu'eux « juste pour s'en sortir », principe troublant auquel croyaient non seulement la mère de Keisha Blake mais aussi son oncle Jeffrey, connu pour être « doué » mais aussi « incorrigible ».

19. Détour par le plus que parfait

(Parfois Jeffrey – qui ne fréquentait pas leur église – interpellait sa nièce de treize ans pour lui dire des choses qui la laissaient perplexe. « Renseigne-toi ! Renseigne-toi ! » s'était-il écrié, hier, au mariage de la cousine Gale. Keisha n'avait pu que présumer qu'il faisait référence à une conversation antérieure qu'ils avaient eue plusieurs semaines auparavant. Par conséquent il avait certainement voulu dire : « Renseigne-toi sur la CIA, sur la façon dont ils ont inondé les quartiers noirs de crack, et tu verras que j'ai raison. » Comment ? Où ?)

20. Walkman Sony bis

Que deux personnalités aussi différentes que sa mère et son oncle Jeffrey puissent partager la même opinion conférait à ladite opinion une certaine force. Pourtant, comment en vouloir à Keisha de savourer ce plaisir moderne qui consistait à penser en musique ? Ô, cette bande-son extérieure ! Ô, cette existence orchestrale !

21. Jane Eyre

Lorsqu'elle se faisait tyranniser, Keisha Blake trouvait utile de se souvenir que si on lisait les livres appropriés et qu'on regardait les films pertinents on avait tôt fait de se rendre compte que se faire tyranniser était pratiquement le signe d'une personnalité remarquable ; et que plus on s'en prenait à vous plus il y avait de chances que la vie vous venge tôt ou tard, lorsque les qualités que Keisha Blake possédait – intelligence, volonté de puissance – devenaient « une récompense en soi » ; et ceci restait vrai même si les personnages de la littérature et du cinéma ne vous ressemblaient en rien, puisqu'ils étaient issus d'époques et de milieux socio-économiques différents, et qu'ils vous auraient – si jamais vous les aviez rencontrés – très probablement exploitée ou au mieux maltraitée, précisément comme Lorna Mackenzie, qui avait un problème avec votre façon d'être et vous accusait de vous comporter comme si vous vous croyiez supérieure aux autres, le faisait.

22. Citation

Une nouvelle confirmation de ce principe se trouvait dans la Bible elle-même.

23. Spectrum 128k

Pour son quatorzième anniversaire, Leah reçut un ordinateur. Keisha Blake parcourut le mode d'emploi et comprit comment programmer une série de commandes de base, qui en réponse à certaines manipulations faisait surgir à l'écran du texte, comme si l'ordinateur lui-même «parlait.» Elles firent une démonstration pour M. Hanwell :
>> COMMENT VOUS APPELEZ-VOUS ?
«Je dois le taper ici ? Je me sens bête.»
>> COLIN ALBERT HANWELL
>> ENCHANTÉ, COLIN
«Mon Dieu, c'est toi qui as installé ça, Keisha ? Comment tu fais des trucs pareils ? J'ai du mal à te suivre ces derniers temps. Pauline, viens voir, tu ne vas pas y croire.»
Après avoir fini d'émerveiller les Hanwell, elles récidivèrent, pour leur propre plaisir :
>> COMMENT T'APPELLES-TU ?
>> LEAH HANWELL
>> PUTAIN, C'EST DINGUE

24. Le chiffre 37

Le dimanche, Keisha Blake allait à l'église pentecôtiste de Kilburn avec sa famille, sans Cheryl, et Leah les accompagnait souvent, non pas qu'elle fût le moins du monde croyante, mais elle était plutôt motivée par la générosité d'esprit décrite plus haut. Toutefois, une nouvelle politique s'était mise en place. Lorsqu'elles atteignirent le coin de la rue au niveau du McDonald's, Leah Hanwell déclara à Keisha Blake : « En fait, je crois que je vais prendre le 37, pour aller au canal retrouver les autres. — D'accord », répondit Keisha Blake. Durant l'été, il y avait eu une tentative de réunir la bande du canal de Camden à celle de la cité de Caldwell, mais Keisha Blake ne s'intéressait pas particulièrement à Baudelaire ou Bukowski ou Nick Drake ou Sonic Youth ou Joy Division ou aux garçons ressemblant à des filles ou vice versa ou Anne Rice ou William Burroughs ou *La Métamorphose* de Kafka ou au désarmement nucléaire ou à Glastonbury ou aux situationnistes ou au film *À bout de souffle* ou à Samuel Beckett ou à Andy Warhol ou à un tas d'autres choses prisées à Camden ; et lorsque Keisha apporta à son amie un merveilleux 45-tours de Monie Love, il y eut quelque chose d'horrible dans la façon dont Leah rougit et concéda que c'était probablement dansable. Elles n'avaient plus que Prince en commun, et il ne tenait qu'à un fil.

25. *Vivre sa vie*

Cette brusque et violente divergence dans leurs goûts choqua Keisha, et elle continua de croire que les nouveaux penchants de Leah étaient une affectation qui n'avait rien à voir avec sa nature profonde, et qu'elle les avait adoptés principalement pour embêter sa plus ancienne amie. « Appelle-moi plus tard », lança Leah Hanwell en sautant dans le bus par les portes ouvertes à l'arrière. Keisha Blake, dont la fameuse volonté et l'incroyable capacité de concentration ne laissaient guère de place à l'angoisse, observa son amie monter au niveau supérieur avec son nouveau maquillage qui lui faisait des yeux de panda, et passa un sale quart d'heure à se demander si elle avait elle-même de la personnalité, ou si elle n'était en vérité que l'accumulation et le reflet de tout ce qu'elle avait lu dans les livres ou vu à la télévision.

26. *Temps relatif*

Un certain nombre de facteurs – style vestimentaire passe-partout, précoce maturation physique, lunettes – faisaient paraître Keisha Blake considérablement plus vieille qu'elle ne l'était en réalité.

27. *50 ml de vodka*

Faute d'être connue pour sa personnalité, Keisha Blake devint indirectement populaire en tant que fonction. Elle achetait de l'alcool pour beaucoup de gens qui croyaient paraître trop jeunes pour s'en procurer eux-mêmes, et cette croyance irrationnelle dans le «talent» de Keisha finit par se vérifier, puisque à force de s'entendre dire qu'elle était infaillible en la matière elle se mit à y croire elle-même. Pourtant, c'était étrange d'acheter de l'alcool pour Leah. «Il faut que ça tienne dans ma poche arrière. — Pourquoi ? — Parce qu'il y aura deux cents personnes à sauter dans tous les sens, et j'ai aucune envie de m'emmerder avec un verre.» Comme l'événement commencerait tard, Leah vint chez Keisha Blake d'abord, et elles passèrent le temps dans la chambre de cette dernière à boire et à parler jusqu'à ce que Leah doive partir. Elle rencontrerait probablement un garçon avec les cheveux dans les yeux et coucherait avec lui. «J'ai vu Nathan au fish'n'chips hier, dit Keisha. — Oh là là, Nathan, rétorqua Leah Hanwell. — Il ne revient pas au trimestre prochain, poursuivit Keisha Blake. Ils l'ont viré finalement. — C'était une question de temps», décréta Leah Hanwell et elle ouvrit la fenêtre pour fumer une clope. Leah continua de boire et passa un long moment à trifouiller le bouton de la radio à la recherche d'une radio libre, sans succès. Vers 22h15, Leah Hanwell déclara : « Je ne crois pas que les femmes puissent vraiment être belles. Je crois qu'elles peuvent être attirantes et qu'on peut vouloir les baiser, les aimer et tout et tout, mais en vérité, seuls les hommes sont pleinement beaux en fin de compte. — Tu crois ? » demanda Keisha, dissimulant son incompréhension en prenant une longue gorgée de thé. Elle ne savait vraiment pas à qui se référait cette deuxième personne du singulier.

28. Rabbit

La veille de son seizième anniversaire, Keisha Blake trouva un cadeau dans le couloir devant sa porte. Le papier d'emballage était à motif papillons. Sur la carte non signée elle lut À OUVRIR EN PRIVÉ, mais à la forme du P et du W elle reconnut l'écriture de son amie Leah Hanwell. Elle se réfugia dans la salle de bains. Un vibromasseur rose fluo à l'extrémité géante remplie de petites perles mouvantes. Keisha s'assit sur la cuvette fermée des toilettes et élabora une stratégie. Enveloppa le gode dans une serviette et le cacha dans la chambre qu'elle partageait avec Cheryl. Puis elle ramassa la boîte et le papier d'emballage pour aller jeter le tout dans les poubelles de la cour près du parking. Le samedi matin suivant elle feignit les premiers signes d'un rhume, et le dimanche prétendit avoir une vilaine toux et mal à l'estomac. Sa mère appuya sur sa langue avec une fourchette et déclara que c'était dommage, le pasteur Akinwande avait prévu de parler d'Abraham et Isaac. Du balcon, Keisha Blake regarda sa famille partir pour l'église non sans regret : elle s'intéressait sincèrement à l'histoire d'Abraham et Isaac.

29. Rabbit, mode d'emploi

Mais elle avait également décidé intérieurement que sa foi différait de celle de sa mère, et qu'elle pouvait ainsi s'aventurer dans le péché de temps à autre pour des besoins anthropologiques et survivre. Elle rentra et s'empara des piles d'un réveille-matin et d'une calculatrice. Elle n'eut recours ni à une lumière d'ambiance, ni à une musique douce, ni à des bougies parfumées. Elle ne se déshabilla pas. Trois minutes plus tard elle avait établi plusieurs choses jusqu'alors ignorées : ce qu'était un orgasme vaginal, la différence entre un orgasme clitoridien et un orgasme vaginal, et l'existence d'une substance visqueuse produite par son corps, qui l'obligea ensuite à rincer les rainures du vibromasseur dans le petit lavabo de la pièce. Elle n'avait le gode que depuis deux semaines et déjà elle l'utilisait régulièrement, parfois à plusieurs reprises dans la même journée, souvent sans le laver après, et toujours d'une façon professionnelle, comme si elle déléguait la tâche à quelqu'un d'autre.

30. Valeur ajoutée, schizophrénie, adolescence

« On devrait faire ça, ici », dit Layla ; elle chanta une nouvelle note, et Keisha la transcrivit. « Des modèles, continua Layla dans la nouvelle tonalité, porteurs de vérité, porteurs de lumière. » Keisha transcrivit une autre note. « Qui nous éclaire », ajouta Layla. Puis elle répéta les mêmes mots mais en chantant, et Keisha acquiesça en poursuivant sa transcription. Layla était douée pour la musique, et elle avait une belle voix. Sa mère était une chanteuse connue en Sierra Leone. Keisha ne savait pas chanter et jouait plutôt mal de la flûte à bec. Elle avait appris toute seule le solfège en quelques semaines avec des partitions pour piano de l'église. Comme tout ce qui impliquait symboles et/ou signification, cela ne lui avait coûté aucun effort, et elle ignorait pourquoi il en était ainsi ; elle se demandait ce qu'une telle facilité signifiait, pourquoi sa sœur Cheryl n'avait pas les mêmes capacités, ce qu'elle était censée en faire, et si derrière ce « en » se cachait un nom ou un verbe ou quelque réalité matérielle en dehors de son esprit. Les deux filles écrivaient une chanson pour le groupe des moins de douze ans qui se retrouvaient tous les jeudis après la messe dans l'arrière-salle de l'église. Keisha et Layla étaient amies, même si elles n'étaient pas aussi proches que Keisha et Leah. En vérité, leur amitié ne s'était pas nouée à la suite d'un événement dramatique, même si selon leur congrégation il était naturel et inévitable qu'elles fussent liées l'une à l'autre. « Montrant le chemin », chanta Layla. Keisha transcrivit. Elle sentait l'odeur de son vagin sur ses doigts. Puis Layla se remit à parler : « Ou quelque chose comme "Sœurs pour la vie montrant le chemin". » Keisha écrivit ces mots entre parenthèses pour indiquer qu'il ne s'agissait pas encore d'une parole définitive. S'il s'agissait là de talents – le don du chant ou l'aptitude à comprendre rapidement la transcription musicale –, qu'entendait-on précisément par « talent » ? Une marchandise ? Un cadeau ? Un prix ? Une récompense ? Au nom de quoi ? « Nous cherchons la vérité, nous cherchons la lumière ! » chanta Layla, ce qui avait déjà été inscrit tant au niveau des paroles que de la mélodie. Se retrouvant sans rien à faire, Keisha devint nerveuse. Dans le miroir accroché au mur de l'autre côté de la pièce, elle observa leur reflet. Deux admirables jeunes Noires, aux cheveux encore tressés par leurs mères, assises au bord d'une estrade de fortune, l'une chantant, l'autre transcrivant les notes tels des doubles de la musique. C'est toi. C'est elle. Elle est réelle. Tu es une imposture. Regarde de plus près. Regarde ailleurs. Elle est régulière. Tu improvises au fur et à mesure. Elle ne doit jamais le savoir. « Et puis d'ici à ici », chanta Layla, joignant le geste à la parole, mettant ainsi en musique ses instructions. Keisha s'exécuta.

31. Frapper avant d'entrer

Bien qu'ils fussent cinq, les Blake occupaient un trois pièces avec une salle de bains, et seul le plus jeune, Jayden avait sa propre chambre. D'après ce que Keisha avait pu remarquer, l'intimité n'avait aucune importance pour son frère, il avait onze ans et était encore enclin à déambuler nu dans l'appartement, mais pour elle, c'était une nécessité qui s'accentuait jour après jour, et l'apparition du godemiché la poussa à rouvrir un vieux débat avec sa mère.
 « C'est un droit civique ! s'écria Keisha Blake. Cours d'histoire module B16 : *Le mouvement des droits civiques en Amérique*. Module D5 : *Les chartistes*.
 — S'il y a le feu tu brûleras dans ta chambre, décréta sa mère. C'est une idée de Cheryl ? Les gens qui veulent s'enfermer à clé ont quelque chose à cacher.
 — Les gens qui veulent s'enfermer à clé revendiquent un droit civique élémentaire qui s'appelle intimité. Renseigne-toi », rétorqua Keisha avec moins d'entrain cette fois, inquiète que sa mère ait pu toucher d'aussi près la vérité à l'aide d'un simple cliché maternel. Elle se retira dans sa chambre et songea à Jésus, une autre personne profondément proche de Dieu, qui n'était pas comprise comme telle par les gens stéréotypés qui se disaient eux-mêmes proches de Dieu, même si, pour être honnête, ces gens étaient parfois probablement pieux dans leur ignorance, mais seulement par accident, et seulement un peu.

32. Différence

Un orgasme clitoridien est un phénomène localisé ne concernant que le clitoris lui-même. De façon perverse, une stimulation directe du clitoris tend à ne pas provoquer d'orgasme, mais à entraîner à la place douleur et agacement, voire parfois ennui profond. Un mouvement vigoureux et circulaire sur le clitoris et les lèvres simultanément, d'une main, est le chemin le plus direct. Le spasme qui en résulte est violent, procurant un plaisir intense mais bref, à la manière de l'orgasme masculin. Sur la question fondamentale : l'orgasme clitoridien vaut-il mieux que l'orgasme vaginal, Keisha se considéra agnostique. Autant demander à quelqu'un si le bleu était une couleur supérieure au vert.

Un orgasme vaginal peut être provoqué par pénétration, mais aussi par simple et lent mouvement du bassin d'avant en arrière, tout en pensant à quelque chose d'intéressant. Cette dernière méthode est particulièrement efficace dans un bus ou dans un avion. Il semble exister un petit morceau protubérant de chair – environ de la taille d'une pièce de dix pence – situé à mi-chemin le long de la paroi du canal vaginal la plus proche du nombril, qui est stimulé par ce « balancement », mais s'agissait-il de ce que l'on appelle communément le « point G », Keisha Blake n'en avait pas la moindre idée. En tout cas, la sensation de plaisir était presque intolérable. Peu importait la façon dont il était atteint, ce qui était remarquable dans l'orgasme vaginal, c'était sa longueur et son intensité. On ressentait une série de spasmes, comme si le vagin lui-même s'ouvrait et se refermait, à l'instar d'un poing. C'était peut-être le cas. Mais était-ce ce que l'on entendait par l'expression « orgasme multiple » ? Cela demeurerait obscur pour Keisha Blake, d'autant que la tendance à la réserve typique de celles qui décrivent la sexualité féminine paraissait accepter que le « poing qui se ferme » fût un orgasme en soi. Il s'agissait peut-être tout bonnement d'un problème phénoménologique. Si Leah Hanwell affirmait que la fleur était bleue et Keisha Blake que la fleur était bleue, comment pouvaient-elles être certaines que par le terme « bleue » elles évoquaient le même phénomène ?

33. À charge

Marcia découvrit le cadeau de Leah durant l'une de ses fouilles habituelles. Ces perquisitions cherchaient en vérité à se renseigner sur Cheryl – elle avait commencé à disparaître le vendredi pour ne revenir que le lundi –, et rien n'aurait été plus facile pour Keisha que d'ajouter la possession d'un godemiché à la réputation déjà détruite de sa grande sœur. Incapable de regarder plus longtemps Marcia brandissant le sac en plastique, Keisha Blake se jeta sur le lit pour faire semblant de pleurer, mais au milieu de ce procédé elle dut faire face à un véritable problème cornélien, incapable de se décider à accuser sa sœur ou Leah, mais tout aussi incapable d'envisager la seconde option – que son père soit mis au courant – dont on venait de lui faire part. Keisha Blake réfléchit dans un sens et dans un autre, mais ne trouva pas d'issue, et ce fut sans doute la première fois qu'elle prit conscience du problème du suicide.

« Et ne me dis pas que tu l'as acheté, poursuivit sa mère, parce que je sais très bien que tu n'as pas l'argent pour ça. » Au cours de cet interrogatoire elle passa en revue presque toutes les filles de la cité, avant de se résoudre à la douloureuse possibilité que Leah fût la coupable, et d'en avoir la confirmation en observant le visage de sa fille.

34. Rupture

S'ensuivit, sur ordre de Marcia, une pause entre Leah Hanwell et Keisha Blake, qui se mua en un éloignement qui ne pouvait être mis sur le compte de Marcia uniquement. Les filles avaient seize ans. Cette période dura un an et demi.

35. Angoisse!

En l'absence de Leah – à l'école, dans la rue, dans la cité –, Keisha Blake se sentit mise à nue et exposée. Elle n'avait pas remarqué jusqu'à la rupture que le fait d'être l'amie de Leah Hanwell constituait une sorte de passe-droit dans la plupart des situations. Elle était à présent reléguée au monde conceptuel des « jeunes de l'église », dont la plupart étaient nigérians ou d'un autre pays africain, et ne partageaient pas l'intérêt anthropologique de Keisha Blake pour le péché ou son amour pour le rap. Elle croyait, à tort ou à raison, que ceux de son propre milieu la considéraient comme une anomalie, et elle était persuadée que les adeptes des rave-parties et de la musique indé la percevaient comme une paria de la mauvaise espèce. Keisha Blake ne songea pas une seconde que de tels sentiments d'aliénation étaient le banal sort d'adolescents de part le monde. Elle se jugea tout particulièrement touchée, et il n'est pas exagéré de dire qu'elle dut lutter pour trouver quelqu'un d'autre en dehors peut-être de James Baldwin ou de Jésus ayant vécu l'isolement profond et la solitude qu'elle savait à présent être la seule et unique réalité de ce monde.

36. L'ennemi de votre ennemi

Il faut admettre que Marcia Blake saisit une opportunité lors de la séparation de Keisha Blake et de Leah Hanwell. Ce moment coïncida avec le problème du sexe, qui de toute façon ne pouvait plus être ignoré. Une simple interdiction aurait produit l'effet inverse – ils avaient déjà traversé tout cela avec Cheryl, qui à présent avait vingt ans et était enceinte de six mois. Pousser Keisha Blake dans les bras de Rodney Banks était l'élégante solution de Mme Blake : au moment précis où sa fille était sur le point d'exploser, elle fut désamorcée. Rodney vivait dans le même couloir, fréquentait la même école. C'était l'un des rares enfants caribéens de l'église. Sa mère, Christine, était une amie proche. « Tu devrais voir Rodney », suggéra Marcia, tendant à Keisha Blake une assiette à essuyer. Il est comme toi, tout le temps en train de lire. » C'était précisément pour cette raison que Keisha s'était toujours méfiée de Rodney et efforcée de l'éviter, pour autant que cela fût possible dans un endroit comme Caldwell, suivant le principe que la dernière chose dont une personne en train de se noyer a besoin est d'une autre personne en train de se noyer s'accrochant à ses basques.

38. D'un autre côté

Faute de grives on mange des merles.

39. Lire avec Rodney

Keisha Blake s'assit sur le lit de Rodney Banks, les pieds ramassés sous elle. Elle mesurait déjà un mètre soixante-quinze, alors que Rodney avait cessé de grandir l'été précédent. Par charité chrétienne, Keisha Blake s'efforçait de s'asseoir autant qu'elle le pouvait lorsqu'elle se trouvait avec lui. Ce dernier tenait dans sa main une édition abrégée d'un livre sulfureux d'Albert Camus venant de la bibliothèque. Et Keisha Blake et Rodney Banks prononçaient le T et le S de ce nom, par ignorance : tels sont les risques de l'autodidactisme. Rodney Banks lisait à haute voix, sans cesser de faire des commentaires sceptiques au fil de sa lecture. Il appelait cela « mettre sa foi à l'épreuve ». Le pasteur se plaisait à recommander cette approche à ses ouailles adolescentes, même si ce faisant il n'avait certainement pas Camus à l'esprit. Rodney Banks ressemblait quelque peu à Martin Luther King : le même visage arrondi et doux. Lorsqu'il relevait quelque chose retenant son attention, il inscrivait en toute illégalité un commentaire dans la marge, que Keisha lisait et s'appliquait à admirer. Elle avait du mal à se concentrer sur le livre car elle était très préoccupée de savoir quand et comment le tripotage commencerait. Cela s'était produit le vendredi d'avant et celui qui avait précédé, mais les deux fois elle n'avait rien vu venir, puisqu'ils semblaient tous deux incapables de verbaliser ou d'y arriver étape par étape de manière naturelle. Ainsi, les deux fois elle s'était violemment jetée sur lui en espérant une réaction, qu'elle obtint, plus ou moins. « Nous prenons l'habitude de vivre avant d'acquérir celle de penser », lut Rodney, puis il inscrivit à côté de cette phrase « Et alors ? (argument fallacieux) ».

40. Rumpole

La période d'éloignement entre Keisha Blake et Leah Hanwell coïncida avec leurs premières séries d'examens, et il s'agissait en partie d'une décision pragmatique de la part de Keisha Blake. À cette époque Leah Hanwell prenait presque tous les week-ends de l'ecstasy, la très populaire amphétamine des clubbers, et Keisha ne croyait pas qu'elle pût mener ce genre de vie tout en étant reçue aux examens dont elle commençait à pressentir l'importance capitale. Elle arriva en partie à cette conclusion grâce aux efforts d'une conseillère d'orientation. Lecteur, réveille-toi ! Une jeune femme de la Barbade, nouvellement en poste, et pleine d'optimisme. Son nom n'a aucune importance. Elle fut particulièrement impressionnée par Rodney, le prenant au sérieux et l'écoutant lorsqu'il évoqua le droit. Il était difficile de savoir où

Rodney Banks avait déniché l'idée du « droit ». Sa mère était dame de cantine. Son père conduisait un bus.

41. Entre parenthèses

(Bien plus tard dans la vie, alors qu'elle faisait une longue promenade à travers le nord-ouest de Londres, Keisha Blake comprit que le jeune homme dont elle avait fait une anecdote comique à raconter aux dîners était à bien des égards un miracle de réinvention de soi, un jeune homme avec une volonté hors du commun, dépassant largement la sienne.)

42. Une bonne fac/pas de fac

La Barbadienne conseilla à Keisha Blake et Rodney Banks d'élaborer un plan. Tous trois savaient que Marcia Blake avait le sien : une formation d'un an en gestion administrative et commerciale à « Coles Academy » – qui en réalité ne correspondait qu'à quelques bureaux situés au-dessus du vieux Woolworth's dans Kilburn High Road. Une arnaque, une institution non reconnue sous la responsabilité d'une connaissance kényane du pasteur Akinwande, qui ne nécessitait pas de quitter le domicile familial.

43. Contra

La conseillère d'orientation des Barbades choisit cinq établissements pour Keisha Blake et Rodney Banks – les mêmes, puisqu'ils avaient décidé de ne pas se séparer –, et leur montra comment remplir les documents nécessaires. Elle écrivit à Marcia au nom de Keisha. Les études seraient gratuites. Elle obtiendrait une bourse. Il y aurait une église. Le train était direct, elle serait en sécurité, avec d'autres. Elle conseilla à Keisha Blake de rassurer sa mère tout au long de l'hiver. Elle en fit de même avec Rodney en ce qui concernait la mère du jeune homme, Christine. Keisha était dubitative quant au succès de cette entreprise. Marcia avait été à la «campagne» et considérait cet environnement dangereux, préférant Londres, ou au moins l'on savait à quoi on était confrontés. Puis en avril ce «pauvre garçon sans défense» – c'est ainsi que Marcia l'appelait invariablement – fut poignardé à un arrêt de bus d'Eltham, attaqué par une «bande d'animaux sauvages». Keisha Blake, Marcia Blake, Augustus Blake, et Jayden Blake se rassemblèrent devant la télévision pour voir les garçons blancs sortir libres du tribunal, balançant des coups de poing aux photographes. Le corps de la victime fut transporté en Jamaïque et enterré dans la paroisse de Marcia.

44. Sans aller à Brideshead

La porte de devant n'était pas fermée à clé. Rodney se rendit directement dans la chambre de Keisha et Cheryl Blake et demanda : «Elle est où?» et Keisha répondit : «Sur le lit» et Rodney poursuivit : «Montre-la-moi», et Keisha lui tendit l'étrange lettre frappée d'un blason et insista : «Si tu n'y vas pas je n'irai pas» et Rodney rétorqua : «Laisse-moi la lire», et Keisha ajouta : «C'est seulement une proposition d'entretien. Je ne vais pas y aller. De toute façon, ça doit coûter une blinde» et Rodney répliqua : «Si tu es reçue c'est le gouvernement qui paie. Tu sais même pas ça?» et Cheryl coupa : «Vos gueules, bordel, bébé dort!» et Keisha lança : «Je ne veux même pas y aller!» et Rodney répéta : «Est-ce que je peux la lire s'il te plaît!» après quoi il n'en fut plus jamais question, ni de sa part ni de celle de Keisha Blake.

Ce soir-là ils allèrent au Swiss Cottage Odeon voir un film sur un homme qui s'habillait en femme afin de surveiller ses enfants pour des raisons que Keisha, trop distraite, ne put même commencer à saisir.

45. Sciences économiques

Les entretiens pour Manchester étaient programmés entre dix heures et onze heures du matin. Pour rallier Manchester depuis Euston Station à Londres, il fallait prendre un train partant bien avant neuf heures trente. Les billets coûtaient cent trois livres aller-retour. Un problème semblable – encore plus onéreux – élimina Édimbourg.

46. Pause pour une idée abstraite

Dans les familles de part le monde, en diverses langues, cette phrase finit toujours tôt ou tard par être prononcée : « Je ne te reconnais plus. » Elle était toujours là, tapie dans un coin retiré de la maison, attendant son heure. Empilée avec les tasses, ou coincée entre les DVD ou derrière quelque autre appareil électroménager. « Je ne te reconnais plus ! »

47. Autre pause

Dans les magazines de vulgarisation scientifique, ils traitent d'un fait biologique, à savoir la régénération des cellules. Bien des années après les événements présentement racontés, lors d'un dîner dans sa propre maison, un philosophe assis à la droite de notre héroïne lui suggéra d'entreprendre une expérience de pensée : et si tes cellules cérébrales étaient remplacées individuellement par les cellules du cerveau de quelqu'un d'autre ? À quel point cesserais-tu d'être toi-même ? À quel moment deviendrais-tu quelqu'un d'autre ? Il avait une haleine de cheval. Il posa sa main sur son genou. Elle ne chercha pas à l'enlever, souhaitant éviter de faire une scène devant l'épouse de l'homme en question. Mme Blake avait fini par devenir extraordinairement bien élevée. Conseillère de la reine, la femme du philosophe avait les cheveux gris. Dans l'esprit brillant de ce dernier, elle était bien trop vieille pour être sa femme. Et pourtant.

48. *Réunion de résidents*

À une réunion du comité des résidents de Caldwell – à laquelle Leah et Keisha, poussées par leurs parents, étaient les seules jeunes personnes présentes –, Keisha vit un siège vide près de Leah, mais ne se dirigea pas dans cette direction. À l'issue de la réunion, elle tenta de s'éclipser discrètement mais Leah Hanwell l'appela à la cantonade et Keisha se retourna. Le visage ouvert et familier lui souriait, identique à lui-même, en dépit des efforts de Keisha Blake pour le dénaturer intérieurement.

« Salut, lança Leah Hanwell.

— Ça va ? » répondit Keisha Blake.

Elles évoquèrent l'ennuyeuse réunion, et le bébé de Cheryl, mais ne purent s'abstenir très longtemps d'aborder l'autre sujet.

« Qu'est-ce que tu as pensé de Manchester ? Tu as vu Michael Konstantinou ? Il y est allé le même jour que toi. Même si lui, c'était pour le cursus de communication.

— Nous avons décidé de ne plus y aller, déclara Keisha Blake en appuyant sciemment sur le pronom de la première personne du pluriel. C'est soit Bristol ou Hull maintenant.

— Rodney, je le vois bien en histoire. Il n'ouvre jamais la bouche. »

Keisha, percevant dans ce commentaire une insulte personnelle, se mit à défendre Rodney bec et ongles. Leah sembla confuse et tritura les trois anneaux accrochés au cartilage de son oreille.

« Non, c'est pas ça que je voulais dire. Il pose jamais de questions, il sait déjà tout. Il est silencieux, mais c'est un tueur. Vous obtiendrez ce que vous voulez, c'est sûr. Au moins tu peux revendiquer la moyenne en maths. Moi, j'ai même pas zéro. Il y en a beaucoup qui ne regarderont même pas les autres résultats si tu te plantes en maths. Moi, il ne me reste plus qu'à croiser les doigts. »

Prenant conscience de sa réaction excessive, Keisha entreprit de faire marche arrière en suggérant à son ancienne amie Leah Hanwell qu'elle se joigne à Keisha et à son nouveau copain pour réviser ensemble.

« Je crois qu'il faut juste que je me lance et que je me concentre. Ça va aller. Mais ça serait bien de te revoir avant qu'on parte tous. Pauline adore. Moi, je m'en fous, je serai à Édimbourg en septembre de toute façon, enfin espérons. Elle se comporte comme si elle me faisait un énorme cadeau. Qu'elle m'offrait une nouvelle vie. "C'est pratiquement Maida Vale. Mieux vaut tard que jamais, j'imagine." » Prononçant cette dernière phrase avec la voix de Pauline.

49. Mobilité

Les Hanwell allaient déménager dans un duplex. À deux pas de Maida Vale. Keisha en avait déjà entendu parler par Marcia : le jardin partagé, les trois chambres. Quelque chose nommé « bureau ».

50. Rodney fait une note

« Notre prééminence : nous vivons dans l'âge de la comparaison » (Nietzsche).

51. Incognito

Rodney Banks ne semait pas la zizanie en classe, il ne parlait pas ; une combinaison qui le rendait invisible, anonyme. Keisha Blake lui demanda pourquoi il n'adressait jamais la parole aux professeurs. Il répondit qu'il s'agissait d'une stratégie. Tout comme Keisha, il en était friand. C'était l'une des choses qu'ils avaient en commun, même s'il faut souligner que la nature de leurs tactiques divergeait. Keisha entendait user de son charme pour passer par la porte de devant. Rodney préférait se glisser par la porte de derrière, sans se faire remarquer. Rodney Banks surligna tant de passages du *Prince* de Machiavel que le texte était presque entièrement colorié en jaune, tant et si bien qu'il n'osa rendre l'ouvrage à la bibliothèque. « Les circonstances difficiles et la jeunesse de mon royaume me contraignent à de telles mesures, ainsi qu'à une surveillance renforcée des frontières. » Il semblait toujours avoir ce livre sur lui, ainsi que la bible du roi Jacques, combinaison dans laquelle il ne percevait aucune contradiction.

52. Nirvana

Leah serait sûrement dans sa chambre à sangloter en serrant contre elle sa photo. Keisha eut du mal à réprimer le plaisir que ce scénario imaginaire lui procurait. Puis, au milieu du journal télévisé, Marcia affirma quelque chose d'incroyable, citant un docteur de l'hôpital, et le lendemain matin, Keisha se rendit à la bibliothèque pour se renseigner. Elle fut furieuse d'apprendre que statistiquement ce dont Marcia se vantait s'avérait correct : les nôtres ne le font presque jamais.

53. *Parité*

Lorsque juillet arriva, Leah Hanwell et Keisha Blake avaient toutes deux été acceptées dans des universités. Chacune avait un amant (celui de Leah était bassiste dans un groupe appelé No No Never.). Les universités ainsi que les amants se valaient, malgré leurs nombreuses différences. Les deux filles étaient devenues d'assez jolies femmes sans sérieux problèmes de santé mentale ou physique. Ni l'une ni l'autre ne s'intéressait au bronzage. Leah envisageait de passer une grande partie de ce dernier été dans le nord-ouest de Londres à l'ombre d'un chêne dans Hampstead Heath avec quelques amis, un pique-nique, beaucoup d'alcool, et un peu d'herbe. Elle ne cessait d'inviter Keisha, qui avait très envie de la rejoindre, mais elle travaillait à temps partiel dans une boulangerie de Kilburn High Road, et lorsqu'elle n'y était pas, elle se trouvait à l'église, ou aidait Cheryl avec le bébé. À la boulangerie elle était payée trois livres vingt-cinq de l'heure. Elle devait porter des chaussures noires plates à bout rond et semelles épaisses, et un uniforme à rayures marron et blanc assorti d'un « chapeau de boulanger » à bord élastique, sous lequel chacune de ses mèches de cheveux devait être soigneusement ramassée, et qui lui laissait une marque sur le front. Elle devait laver les moules à croissants et nettoyer le sucre des donuts qui s'accumulait dans l'étroite rainure derrière le verre de la vitrine de présentation. Et beaucoup d'autres choses ennuyeuses. Elle avait pensé qu'elle préférerait cela à la vente de vêtements, mais en fin de compte même son enthousiasme débordant pour les feuilletés à la saucisse et les choux à la crème ne lui fut d'aucun secours. Elle conservait le dépliant de l'université dans son casier et passait souvent sa pause-déjeuner à en tourner lentement les pages en papier glacé.

Un samedi sur deux elle avait sa demi-journée, et à quelques occasions elle réussit à se rendre en douce au Heath, seule. Rodney n'y aurait guère apprécié l'ambiance ; ainsi, il était inutile de lui en parler ; cela n'aurait pas manqué de provoquer une série d'interrogations sur les deux comptes différents que Keisha avait désormais l'habitude de tenir. Dans une colonne elle plaçait Rodney, Marcia, son frère et sa sœur, l'église, et Jésus-Christ lui-même. Dans l'autre, Leah se prélassait dans l'herbe haute buvant du cidre et demandant à son amie Keisha Blake si elle tuerait P. W. Botha s'il se trouvait en face d'elle. « Je ne pourrais pas tuer quelqu'un, protesta Keisha Blake. — Tout le monde est capable de tout », insista Leah Hanwell.

54. *Formation continue*

Cet automne-là, Keisha Blake et Rodney Banks commencèrent à fréquenter le Ministère du Saint-Esprit, paroisse de la banlieue de Bristol aux principes identiques à ceux de l'église pentecôtiste de Kilburn, que leur pasteur leur avait recommandée. C'est là qu'ils tissèrent durant ce premier trimestre la plupart de leurs liens sociaux, avec toutes sortes de sexagénaires et de septuagénaires plus gentils les uns que les autres. Auprès des jeunes gens de leur âge ils eurent moins de succès. Rodney glissa des tracts religieux sous chacune des portes du couloir du dortoir de Keisha, après quoi les autres étudiants les évitèrent, et ils firent de même en retour. Ils semblaient ne pas avoir d'atomes crochus. Les étudiants étaient lassés de choses dont Keisha n'avait jamais entendu parler, et horrifiés par l'unique sujet qu'elle connaissait bien : la Bible. Le soir, Rodney et Keisha s'asseyaient ensemble aux deux extrémités d'un petit bureau dans la chambre de cette dernière et étudiaient comme ils l'avaient fait pour leurs examens de fin d'année au lycée, avec des boules Quies, écrivant tout à la main, d'abord au brouillon, puis au « propre » – habitude prise à l'école du dimanche. Il y avait une salle d'informatique nouvellement construite dans le sous-sol du bâtiment de Keisha qui aurait pu leur faciliter la vie, et ils s'y rendirent la première semaine pour voir comment cela se passait. Un garçon avec un feutre à large bord auquel pendait une lanière en cuir jouait à « Doom », ce sombre couloir s'ouvrant encore et encore sur lui-même. Les autres installaient des programmes ou utilisaient une forme précoce d'intranet. Keisha Blake observa par-dessus une épaule un écran grouillant de signes impénétrables.

55. *Première visite de Keisha*

Leurs conditions matérielles étaient très différentes. Keisha occupait un dortoir des années soixante au design quelconque ; Leah une maison mitoyenne du dix-neuvième siècle, avec une cheminée condamnée dans chaque pièce, et neuf colocataires. En guise de salon, une « salle de détente ». Énormes enceintes, pas de canapé. Keisha ne s'attendait pas à une fête pour son premier soir, tout comme elle n'avait pas enfilé la bonne jupe pour s'asseoir sur un pouf. Le volume de la techno ou autre faisait de la conversation une vraie corvée. Tout le monde était blanc. Leah faisait un discours en tenant la porte du frigo ouverte. Le froid se propageait dans la cuisine. Elle la tenait ouverte depuis un long moment. Elle semblait avoir oublié pourquoi.

« Écoute, imagine que tu es Einstein et que tu réfléchis, que tu es dans le moment, et que soudain te vient ta grande idée sur la nature de l'univers ou un truc comme ça. Par sa seule existence, cette idée-là fait que le moment n'est plus comme les autres, parce que même si tu y as pensé en temps normal, l'idée en question a trait à la nature de l'univers qui est infinie, en quelque sorte. Donc ça rend le moment différent. Et Kierkegaard appelle ça un "instant". Ça ne fait pas partie du temps normal comme les autres moments. C'est plein de trucs comme ça. Il faut que je me pince en classe pour m'assurer que je ne rêve pas. Genre : qu'est-ce que je fous là, avec tous ces intellos de mes deux ? Est-ce que quelqu'un s'est planté quelque part ? »

Keisha trempa une pitta dans de l'houmous et observa les pupilles dilatées de son amie.

« J'avais pensé faire philo à un moment, déclara Keisha, mais ensuite on m'a parlé de toutes ces maths.

— Oh, il n'y a pas de maths, répondit Leah.

— Ah bon ? Je croyais qu'il y en avait.

— Non, répéta Leah, se détournant de Keisha pour sortir enfin une bouteille de bière du frigo. Il n'y en a pas. »

Le garçon qui couchait avec Leah était maladroit lui aussi. Si l'on cessait de lui poser des questions sur lui, ou sur ses courts-métrages, il se taisait et regardait dans le vide.

« Sur l'ennui, expliqua-t-il.

— Ça a l'air intéressant, suggéra Keisha.

— Non. C'est le contraire. Cette fête, pleine de gens intéressants, est un parfait exemple. C'est totalement inintéressant.

— Oh.

— Ils parlent tous de l'ennui, en fait. C'est le seul sujet qui nous reste. On s'ennuie tous. Pas toi ?

— En droit, dit Keisha Blake, il y a plein de trucs ennuyeux à apprendre par cœur. Comme en médecine.

— Je crois qu'on parle de deux choses différentes », rétorqua le garçon qui couchait avec Leah.

56. Idylle familiale

Le téléphone sonna dans le couloir. Rodney fit un signe de tête. Keisha se leva. Lorsqu'il y avait un appel, c'était habituellement pour Rodney ou Keisha – soit Marcia soit Christine –, et ils répondaient à tour de rôle. Ils étaient comme frère et sœur, hormis le fait qu'ils avaient occasionnellement des rapports sexuels. Leurs ébats eux-mêmes étaient agréables et sans surprise, dénués d'érotisme ou d'orgasme – vaginal ou clitoridien. Rodney était un jeune homme prudent, très attentif aux préservatifs, terrifié par la grossesse et la maladie. Lorsqu'il autorisa finalement Keisha Blake à faire l'amour avec lui, cela ne fut qu'une transition technique. Elle n'apprit rien de plus sur le corps de Rodney, ou sur Rodney lui-même, mais uniquement un tas d'informations sur les préservatifs : leur efficacité relative, l'épaisseur du latex, le bon moment – le plus sûr – pour les enlever après.

57. Ambition

Ils deviendraient juristes, les premiers dans leurs familles respectives à exercer une profession libérale. Ils croyaient que la vie était un problème qui pouvait se résoudre grâce à une bonne situation professionnelle.

58. Troisième visite de Leah

Printemps. Arbres en fleurs. Mlle Blake attendait dans la gare routière de l'envie et de l'espoir, incapable de comprendre comment elle avait pu ressentir la moindre tension à l'égard de sa très chère amie d'enfance, Leah Hanwell. L'autocar arriva. Un flot de silhouettes humaines aux visages inconnus afflua, et le cerveau de Mlle Blake se mit en quête d'une correspondance entre un souvenir récent et une réalité tangible. Son erreur fut de se cramponner aux idées appartenant en fait à des visites antérieures. Telles que « rousse » et « jean noir/bottes noires/tee-shirt noir ». La mode change. La fac est une période d'expérimentation et de métamorphose. La personne qui lui agrippa les épaules ne pouvait plus être confondue avec une rockeuse punk ou une artiste berlinoise inconnue. C'était à présent une guerrière écolo blonde et crasseuse, avec des cheveux en train de se transformer en dreadlocks et un pantalon militaire qui ne passerait pas une inspection.

59. Noms propres

Mlle Blake avait effectivement remarqué les Blancs déambulant avec du matériel d'escalade, ou ceux amassés dans les cages d'escalier débattant de la meilleure méthode pour s'enchaîner à un chêne. Elle avait observé tout cela avec son habituelle curiosité anthropologique. Mais elle avait pensé qu'il s'agissait plus d'une question esthétique que d'une manifestation. Les détails demeuraient flous dans son esprit. « Je te présente Jed, annonça Leah, et Katie et Liam, et voilà Paul. Les enfants, je vous présente Keisha, elle... — Non. Natalie. — Désolé, je vous présente Natalie, on était à l'école ensemble », poursuivit Leah. Elle est en fac ici, elle est juriste. C'est trop bizarre de vous voir tous ! » Lorsque Leah enchaîna en proposant une tournée générale – « Non, restez assis, on s'en charge » –, Natalie paniqua. Son budget étant extrêmement serré, elle ne pouvait se permettre de payer des verres à une bande de punks qu'elle ne connaissait ni d'Ève ni d'Adam. Mais au comptoir Leah tendit un billet de 20, et Natalie n'eut qu'à disposer six pintes sur un plateau rond plus adapté à en recevoir cinq.

« Lélé, tu les connais comment, ces gens ?
— De Newbury ! »

60. Et les écailles lui tombèrent des yeux

Il était apparemment fondamental de « maintenir la pression » s'ils voulaient empêcher le gouvernement de poursuivre la construction de cette voie rapide. Rodney écouta, se contentant de pointer son doigt vers les livres sur son bureau, chargés de l'imposant poids de la loi, des milliers de pages reliées avec des couvertures d'une efficacité implacable. Leah tenta une autre approche. « En fait, c'est un problème juridique, il y a déjà plein d'étudiants en droit là-bas. C'est une bonne expérience, Rodney, même toi tu dois l'admettre, même le juge Rodney de la cour mondiale. » Natalie Blake se surprit à sourire. Rien ne lui semblait plus merveilleux à ce moment précis que de se percher dans un arbre avec sa chère amie Leah Hanwell, à des centaines de kilomètres de cette chambre étouffante. Rodney leva les yeux du code pénal. Il avait une expression impitoyable sur le visage. « On ne s'intéresse pas aux arbres, Leah, proclama-t-il. Toi, tu as le luxe de le faire. Nous, on n'a pas le temps. »

61. Coup de foudre

« M. De Angelis, pouvez-vous poursuivre à partir du « pouvoir de l'habitude, en haut de la deuxième page », demanda le professeur Kirkwood, et un jeune homme extraordinaire se leva au premier rang. Il n'était pas étudiant en droit, et pourtant il assistait à un cours magistral sur la « philosophie du droit ». Il présentait un mélange de caractéristiques que Natalie considérait antinomiques, et qu'elle trouvait difficile à appréhender. Il avait une ribambelle de surprenantes taches de rousseur. Son nez était très long et saisissant, dans un style que par ignorance elle était incapable de qualifier de «romain». Il avait des dreadlocks totalement différentes de celles de Leah : trop impeccables. Elles encadraient parfaitement son visage, s'arrêtant juste sous le menton. Il portait un pantalon beige sans chaussettes et des chaussures avec de la corde cousue sur les bords, un blazer bleu et une chemise rose. Un accent indescriptible. Comme s'il était né sur un yacht quelque part aux Caraïbes et avait été élevé par Ralph Lauren.

62. *Montaigne*

Dans certains pays, les vierges exhibent leur intimité tandis que les femmes mariées la couvrent. Ailleurs, les bordels masculins existent. Ailleurs encore, on s'enfonce de lourdes baguettes en or dans les seins et les fesses, et après dîner on s'essuie les mains sur ses testicules. Il est des régions où on mange les gens. D'autres où les pères décident, alors que les enfants sont encore dans le ventre de leur mère, lesquels vivront et seront élevés, et lesquels tués ou abandonnés. Kirkwood leva la main pour interrompre ce récit. «Naturellement, remarqua-t-il, tous ces gens trouvent leurs habitudes normales.» Quelques étudiants rirent. Natalie Blake et Rodney Banks s'évertuaient à mettre la main sur l'essai en question dans l'édition bon marché qu'ils partageaient (ils avaient pour habitude d'acheter un exemplaire de chaque manuel, puis, lorsqu'ils n'en avaient plus besoin, de le revendre dans l'une des librairies d'occasion du campus). Le titre ne semblait pas figurer dans la table des matières ni dans l'index, et le fait qu'ils ne se parlaient toujours pas rendait la coopération difficile. «Quelle est la leçon à retenir ici pour un juriste?» demanda Kirkwood. La main du remarquable jeune homme se leva. Même de là où elle était assise, Natalie Blake pouvait voir les bijoux sur ses doigts marron, et l'élégante montre au bracelet en crocodile qui semblait plus vieille que Kirkwood. Il dit : « On a beau s'armer de raison dans un tribunal, nous vivons dans un monde déraisonnable. » Natalie Blake chercha à savoir s'il s'agissait d'une réponse intéressante. Kirkwood marqua une pause, sourit et répondit : « Vous avez une grande foi en la raison, M. De Angelis. Mais pensez à l'exemple de la semaine dernière. Des centaines de témoins se succèdent à la barre : amis proches, anciens professeurs, anciennes infirmières, anciennes maîtresses. Tous sont formels : *C'est bien Tichborne*. La propre mère de l'homme affirme : *C'est mon fils*. La raison nous dit que le requérant pèse une soixantaine de kilos de plus que l'homme qu'il prétend être. La raison nous dit que le véritable Tichborne parle français. Et pourtant. Et lorsque "la raison a eu gain de cause", pourquoi les gens sont-ils descendus dans la rue ? Ne vous fiez pas trop à la raison. Écoutez, je crois que Montaigne est plus sceptique. Il me semble qu'il n'essaie pas de dire que vous, juristes, êtes raisonnables et qu'eux, le peuple, sont déraisonnables, ou même que les lois auxquelles il se soumet le sont, mais que, à leur décharge, ceux qui se soumettent aux lois de leur pays font preuve de "simplicité, obéissance et exemple". Vous voyez, là ? À la fin de la page trois ? Tandis que ceux qui entreprennent de les changer, c'est-à-dire les lois, sont habituellement monstrueux et malveillants. Nous nous considérons comme de parfaites exceptions. » Natalie Blake était perdue. Le jeune homme approuva en hochant lentement la tête, comme d'égal à égal. Sa confiance paraissait injustifiée, ne découlant pas de quelque chose qu'il ait dit ou fait. Une feuille de papier passait de main en main dans la classe. Les étudiants devaient inscrire leur nom complet et leur cursus. Avant même d'écrire le sien, Natalie Blake chercha celui du jeune homme.

63. Parcours de reconnaissance

Francesco De Angelis. Deuxième année de sciences économiques. Connu sous le nom de Frank. En lice pour la présidence de l'African and Caribbean Society le mois prochain. Sera sans doute élu. A fréquenté une «pension de deuxième zone». Ceci venant de quelqu'un ayant été à un simple lycée. De plus : «Sa mère est italienne ou un truc comme ça. Son père était probablement un prince africain, c'est souvent le cas.»

64. Parenthèses éducatives

(Il est des écoles que l'on «fréquente». On «va» à Brayton.)

65. 8 mars

Il se trouva que la troisième visite de Leah coïncida avec un dîner organisé dans le cadre de la Journée de la Femme. Une excuse utile pour ne pas voir Rodney. Leah portait une robe verte, Natalie une violette, elles se préparèrent ensemble et se rendirent au réfectoire bras dessus bras dessous. Le plaisir évident qu'elles éprouvaient à être ensemble, leur profonde complicité les rendaient plus séduisantes à deux que si elles avaient été seules, et parfaitement conscientes de cet état de fait, elles accentuaient la similarité de leur taille, de leur silhouette et de leurs longues jambes en marchant d'un pas égal. Le temps de rejoindre leur table, Natalie était grisée par le pouvoir de sa jeunesse, par le sentiment d'être presque libérée d'un homme qui l'ennuyait, et par la joie qu'elle se faisait du repas de fête qui l'attendait.

66. Menu

Melon miel et salade de crevettes
Blanc de poulet au lard fumé, haricots verts et pommes de terre Juliette
Fondant au chocolat tiède avec sa boule de glace à la vanille
Fromages
Café, chocolat à la menthe

67. Désir

« C'est qui, ça ? demanda Leah Hanwell.
— La doyenne, répondit Natalie Blake, léchant le chocolat sur ses dents. Si elle arrêtait de déblatérer, on pourrait aller au bar.
— Non, la fille au bout de cette table. Avec le haut-de-forme.
— Quoi ?
— La Chinoise ou la Japonaise : là-bas.
— Oh, je ne la connais pas.
— Elle est magnifique ! »

68. Valentino

Coréenne. Dans le bar, elle avait posé son chapeau sur la table, et tandis que Natalie Blake parlait avec quelqu'un d'autre, elle, Natalie Blake tendait fréquemment la main pour en caresser le bord en satin. Dans son dos elle entendait sa chère amie Leah Hanwell parler à la Coréenne, qui s'appelait Alice, la faisant rire, et lorsque Natalie se leva pour aller commander des verres au comptoir, elle put voir que Leah était en train de se livrer à un numéro de Don Juan – une main posée sur le dossier de la banquette, l'autre sur le genou d'Alice, le nez dans l'adorable cou de la fille. Natalie

Blake avait vu Leah faire ce genre de choses à de nombreuses reprises, mais avec des garçons, et elle y avait toujours vu quelque chose d'un peu choquant et pervers, alors que dans le cas présent la relation paraissait naturelle. Cette pensée poussa Natalie à s'interroger sur elle-même, à se demander où elle en était avec Dieu, ou tout simplement si elle croyait toujours en lui. Incapable de détourner le regard, elle s'obligea à marcher vers le juke-box, et programma « Electric Relaxation » d'A Tribe Called Quest, dans l'espoir que cela la détendrait.

69. L'invention de l'amour : première partie

Frank n'était ni au bar, ni nulle part.

70. Les adieux

Dans le bus les menant à la gare routière, après ce qui fut, avouons-le, une visite significative, relevant peut-être même de l'événement dramatique, Leah Hanwell déclara, plutôt gênée : « J'espère que ça n'a pas posé de problème, que je disparaisse comme ça. Au moins Rodney et toi avez pu récupérer la chambre », et il ne fut plus question ce jour-là de la nuit que Leah Hanwell avait passée avec Alice Nho, et Natalie Blake s'abstint de préciser qu'elle n'avait pas demandé à Rodney de la rejoindre dans sa chambre cette nuit-là, et qu'elle ne le ferait plus jamais. Le bus s'engagea sur une côte abrupte. Natalie Blake et Leah Hanwell se retrouvèrent collées l'une à l'autre, plaquées contre le dossier de leur siège. « J'étais vraiment contente de te voir, souffla Leah, tu es la seule personne avec laquelle je puisse être moi-même. » Commentaire qui déclencha des larmes chez Natalie, non pas à cause du sens de la phrase elle-même mais parce qu'elle eut la certitude que la réciproque ne voudrait rien dire, Mlle Blake n'ayant pas de « moi » à incarner, ni avec Leah ni avec quiconque.

71. *En aidant Leah à hisser son lourd sac à dos dans le car*

Natalie eut envie de parler à son amie du Noir exotique qu'elle avait remarqué dans le cours de Kirkwood. Elle n'en fit rien. En dehors du fait que les portes étaient en train de se fermer, elle redoutait précisément ce que pouvait révéler sur sa propre psychologie le fossé économique entre Frank De Angelis et Rodney Banks.

72. *Langues romanes*

Un grand nombre des hommes que Natalie Blake fréquenta après Rodney Banks lui étaient aussi étrangers socio-économiquement et culturellement que Frank, et elle les trouvait bien moins séduisants. Mais malgré tout elle n'approcha pas Frank et vice versa, même s'ils étaient tous deux très conscients l'un de l'autre. Pour le dire de manière poétique :

« Leur rencontre avait un caractère si inéluctable qu'il paraissait logique de musarder en chemin. »

73. *Le seul auteur*

Plus prosaïquement, Natalie Blake était fort occupée à se réinventer. Elle perdit Dieu si facilement qu'elle dut s'interroger sur le sens qu'elle avait donné à ce mot pendant tout ce temps. Elle découvrit la politique, la littérature, la musique, le cinéma. Découvrir n'est pas le bon mot. Elle s'y adonna avec foi, sans parvenir à comprendre pourquoi ses camarades de classe – pile au moment où elle s'y intéressait – les déclaraient passées de mode. Lorsque d'autres étudiants l'interrogeaient sur Frank De Angelis – elle n'était pas la seule à avoir remarqué leur compatibilité fondamentale –, elle répondait qu'il était trop plein de lui-même, vaniteux, riche, ambigu quant à son identité raciale, et pas du tout son genre ; pourtant, le lien silencieux et invisible qui les unissait se renforçait de jour en jour, car à qui d'autre sinon Frank De Angelis – *ou à quelqu'un exactement comme lui* – pourrait-elle demander de l'accompagner dans l'étrange voyage existentiel qu'elle s'apprêtait à vivre ?

74. Vu

À cinq rangées devant, à la séance de minuit d'*Orfeu Negro*, regardant son sosie.

75. Activisme

Natalie traversait en vélo le campus lorsqu'un jeune homme avec lequel elle couchait lui barra le chemin. Il avait l'air affolé, et Natalie crut d'emblée qu'il s'apprêtait à lui déclarer son amour éternel. « Tu as une demi-heure ? demanda Imran. Il y a quelque chose que je voudrais que tu voies. » Natalie poussa son vélo jusqu'à Woodland Road et l'attacha devant l'entrée de la résidence universitaire d'Imran. Dans sa petite chambre, il y avait deux autres filles de leur promotion et un étudiant de troisième cycle qu'elle ne connaissait pas. « Voilà notre groupe d'action », déclara Imran, et il inséra une cassette dans le magnétoscope. Naturellement, Natalie était au courant du conflit bosniaque, mais il serait plus juste de dire que la guerre n'était pas au centre de ses préoccupations. Elle se disait qu'il en allait ainsi parce qu'elle n'avait pas la télévision et qu'elle passait la majeure partie de son temps à la bibliothèque. De façon similaire, deux ans plus tôt elle avait pris conscience à la lecture d'un article de journal de l'existence d'un pays appelé Rwanda et de la réalité de son génocide. À présent elle était assise en tailleur, regardant les soldats défiler, écoutant le discours d'un fou hurlant et lisant les sous-titres évoquant la pureté raciale et un endroit imaginaire appelé «Grande Serbie». Ceci venait juste de se produire? Récemment? À la fin de l'Histoire? Elle songea à toutes les fois où avec Leah elles s'étaient demandé – dans le cadre d'une expérience de pensée – ce qu'elles auraient fait si elles s'étaient trouvées à Berlin en 1933. «On va conduire une ambulance tout équipée à Sarajevo, expliqua Imran. Pour aider à la reconstruction. Tu devrais venir.» Se lancer dans une telle entreprise irait à l'encontre du premier commandement de la famille de Natalie Blake : tu ne t'exposeras pas inutilement au danger.

Durant les semaines qui suivirent, Natalie se plongea dans l'organisation de ce voyage, et fit l'amour avec Imran; des années plus tard, elle considéra cette période comme l'apogée du potentiel radical de la jeunesse, mêlant sexe, contestation, et voyage. Qu'elle ne soit en réalité jamais partie sembla a posteriori moins important que le fait qu'elle en ait pleinement eu l'intention (une querelle avec Imran, quelques jours avant le départ. Il n'appela pas, donc elle non plus).

76. Lâcher prise

Natalie Blake prit un gros prêt étudiant et mit un point d'honneur à ne l'utiliser que pour s'offrir des choses frivoles. Repas, taxis, sous-vêtements. Essayant de faire comme «eux», elle se retrouva à nouveau très vite sans rien, mais à présent lorsqu'elle glissait sa carte dans le distributeur, espérant pouvoir sortir cinq livres, elle le faisait sans l'angoisse abyssale qu'elle avait jadis partagée avec Rodney Banks. Elle cultivait un esprit de décadence. Ayant entrevu la possibilité d'un avenir, un découvert n'avait plus sur elle le même pouvoir de terreur qu'auparavant. La vision que Marcia Blake avait d'«eux» et qu'elle avait transmise à sa fille vola en éclats dans un déchaînement de blasphème ordinaire, d'herbe, de cocaïne et d'indolence. Était-ce vraiment pour ces gens que les Blake s'étaient toujours efforcés de se comporter de façon exemplaire ? Dans le métro, au parc, dans les magasins. Pourquoi ? Marcia : «Pour ne pas leur laisser la moindre chance de te stigmatiser. »

77. *Revu*

Habillé en Frantz Fanon dans une cage d'escalier, à une fête à laquelle Natalie elle-même était déguisée en Angela Davis. Son costume se résumait à un badge avec son nom et une blouse blanche empruntée à un étudiant en médecine. Natalie avait fait plus d'efforts : un dashiki et un afro crêpé qui ne tenait guère à cause d'années de fer à lisser. La soirée déguisée avait lieu dans la maison que partageaient quatre étudiants en philo, et le thème était : Fondateurs de discursivité. La fille qui l'accompagnait avait choisi Sappho.

78. *Une théorie sur le parcours de Michelle Holland*

C'est peut-être parce que le capitalisme pénètre si profondément le corps et l'esprit des femmes que leurs relations sont fondées sur la «comparaison implacable.» Natalie Blake suivit le parcours de Michelle Holland avec une attention sans aucun doute plus grande que celle qu'elle accordait à sa propre existence – sans même lui adresser la parole. Hormis Rodney, Michelle était la seule autre étudiante à avoir été à Brayton. Une prodige en maths. Qui n'avait pas le droit à la médiocrité. Qui avait grandi dans les tours du sud de Kilburn, où brutalité et violence étaient de mise, où il n'y avait rien de positif, où l'église n'adoucissait pas les mœurs, où il n'y avait pas de charmants espaces verts comme à Caldwell, ni (présumait Natalie) de voisins avec lesquels on devenait intimes. Que pouvait-elle être sinon exceptionnelle ? Père en prison, mère en HP. Elle vivait avec sa grand-mère. Elle était sensible et sincère, maladroite, sur la défensive, seule. Natalie était convaincue qu'elle, Natalie Blake, n'avait pas besoin de parler à Michelle Holland pour savoir tout cela, qu'il lui suffisait d'observer sa façon de marcher pour la comprendre. Je suis le seul auteur. Par conséquent, Natalie ne fut absolument pas surprise d'apprendre le déclin et la chute de Michelle, durant le deuxième trimestre de la dernière année. Pas d'alcool ni de drogue ni de problèmes comportementaux. Elle s'arrêta tout simplement (telle était l'interprétation de Natalie). Cessa d'assister aux cours, d'étudier, de manger. On lui avait demandé de s'engouffrer dans une ouverture trop étroite pour la laisser entièrement passer (conclusion de Natalie).

79. *La fin de l'Histoire*

À présent, lorsque Natalie pensait à la vie d'adulte (ce qu'elle ne faisait presque jamais), elle imaginait un long couloir dans lequel donnaient de multiples chambres – chacune habitée par un ami –, une cuisine commune, un gigantesque lit où tout le monde dormirait et baiserait, un monde gouverné par les principes de l'amitié. La description ci-dessus est métaphorique, mais elle constitue également une représentation plutôt exacte de la pensée de Natalie à cette époque. Car comment peut-on opprimer un ami ? Comment peut-on trahir un ami ? Comment peut-on demander à un ami de souffrir quand on s'épanouit ? Ainsi, sans manifestations ni slogans, sans politique, sans la pagaille résultant des pavés que l'on arrache du sol, la révolution se mit en marche. Arrivée la dernière à la fête, Natalie Blake se mit à suivre avec enthousiasme le conseil de sa chère amie Leah Hanwell et enlaça des inconnus sur les pistes de danse. Elle scrutait le petit cachet blanc dans sa paume. Quel problème pouvait-il y avoir, maintenant que nous étions tous amis ? Se rappeler d'emporter une bouteille d'eau. Quoi qu'il en fût, tout était déjà décidé. Ne pas croquer. Avaler. Les lumières stroboscopiques clignotaient. Le rythme continuait. (Je serai juriste et tu seras docteur et il sera prof et elle sera banquière et nous serons des artistes et ils seront soldats, et je serai la première femme noire et tu seras le premier Arabe et elle sera la première Chinoise et tout le monde sera ami, tout le monde se comprendra). Les amis se traitent en amis. Les amis s'entraident. Personne n'a besoin d'être exceptionnel. Les amis savent la différence entre conseil et avocat, et où il faut s'inscrire, et les chances d'être accepté, et les noms des aides ou bourses auxquelles on peut prétendre. « On choisit ses amis, pas sa famille. » Combien de fois Natalie Blake avait-elle entendu cette phrase ?

80. Idéologie dans le divertissement populaire

Au cas où quiconque aurait été susceptible de l'oublier, la série télévisée la plus populaire au monde insistait sur ce point cinq fois par semaine.

81. L'inconsolé (sixième visite de Leah)

« Oh, la vache, je viens de voir Rodney au Sainsbury's ! s'exclama Leah, bouleversée en posant deux sacs de courses sur la table. J'ai regardé dans son chariot. Il avait une tourte à la viande, deux cannettes de ginger beer, et une bouteille de cette sauce piquante que tu mets partout. Je suis arrivée derrière lui dans la file, et il a fait comme s'il avait oublié quelque chose et il est reparti. Mais ensuite je l'ai vu faire la queue à l'autre bout du magasin, et il avait exactement les mêmes articles. »

82. Campagne de Recrutement

Un spectacle festif, débridé, aussi couru que la semaine d'intégration, mais cette fois les bannières n'étaient pas faites maison, et au lieu d'être à l'effigie des Amis de Tolkien ou autres chorales, elles affichaient les noms mélodieux de cabinets d'avocats et de banques célèbres. Des filles en costume de pom-pom girls floqué du logo d'une société de consulting en management parcouraient la pièce en distribuant des petits pots de glace et des cannettes de boissons énergisantes. Natalie Blake tourna la cannette dans sa main pour lire l'étiquette collée dessus. *Prenez votre avenir en main*. Elle attaqua la glace à l'aide d'une mini-spatule en bois clair tout en observant les ballons verts d'une banque allemande se détacher et flotter lentement vers le plafond. Elle entendit la voix de Rodney venant de quelque part. Il se trouvait à trois tables de là, assis avec un zèle monstrueux à l'extrême rebord d'une chaise en plastique. Face à lui, un homme en costume-cravate, le sourire en coin, prenait des notes.

83. Métaphores incohérentes

Un an et demi plus tard, quand tout le monde était soit rentré soit parti à Londres, et que Natalie était en train de préparer l'accession au barreau, Rodney Banks lui envoya aux bons soins de Marcia Blake une lettre qui commençait ainsi : « Keisha, tu dis toujours qu'il faut écouter son cœur, mais c'est étrange comme ton cœur semble toujours savoir de quel côté le vent tourne. » Frank De Angelis prit cette lettre des mains de Natalie Blake et lui embrassa la tempe. « Pauvre vieux. Il ne pense plus devenir juriste, si ? »

84. Pensée de groupe

Une publicité télévisée pour l'armée. Un groupe de soldats saute d'un hélicoptère en vol stationnaire au-dessus du sol. Prises de vue chaotiques : on est censés comprendre que ces hommes subissent un assaut. Ils courent à travers un paysage inhospitalier balayé par le vent et la poussière, pénètrent dans une clairière, pour émerger au bord d'un gouffre. Le pont en bois qu'ils espéraient emprunter pour atteindre l'autre côté est à moitié détruit. Les lattes cassées dégringolent dans le ravin en contrebas. Les soldats jettent un œil dans le vide, se regardent les uns les autres, observent leurs lourds paquetages.

85. Lincoln's Inn[1]

Quelques nouveaux en tenue de soirée regardaient cette publicité, vautrés dans des fauteuils et des canapés, discutant bruyamment. Natalie Blake était elle aussi nouvelle, mais plus timide. Elle se tenait au fond de la salle de repos, essayant de se donner une contenance à la table des boissons.

---

1. La Lincoln's Inn est en Angleterre l'une des quatre Inns of Court, ou institutions de formation professionnelle destinées aux avocats plaideurs. *(Toutes les notes sont des traducteurs.)*

Du texte apparut à l'écran, comme marqué au fer, accompagné par la voix d'un sergent instructeur :
SI VOUS PENSEZ : COMMENT VAIS-JE TRAVERSER, L'ARMÉE N'EST PAS POUR VOUS.
SI VOUS PENSEZ : COMMENT ALLONS-NOUS TRAVERSER, APPELEZ-NOUS.
« Moi, je me dis : et comment tu vas traverser, toi ? »
Il pointait un doigt vers la télévision, et les gens autour de lui riaient. Elle reconnut immédiatement son timbre, et ce douteux accent milanais.

86. Style

Les dreadlocks avaient disparu. Sa veste de smoking était simple, élégante, un mouchoir rose impeccable surgissait de la poche poitrine, et ses chaussettes étaient ornées de diamants bariolés. Ses Nike flambant neuves étaient légèrement choquantes. Il n'avait plus l'air bizarre (nombreux étaient les rappeurs s'habillant ainsi à présent. L'argent était à la mode).

87. Le premier dîner de parrainage du premier trimestre

Natalie Blake était « capitaine » de sa section. Elle n'était pas certaine de ce que cela signifiait. Elle se tenait debout derrière sa chaise, à la table qu'on lui avait désignée, et attendait son parrain, un certain Dr. Singh. Elle leva les yeux vers les voûtes du plafond. Une Blanche en robe de satin s'approcha. « Ravissant, n'est-ce pas ? Ce toit majestueux, constellé de flammes d'or ! Bonsoir, je m'appelle Polly. Je suis dans ton équipe. » Après Polly, arriva un garçon nommé Jonathan, qui affirma que capitaine voulait seulement dire que la nourriture était servie à votre gauche. Portraits d'ancêtres vénérables. Lourds couverts en argent. Fourchettes à poisson. Les benchers[1] entrèrent en file indienne dans leurs fluides robes noires et s'inclinèrent devant l'assistance. Les grâces furent dites en latin. Des voix à la fois lasses et satisfaites répétaient des mots incompréhensibles.

88. *L'invention de l'amour : deuxième partie*

Natalie Blake lissa l'épaisse serviette en lin posée sur ses cuisses et aperçut Frank De Angelis qui arrivait en retard et se dirigeait vers sa table. Il remarqua sa présence. Il était à tomber par terre : plus Orfeu que jamais. Elle fut flattée par sa réaction. « Blake ? Tu es très en beauté ! Je suis content de te voir. Oh, capitaine ! Mon capitaine… » Il s'inclina légèrement, s'assit près d'elle, cuisse contre cuisse, examina le menu et fit la moue. « Cottage pie. L'Italie me manque. — Oh, tu survivras. — Vous vous connaissez déjà ? » s'enquit Polly. Et il y avait effectivement quelque chose d'intime dans leur façon de se parler, têtes penchées l'une vers l'autre, parcourant la salle du regard. Natalie se glissa si facilement dans ce rôle qu'elle dut se rappeler intérieurement que cette inimité n'avait jamais existée jusqu'alors. Elle s'élaborait en direct, façonnant son propre passé au fur et à mesure.

Le mauvais vin coulait à flots. Un antique juge se leva pour prononcer un discours. Ses sourcils de hibou se dressaient sur sa tête, et il n'omit pas de mentionner la première représentation de *La Nuit des rois*, ni de peindre un tableau sanglant de paysans en révolte brûlant les livres de droit.

---

1. Les Inns of Court distinguent leurs membres selon trois grades : les étudiants stagiaires, les avocats, et les « benchers. » Ces derniers constituent le corps dirigeant de l'institution. Ils sont cooptés par les « benchers » existants, et ne sont donc pas élus.

« ... et j'ai bien peur que la traduction d'Oman de *La Révolte des paysans* nous offre un portrait décourageant de la profession... Car, lorsqu'ils furent acculés dans leur propre Église du Temple, nos prédécesseurs manquèrent quelque peu de noblesse d'esprit pour repousser la foule en révolte. Si je puis citer : *Il était merveilleux de voir comme même les plus âgés et les plus éclopés s'enfuyaient avec l'agilité de rats ou d'esprits maléfiques...* De nos jours, je peux vous assurer que les décapitations, à Londres du moins, se font rares ! Et les attaques contre les juristes se limitent généralement à... » Natalie était captivée. L'idée que sa propre existence puisse être liée à celle de gens vivant six cents auparavant ! Elle n'était plus une convive présente à table par hasard – comme elle s'était toujours considérée –, c'est elle qui recevait à présent, au même titre que les hôtes qui l'entouraient. Ils s'inscrivaient tous dans une tradition. « Ainsi, il vous incombe », déclara le juge, et Frank regarda Natalie, tentant d'attirer son attention en bâillant exagérément. Natalie croisa les bras avec fermeté sur la table et tourna la tête vers le juge. Elle eut le sentiment instantané de trahir Frank De Angelis. Mais qui était-il pour elle ? Et pourtant. Elle le regarda à nouveau et haussa presque imperceptiblement les sourcils. Il lui fit un clin d'œil.

89. Le temps ralentit

Une serveuse polonaise tournait discrètement autour de la table, à la recherche des végétariens. Frank parlait beaucoup, à tort et à travers, passant du coq à l'âne. Alors qu'elle l'avait pris jusqu'à présent pour un garçon arrogant croyant que tout lui était dû, Natalie percevait maintenant l'angoisse sous-jacente dans chacune de ses paroles. Était-il possible qu'elle le rende nerveux ? Et pourtant, elle ne faisait qu'être assise là, calmement, en train de regarder son assiette. « T'as changé de coiffure. C'est tes vrais cheveux ? C'est ton beurre, ça ? Tu as vu James Percy ? Il est inscrit au barreau maintenant. Du premier coup. T'as l'air en forme, Blake. T'es ravissante. Franchement, je croyais que tu ne serais plus là le temps que j'arrive. Qu'est-ce que tu as fait pendant un an ? Il faut que j'avoue, la bouche pleine de pain : moi, j'ai skié. Écoute, j'ai aussi réussi à me reconvertir dans le droit. Je ne suis pas le raté de la vie que tu crois. — Je ne te prends pas pour un raté de la vie. — Mais si, mais si. Non, je prendrai le bœuf s'il vous plaît. Mais qu'est-ce que tu deviens ? » Natalie Blake n'était pas allée skier. Elle avait travaillé dans un magasin de chaussures dans le centre commercial de Brent Cross, pour économiser de l'argent, vivant chez ses parents à Caldwell et rêvant de décrocher la bourse Mansfield, qui en fait...

Une Dr. Singh contrit apparut : petite femme au crâne rasé, la trentaine, dont le chemisier en soie voilette surgissait dans les plis de sa robe. Rien à voir avec le notable enturbanné que Natalie s'était imaginée. Elle s'assit. Le juge acheva son discours. Les applaudissements éclatèrent tel un mugissement.

90. *Difficultés contextuelles*

Natalie Blake cessa de flirter avec Francesco De Angelis pour détailler son parcours universitaire au Dr. Singh. Cette dernière paraissait fatiguée. Elle versa de l'eau dans le verre de Natalie. « Et quels sont vos hobbys ? » Frank se pencha. « Pas le temps pour ça... Faut qu'elle gagne sa croûte, la cousine. » Voulant certainement faire de l'humour, mais sa tentative tomba à l'eau. Natalie essaya de rire, mais remarqua Polly qui rougit et Jonathan qui piqua du nez dans son assiette. Frank essaya de se rattraper aux branches en faisant un commentaire sociologique plus général. « Il faut dire qu'on est une espèce en voie d'extinction par ici. » Il parcourut la salle du regard avec une main en visière. « Attendez, j'en vois un autre, là-bas. Donc nous sommes six en tout. C'est pas bézef. » Il était ivre et se ridiculisait. Natalie était terriblement désolée pour lui. Ce « nous » paraissait curieux dans sa bouche : peu naturel. Il ne savait même pas être ce qu'il était. Comment le pourrait-il ? Elle était si occupée à se féliciter d'être capable d'éprouver de l'empathie pour lui et d'analyser correctement le sort singulier de Francesco De Angelis, qu'il lui fallut un moment pour se rendre compte que le Dr. Singh les observait en fronçant les sourcils.

« Nous avons un excellent programme d'intégration des minorités », répliqua posément le Dr. Singh, et elle se tourna vers la blonde à sa gauche.

91. *Mercredi, 12h45 : plaidoirie*

Quatre étudiants et une professeur s'installèrent devant la classe. On donna au demandeur et au défenseur des noms de jeu des 7 familles : M. Fortune le blanchisseur d'argent, M. Torche le pyromane. À ce moment, Natalie Blake dut quitter la pièce pour aller aux toilettes s'occuper de ses cheveux. Il faisait chaud pour la saison, et elle ne l'avait pas prévu. La sueur perlait à la racine de ses tresses, les faisant gonfler, et plus elle y pensait, plus c'était le cas. Aussi ambitieuse qu'elle fût, elle demeurait dans son cœur une fille du nord-ouest de Londres et ne pouvait ignorer le désastre qui l'attendait. Elle se précipita dans le couloir. Dans les toilettes elle remplit le lavabo d'eau froide, maintint ses cheveux en arrière et y plongea son visage. En revenant dans la salle de classe, la seule place disponible se trouvait près de Francesco De Angelis. L'avait-il gardée pour elle ? L'invention de l'amour : troisième partie. Comme elle s'asseyait, elle sentit la main du jeune homme sur son genou. Il lui glissa un crayon sur la table.

« Désolé pour l'autre soir, Blake. Je suis bête parfois. Souvent. »

Il s'agissait là d'un phénomène que Natalie Blake ignorait jusqu'alors : un homme reconnaissant spontanément son erreur et s'en excusant. Bien plus tard dans leurs vies, elle songea que la candeur de son mari n'était peut-être qu'une conséquence du milieu privilégié dans lequel il avait grandi. Mais cet après-midi-là sa sincérité la désarma tout simplement, et elle lui en fut reconnaissante.

« Tu ferais mieux de te dépêcher, tu en as raté un bon bout. » Il se mit à lui chuchoter à l'oreille l'exposé conjoint des faits, trop sûr de lui et avec assez de forfanterie et de commentaires superflus pour qu'elle ait à faire le tri en temps réel tout en griffonnant les informations, mettant distinctement en évidence les motifs d'appel. « Et maintenant, voici le conseiller junior. C'est tout, t'es à jour. » Le conseiller en question se leva. Natalie se tourna pour observer le profil de Frank. Il était vraiment l'homme le plus beau qu'elle ait jamais vu. Fort, imposant. Ses yeux légèrement plus clairs que sa peau. Elle se détourna pour examiner le conseiller junior. Il avait l'air d'un pré-ado. Sa présentation était maladroite. Il quittait à peine des yeux une épaisse liasse de papiers A4 et s'adressa à deux reprises à la professeur avec un « Votre honneur ».

92. *Après manger*

« Où sommes-nous ? Pourquoi est-ce que je suis là ?
— Marylebone. Londres ne se résume pas à Kilburn High Road.
— J'ai ma chambre à l'école.
— Tu parles d'un argument.
— Frank, ramène-moi. Je ne sais pas où je suis.
— C'est bien de ne pas savoir, parfois.

— J'ai un exercice de plaidoirie demain matin. Et cette bouffe était tellement dégueulasse. Et on a bu trop de vin. Tu devrais rentrer toi aussi.
— Je suis chez moi. J'habite juste là.
— Personne n'habite ici.
— Allez, fais-moi confiance. Ça appartient à ma grand-mère. Pourquoi tu n'essaies pas d'en profiter pour une fois ? »

93. *Simpatica*

Dans le frigo il n'y avait qu'une grande boîte rose de Fortnum & Mason. À l'intérieur, quatre rangées de macarons aux délicates teintes pastel. Natalie Blake l'apporta là où Frank était assis, tel un naufragé, sur l'îlot central de la cuisine. Du blanc de toutes parts. Il prit la boîte et posa ses mains sur les épaules de Natalie.
« Blake, essaie de te détendre.
— Je peux pas me détendre dans une baraque pareille.
— C'est du snobisme à l'envers.
— J'ai tellement faim. Cette bouffe était horrible. Donne-moi à manger.
— Après. »
Il la porta à l'étage, passant dans le couloir devant peintures, lithographies, photos de famille, méridienne. Ils pénètrent dans une petite chambre tout en haut de l'appartement. Le lit se trouvait juste sous la pente du toit ; elle n'arrêtait pas de se cogner le coude sur une étagère de livres. Ouvrages juridiques, Tolkien, une ribambelle de livres de poche d'épouvante des années quatre-vingt, mémoires d'hommes d'affaires et de politiciens. Elle remarqua un ami solitaire, *La prochaine fois, le feu*.
« Tu l'as lu ?
— Je crois qu'il a connu ma grand-mère à Paris.

— C'est un bon livre.
— Je te crois, très chère conseillère junior. »

94. *Les plaisirs de la dénomination*

Le sexe ne relève peut-être aucunement du corps. Mais peut-être d'une fonction du langage. Les gestes eux-mêmes sont limités – il n'y a qu'un certain nombre d'endroits où un certain nombre de choses peuvent aller –, et Rodney n'était en aucun cas déficient techniquement. Il était silencieux. Tandis que le talent de conteur burlesque, incontrôlé, naturel et embarrassant de Frank trouvait toute sa raison d'être au lit.

95. *Après l'amour*

« Il était de Trinité-et-Tobago, il vivait au sud de Londres. Il travaillait à la Société des chemins de fer. Quand elle parle de lui elle dit qu'il était "conducteur" pour faire bien, mais c'est pas vrai. Il était contrôleur. Ensuite il a travaillé dans un bureau quelque part. Elle l'a rencontré dans un parc. Je ne l'ai pas connu. Son nom, c'était Harris. En vérité je devrais m'appeler "Frank Harris". Il est mort. C'est tout. »
Même nu il fanfaronnait. Natalie Blake manœuvra pour se retrouver sur lui et le regarda dans les yeux. Vulnérabilité, fierté et peur de petit garçon étaient clairement lisibles sur son visage d'adulte. C'était naturellement ces qualités qui l'attiraient. « Quand elle est rentrée à Milan elle était enceinte de moi. C'étaient les années soixante-dix. Puis les Pouilles. Puis en Angleterre en pension. Ce n'est pas un problème, c'était génial de grandir comme ça. J'ai adoré mon école. »
Un enfant unique. Une famille célèbre, riche, quoique moins qu'à une époque. « Il fut un temps où chaque famille digne de

ce nom en Italie avait un four à gaz De Angelis... » Personne n'avait su quoi faire de ses cheveux. Il ne parlait pas anglais. Dangereusement mignon. Huit ans.

96. *Le seul auteur*

« Mais tu me fais passer pour une victime. Tout ce que je veux dire c'est que je me suis bien amusé. Ce n'étaient que des détails. Je ne sais même pas pourquoi on en parle. Toutes tes questions sont orientées. Je suis juste un rarissime Italien négroïde qui a passé une enfance heureuse, appris le latin, fin de l'histoire. Puis rien de très intéressant ne s'est produit entre 1987 et ce soir. » Il l'embrassa avec extravagance. Peut-être s'occuperait-elle de lui pour toujours, l'aiderait-elle à découvrir sa véritable identité. Après tout, elle était forte ! Même ce qu'on considérait comme une faiblesse relative à Caldwell devenait dans le monde une force impressionnante. Le monde exigeait tellement moins, et était beaucoup plus simple à cerner.

97. *Nota bene*

Natalie ne prit pas la peine de se demander si le pensionnat de Frank ne s'était pas déjà chargé de cette tâche.

98. *Anniversaire de leurs six mois*

« Frank, je descends, je n'arrive pas à travailler avec la télé ? Je peux te prendre le Smith and Hogan ?
— Ouais, et brûle-le.
— Comment tu vas passer cet examen ?
— En faisant preuve d'ingéniosité.

— C'est quoi, ça ?
— MTV Base. Le clip est la seule forme artistique moderne joyeuse. Regarde-moi cette gaieté. »

Il se pencha en avant sur le lit et posa son doigt sur une fille qui dansait du break en survêtement blanc. « J'étais dans les Pouilles quand il est mort. Personne n'a compris. *Un gangster obèse ? Et alors ?* C'est comme ça que les gens ont réagi. Ils ne considèrent même pas ça comme de la musique. »

Tout ce qu'il disait semblait merveilleux. Tout ce qui lui manquait, c'était ce que les Italiens appellent *forza*, et que Natalie Blake était prête à lui offrir (voir ci-dessus).

99. *Frank cherche Leah*

Les rayons du soleil filtraient à travers les stores, projetant de longues ombres dans la pièce. Natalie Blake se tenait dans l'embrasure de la porte du salon, nerveuse, un verre de vodka à la main, prête à faire face à toute anicroche. Leah et Frank étaient assis côte à côte sur le canapé capitonné de la grand-mère. Natalie percevait combien Leah était devenue elle-même. Non plus dégingandée, mais grande. Non plus rousse, mais « auburn ». La période expérimentale était achevée. Jupe en jean, sweat à capuche, bottes de poils, grands anneaux dorés aux oreilles. Retour à ses racines. Natalie Blake observait son petit ami Frank De Angelis couper des lignes blanches inégales sur le dessus en verre d'une table tandis que sa chère amie Leah Hanwell roulait un billet de vingt livres pour en faire une paille. Elle remarqua comme il l'écoutait intensément tandis que Leah évoquait un homme qu'elle appelait Michel, prononçant ce nom à la française. Ils venaient de se rencontrer à Ibiza. Frank se concentrait avec sérieux sur ce qu'il faisait. Il comprenait qu'il serait impossible d'aimer Natalie Blake sans d'abord passer par Leah Hanwell.

« Il y a un truc qui m'intéresse : on dirait que vous avez toutes les deux un faible pour les Noirs européens glandeurs et prétentieux. C'est pas vrai, ça ? Étrange comme coïncidence. On n'est pas si nombreux. C'est un concours, ou quoi ?
— Arrête : toi, t'es comme ça. Lui, il vient de Guadeloupe ! Son père faisait partie d'un mouvement de résistance clandestin. En fait, il a dû se faire la malle, et toute sa famille avec lui. Il est concierge dans une école à Marseille maintenant. Sa mère est algérienne. Elle est analphabète. »
Frank baissa la tête et fit une grimace comique.
« Un point pour Hanwell. On dirait vraiment qu'il est le sel de la terre, ce mec. Fils d'un combattant de la résistance. Je dois m'incliner. Je ne suis décidément pas le sel de la terre. »
Leah rit : « Tu es la cocaïne sur le miroir. La cocaïne mal coupée. »

100. Natalie cherche Elena

Déjeuner à Mayfair. Une magnifique femme avale une huître. Son téléphone est si léger et fin qu'il tient parfaitement dans la poche de son chemisier en soie. « Et est-ce qu'il travaille vraiment ? » demande-t-elle. Elena De Angelis fit tomber la cendre de sa longue cigarette sur la nappe et lança à Natalie un regard en coin rusé et féroce. Avant que Natalie puisse même bégayer une réponse, Elena rit. « Ne vous inquiétez pas. Je ne vous demande pas de mentir. Il ne fera pas carrière dans le droit, c'est bien évident. Mais j'espérais qu'il s'en servirait pour se forger le caractère. C'est ce qui s'est passé pour son oncle. Enfin. Il vous a rencontrée. Vous êtes la première vraie femme qu'il m'ait jamais présentée. C'est déjà ça. Dites-moi, est-ce vrai que vous devez participer à un certain nombre de dîners durant l'année pour devenir avocate ? » Natalie observa Elena se débarrasser de sa cendre au coin de son assiette. Elle avait une envie folle de savoir comment cette femme avait aimé et perdu un contrôleur de train originaire de Trinité-et-Tobago. « Oui, répondit-elle, douze. Dans la grande salle. Autrefois il y en avait trente-six. » Elena expulsa deux jets de fumée par les narines. « Quel étrange pays ! » Un serveur s'approcha et la note fut réglée sans que quiconque n'ait eu à ostensiblement se mettre en quête de sacs ou d'argent. Personne ne fit allusion à l'interdiction de fumer. « Francesco, s'il te plaît, appelle ton cousin. J'ai dit que tu le ferais il y a deux semaines, et ils ne peuvent pas indéfiniment te garder une place. Ça devient gênant. »

101. Avancées

Frank rata le barreau de manière spectaculaire, arrivant quarante-cinq minutes en retard, partant dix minutes avant la fin. Après quoi, la première chose qu'il fit fut d'appeler sa mère. Natalie constata que cette conversation lui remonta le moral. Elena était le genre de femme à préférer un désastre retentissant à un banal échec.

Leah Hanwell trouva un appartement lugubre sur la rive sud du fleuve, à New Cross, et Natalie Blake, par respect pour leur vieille amitié, emménagea avec elle. Elle lisait des dossiers de plaidoirie durant ses longs trajets triangulaires en métro : New Cross, Lincoln's Inn, Marylebone. Elle se glissait dans le lit de Frank. En ressortait. Y revenait. « Quelle heure est-il ? — Onze heures un quart. — Il faut que je décolle ! » Elle essaya de s'obliger à se lever et à sauter dans un bus de nuit en direction du sud. « Tes principes passent plus de temps dans ce taudis que toi », observa-t-il. Elle replongea dans les oreillers.

Éclats de perspicacité soudains et difficiles à prévoir.

Farfelu et toujours affectueux. Il l'appelait souvent.

Alors qu'elle passait dans le tourniquet, le téléphone qu'il lui avait acheté sonna. « Natalie Blake, tu es littéralement la seule personne au monde que je supporte. »

C'était l'année où les gens commencèrent à dire « littéralement ».

Frank était à son bureau chez Durham and Macaulay Investments, pariant sur le futur prix de choses qu'il était bien incapable de lui décrire. Encore des symboles, présuma-t-elle, bien qu'elle ne puisse les décoder.

102. Sauve-toi toi-même

Pour s'expliquer à elle-même, Natalie Blake utilisait des stéréotypes. Large rivière. Eaux tumultueuses. Tremplins. Caldwell, examens, université, barreau : stage. Cette dernière étape était presque trop difficile à franchir. Il n'y avait ni bourses ni aucun moyen de gagner véritablement de l'argent pendant la première moitié de son année de stage. Il allait falloir faire un autre prêt, et taper dans ses économies, auxquelles elle n'avait jamais touché. Ce compte d'épargne ouvert dans un établissement financier de son quartier, faisait également figure de stéréotype.

103. Cochons capitalistes

Il s'appelait Peter : il avait une fente pour les pièces dans le dos. Marcia Blake avait gardé le petit livret rouge ; c'était elle qui parlait aux guichetiers. Quand certaines sommes clés étaient atteintes (vingt-cinq livres, cinquante livres, cent livres), l'enfant recevait en cadeau d'abord Peter, puis les différents membres de la famille cochon de la caisse d'épargne en question. Chez les Blake, ces cochons étaient considérés comme des objets de décoration et étaient rassemblés sur une étagère dans le salon. Parfois Marcia la laissait jeter un œil à la colonne « crédit » du livret, affichant la somme incroyable (et intouchable) de soixante et onze livres ou quelque chose de cet ordre. Natalie n'y toucha jamais, et maintenant, vingt ans plus tard, elle disposait enfin d'une certaine somme. Ah, les souvenirs! Peut-être se rappelait-elle même avoir eu entre les mains les vieux billets d'une livre ? Difficile de le dire : la nostalgie a un tel pouvoir déformateur.

« Vous êtes dans cette file ? »

Natalie baissa les yeux sur une vieille femme pugnace se tenant près de son coude, agrippée à son petit livret rouge. Elle brandit vaguement le sien. « Je crois. »

Mais la file d'attente n'était qu'une foule difforme d'habitants du nord-ouest londonien bruyants, tenant des portefeuilles, criant et poussant. Quelqu'un s'exclama : « Faut s'organiser dans cette queue, monsieur! C'est toujours le bazar ici! » Et quelqu'un d'autre : « Ces gens ne savent pas comment on fait la queue en Angleterre. »

Les poteaux en aluminium, qui auraient dû être installés à intervalles réguliers sur la moquette crasseuse, ne l'étaient pas. Natalie les aperçut entassés dans un coin derrière les bureaux des guichetiers.

« C'est à vous. Allez-y! » siffla la vieille femme, et Natalie Blake, sans savoir vraiment si justice avait été faite ou pas, se dirigea vers le bureau indiqué, eut une conversation très troublante avec une guichetière nommée Doreen Bayles, sortit tant bien que mal de la mêlée pour se retrouver sur Kilburn High Road, s'appuya à un arrêt de bus et sanglota.

104. Cent dix pour cent

« Je suis tellement en colère contre le pasteur, sanglota Marcha. C'est vraiment terrible, alors que je lui ai donné en toute bonne foi, et il m'a promis à cent dix pour cent qu'il me rembourserait, il me l'a promis la main sur le cœur, parce que c'était pour l'église, c'était à court terme ! On porte la bonne parole au Laos, là où les gens en ont vraiment besoin. Je n'arrive pas à le croire, parce que je voulais juste le prendre et le remettre, et tu ne t'en serais même pas aperçue parce que c'était à court terme, c'était comme un prêt relais, c'est ce qu'il a dit, et je l'ai cru, évidemment ! C'est un homme bon. Je suis tellement en colère après le pasteur, Keisha ! Quand j'ai compris, je suis vraiment devenue folle. Je fais trop confiance, et c'est ça le truc, c'est ça le pire, parce que je crois que les gens disent la vérité quand en fait ils te trompent, ils te mentent. C'est très difficile après de croire qui que ce soit. Très difficile. »

105. Une scène romantique à Green Park

Natalie avait établi une règle selon laquelle les sorties romantiques devaient être financièrement accessibles à chacun d'entre eux. Parfois cela provoquait une querelle. Aujourd'hui, il n'y avait rien à redire. Journaux du week-end. Interviews de célébrités. Critiques de films. Pages débat. Annonces de rencontres. Soleil éclatant. Pique-nique. Cannettes de Red Stripes.

« Oh, et j'en ai parlé à Elena… elle est d'accord.

— Voilà le gardien. Frank, allons sur l'herbe, je ne veux pas payer deux livres pour une chaise longue.

— Tu m'écoutes ? J'ai parlé avec ma mère. On veut te donner l'argent. »

Natalie posa le supplément magazine, se détourna de Francesco De Angelis et pressa son visage contre la toile, pensant pleurer, être « submergée ». Au lieu de quoi ses joues demeurèrent sèches, son esprit étrangement occupé.

106. Parklife

Femme cherche homme pour relation amoureuse. Et vice versa.

Individu statut social modeste avec capital intellectuel mais sans surplus de richesse cherche personne statut social supérieur avec surplus de richesse substantiel pour plaisirs partagés, y compris plus longue espérance de vie, meilleure alimentation, moins d'heures travaillées, et départ en retraite anticipé, entre autres.

Animal humain ayant besoin de nourriture et d'asile cherche animal humain du sexe opposé pour lui faire des rejetons et demeurer auprès d'elle jusqu'à ce que l'indépendance des susmentionnés rejetons soit assurée.

Certains gènes, cherchant à survivre, poursuivent ce qui est le plus susceptible de pourvoir à leur reproduction.

107. Ne nous disputons pas, chéri(e)

Il avait son visage d'adulte, celui qu'il affichait tous les jours pour aller travailler. Elle savait qu'il s'agissait d'un faux. Ce n'était pas parce que son activité était trop compliquée à appréhender pour elle (même si c'était le cas) qu'il ne pouvait lui expliquer ce qu'il faisait, mais parce que lui-même ne le comprenait pas vraiment. Il traversait ses journées en bluffant. Elle savait depuis le début que son ego était fragile et construit sur des fondations incertaines, et elle considérait que cette caractéristique – universellement partagée par la gent masculine, selon sa propre expérience – était un petit prix à payer pour son honnêteté susmentionnée, son ouverture d'esprit en matière de sexe, et sa beauté.

« ... ce à quoi j'ai répondu à Elena : cette fille a obtenu la deuxième meilleure note de sa promotion, même si je n'étais pas amoureux d'elle, je penserais que cela n'a aucun sens de

gâcher une telle aptitude par manque de moyens. Cela n'a aucun sens *économique*. Ta famille, pour une raison que j'ignore, refuse de t'aider...
— Ils ne refusent pas de m'aider, Frank, ils ne peuvent pas ! » cria Natalie Blake, et elle se lança dans une défense passionnée de sa famille, malgré le fait qu'elle ne leur parlait plus.

108. *Politique en mouvement*

« Cheryl pourrait arrêter d'avoir des gamins. Ton frère pourrait trouver un boulot. Ils pourraient quitter ce gouffre à fric d'église. Ta famille fait de mauvais choix de vie, c'est tout.
— Tu devrais te taire, parce que tu ne sais vraiment pas de quoi tu parles. Et de toute façon je ne veux pas discuter de ça dans ce putain de métro. »
Apparemment, Natalie Blake et Francesco De Angelis ne comprenaient pas le mot choix de la même manière. Chacun croyait que sa propre interprétation était objective et ne résultait aucunement de leurs éducations contrastées.

109. *John Donne, Lincoln's Inn, 1592*

Un brouhaha se fit entendre dans la salle des clercs au-dessus de leurs têtes. Polly avait trouvé une expression amusante pour qualifier ce vacarme : « une symphonie cockney de jurons ».
« Nat, il est à quelle heure ton vol ?
— Demain matin à sept heures.
— Écoute, où est-ce que tu préférerais être : en Toscane ou au tribunal pour mineurs ? Sérieusement, casse-toi d'ici tant que tu le peux. »

Elles étaient les deux seules encore présentes dans la salle des stagiaires. Tout le monde était soit au tribunal, soit déjà au pub.

« Tu peux même prendre ma dernière clope. Dis-toi que c'est ma contribution à ton trousseau. »

Natalie enfila son manteau tandis que Polly s'efforçait d'allumer le briquet, mais elles ne furent pas assez rapides pour éviter un clerc, Ian Cross, qui apparut au pied de l'escalier armé d'un dossier de plaidoirie.

« Hé oh, éteins-moi ça. Allez, on se concentre. Qui veut ça ?

— C'est quoi ? »

Ian tourna le dossier dans ses mains. « Toxicos. Vol. Une touche d'incendie criminel. C'est le jeune Hampton-Rowe qui a pris des notes au dos, celui de Bridgestone. Il a eu un truc plus intéressant à la dernière minute. Ce cinglé de révérend Marsden. Très médiatisé. »

Natalie observa Polly qui rougissait en tendant la main vers le dossier, feignant un intérêt modéré. « Le révérend qui ?

— Tu rigoles, n'est-ce pas ? Le vicaire qui a découpé une pute et s'en est débarrassé dans le canal de Camden. On ne parle que de ça. Tu ne lis pas les journaux ?

— Pas ce genre de journaux.

— Tu devrais rejoindre le XXIe siècle, ma biche. Il n'y a qu'un seul genre de journal de nos jours. » Il sourit, et la tache de vin autour de son œil gauche se plissa affreusement. Une autre des expressions amusantes de Polly : « Une personnalité tout entière construite autour d'une tache. »

« Donne-moi ça. Elle ne peut pas s'en occuper. Nat se marie dimanche.

— Félicitations. Tout le monde devrait faire pareil. Aucun homme n'est une île, comme je dis toujours.

— Ah, c'était toi ? Je me demandais qui avait dit ça. Nat, ma douce, file d'ici. Sauve-toi toi-même. Bois un verre à ma santé. »

110. Personnalité entre parenthèses

(Parfois, quand Natalie se délectait de la façon dont Pol croquait la personnalité des autres, elle craignait qu'en son absence, Pol ne passe sa propre personnalité – celle de Natalie – à la même moulinette; mais en vérité elle ne redoutait pas tant que cela cette possibilité, puisqu'au fond elle ne pouvait croire que l'on puise parler d'elle – Natalie – comme elle – Natalie – parlait d'autrui et comme elle – Natalie – entendait ce qui se disait sur les autres. Cependant, dans le cadre d'une expérience de pensée : autour de quoi était construite la personnalité de Natalie?)

111. Un verre après le boulot

Natalie grimpa les marches quatre à quatre, filant discrètement devant la salle des clercs pour éviter de se voir proposer un autre dossier. Elle sortit dans la cohue de Middle Temple Lane. Tout le monde avançait rapidement dans la même direction, Chancery Lane, et elle emboîta le pas de la foule, retrouva deux amis, et encore deux autres. Le temps qu'ils rejoignent le Seven Stars, ils étaient trop nombreux pour s'installer à une table à l'intérieur. La seule autre femme – Ameeta – proposa d'aller chercher les verres, et Natalie offrit de l'accompagner. «Vodka ou bière?» Elles avaient oublié de demander. Ameeta, une autre fille de la classe ouvrière, mais du Lancashire, était soucieuse de ne pas se tromper : en tant que jeunes femmes, stagiaires et d'origine prolétaire, elles mettaient souvent toutes deux un point d'honneur à bien faire. Natalie prit les choses en main. Quelques minutes plus tard, elles émergèrent dans leurs tailleurs passe-partout portant deux plateaux branlants pleins de mousse. Les hommes étaient alignés le long des grilles de la Cour royale de justice, en train de fumer. C'était une douce soirée de fin d'été à Londres. Les hommes sifflèrent. Les femmes approchèrent.

112. *Sir Thomas More, Lincoln's Inn, 1496*

« Il faut fêter ça ! Elle se marie. Ah, les meilleurs meurent toujours jeune. Comment il s'appelle déjà ? Franceso. Un Rital ? Je dénonce un vice de procédure. Il est moitié trinidadien, en fait. C'EST LE POLITIQUEMENT CORRECT QUI DÉPASSE LES BORNES. Sérieusement, Nat. Bonne chance. On te souhaite tous plein de bonnes choses. Je ne crois pas à la chance. Où est mon invit' ? Ouais, où est mon invit' ? Fais gaffe au verre ! Personne n'est invité, même pas la famille. On veut être seuls. Oh, exclusif, je vois ! Aidez-moi à la soulever. Polly dit qu'il est plein aux as, en plus. Il bosse chez Durham and Macaulay. Ils vont se marier vite fait bien fait à la mairie d'Islington. Et partir en lune de miel à Positano. En classe affaires. Oh, on est au courant de tout. Ça oui, on sait tout. Blake est pas née de la dernière pluie. Aïe ! Pas de coups de poing. En fait, tu passes de l'autre côté. Dans le camp ennemi. On va devoir continuer de chercher l'amour sans toi. Ton Francesco : il croit au sexe après le mariage ? C'est le cas pour la plupart des Italiens. Catholique, sûrement. Oh, oui, sûrement. Frank. Tout le monde l'appelle Frank. Il est seulement à moitié italien. Jake, prends sa jambe droite. Ezra, prends la gauche. Ameeta, soulève-lui le cul. Lâchez-moi ! T'es chargée du cul, Ameeta, ma louloute. Objection ! Pourquoi Ameeta devrait avoir le meilleur morceau ? Parce que c'est comme ça. Objection rejetée. Pourquoi un gentleman ne peut-il plus faire référence au postérieur d'une dame de nos jours ? JE VOUS DIS QUE C'EST LE POLITIQUEMENT CORRECT QUI... ah, et puis merde. Un deux trois SOULEVEZ. »

Les avocats stagiaires traversèrent la rue en portant Natalie Blake et en poussant des cris. Elle avait le nez au niveau des porches voûtés du seizième siècle. Si loin de chez elle !
« ELLE SE MARIE DEMAIN MATIN.
— Après-demain matin. C'est qui, cette statue, là-haut ?
— Mon latin est rouillé. J'en ai aucune idée… Dans quel sens on va ? Vers le nord ? Vers l'ouest ! Quelle ligne tu prends, Nat ? La Jubilee ? »

113. Luna di miele (deux semaines)

Soleil.

Prosecco.

Ciel, d'azur.

Hirondelles. Planent. Plongent.

Galets bleus.

Galets rouges.

Ascenseur jusqu'à la plage.

    Plage vide. Lever de soleil. Coucher de soleil.
    « Tu sais combien c'est rare, en Italie ?
    Voilà pourquoi on paie
    — le silence ! »
    Oh.
    Il nage. Chaque jour.
    « L'eau est parfaite ! »
    Signe de la main.

Journaux anglais. Deux bières. Arancini.
« Est-ce que ça va si on met ça sur cette carte ? On est dans la chambre 512. J'ai mon passeport.

— Bien sûr, madame, vous êtes dans la suite nuptiale. Je peux vous poser une question ? D'où êtes-vous ? »
Signe de la main.
Les serveurs portent des gants blancs.
Notices nécrologiques. Critiques. De A à Z.
Rhum-coca. Cheesecake.
« Est-ce que je peux le mettre sur la chambre ? Votre collègue a dit que c'était bon. 512.
— Pas de problème, madame. Comment dites-vous ça en anglais ?
— Jumelles. Mon mari aime les oiseaux. Ça fait bizarre de dire ce mot.
— Jumelles ?
— Non, mari. »
La plage publique est située à la pointe de la péninsule. À six kilomètres de là. Cris de joie. Hurlements. Rires Musique à fond. Plus de corps que de sable.

Je pense à toi ?
Désert.
Exclusif.
« C'est vraiment le paradis ! »
oh
signe de la main
Seule famille. Parasol rouge. Mère, père, fils. Louis.
LOU-iiiiiis !
Short rose. SIGNE DE LA MAIN
Nulle part, rien.
LOU-IIIIIIS !

Cocktail à la vodka.
« Auriez-vous un stylo ? Savez-vous d'où ils viennent ?
— Paris, *signora*. Elle est mannequin américain. Il est informatique. Français. »

Louis piqué par une méduse.
Événement dramatique !

Cocktail au rhum. Crevettes. Gâteau au chocolat.
« 512, s'il vous plaît.
— Madame, je vous assure que c'est impossible. Il n'y a pas de méduses ici. Nous sommes un hôtel de luxe. Vous ne nagez pas à cause de ça ?
— Je ne nage pas parce que je ne sais pas nager. »
Linguine alle vongole, gin-tonic, cocktail au rhum.
« *Signora*, d'où êtes-vous ? Américaine ?
— 512.
— C'est votre petit ami qui nage ?
— Mon mari.
— Il parle très bien l'italien.
— Il est italien.
— Et vous signora ? *Di dove sei ?* »

114. L'isola che non c'è

« Tu devrais au moins goûter l'eau une fois », lança Frank De Angelis, et Natalie Blake leva les yeux vers le magnifique torse brun de son mari, dégoulinant d'eau salée, et retourna à sa lecture. « Tu te traînes ces journaux depuis l'avion ! » Il jeta un œil par-dessus son épaule. « Qu'est-ce qu'il y a de si intéressant ? » Elle lui monta la page annonces de rencontres mouillée et froissée. Il soupira et chaussa ses lunettes de soleil. « "Âmes sœurs". *Che schifo !* Je ne sais pas pourquoi tu aimes lire ces trucs-là. Ça me déprime. Tous ces gens seuls. »

115. L'Old Bailey[1]

Ian Cross passa la tête dans l'embrasure de la porte de la salle des stagiaires. Une multitude de visages se tournèrent vers lui avec espoir. Cross fixa Natalie Blake.
« Tu veux voir un vrai jury en larmes ? Bridgestone a besoin d'un stagiaire pour faire le nombre. Salle d'audience n° 1, Bailey. Avec Johnnie Hampton-de-mes-deux. Ne t'inquiète pas. Tu n'auras rien à faire. Juste à être jolie. N'oublie pas ta perruque. »
Elle était ravie d'être choisie. Cela prouvait l'efficacité de sa stratégie comparée à, disons, celle de Polly. Ne pas coucher avec les ténors du barreau. Faire du bon travail. Attendre qu'il soit remarqué. Cette innocence et cette fierté demeurèrent intactes jusqu'au moment où elle s'installa et remarqua la famille de la victime sur les bancs du public, manifestement jamaïcaine, les hommes portant des costumes croisés gris rutilants, les femmes des chapeaux à larges bords surmontés de bouquets de fleurs synthétiques.
« Observe et apprends », chuchota Johnnie en se levant pour procéder aux remarques liminaires.

116. Voyeurisme

La défense était bâtie selon les principes de la transsubstantiation. Quelqu'un d'autre avait utilisé l'appartement du vicaire pour couper Viv en morceaux. Quelqu'un d'autre avait jeté une série de sacs-poubelles contenant son corps dans le canal de Camden, à une vingtaine de mètres de chez lui. Il prétendait que la clé circulait librement parmi

---

1. Une cour centrale de la couronne britannique. Elle traite les principaux cas criminels du grand Londres et se trouve entre Holborn Circus et la cathédrale Saint-Paul.

ses paroissiens ; nombreux étaient ceux qui avaient un double. Que son sperme ait été retrouvé à l'intérieur de la victime n'était qu'une coïncidence de plus (les journaux avaient déniché une ribambelle de prostituées du quartier se ressemblant curieusement toutes et prétendant avoir connu le vicaire au sens biblique du terme). « Mais le racisme n'est pas l'objet de ce procès, proclama Johnnie, dirigeant d'un léger mouvement de son bras l'attention du jury vers Natalie Blake, et faire comme si c'était le cas reviendrait à ignorer l'absence de preuves qui, en tant que jurés d'une cour britannique, devrait être au centre de vos préoccupations, pour céder au principe du coupable-parce-qu'on-le-dit, de notre lamentable presse à scandale. » Les membres affligés de la famille de Viv se serraient les uns contre les autres sur les bancs du public, mais Natalie ne tourna plus les yeux vers eux.

L'accusation proposa une présentation PowerPoint. Intérieurs sordides. Natalie Blake s'avança sur son siège. Les taches de sang étaient au cœur du débat, mais c'était autre chose qui l'intéressait. Quatre fauteuils blancs années soixante, dont le style branché était inattendu chez un homme d'église. Le trop grand piano dans une trop petite pièce. Une ottomane et un canapé dépareillés, une télé dernier cri. Cuisine équipée démodée avec un sol en liège qui malheureusement absorbait le sang. Comme l'avocat adjoint lui donnait un petit coup de coude, Natalie se mit à griffonner sur son bloc-notes comme on lui avait demandé de le faire.

117. Dans le vestiaire

Alors que Natalie Blake se détournait pour se débarrasser de sa robe, Johnnie Hampton-Rowe surgit à ses côtés et posa sa main sur son chemisier, qu'il tira en même temps que son soutien-gorge. Elle eut une réaction différée : il était en train de lui pincer le téton avant qu'elle ait l'opportunité de lui dire, Putain, mais ça va *pas*, non ? Avec la dextérité qu'elle venait juste d'observer dans la salle d'audience, il détourna ses protestations comme si c'était elle la criminelle. Reculant immédiatement, il soupira : « D'accord, d'accord, je me suis trompé. » Le temps qu'elle se retourne, il avait déjà disparu. Lorsqu'elle reprit ses esprits et sortit de la pièce, elle l'aperçut au bout du couloir badinant avec le reste de l'équipe, discutant de la stratégie du lendemain. L'avocat adjoint pointa un stylo vers elle. « On va au pub. Le Seven Stars. Tu viens ? »

118. Consultation d'urgence

Leah Hanwell s'arrangea pour retrouver Natalie Blake au métro Chancery Lane. Elle travaillait non loin de là, comme hôtesse d'accueil dans une salle de sport, sur Tottenham Court Road. Elles marchèrent ensemble jusqu'au Hunterian Museum. Il se mit à pleuvoir. Leah s'immobilisa entre deux énormes colonnes palladiennes et leva les yeux vers l'inscription en latin gravée dans la pierre grise.
« On peut pas aller au pub ?
— Allez, viens, tu vas aimer. »
Elles laissèrent leurs modiques oboles à l'entrée.
« Hunter était anatomiste, expliqua Natalie. C'était sa collection privée.
— Tu en as parlé à Frank ?
— Il ne serait d'aucun secours. »
Sans crier gare, Natalie entraîna Leah dans la grande salle, comme Frank l'avait fait avec elle quelques mois auparavant. Leah ne cria pas ni ne sursauta, ni ne se cacha les yeux. Elle avança sans sourciller parmi les nez, mentons et autres paires de fesses en suspension dans leurs bocaux de formol. Directement jusqu'au squelette du Géant O'Brien. Posa sa

main à plat sur le verre de la vitrine et sourit. Natalie Blake la suivait, lisant à voix haute un dépliant, expliquant, toujours expliquant.

119. *Bites*

Larges, courtes, un peu comiques, sectionnées quelques centimètres après le gland, ou peut-être tout simplement ratatinées par la mort. Certaines circoncises, d'autres visiblement gangrénées. « Pas de quoi être envieuse, déclara Leah. Qu'est-ce que t'en penses ? » Elles poursuivirent leur chemin. Passèrent devant des hanches et des orteils, des mains et des poumons, des cerveaux et des vagins, des souris et des chiens et un singe avec une grotesque tumeur à la mâchoire. Lorsqu'elles arrivèrent devant les fétus en fin de gestation, elles étaient devenues un peu hystériques. Fronts énormes, petits mentons étroits, yeux fermés, bouches ouvertes. Natalie Blake et Leah Hanwell se regardèrent, les étudièrent, avec l'expression figée du *Cri* sur le visage. Leah s'agenouilla pour examiner un morceau de corps humain malade que Natalie ne pouvait identifier.
« Tu es allée au pub.
— J'y suis restée vingt minutes à scruter la table. Ils parlaient du procès. Je suis partie.
— Tu crois qu'il a fait pareil avec cette Polly ?
— Ils ont eu une histoire. Ça a peut-être commencé pareil. Si ça se trouve, il fait le coup à toutes les filles.
— Le mystère s'épaissit. Je déteste les mystères. C'est la même chose à la salle de sport. Une flopée de bites qui se la pètent. Ça me rend dingue.
— C'est quoi ça ? Un cancer ?
— De l'intestin. Comme papa. » Leah s'éloigna du bocal et s'assit sur un petit banc au milieu de la pièce. Natalie la rejoignit et étreignit sa main.

« Qu'est-ce que tu vas faire ? demanda Leah Hanwell.
— Rien », répliqua Natalie Blake.

120. Intervention

Quelques semaines passèrent. Le Dr. Singh alpaga Natalie Blake dans la salle des stagiaires. Il était évident qu'elle avait été envoyée en tant qu'émissaire en quelque sorte. Certains à l'étage – dont les noms ne furent pas prononcés – « s'inquiétaient ». Pourquoi avait-elle cessé de participer à la vie sociale du groupe ? Se sentait-elle isolée ? Trouverait-elle utile de parler à quelqu'un qui avait « traversé cela » ? Natalie prit la petite carte. Sans s'en rendre compte elle avait levé les yeux au ciel. Le Dr. Singh parut blessée. Elle passa son doigt sous une succession de titres : conseiller de la reine, officier de l'ordre de l'Empire britannique, doctorat *ès* droit. « Theodora Lewis-Lane était une pionnière – ceci fut prononcé sur le ton de la réprimande – on ne serait pas là sans elle. »

121. Modèle

Une pâtisserie chic sur Gray's Inn Road. Natalie avait quinze minutes de retard, mais Theodora vingt, prouvant ainsi que la notion jamaïcaine du temps ne les avait pas complètement quittées ni l'une ni l'autre. Natalie (ayant récemment cessé de se tresser les cheveux, à la demande de Frank) était fascinée par les tresses de star de Theodora et les variantes subtiles et glamour qu'elle apportait à l'uniforme officieux de la femme avocate : un chemisier en satin doré sous la veste ; une boucle brillante sur les escarpins noirs. Elle avait au moins cinquante ans, mais en paraissait vingt de moins, comme toutes celles venant des îles. Étonnamment – étant donné sa réputation de tueuse –, elle ne faisait pas plus d'un mètre soixante. Lorsque Natalie se leva de sa chaise pour serrer la main de Theodora, cette dernière parut déconcertée. Elle s'assit et reprit son air grave. Avec un accent inconnu au bataillon – quelque part entre l'élocution de la reine et l'horloge parlante –, elle commanda un nombre invraisemblable de pâtisseries avant de commencer sans qu'on le lui demande à raconter sa sombre enfance dans le sud de Londres et son inattendu triomphe professionnel. Alors que ce récit n'était pas tout à fait achevé, Natalie Blake prit du bout des lèvres une bouchée de croissant et murmura : « J'imagine que je veux juste être jugée sur la qualité de mon travail... »

Lorsqu'elle leva les yeux de son assiette, Theodora avait croisé ses petites mains sur ses cuisses.

« Vous n'avez pas vraiment envie de me parler, n'est-ce pas, Mlle Blake ?

— Comment ?

— Laissez-moi vous dire quelque chose, poursuivit-elle avec un tranchant qui contredisait le sourire figé qu'elle affichait, je suis la plus jeune robe noire de ma génération. Ce n'est pas un accident, malgré ce que vous croyez peut-être. Comme on l'apprend très vite dans cette profession, la chance sourit aux audacieux, mais aussi à ceux qui sont pragmatiques. J'imagine que vous vous intéressez à la défense des droits de l'homme ou quelque chose dans le genre. Brutalité policière ? C'est ça votre idée ?

— Je ne sais pas encore, répondit Natalie en s'efforçant de paraître confiante. » Elle était sur le point de pleurer.

« En tout cas, ce n'était pas la mienne. À mon époque, si on empruntait ce chemin, les gens avaient tendance à vous associer à vos clients. J'ai suivi un conseil très tôt : évitez de travailler pour le ghetto. C'est le juge Whaley qui m'avait dit ça. Il savait de quoi il parlait mieux que quiconque. La première génération fait ce que la deuxième refuse de faire. La troisième est libre de ses choix. Comme vous avez de la chance.

Si seulement cette bonne fortune était assortie d'un peu d'humilité. Bon, je crois qu'ils servent du vin ici. Ça vous tente ?
— Je n'ai pas voulu être désagréable. Je suis désolée.
— Voilà un bon tuyau pour le tribunal. Ne croyez pas que votre mépris soit invisible. Vous découvrirez en mûrissant que la vie est un miroir sans tain.
— Mais je n'ai pas de mépris...
— Du calme, ma belle. Prenez un verre de vin. J'étais exactement comme vous quand j'avais votre âge. Je détestais qu'on me fasse la leçon. »

122. Le conseil de Theodora

« Quand j'ai commencé à plaider, je n'arrêtais pas de me faire rappeler à l'ordre. Je perdais tous mes procès, et je ne parvenais pas à comprendre pourquoi. Puis j'ai compris quelque chose : quand un type du Surrey aux cheveux plats se présente devant les juges, tous ses arguments passionnés sont considérés comme une "plaidoirie parfaite". Le juge et lui se reconnaissent. Ils se comprennent. Ils ont probablement fréquenté la même école. Mais la passion de Whaley, la mienne, ou la vôtre, fait figure d'"agressivité". Aux yeux du juge. Vous êtes chez lui, et vous êtes un intrus. Et je peux vous assurer que lorsque vous êtes une femme, c'est pire : c'est de l'"agressivité hystérique". Première leçon : baissez d'un ton. Ou deux. Parce que ceci n'est pas neutre. » Elle passa une main devant sa silhouette impeccable, de la tête jusqu'aux cuisses, tel un scanner. « Ceci n'est jamais neutre. »

123. À totu

    salut enfin
    c'était pas si dur non

c juste que j'aime pas télécharger des trucs
moi pas aimer informatik
sur internet au BOULOT. Vieux ordis de la fonc. publique. Un petit virus
moi peur de l'avenir
et ils crament
vraiment?
ta gueule Blake
Putain c'est DINGUE
Salut hanwell CHÉRIE. Qu'est-ce qui t'amène sur les internets par ce bel après-mido
midi
femme à côté de moi qui se cure le nez elle y va carrément
ai essayé d'appeler mais toi pas répondre
charmannt
peux pas prendre appels privés dans salle stagoares
quoi de neuf
grande nouvelle
T'as le sida des chats?
libre le six mai?
Tu vas choper le sida des chats le six mai? Suis libre si pas au tribunal. Moi grande juriste maintenant pas vrai Grande juriste la vache
clavier de merde
grande vache juriste je vais me marier
!!!!!?????
le six
c'est génial! T'as décidé ça quand???
mai à la mairie comme toi mais zbec deq invités
je suis hyper contente pour toi franchement
Avec des invités
C pour maman en fait.
tu parles
aussi parce que je l'aime vraiment
le désire
c important pour lui et il le veut.
C'est ce que font les gens pas vrai.
désolé clerc une mn

assez de raisons?
je crois que je porterai du violet
Aussi pour Pauline
Et du doré comme un prêtre catholique
Allô?
Désolée c'est vraiment génial - félicitations!
Est-ce que ça veut dore
Dire procréation?
VA TE FAIRE FOUTRE
☺
VA TE FAIRE FOUTRE AVEC TON SMILEY
j'arrive pas à croire que tu te cases
que se passe-t-il dans
moi non plus
l'univers?
on se fait vieux
arrête tes conneries
au moins toi tu accomplis quelque chose. Moi, je meurs à petit feu
c'est ma deuxième année comme stagiaire. Je serai peut-être stagiaire pour le reste de
d'ennui
ma vie
comprends pas 2 quoi tu parles
je veux dire : c pas bon. Plupart des gens intègrent un cabinet d'avocats au bout D'UN AN
en tout cas c chiant - peux poser question sans que tu m'envoies en
balader pardon
qu'ils aillent tous se faire foutre
haha il est tellement pas question de s'envoyer en l'air ici
je peux?
quand on se case on doit faire une croix sur tous les autres de toute façon.
c'est l'idée, non?
Idée à la con.
haha
Donc toujours plus de gens à laisser de côté.

```
Ça répond à ta question, grande vache juriste?
Haha oui. Tu lis ds mes pensées pour de vrai
et quand il reste plus rien :
www.adultswatchingadults.com
ça passe le temps
tu sais de quoi je parle. Allez ma grande!
Hé ne me laisse pas en plan!
Désolée. Avalanche boulot dois y aller bisous
à totu
«à totu»
```

124. Réunion

Mlle Blake, seriez-vous prête à représenter quelqu'un du Parti national britannique?

125. Héroïne de Harlesden (avec parenthèses)

Natalie Blake ne s'attendait pas à se voir offrir une place dans un cabinet. Pour transformer ce qu'elle pensait être un jugement externe en un choix personnel, elle fit appel à la déontologie, le sens moral et l'indifférence à l'argent. Elle raconta la même histoire à Frank et Leah, à sa famille, à ses camarades avocats stagiaires et à quiconque s'enquérant de son avenir. C'était une façon de sécuriser l'avenir en question (toutes les explications de Natalie avaient en fin de compte ce but en ligne de mire). Quand, contrairement à ses attentes, on lui proposa d'intégrer un cabinet d'avocats, Natalie Blake se retrouva dans une position délicate vis-à-vis de sa déontologie, de son sens moral et de son indifférence à l'argent (ou du moins par rapport à ces qualités telles qu'elles sont perçues par le tout-venant), et se vit contrainte de refuser l'offre pour accepter un poste de juriste chez R senb rg, Sl tte y & No ton dont elle parlait depuis plusieurs mois.

Un minuscule cabinet d'aide juridique à Harlesden dont la moitié des lettres de l'enseigne étaient écaillées.

126. Tonya cherche Keisha

Les clients de Natalie Blake l'appelaient à des heures indues. Ils mentaient. Habituellement, ils étaient en retard pour le tribunal, portaient rarement ce qu'on leur avait conseillé de mettre et refusaient des négociations de peine parfaitement sensées. De temps à autre, ils la menaçaient de mort. Durant ses six premiers mois à RSN, trois de ses clients étaient de jeunes hommes qui étaient « allés à Brayton », même s'ils étaient nettement plus jeunes que Natalie Blake. Ceci la poussa à se demander si cet établissement ne s'était pas dégradé – ou n'avait pas continué à se dégrader. À midi, elle mangeait sur le pouce au boui-boui en face du McDonald's, assise sur un tabouret haut, s'efforçant de ne pas mettre de gras sur son tailleur. Beignet de pommes de terre, boulettes de poisson pané et une cannette de ginger beer, presque tous les jours. Elle essaya de varier ce menu, mais une fois au comptoir, tout esprit d'aventure l'abandonnait. Depuis longtemps il était question de retrouver Marcia et sa sœur Irene, qui vivait non loin de là, pour déjeuner, mais ce chimérique rendez-vous, avec ces deux heures de temps libre sans dossier à parcourir, ne semblait jamais arriver, et bientôt Natalie Blake comprit qu'il n'aurait jamais lieu. Elle voyait assez souvent sa cousine Tonya dans Harlesden High Street. À chaque fois – malgré son nouveau statut de grande juriste –, elle éprouvait face à Tonya le même manque de confiance et le même sentiment d'infériorité que lorsqu'elles étaient enfants. Cet après-midi-là Tonya portait un pantalon de jogging avec HONEY marqué sur le derrière, et un gilet en jean sans manches avec en dessous un soutien-gorge jaune. Sa frange était violette, et les anneaux qui pendaient à ses oreilles lui balayaient les épaules. Ses chaussures compensées étaient rouges et avaient des talons d'une douzaine de centimètres. Malgré l'enfant et le bébé dans leur double poussette, Tonya avait la silhouette d'une superhéroïne de bande dessinée. Quant à Natalie, elle était tristement « margar », comme disent les Jamaïcains. Pour les Blancs cela signifie menue ou athlétique, ceci étant largement considéré comme une qualité. Natalie y voyait plutôt une absence de formes, un néant. Tonya n'avait jamais la peau sèche, mais toujours soyeuse et magnifique, et elle n'était pas sujette aux virulentes poussées d'acné qui apparaissaient de temps à autre sur le front de Natalie, comme c'était le cas aujourd'hui. Alors que les dents de Natalie étaient petites et grises, celles de Tonya étaient énormes, blanches, parfaitement alignées, et en l'occurrence éclatantes alors que cette dernière lui adressait un large sourire. Tandis que Tonya s'approchait, Natalie était certaine qu'elle, Natalie, avait de l'huile de friture autour de la bouche. Mais transférer cette angoisse sur un plan physique était peut-être une façon féminine de rendre plus vivable une différence beaucoup plus profonde et plus problématique, car Natalie croyait que Tonya avait un don pour la vie, qu'elle-même, Natalie, ne possédait pas.

« Ces gamins sont tellement mignons ! Ça devrait pas être permis.
— Merci !
— Sacré André, et avec ça il le sait.
— Il est comme son père. C'est son père qui lui a acheté cette chaîne.
— Regarde-le : il a l'air d'un caïd haut comme trois pommes.
— Tu crois pas si bien dire ! Carrément. »

Sous le sourire, Natalie perçut de la déception chez sa cousine, qui désirait comme d'habitude avoir des échanges plus « profonds » avec elle ; or, Natalie souhaitait précisément éviter ce genre d'intimité, et en conséquence maintenait une façade avenante et superficielle face à sa cousine pour la tenir à distance. Natalie posa André et attrapa Sasha. Elle avait beau les avoir pris un nombre incalculable de fois dans ses bras, aucun des deux enfants ne lui semblait jamais réel. Comment Tonya pouvait-elle être la mère de ces gamins ? Comment Tonya pouvait-elle avoir vingt-six ans ? Depuis quand n'avait-elle plus douze ans ? Quand Natalie atteindrait-elle l'âge adulte ?

« Donc je suis rentrée chez ma mère à Stonebridge. Elton et moi, c'est fini. J'en ai assez de perdre mon temps. Mais c'est bien comme ça. Je retourne à l'école, je vais au College of North West London, dans Dollis Hill. Tourisme et accueil. J'étudie, j'étudie. C'est dur, mais j'adore. Tu m'inspires ! »

Tonya posa la main sur l'épaulette de la veste de l'affreux tailleur bleu marine de Natalie. Était-ce de la pitié dans ses yeux ? Natalie Blake n'existait pas.

« Comment va ta copine ? Cette fille sympa. La rousse.
— Leah. Bien. Elle est mariée. Elle travaille pour la mairie.
— Ah bon. C'est super. Elle a des gosses ?
— Non. Pas encore.
— Vous autres, vous vous y prenez tard. »

La main de Tonya quitta l'épaule de sa cousine pour se poser sur la tête de cette dernière.

« Qu'est-ce que c'est que ça, Keisha ? »

Natalie toucha sa raie inégale, son simple chignon desséché, tiré en arrière.

« Pas grand-chose. J'ai jamais le temps.
— J'ai fait tout ça moi-même. Des mini-tresses. Tu devrais passer me voir et je te les ferai. Ça prend six heures, c'est tout. On pourrait faire ça un soir, et tailler une bavette. »

127. Rapport entre désordre et autres qualités

Chez RSN Associates, le droit débordait des classeurs des archives abîmés qui tapissaient les murs du couloir, de la salle de bains et de la cuisine. Ce désordre était inévitable, mais il constituait également une sorte d'esthétique légèrement exagérée par les associés, censée signifier sincérité et absence d'égo. Natalie devinait combien ce désordre réconfortait ses clients, tout comme les faux sofas Queen Anne et les tableaux de chiens de chasse du Middle Temple en rassuraient certains autres. Ceux qui travaillaient ici ne pouvaient le faire que pour l'amour du droit. Seules les bonnes âmes pouvaient être pauvres à ce point. Les clients étaient envoyés chez Jimmy's Suit Warehouse, un magasin de costumes bon marché à Cricklewood, avant l'ouverture de leur procès. Les victoires étaient célébrées au bureau, avec du vin ordinaire, du pain pita et de l'hoummous. Lorsqu'un conseil de RSN rendait visite à un client dans sa cellule, il arrivait en bus.

128. « Au front »

De temps à autre, au tribunal et au commissariat, Natalie croisait des avocats d'affaires qu'elle avait connus à la fac. Parfois elle leur parlait au téléphone. D'habitude, ils louaient exagérément sa déontologie, son sens moral et son indifférence à l'argent. Parfois, ils concluaient avec un compliment équivoque, suggérant que le quartier dans lequel Natalie avait grandi, et ou elle retournait à présent travailler, était dans leur esprit un endroit sans espoir, s'apparentant à une zone de guerre.

129. Retour

Le trajet pour aller travailler la « tuait ». Parfois un simple choix de vocabulaire peut influencer une existence. « Tuait » marqua le début du retour dans le nord-ouest de Londres.

« Et mon trajet à moi, alors ? protesta Frank De Angelis.
— Avec la Jubilee, lui garantit sa femme, Natalie Blake, Kilburn-Canary Wharf, c'est direct. » Elle établit soigneusement un contrat, négocia un prêt et divisa l'apport en deux parts égales. Tout cela pour un appartement dans Kilburn que son mari aurait pu acheter comptant sans sourciller. Lorsque le marché fut conclu, Natalie acheta une bouteille de mousseux pour célébrer. Il était encore au travail à dix-huit heures lorsqu'elle récupéra les clés et toujours pas rentré à vingt heures – puis elle reçut l'inévitable coup de fil de vingt et une heures quarante-cinq : « Désolé, je vais devoir y passer la nuit. Continue sans moi si tu veux. » Leitmotiv d'un mariage. Natalie Blake téléphona à Leah Hanwell : « Tu veux venir me voir franchir le seuil de mon nouvel appart sans chevalier servant pour me porter ? »

130. Rentrer

Leah tourna la clé dans la serrure récalcitrante. Natalie s'engouffra à sa suite dans la vie d'adulte. Remarquable pour son silence et son intimité. Le compteur d'électricité n'était pas encore ouvert. La lune éclairait les murs blancs dénudés. Natalie eut honte de se sentir, l'espace d'un instant, déçue : après avoir campé dans l'appartement de Frank pendant des mois, celui-ci lui semblait petit. Leah parcourut le salon et siffla. Elle se basait sur une vieille échelle de mesure : c'était deux fois plus grand ici qu'un appartement familial à Caldwell.
« C'est quoi ça, dehors ?
— Le toit d'en dessous. Ce n'est pas un balcon, l'agent a dit qu'on ne pouvait pas… »
Leah passa par la fenêtre à guillotine pour aller s'appuyer sur le rebord couvert de lierre. Natalie la suivit. Elles fumèrent

un joint. Dans l'allée du garage en contrebas se tenait un gros renard, les fixant avec l'effronterie d'un chat.

« Ton lierre, déclara Leah en le touchant, ta brique, ta fenêtre, ton mur, ton ampoule, ta gouttière.

— Je partage tout ça avec la banque.

— Quand même. Cette renarde attend des petits. »

Natalie fit sauter le bouchon. Il rebondit sur le mur et disparut dans la pénombre. Elle prit une gorgée et en renversa sur elle. Leah se pencha en avant et essuya le menton de son amie : « Champagne des pauvres. » Et maintenant, voyons comment Natalie recadre la conversation. C'est un art féminin. Elle se place à mi-chemin d'une pente au sommet de laquelle se tiennent les amis de Frank, tous ces jeunes hommes avec leurs inconcevables primes de fin d'année. Elle se plaisait à décrire ce monde à Leah, qui n'en savait presque rien. Chelsea, Earls Court, West Hampstead. Lofts et appartements cossus préservés de toute présence féminine ou enfantine, sans meuble, bordés par des ghettos.

« Rectificatif : il y a toujours un gros canapé en cuir marron, un énorme frigo et un écran télé aussi grand que cet appartement. Et une sono assourdissante. Ils ne rentrent pas avant deux heures du mat'. Ils "sortent leurs clients". D'habitude dans des clubs de strip-tease. Tout reste vide. Cinq chambres. Un lit. »

Leah balança d'une pichenette la fin du joint en direction de la renarde. « Parasites. »

Natalie fut soudain ébranlée par quelque chose s'apparentant à la « bonne conscience ». « Il y en a plein qui sont bien, souffla-t-elle. Sympa, je veux dire, individuellement. Ils sont drôles. Et ils travaillent dur. La prochaine fois qu'on fait un dîner, tu devrais venir.

— Oh, Nat. Tout le monde est sympa. Tout le monde travaille dur. Tout le monde est un ami de Frank. Quel est le rapport ? »

131. Se revoir

Les gens étaient malades.
«Tu te souviens de Mme Iqbal? Une petite femme qui me prenait toujours un peu de haut. Cancer du sein.»
Les gens mouraient.
«Tu dois te souvenir de lui, il habitait dans Locke. Mardi, il est tombé raide mort. Il a fallu une demi-heure pour que l'ambulance arrive.»
Les gens étaient sans vergogne.
«Le bébé est né il y a deux semaines et ils ne m'ont toujours pas laissée entrer. On ne sait même pas combien de gamins il y a là-dedans. Ils ne les déclarent pas.»
Les gens ne savaient pas la chance qu'ils avaient.
«Devine combien coûtent les œufs au marché. Des œufs bio. Devine!»
Les gens étaient visibles.
«J'ai vu Pauline. Leah travaille pour la mairie maintenant. Elle a toujours eu tant d'ambition pour cette gamine. C'est drôle comment les choses tournent. Dans un sens, tu t'es beaucoup mieux débrouillée qu'elle, franchement.»
Les gens étaient invisibles.
«Il est en haut avec Tommy. Il passe tout son temps avec lui maintenant. Ils sortent seulement de cette chambre pour aller draguer les filles. Jayden et Tommy consacrent tout leur temps et leur argent aux filles. Il pense qu'à ça, ton frère. Il faut qu'il se trouve un boulot, j'arrête pas de le lui dire.»
Les gens n'étaient pas des gens, mais un simple effet de langage. On pouvait les faire apparaître et les tuer en une phrase.
«Owen Cafferty.
— Maman, je me souviens pas de lui.
— Owen Cafferty. Owen Cafferty! C'est lui qui s'occupait de toute la cuisine pour l'église. Il avait une moustache. Owen Cafferty!

— Oui, d'accord, vaguement. Et alors ?
— Il est mort. »
Rien n'avait changé dans l'appartement, et pourtant un nouveau manque flottait dans l'air. Une nouvelle conscience. Et ils virent qu'ils étaient nus, et ils eurent honte. Sur la table, Marcia étala en éventail des cartes de crédit. Tandis qu'elle expliquait à sa fille l'historique compliquée de chacune d'entre elles, cette dernière s'efforça de prendre des notes. Elle avait été appelée pour une consultation d'urgence. Elle ne savait pas vraiment pourquoi elle griffonnait tout cela. La seule chose vraiment utile eût été de signer un gros chèque. Mais elle ne pouvait se le permettre dans les circonstances actuelles. Et ne supportait pas l'idée de demander à Frank. Quelle différence cela faisait-il de transformer des sommes en mots ?

« Je vais te dire ce qu'il me faut vraiment, déclara Marcia. Il faut que Jayden parte d'ici et se marie, comme ça il aura sa propre maison et les petits de ta sœur n'auront pas à dormir dans la même chambre que leur mère. Voilà ce qu'il me faut.
— Oh, maman... Jayden ne va jamais se... Jayden ne s'intéresse pas aux femmes, il...
— Ne recommence pas avec ces bêtises s'il te plaît, Keisha. Jayden est le seul d'entre vous qui prend soin de moi. C'est comme ça qu'on vit. Cheryl ne peut aider personne. Elle peut à peine s'aider elle-même. Le numéro trois est en route. Naturellement, j'adore ces gamins. Mais c'est comme ça qu'on vit, Keisha, pour ne rien te cacher. Au jour le jour. C'est tout. »

Les gens vivaient comme ça. Comme ci. Comme ça.

132. Conjugal

« Je ne supporte pas qu'ils vivent comme ça ! cria Natalie Blake.
— Tu fais une scène inutile », répondit Frank.

133. E pluribus unum

Il va sans dire qu'il était exceptionnel d'être réintégrée au Middle Temple, mais Natalie Blake était à bien des égards une candidate exceptionnelle, et plusieurs avocats la considéraient, de façon informelle, comme leur protégée, même s'il ne la connaissait que superficiellement. Il y avait quelque chose chez Natalie qui inspirait l'envie de la soutenir, comme si ce faisant on aidait une multitude invisible.

134. Paranoïa

Un homme et une femme, un couple, étaient assis en face de Natalie et Frank, attablés autour d'un brunch du samedi dans un café du nord-ouest de Londres.
« C'est bio, affirma Ameeta, se référant au ketchup.
— C'est dégueulasse, décréta son mari, Imran, se référant lui aussi au ketchup.
— C'est pas dégueulasse. Ça n'a pas les quatorze cuillerées de sucre auxquelles tu es habitué, c'est tout, rétorqua Ameeta.
— C'est-à-dire le goût, renchérit Imran.
— Écoute, bouffe-le ou laisse-le, lança Ameeta. Tout le monde s'en fout. »
Autour d'eux, aux tables voisines, les enfants des autres pleuraient.
« J'ai pas dit que ça intéressait quiconque, reprit Imran.
— Inde contre Pakistan, coupa Frank, facétieux, se référant aux pays d'origine de ses amis. On n'a plus qu'à prier qu'il n'y ait pas d'affrontement nucléaire.
— Ha ha », fit Natalie Blake.
Ils poursuivirent leur brunch. Ils se retrouvaient ainsi une

ou deux fois par mois. Aujourd'hui, leur rencontre paraissait à Natalie plus vivante que d'habitude, plus détendue, comme si depuis qu'elle avait rejoint un cabinet d'avocats d'affaires et qu'elle agissait du moins en partie pour les intérêts des grosses corporations, elle s'était débarrassée des derniers vestiges d'une aura inquiétante qui jusqu'alors avait mis ses amis mal à l'aise et les avait rendus prudents à son égard.

135. Mépris

Les œufs tardèrent à arriver. Frank parlementa gentiment avec le serveur jusqu'à ce qu'ils soient enlevés de la note. En employant à un moment donné la phrase : « Écoutez, on est noirs tous les deux, et on a du savoir-vivre. » Natalie Blake songea que son mariage n'était pas très heureux. Frank était farfelu. Adepte des blagues nulles. Maladroit avec les gens. Toujours de bonne humeur, il était pourtant têtu. Il ne lisait pas ni ne s'intéressait à la culture, si ce n'est au hip-hop des années quatre-vingt-dix, avec une vieille affection nostalgique. L'idée des Caraïbes l'assommait. Lorsqu'il songeait aux âmes du peuple noir, il préférait penser à l'Afrique – « l'Éthiopie la sombre et l'Égypte du Sphinx » – où ses ancêtres, des deux côtés de ses origines, s'étaient jadis livrés à de nobles combats (il n'avait que de vagues souvenirs bibliques de ces histoires). Sa bouche était maculée de ketchup, et ils s'étaient mariés vite, sans vraiment se connaître. « Je l'aime bien, admit Ameeta, mais je n'ai pas particulièrement confiance en elle. » Jamais Frank De Angelis ne tromperait, ni ne mentirait, ni ne blesserait Natalie Blake, d'aucune façon que ce soit. Il était d'une grande beauté physique. Gentil. « Il ne s'agit pas d'échapper aux impôts, assura Imran, mais de bien gérer sa déclaration. » Le bonheur n'est pas une valeur absolue. Il est relatif. Étaient-ils plus malheureux qu'Imran et Ameeta ? Que ces gens là-bas ? Que vous ? « Tout ce qui contient de la farine me déclenche une allergie », affirma Frank. Sur la table gisait une énorme pile de journaux. À Caldwell, il était fondamental de choisir soigneusement ce que l'on lisait. Marcia mettait un point d'honneur à ce que les Blake soient abonnés au *Voice*, et au *Daily Mirror* – pas à tous ces autres torchons. Maintenant, chacun venait bruncher avec son journal « de qualité » et son petit supplément ordurier. Nichons, vicaires, célébrités, meurtres. Les principes moraux de sa mère – et par extension ceux de Natalie – paraissaient bien démodés. « C'est une insurrection », clama Ameeta. Natalie appuya son couteau sur son œuf et observa le jaune se répandre dans ses haricots. « Un autre truc de thé ? » demanda Frank. Ils s'accordaient tous à dire que cette guerre n'avait pas lieu d'être. Ils étaient contre la guerre. Au milieu des années quatre-vingt-dix, quand Natalie Blake couchait avec Imran, ils avaient tous deux organisé un voyage en Bosnie pour convoyer une ambulance. « Mais c'était évident qu'Irie serait ce genre de mère, assura Ameeta, j'aurais pu te le dire il y a cinq ans. » Seul le domaine du privé existait à présent. Travail et maison. Mariage et enfants. Maintenant, ils n'avaient qu'une envie : rentrer dans leurs appartements respectifs, retrouver la vraie vie, les conversations conjugales, la télévision, les bains, le déjeuner, le dîner. Le brunch n'entrait pas dans le domaine du privé, mais n'était pas loin ; il se situait juste de l'autre côté de la frontière. Mais même le brunch était trop éloigné de leurs foyers. Il n'existait pas réellement. « Je peux vous donner un conseil ? s'enquit Imran. Commencez par le troisième épisode de la deuxième saison. » Était-ce possible de se sentir sur le pied de guerre constamment, même pendant un brunch ? « Elle a une collection d'enfants de toutes les origines maintenant. C'est les Nations unies de la bêtise », s'exclama Frank. Car on s'élevait au-dessus des potins people en faisant des commentaires ironiques à ce sujet. « En train de "batifoler" avec deux strip-teaseuses, lut Ameeta. Pourquoi il faut toujours qu'ils "batifolent" ? Je n'ai jamais "batifolé" de ma vie. » La perversité sexuelle était également démodée. Cela évoquait une autre époque. C'était compliqué, embarrassant, peu praticable dans cette économie. « Je ne sais jamais ce qui est raisonnable, dit Imran, dix pour cent ? Quinze ? Vingt ? » Conscience globale. Conscience locale. Conscience. Et ils virent leur nudité et n'éprouvèrent point de honte. « Tu te voiles la face, s'écria Frank. On ne peut rien acheter sur le parc pour moins d'un million. » L'erreur était de croire que l'argent représentait précisément – ou équivalait à – un certain agencement de briques et de mortier. L'argent ne payait pas ces petites maisons mitoyennes avec leur bout de jardin à l'arrière. Il symbolisait la distance qu'elles mettaient entre vous et Caldwell. « Cette jupe-là, proclama Natalie Blake, pointant le doigt sur une photo du supplément magazine, mais en rouge. »

Alors que le brunch évoluait en déjeuner, Imran commanda des pancakes comme un Américain. Après des décennies de déceptions, le café était enfin du vrai café. Ne serait-il pas cruel de partir maintenant qu'ils étaient arrivés jusque-là ? Tous les quatre, ils apportaient quelque chose aux autres clients du café par leur simple présence. Ils symbolisaient le « quartier animé » auquel les agents immobiliers faisaient référence. C'est aussi pourquoi ils n'avaient pas besoin de s'intéresser plus que cela à la politique. Ils incarnaient par leur simple existence des faits politiques. « Polly ne vient pas ? » demanda Frank. Ils contrôlèrent tous les quatre leurs téléphones portables en quête de nouvelles de leur dernière amie célibataire. Douceur de l'appareil dans la paume. Enveloppe clignotante porteuse de lien avec l'extérieur, de travail, d'échange. Natalie Blake était devenue incapable de réflexion sur sa propre personne. Livrée à elle-même, elle était rapidement aspirée dans une spirale de mépris de soi. Le travail lui convenait, et tandis que Frank attendait le week-end avec impatience, elle ne pouvait dissimuler son enthousiasme quand le lundi matin se profilait.

Elle n'arrivait à se justifier à ses propres yeux que lorsqu'elle travaillait. Si seulement elle pouvait aller aux toilettes et passer l'heure à venir avec ses e-mails. « Elle travaille le week-end. Encore », déclara Imran. Il avait la connexion la plus rapide. « Dommage », fit Natalie Blake. Mais l'était-ce réellement ? Si Polly les rejoignait, elle ne ferait que parler de ses bonnes œuvres – enquêtes sur des violences policières, défense des libertés publiques, arbitrage international pour pays en voie de développement –, ou des essais qu'elle avait récemment publiés sur la légalité de la guerre. Associée dans un nouveau cabinet d'avocats moderne et politiquement correct, elle était à la fois extrêmement bien payée et moralement irréprochable. Comme dans un rêve. C'était l'année où les gens commencèrent à dire « comme dans un rêve », parfois sincèrement, mais la plupart du temps ironiquement. Natalie Blake, qui était également très bien rémunérée, trouvait presque insoutenable d'écouter Polly ces derniers temps.

136. Pommier en fleur, 1er mars

Surprise par la beauté dans le jardin devant une maison de Hopefield Avenue. Était-ce là hier ? En y regardant de plus près, le nuage blanc était composé d'un millier de fleurs minuscules au cœur jaune avec des touches de vert et de rose. Animal citadin, Natalie ignorait tout des subtilités du monde de la nature. Elle tendit la main pour casser une brindille chargée de fleurs – entendant faire un geste simple et sans conséquence –, mais le bois était vert et fibreux, pas assez sec pour se casser. Elle avait commencé et elle sentit qu'elle ne pouvait pas s'arrêter (la rue n'était pas vide, on l'observait). Elle posa sa serviette sur le mur d'enceinte du jardin de quelqu'un qu'elle ne connaissait pas et, se servant des deux mains, elle se débattit avec le rameau. Ce qu'elle finit par obtenir relevait plus de la branche puisqu'elle-même était pleine de ramifications chargées de fleurs, et Natalie Blake la vandale s'éloigna précipitamment, disparaissant avec au coin de la rue. Elle allait prendre le métro. Qu'allait-elle faire d'une branche ?

137. Au fil de la pensée

Au début des années quatre-vingt-dix, le scénariste Dennis Potter avait été interviewé à la télévision. On lui demanda ce qu'il ressentait à l'idée de n'avoir plus que quelques semaines à vivre. Natalie Blake se souvenait de cette réponse : « Je regarde par ma fenêtre et je contemple l'arbre en fleur. Et il est plus épanoui que jamais. » Quand elle aurait un réseau, elle vérifierait l'année, et si c'était ou non ce qu'il avait dit précisément. Cependant, c'était peut-être ce dont elle se rappelait qui comptait. La branche gisait, abandonnée devant une cabine téléphonique à Kilburn Station. Assise sur son siège dans le métro, Natalie Blake fit des va-et-vient imperceptibles avec son bassin. Les fleurs étaient toujours intensément épanouies pour Natalie Blake. La beauté créait une acuité particulière en elle. « La différence entre un moment et un instant. » Elle ne savait plus vraiment en quoi consistait le sens philosophique de cette distinction, mais elle se souvenait que sa chère amie Leah Hanwell avait autrefois essayé de la comprendre, et de la lui faire comprendre à elle, Natalie Blake, jadis quand elles étaient étudiantes, et beaucoup plus intelligentes qu'aujourd'hui. Et durant une brève période en 1995, peut-être une semaine, elle avait cru en percer le mystère.

138. http://www.google.com/search?client=safari&rls=en&q= kierkegaard&ie=UTF-8&oe=UTF-8

Un tel moment a des caractéristiques singulières. Il est bref et temporel, en effet, comme chaque moment; il est éphémère comme le sont tous les moments; il se fond comme tous les moments dans le moment suivant. Et pourtant, il est décisif et porteur d'éternité. Un tel moment mérite d'avoir une appellation propre; nommons-le la *plénitude du temps*.

139. Raisonnement contradictoire

Avocate d'affaires, Natalie Blake accepta de défendre bénévolement des cas de condamnation à la peine capitale dans les Caraïbes de ses ancêtres et demanda à un comptable de prélever dix pour cent de ses revenus pour les distribuer à parts égales à des œuvres caritatives et à sa famille. Elle mit sur le compte des vestiges de sa foi l'inquiétude et le doute qui l'habitaient et qui lui faisaient penser que ces bonnes actions n'étaient en fait qu'une illustration voilée de plus de son égocentrisme, destinée à soulager sa conscience. Reconnaître les racines de cette méfiance ne l'effaça pas pour autant. Son mari, Frank De Angelis ne lui fut d'aucun secours; il avait d'autres motifs pour désapprouver ses actions : la sentimentalité et la confusion d'esprit.

140. Représentation

Les Blake-De Angelis commençaient à travailler tôt et avaient tendance à finir tard, et dans les moments partagés se traitaient avec une tendresse exagérée, comme si la moindre pression pourrait faire voler tout leur système en éclats. Parfois, le matin ils prenaient le même métro, puis Natalie changeait à Finchley Road. Mais la plupart du temps, Natalie partait une demi-heure voire une heure avant son mari. Elle aimait arriver tôt pour discuter avec la stagiaire qui partageait son bureau, Melanie, afin de prendre de l'avance sur les affaires de la journée. Le soir, le couple regardait la télévision ou allait en ligne pour organiser les vacances à venir, un exemple en soi de mauvaise foi, puisque Natalie détestait les vacances, préférant le travail. Ils ne se retrouvaient véritablement ensemble que le week-end, devant leurs amis, se montrant vivants et dynamiques (ils n'avaient que trente ans), et débordant de leur bonne humeur d'antan, tel un duo ne s'adressant la parole que lorsqu'il est sur scène.

141. Annonces

C'est vers cette époque que Natalie Blake se mit secrètement à aller sur le site. Pourquoi va-t-on sur un site ? Curiosité anthropologique. L'affirmation : « Il paraît qu'il y a plein de gens sur ce site » est bientôt suivie de « Je n'arrive pas à croire que les gens vont vraiment sur ce site ! » Puis devient : « Quel genre de personne va sur un site pareil ? » Si l'on va sur ce site à de nombreuses reprises, la réponse est toute trouvée. La boucle est bouclée.

142. Technologie

« Je l'utilise pour le boulot. » « C'est pour le boulot... Ce n'est pas moi qui paie. » « J'en ai besoin pour le boulot, et franchement ça facilite les choses. » « C'est mon téléphone de travail, autrement je n'en aurais pas. »

143. Le présent

Natalie Blake, qui racontait à qui voulait l'entendre qu'elle honnissait les gadgets et détestait Internet, adorait son téléphone et était désespérément, compulsivement, adverbialement accro à Internet. Bien qu'incroyablement rapide, son téléphone était encore trop lent. Il n'avait pas fini de télécharger le nouveau site de son cabinet lorsque les portes de l'ascenseur à Covent Garden Station se refermèrent. Durant les vingt minutes de trajet en métro qui suivirent, l'écran dans sa main resta obstinément bloqué sur la phrase

    ce qui se fait de mieux en matière de représentation
    juridique dans un monde en constante mutation.

144. Vitesse

Un jour nous devînmes conscients de notre « modernité », des changements rapides du monde. Nous eûmes le sentiment de venir après le « maintenant ». John Donne était aussi un moderne et perçut sans aucun doute le changement, mais nous nous croyons plus modernes et sommes persuadés que le changement est plus rapide. Même l'immuable va plus vite. Même l'éclosion des fleurs. Tandis qu'elle achetait un samossa dans l'échoppe crasseuse de Chancery Lane Station (elle était toujours prête – vestige de son éducation – à acheter de la nourriture à n'importe qui, n'importe où), Natalie Blake consulta à nouveau les annonces. À présent, elle les consultait deux ou trois fois par jour, mue par une espèce de voyeurisme sans pour autant être inscrite officiellement.

145. Perfection

Pour une raison quelconque Natalie accordait beaucoup d'importance à ce pique-nique, et elle l'organisa méticuleusement. Elle cuisina chaque plat elle-même et jeta son dévolu sur un panier tout équipé, avec de véritables verres et couverts. Tandis qu'elle commandait ce matériel en ligne, elle se rendit bien compte qu'elle en faisait trop, mais ainsi en avait-elle décidé, et elle se sentait incapable de faire machine arrière. Au travail, elle était en plein contentieux entre une société informatique chinoise et son distributeur britannique. Durant la première vidéoconférence le directeur général chinois avait été incapable de dissimuler sa surprise. Elle ne devrait pas se rendre à un pique-nique. Elle devrait être au bureau en train d'analyser les nouvelles révélations de la partie adverse. Natalie poursuivit cependant. Elle choisit une tenue. Sandales à paillettes, anneaux et bracelets, longue jupe ocre, débardeur marron et cheveux remontés en afro géant au-dessus de sa tête à l'aide d'une jambe de collant noir coupé et noué à l'arrière de son crâne. Elle se sentait africaine habillée ainsi, même si ce qu'elle portait ne venait pas d'Afrique, hormis peut-être les anneaux et les bracelets, conceptuellement parlant. Son mari pénétra dans la cuisine au moment où elle s'efforçait de loger trois Tupperware supplémentaires dans le panier à pique-nique à l'intérieur tapissé de tissu à carreaux rouges qu'elle avait achetés pour l'occasion.

« La vache. C'est à nous ?

— C'est ma plus vieille amie, Frank.

— Ils seront tous les deux en survêtement.

— Un pique-nique, c'est pas juste de la beuh et un sandwich sous vide. On les voit presque plus maintenant. Et c'est une journée magnifique. Je veux que ce soit bien.

— D'accord. »

Il la contourna en l'observant curieusement. Un docteur évitant une folle furieuse. Il ouvrit le frigo.
« Ne mange pas. On va à un pique-nique. Tu mangeras au pique-nique.
— Quand est-ce que tu as cuisiné ?
— Touche pas à ça. C'est du cake au gingembre. C'est jamaïcain.
— Tu sais que je ne peux pas manger de farine.
— Ce n'est pas pour toi ! »
Il quitta la pièce en silence. S'agissait-il d'un début de dispute, ou non ? Cela n'était pas très clair. Il en déciderait certainement plus tard, selon l'avantage qu'il pourrait tirer d'une querelle. Natalie Blake posa ses mains sur le plan de travail et resta longuement à observer les carreaux jaunes du mur de la cuisine face à elle. Pour qui l'avait-elle fait ? Leah ? Michel ?

146. Cheryl (L.O.V.E.)

« Vire ça. » Avec Carly en pleurs sur sa hanche, Cheryl se pencha pour dégager la Barbie et les prospectus sur la table de nuit. Natalie trouva un trombinoscope à la couverture rigide de leurs années de lycée et s'en servit pour poser les tasses de thé. « Je vais essayer de coucher cette petite, ensuite on ira dans le salon. » Elles étaient assises l'une en face de l'autre sur leurs vieux lits jumeaux. Natalie croyait se rappeler avoir été allongée sur l'un de ces lits avec sa sœur, griffonnant du doigt sur son dos nu des lettres que cette dernière devait ensuite deviner pour épeler les mots correspondants. Cheryl donna à Carly son biberon. Elle se tenait bien droite avec son troisième enfant dans les bras. Une adulte avec des responsabilités d'adulte. Natalie croisa les jambes comme une petite fille et garda ses bons souvenirs pour elle. N'y avait-il pas quelque chose de puérile dans l'idée même de « bons souvenirs » ?

« Keisha, passe-moi ce torchon là. Elle rend tout. »

Le soleil dorait la silhouette de Pocahontas imprimée sur le store fermé. La chambre n'avait pas beaucoup changé depuis leur enfance, sauf qu'elle était à présent grossièrement divisée entre un côté garçon et un côté fille ; le premier rouge et bleu aux couleurs de Spiderman, le deuxième rose et incrusté de paillettes de princesse. Natalie ramassa un camion-benne et le fit rouler d'avant en arrière sur sa cuisse.

« Deux contre un. »

Cheryl leva la tête avec lassitude ; le bébé était agité, ne s'apaisait pas pour manger.

« Je veux dire deux roses contre un bleu. Pauvre Ray, il ne va pas survivre maintenant qu'il y a Cleo et Carly.

— Survivre ? De quoi tu parles ?

— Rien. Laisse tomber. »

Partout il y avait des trucs empilés sur d'autres trucs avec encore plus de trucs suspendus, enveloppés, entassés. Aucun Blake ne pouvait jamais rien jeter. C'était pareil pour Natalie, sauf que chez elle il y avait plus d'espace de rangement, et les amoncellements d'objets à deux balles étaient dissimulés derrière des portes de placard.

Cheryl retira le biberon de la bouche de la petite et soupira. « Elle va pas dormir. Allons-y. »

Natalie suivit sa sœur dans l'étroit couloir rendu presque impraticable à cause du linge séchant sur un fil tendu entre les deux murs.

« Je peux faire quelque chose ?

— Ouais, prends-la une seconde, je vais pisser. Carly, va avec tata maintenant. »

Natalie n'avait pas peur de porter les bébés ; elle l'avait fait trop souvent. Elle cala Carly sur sa hanche et de l'autre main appela Melanie pour lui donner une série d'instructions superflues qui auraient largement pu attendre qu'elle la retrouve au bureau. Ce faisant elle arpentait la pièce, berçant gentiment le bébé, parlant fort, parfaitement compétente, décontractée. La petite, semblant percevoir ses extraordinaires aptitudes, se calma et regarda sa tante avec des yeux admiratifs dans lesquels Natalie décela même une touche de mélancolie.

« Mais le truc, lança Cheryl comme elle revenait des toilettes, c'est que Jayden est parti, il y a plein de place ici maintenant. Et je ne veux pas laisser maman toute seule.

— Tôt ou tard Augustus va finir la construction de la maison. Elle va rentrer en Jamaïque. »

Cheryl posa ses deux mains sur ses reins et sortit son ventre dans ce geste maternel si déprimant, que Natalie ne ferait jamais, elle en était sûre, si un jour elle devenait mère à son tour. « C'est pas demain la veille, riposta Cheryl, bâillant tout en s'étirant. Il a envoyé des photos. Pas par e-mail. Des vraies, dans une enveloppe. C'est une boîte en tôle ondulée, sans toit. Y a un palmier qui pousse dans la salle de bains. »

Cette évocation de l'innocence de leur père, de son optimisme et de son incompétence fit sourire les sœurs et donna du courage à Natalie. Elle serra sa nièce contre sa poitrine et lui embrassa le front.

« C'est juste que je ne supporte pas de vous voir tous vivre comme ça. »

Cheryl s'assit dans le vieux fauteuil de leur père, secoua la tête en fixant le sol et eut un rire déplaisant.

« Et voilà, on y est. »

Natalie Blake, qui craignait par-dessus tout de paraître ridicule – ou que l'on pense, même l'espace d'un instant, qu'elle n'était pas éthiquement irréprochable –, prétendit ne rien avoir entendu, sourit au bébé et le souleva au-dessus de sa tête pour essayer de le faire rire. Voyant qu'elle avait peu de succès, elle le reposa sur sa cuisse.

« Si tu détestes tellement Caldwell, pourquoi tu reviens

ici ? Sérieusement. Personne t'a rien demandé. Retourne dans ton nouveau château. J'ai plein de trucs à faire, j'ai pas vraiment le temps de discuter avec toi. Tu me fous en boule des fois, Keisha. Je te jure.

— Quand je travaillais à RSN, dit Natalie avec la voix ferme qui était la sienne au tribunal, tu sais combien j'ai eu de clients qui venaient de Caldwell ? C'est pas un crime de souhaiter que toi et les enfants vous viviez dans un bel endroit quelque part.

— C'est un bel endroit ici ! Y a bien pire. Ça t'a pas empêché de réussir, d'ailleurs. Keisha, franchement, si je voulais me tirer d'ici, je chercherais à obtenir un logement social de la mairie avant de venir te voir. »

Natalie adressa sa phrase suivante au bébé de quatre mois :
« Je ne sais pas pourquoi ta mère me parle comme ça. Je suis sa seule sœur ! »

Cheryl s'attaqua à une tache sur son legging. « On n'a jamais été tellement proches, Keisha, arrête. »

Dans le porte-monnaie au fond de son sac près de la porte, Natalie avait trois anxiolytiques.

« On a quatre ans d'écart, s'entendit-elle articuler d'une petite voix ridicule.

— Nan, mais c'est pas ça », rétorqua Cheryl sans même la regarder.

Natalie bondit de sa chaise. Une fois debout, elle se rendit compte qu'avec Carly dans les bras elle pouvait difficilement faire une scène. L'enfant s'était endormie sur son épaule. Comme lorsqu'elles étaient petites, la colère de Natalie ne fit que s'intensifier, tandis que sa sœur devenait de plus en plus calme.

« Désolée, j'oubliais : personne n'a le droit d'avoir des amis dans cette putain de famille.

— La famille d'abord. Voilà ce que je crois. Dieu d'abord, ensuite la famille.

— Oh, allez, arrête tes conneries. Tu te prends pour la

Vierge Marie, ou quoi ? C'est pas parce que t'arrives pas à retrouver leurs pères que t'as eu tes gosses par l'opération du Saint-Esprit ! »

Cheryl se leva et pointa son doigt sous le nez de sa sœur. « Fais gaffe à ce que tu dis, Keisha. Et pourquoi t'as besoin de blasphémer tout le temps ? T'as aucun respect. »

Natalie sentit les larmes monter en elle, et une puérile vague d'auto-apitoiement la submergea entièrement.

« Pourquoi est-ce que je dois être punie d'avoir réussi ma vie ?

— Manquerait plus que ça. Qui te punit, Keisha ? Personne. C'est dans ta tête. T'es parano, je te dis ! »

Rien ne pouvait arrêter Natalie Blake. « Je travaille dur. J'ai commencé sans aucune réputation, sans rien. Je me suis construit une très bonne réputation. Est-ce que tu te rends compte qu'il y a très peu…

— Est-ce que tu es venue ici pour me raconter à quel point t'es une grande dame maintenant ?

— Je suis venue ici pour essayer de t'aider.

— Mais personne ici n'a besoin de ton aide, Keisha. Oublie ça. Je te demande rien. Point final. »

Il fallait maintenant faire passer Carly de l'épaule de Natalie à celle de sa mère, une opération étrangement délicate au beau milieu d'un tel carnage.

Natalie Blake chercha désespérément à lui lancer une dernière pique. « Il faut que tu fasses quelque chose avec ton comportement, Cheryl. Franchement. Tu devrais aller voir quelqu'un. Parce que c'est un vrai problème. »

Dès que Cheryl eût récupéré l'enfant dans ses bras, elle se détourna de sa sœur et s'avança dans le couloir pour rejoindre la chambre.

« Ouais, bon, quand t'auras des gamins on en reparlera, Keisha. Je te le dis, moi. »

147. Annonces

Sur le site elle correspondait à ce que tout le monde cherchait.

148. L'avenir

Natalie Blake et Leah Hanwell avaient vingt-huit ans lorsque les premiers e-mails commencèrent à arriver. Avec des photos en pièces jointes de femmes à l'air ébahi, portant des bracelets d'hôpital au poignet, bébés posés sur leurs poitrines, cheveux inexplicablement détrempés. Elles semblaient avoir traversé un gouffre pour pénétrer dans un autre monde. Il était fort possible que la mère de Natalie Blake fût en train de rendre visite à ces jeunes mamans, avec son badge épinglé à la blouse, piquant les pieds des bébés avec une aiguille, ou contrôlant les points de suture des mères allongées sur un canapé. Statistiquement, Marcia en avait obligatoirement vu une ou deux. Elles venaient d'arriver dans le quartier. Ce n'était pas le genre de personnes à éteindre toutes les lumières et à se coucher par terre. Mère et enfant se portaient bien, ils étaient exténués. C'était comme si personne n'avait jamais eu de bébé avant dans l'histoire de l'humanité. Et c'est ce que tout le monde disait très précisément, c'était la nouvelle chose à dire : « C'est comme si personne n'avait jamais eu de bébé avant. » Natalie fit suivre les e-mails à Leah. *C'est comme si personne n'avait jamais eu de bébé avant.*

149. Nature devient culture

Bon nombre de choses, qui pour leurs mères allaient de soi, paraissaient aux yeux de Natalie et Leah surprenantes, voire révoltantes. La douleur physique. L'existence de la maladie. Les différences entre l'homme et la femme en matière d'âge limite de procréation. L'âge lui-même. La mort.

Leur propre matérialité était scandaleuse. Le fait d'être chair.

Natalie Blake, étant forte, décida de lutter. De partir en guerre contre tout cela, comme un soldat.

150. Annonces

Après avoir ouvert un e-mail à propos d'un bébé, elle alla sur le site et s'inscrivit. Elle monta à l'étage se coucher.

151. Couper

« Où vas-tu ? »

Natalie Blake dégagea de son tibia la main de son mari et se leva. Elle s'engagea dans le couloir, alla dans la chambre d'amis et s'assit devant l'ordinateur. Elle tapa l'adresse dans le navigateur avec l'agilité d'un pianiste jouant une gamme. Elle se désinscrivit.

152. Le passé

« Nathan ? »

Il était assis sous le kiosque à musique dans le parc, en train de fumer avec deux filles et un garçon. Deux femmes et un homme. Mais ils étaient habillés comme des gamins. Natalie Blake portait la tenue d'une brillante avocate d'une trentaine d'années. S'il avait été seul, elle aurait pu marcher avec lui dans le parc, parler du passé, elle aurait pu se débarrasser de ses affreuses chaussures à talons et ils se seraient assis sur la pelouse, et Natalie aurait fumé son herbe pour lui conseiller ensuite de laisser tomber la drogue d'un ton quasi maternel, et il aurait acquiescé, et souri, et promis. Mais en présence d'autrui elle ne savait pas comment se comporter.

Il fait carrément chaud, lança Nathan Bogle. C'est vrai, approuva Natalie Blake.

153. Brixton

Il l'avait invitée depuis longtemps, mais elle n'avait pas appelé ni envoyé de texto pour dire qu'elle passerait. Elle fut prise d'un élan à Victoria Station. Un quart d'heure plus tard elle descendait Brixton High Street, éreintée après une journée au tribunal, encore en tailleur, gênant le passage des joyeux lurons qui commençaient leur vendredi soir. Elle acheta des fleurs dans une station-service, et songea à toutes les scènes de cinéma où les gens achetaient des fleurs dans une station-service, se disant qu'il valait presque toujours mieux arriver les mains vides. Elle trouva la maison et sonna à la porte. Une folle avec un afro blond décoloré répondit.

« Salut, Jayden est par là ? Je suis sa sœur, Nat.

— Mais bien sûr. Tu ressembles comme deux gouttes d'eau à Angela Bassett ! »

La cuisine était pleine à craquer. Était-ce la folle, son copain ? Ou un des Blancs ? Ou le Chinois, ou cet autre type là-bas ?

« Il est sous la douche. Vodka ou thé ?

— Vodka. Vous sortez ?

— On vient de rentrer. Il n'y a qu'une boîte de biscuits au chocolat à manger pour l'instant. »

154. Force de la nature

Cela faisait bien longtemps qu'elle n'avait pas été aussi saoule. Être en compagnie de tant d'hommes totalement indifférents à elle sexuellement encourageait l'excès. Elle apprenait beaucoup de choses sur son petit frère qu'elle ignorait jusqu'alors. Il était « connu » pour boire des russes blancs. Il avait eu le béguin pour Nathan Bogle. Il adorait les romans fantasy. Il pouvait faire plus de pompes d'une main que n'importe quel autre homme présent dans la pièce.

Bientôt il n'y eut plus de vodka. Ils trouvèrent un breuvage bleu dans un placard et se servirent des shots. Natalie comprit qu'aucun des convives n'était le petit ami de son frère. Jayden avait réussi à se construire un mode de vie fluide et amical, précisément comme elle l'avait rêvé elle-même des années auparavant. S'il ne lui était pas tout à fait possible de se sentir heureuse pour lui, c'était parce que ce mode de vie était hors du temps – il n'était pas contraint par le temps –, et ceci à cause d'un détail crucial : aucune femme n'avait sa place dans ce schéma. Les femmes portent le temps en elle. Par sa présence, Natalie l'avait fait pénétrer dans cette maison. Elle ne pouvait s'empêcher de faire référence au temps, de s'en inquiéter. Si seulement elle avait pu se libérer de son propre corps et les suivre tous au Vauxhall Tavern, pour la deuxième mi-temps. En vérité, elle avait reçu dix textos de Frank, et il était temps de rentrer à la maison. Il était temps.

« Et tout ça dans la même semaine, s'exclama Jayden. Dans la même semaine elle a dit à une petite frappe de notre cité qui me cherchait des noises de me lâcher, elle l'a dégagé juste après avoir passé son dernier examen. Elle a eu que des 20. C'est une vraie, celle-là. Ma frangine est une force de la nature, je vous jure ! »

La pièce tanguait et tournait. Natalie ne se souvenait pas de cette histoire. Elle ne croyait pas que ces deux choses se fussent produites, du moins pas dans la même semaine, peut-être même pas dans la même année. En tout cas, elle n'obtint certainement pas la note maximale partout. Cela s'était produit à quelques reprises ce soir, des versions qui ne collaient pas avec ses souvenirs, et au début elle avait essayé de rétablir la vérité, ou de les contester, mais maintenant elle s'abandonnait aux bras d'un homme nommé Paul, dont elle caressait le biceps. Était-ce si important de savoir ce qui était vrai et ce qui ne l'était pas ?

155. Quelques observations concernant la télévision

Elle regardait les pauvres avec Marcia. Un reality-show sur une cité. Celle montrée à la télévision ressemblait, en pire, à celle où elle se trouvait en train de regarder une émission sur une cité. De temps à autre, Marcia soulignait comme les appartements de ceux qui passaient sur le petit écran étaient sales, et comme le sien était méticuleusement propre, le bazar de Cheryl nonobstant. « Une Guiness. À dix heures du matin ! » s'exclama Marcia. Natalie, qui ne connaissait pas l'émission, interrogea sa mère sur le parcours d'une des participantes. Marcia agrippa les deux accoudoirs de son fauteuil et ferma les yeux. « Elle fume du crack. Tout ce qui l'intéresse, c'est le maquillage et les vêtements. Son frère touche une pension d'invalidité, alors qu'il est en parfaite santé. C'est une honte. Le père est en prison pour vol. La mère est junkie. » Dans l'émission, la pauvreté était présentée comme un trait de caractère. « Regarde-moi ça. Regarde la salle de bains. C'est indigne. Comment peut-on vivre comme ça ? T'as vu ? » Natalie plaida l'innocence. Elle vérifiait son téléphone. « Tu passes ton temps avec ce téléphone. T'es venue pour me voir ou pour t'occuper de ce téléphone ? »

Natalie leva les yeux. Un jeune homme torse nu avec une bouteille de bière à la main traversa en courant une pelouse desséchée entre deux tours et balança ladite bouteille dans l'unique fenêtre encore intacte de la carcasse d'une voiture brûlée. Cette action était accompagnée de musique. Cela avait une certaine beauté.

« Je déteste quand ils n'arrêtent pas de faire bouger la caméra comme ça, décréta Marcia. On ne peut pas oublier une minute qu'ils sont en train de filmer. Pourquoi ils font toujours ça maintenant ? »

Natalie fut frappée par la profondeur de la question.

156. Melanie

Natalie Blake était dans son bureau en train de prendre des notes au sujet d'un détail obscur de droit de la propriété, à savoir l'acquisition prescriptive, lorsque Melanie pénétra dans la pièce, essaya de parler et éclata en sanglots. Natalie ne savait pas comment s'y prendre avec une personne en larmes. Elle posa une main sur l'épaule de Melanie.

« Qu'est-ce qui se passe ? »

Melanie secoua la tête. Un liquide coula de son nez et une bulle apparut à la commissure de ses lèvres.

« Il y a un problème à la maison ? »

En ce qui concernait la vie privée de Melanie, Natalie n'avait connaissance que d'un petit ami policier et d'une fille nommée Rafaella. Ni le policier ni Melanie n'étaient italiens.

« Prends un kleenex », suggéra Natalie. Elle avait la phobie de la morve. Melanie s'effondra dans un fauteuil. Elle sortit un téléphone de sa poche. Entre les hoquets elle semblait chercher quelque chose. Son pouce glissait frénétiquement sur la molette.

« Il faudrait juste que je ne sois pas là ! »

Ce problème parut intéressant, et très inattendu venant d'une Melanie connue pour son franc-parler et sa fiabilité, que Natalie décrivait souvent comme son « roc » (c'était

l'année où tout le monde disait qu'untel ou untel était leur
« roc »). Mais Melanie poursuivit, avec un banal pragmatisme : « Pas tout le temps ! Le fait est que j'ai Raffaela et que
je l'aime, et que je ne veux pas faire comme si elle n'existait
pas dans ma vie ! Regarde-la, elle est tellement intelligente,
elle a presque deux ans. »

Natalie se pencha pour observer une image à l'écran. Un
seigneur recevant un paysan apeuré venu lui avouer une
faible récolte.

157. Sur le parc

Natalie Blake était retenue par le conflit frontalier au
Cachemire, du moins dans la mesure où il influait sur les
importations de chaînes hi-fi en Inde via Dubaï de son
client japonais, géant de l'électronique. Son mari, Frank
De Angelis, était de sortie avec ses propres clients. Ils
étaient « pauvres en temps. » Ils n'en avaient même pas pour
recevoir l'ultime récompense de leur dur labeur. Marcia alla
gentiment prendre la clé chez l'agent immobilier avant la
fermeture, et Natalie retrouva sa mère et Leah devant la
porte d'entrée. Elles murmurèrent en pénétrant à l'intérieur.
Pourquoi ? Cela n'était pas clair. Il n'y avait pas encore de
stores aux fenêtres, et leurs ombres s'étirèrent au-dessus
de la cheminée jusqu'au plafond. Natalie les fit visiter,
indiquant où les canapés, fauteuils et autres tables seraient
disposés, ce qui serait abattu et ce qui serait conservé, ce
qui serait moquetté, ce qui serait décapé et poli. Elle incita
sa mère et son amie à se tenir devant la baie vitrée pour
admirer la vue du parc. Elle identifia en elle un besoin de
soumission absolue.

Elle partit un peu devant pour admirer une chambre.
Regarde-moi ces moulures d'origine. Et la cheminée fonctionne. Attendant que sa mère et Leah la rejoignent, elle

gratta d'un ongle une écaille de plâtre qui se décollait. Quand elle était encore stagiaire, elle s'était trouvée une fois du «mauvais» côté dans un procès criminel, et Marcia lui avait demandé de «penser à la famille de la victime». À présent, quand elle agissait pour le compte d'une multinationale, il fallait qu'elle écoute les discours moralisateurs et mal informés de Leah sur les méfaits de la mondialisation. Seul Frank la soutenait. Lui seul paraissait fier d'elle. Plus sa mission était médiatisée plus il était content. Cheryl, des années auparavant : «À chaque fois que je reprends mes études, Cole essaie de me foutre en cloque.» J'aurais pu y être si Dieu en avait voulu autrement. Penser à Cheryl faisait toujours du bien dans les moments difficiles. Au moins Natalie Blake et Frank De Angelis ne se mettaient pas de bâtons dans les roues; ils n'étaient pas en compétition. Ils faisaient équipe. Leur propre publicité. Permettez-moi de vous montrer cette publicité pour ma propre personne. Voici la fenêtre, voici la porte. Et encore, et encore.

Natalie entrait dans ce qui serait son bureau lorsque Marcia affirma, sans doute innocemment : «C'est parfait pour une famille ici», et Natalie saisit l'occasion pour se fâcher contre elle, refusant de se calmer. Sa mère s'éloigna dans le couloir au carrelage noir et blanc menant à la porte d'entrée : l'indomptable maîtresse de son enfance s'était transformée en une petite femme aux cheveux gris avec un chapeau en laine déformé, qui méritait certainement d'être mieux traitée qu'elle ne venait de l'être.

«Ça va? demanda Leah.

— Oui, oui, répondit Natalie, c'est comme d'hab'.»

Leah trouva une tasse esseulée et des sachets de thé dans un placard de la cuisine.

«Les gens pensent que j'ai le potentiel pour devenir conseillère de la reine. Ça ne veut rien dire pour elle. Tout ce qu'elle veut, c'est qu'on retourne vivre chez elle. Cheryl est sa favorite maintenant. Elles s'entendent comme cul et chemise.

— Tu es difficile à comprendre pour elle.
— Pourquoi ? Qu'est-ce que j'ai de difficile ?
— Tu as ton travail. Tu as Frank. Et tous ces amis. Tu réussis tellement bien. Tu ne connais pas la solitude. »

Natalie essaya d'imaginer la femme que Leah décrivait. Cette dernière s'assit sur une marche.

« Crois-moi, Pauline est pareille. »

158. Complot

Natalie Blake et Leah Hanwell étaient persuadées que les gens voulaient les pousser à faire des enfants. Famille, inconnus dans la rue, personnalités à la télévision, tout le monde. En vérité, le complot allait bien plus loin que ce que Hanwell imaginait. Blake était agent double. Elle n'avait aucunement l'intention de se ridiculiser en refusant d'accomplir ce que l'on attendait d'elle. Pour Natalie, il s'agissait juste de choisir le bon moment.

159. Dans le parc

Leah était en retard. Natalie s'assit dans le café du parc, dehors, à l'une des tables en bois, à l'abri du crachin sous un large parasol vert. Elle passa les dix premières minutes avec son téléphone, à consulter les annonces, à relever ses mails, à parcourir les journaux. Elle rangea son téléphone dans sa poche. Les dix minutes suivantes, nul ne lui adressa la parole, et elle ne parla à personne. Elle apercevait ça et là écureuils et oiseaux. Plus elle restait seule, plus elle avait du mal à s'appréhender elle-même. Un liquide se déversant d'un bocal. Elle se vit glisser du banc jusqu'au sol et prendre la forme d'un animal. À quatre pattes, elle atteignit l'extrémité de l'asphalte humide et poussa jusqu'à l'herbe, et la terre. Continuant plus vite, s'accoutumant à sa nouvelle morphologie, elle bondit à travers la pelouse, les monticules artificiels, le jardin zen, les parterres de fleurs, s'enfonça dans les buissons et passa sur la route pour atteindre la voie ferrée en hurlant.

« Désolée, désolée, désolée. La Central Line. Putain, on se croirait dans une crèche ici. »

Natalie observa les enfants qui chahutaient à chaque table et sourit machinalement à son amie, se demandant à quel moment durant leur déjeuner elle lui ferait part de la nouvelle.

160. Le temps s'accélère

Notre monde est régi par les images. Nous attendons de vivre quelque chose de suffisamment puissant et brutal pour l'ébranler ou le faire voler en éclats, mais ce moment n'arrive jamais. Peut-être à l'extrême fin toutefois, lorsque tout s'effondre et que plus aucune image ne subsiste. En Afrique, vraisemblablement, les images qui donnent une forme et un sens à la vie, et dans lesquelles les êtres se fondent – le passage du fils au chef, de la fille à la protectrice – sont issues du monde naturel et de l'imagination collective du peuple (lorsque Natalie Blake utilisait l'expression « en Afrique », elle voulait dire « par le passé »). Dans ces circonstances, il y avait probablement quelque chose de magnifique dans l'alignement de l'unique avec le tout.

La grossesse n'apporta à Natalie que de nouvelles images fragmentées qu'elle absorbait quotidiennement via la masse de détritus culturels véhiculée par un certain nombre d'appareils électroniques, certains portables, d'autres non. Se conformer à ces images l'assommait. S'en éloigner faisait revenir au galop sa vieille angoisse. Elle s'angoissait de plus en plus à l'idée de ne pas s'angoisser pour les choses pour lesquelles on était censés s'angoisser. Sa sérénité même l'angoissait. Cela ne semblait pas cadrer avec ce monde d'images. Elle buvait, mangeait comme avant, et fumait parfois. Elle accueillit enfin avec joie les nouvelles formes se dessinant sur son corps tristement longiligne.

À propos de la naissance à venir, sa vieille amie Layla, qui avait déjà trois enfants, déclara : « C'est comme retrouver son double au fond d'une ruelle sombre. »

Très peu pour Natalie Blake. Les analgésiques qu'elle réclama furent étonnants, transcendants ; pas tout à fait aussi bons que l'ecstasy, mais rappelant quelque peu la lucidité et la joie de ces jours heureux. Elle se sentit euphorique, comme si elle était sortie toute la nuit en boîte et continuait de danser au lieu de rentrer chez elle alors que quelqu'un de plus raisonnable lui suggérait de prendre le bus de nuit. Elle vissa ses écouteurs dans ses oreilles et dansa autour de son lit d'hôpital en écoutant Big Pun. Ce ne fut pas vraiment un événement dramatique. Les heures se transformèrent en minutes. Au moment crucial elle put même se dire calmement : « Oh tiens, je suis en train d'accoucher. »

Tout cela pour dire que la prise de conscience brutale de la réalité, qu'à son insu elle avait tant espérée et désirée, ne se manifesta jamais.

161. Altérité

Il y eut cependant un instant – quelques minutes après l'événement, lorsque l'enfant fut nettoyée de toute substance visqueuse et lui fut rendue – où elle crut presque la vivre. Elle contempla les yeux noirs et luisants d'un être absolument différent de l'entité Natalie Blake, et qui prouvait dans un sens que ladite entité n'avait pas d'existence propre. Pourtant, cet être n'était-il pas un attribut de Natalie Blake ? Une extension ? À cet instant elle pleura et ressentit une profonde humilité.

Très vite il y eut des fleurs, des cartes, des photos, des amis, des membres de la famille qui arrivèrent les bras chargés de cadeaux révélant divers degrés de goût et de bon sens, et un gentil bébé de trois kilos nommé Naomi se substitua à l'autre mystérieux aux yeux noirs. Les gens y allèrent de leurs conseils. Ceux de Caldwell pensaient que tout irait bien tant que l'on ne balancerait pas l'enfant dans les escaliers. Les autres pensaient que rien n'irait bien à moins que tout ne soit fait parfaitement, et que même dans ce cas, il n'y aurait pas de garantie. Jamais elle ne fut aussi heureuse de voir les habitants de Caldwell. Elle n'arrivait pas à placer avec précision Leah Hanwell dans ce schéma, car il n'y a rien de plus dur que de caricaturer les êtres qu'on a le plus aimés dans sa vie. Leah apporta un soyeux lapin en peluche blanc et regarda Natalie comme si elle avait franchi un gouffre pour se retrouver dans un autre monde.

162. Preuves

Quatorze mois après la naissance de son premier enfant, Natalie Blake en eut un deuxième. Il devait s'appeler Benjamin, mais il arriva avec une petite touffe de cheveux sur le sommet du crâne, tel une pointe, et pendant trois jours ils l'appelèrent Spike (pointe en anglais), puis ils se souvinrent d'un romantique après-midi sans enfants, des années auparavant, qu'ils passèrent à regarder *Nola Darling n'en fait qu'à sa tête*.

Frank était joyeux, mais les détails pratiques lui échappaient, et Natalie comprit qu'il fallait le considérer comme un troisième enfant – voire un quatrième, si elle incluait la nounou – et le gérer, le diriger comme les autres, afin d'optimiser le temps et de faire en sorte que chacun soit là où il devait être. Seule Natalie était autorisée à perdre le sien, assise à son bureau à admirer des photos numériques de sa progéniture. Objectivement, cela s'apparentait aux fois où elle avait dû examiner des photos de scènes de crime. Un matin, Melanie la surprit au beau milieu de cette rêverie et ne put dissimuler son plaisir. Sous la photo de Spike, une autre fenêtre était ouverte : des annonces. À contrecœur, Natalie se laissa enlacer.

163. Architecture comme destin

Pour Leah, c'était un *salon*, pour Natalie un *séjour*, pour Marcia un *living*. La lumière était toujours belle. Et elle aimait encore se tenir devant la baie vitrée et admirer la vue du parc. Parcourant du regard les objets qu'elle et Frank avaient achetés et disposés dans cette maison, Natalie se plaisait à penser qu'ils racontaient une histoire sur leur vie, dans laquelle l'existence de cette maison n'était que secondaire, mais il était également fort possible que la réalité de cette maison fût incontestable et que Natalie, Frank et leur fille ne fussent que des ombres chinoises sur le mur. Depuis 1888, des silhouettes s'étaient dessinées sur les murs de cette demeure, s'asseyant, vivant, se prélassant. Dans ses bons jours, Natalie s'enorgueillissait des petites disparités entre les résidents d'antan, les voisins actuels et elle-même. Regardez ces masques africains. Ce tableau abstrait d'une ruelle de Kingston. Cette table minimaliste avec ses quatre chaises majestueuses. Sinon – en particulier lorsque la nounou était sortie avec Naomi et qu'elle se trouvait seule dans le séjour à nourrir son bébé –, elle avait le sentiment désespérant que son ombre était identique à toutes les autres, et sa maison à celle d'à côté et à celle d'après.

Dans la rue cet automne-là les pleurs des bébés maintinrent les lumières allumées jusque tard dans la nuit. Dans la maison de Natalie sur le parc, la crise financière fit tomber du mur un morceau de plâtre en forme de poing et mit fin à leur projet d'aménagement de la cave. En congé, et désireuse de se sentir utile, Natalie Blake attendit la sieste de Spike pour ouvrir un document Word, et avec détermination, tapa le titre

Sur les traces de l'argent : le récit d'une épouse

De part son métier, elle avait le don de s'exprimer facilement, et les attaques qu'elle entendait à la radio et à la télévision contre ce qu'elle croyait être l'honneur de son mari, la révoltait. Comme si le pauvre Frank – dont les primes de fin d'année étaient, proportionnellement parlant, négligeables – était en tout point similaire à tous ces invraisemblables escrocs et autres fraudeurs.

Elle brûlait de le lancer sur le sujet lorsqu'il rentra à la maison. Il leva le nez de son plat à emporter.

« Tu ne m'as jamais rien demandé sur mon travail. Jamais. »

Natalie réfuta cette assertion, même si elle était en substance vraie. Au nom du journalisme, elle poursuivit :

« Ce ne devrait pas être une question de morale individuelle. Il devrait s'agir de régulation au sens juridique du terme. »

Frank posa ses baguettes. « Pourquoi on parle de ça ? »

— C'est l'Histoire. Et tu en fais partie. »

Frank nia faire partie de l'Histoire. Il retourna à ses nouilles sautées. Mais Natalie Blake était lancée.

« Beaucoup d'avocats publient des articles en ligne ces derniers temps. Leurs réflexions. Je devrais me lancer dans plus de trucs comme ça. C'est quelque chose que je pourrais faire de la maison au moins. »

D'un signe de tête Frank désigna la télécommande. « On peut regarder la télé ? Je suis lessivé. »

Le petit écran ne fut d'aucun soulagement.

« Éteins », lança Frank au bout de cinq minutes d'actualités. Natalie obtempéra.

« Si la City ferme demain, affirma Frank sans regarder sa femme, ce pays s'effondrera. Point final. »

À l'étage, le bébé se mit à pleurer.

Dans les jours qui suivirent, Natalie n'ajouta que deux lignes à sa tentative de critique sociale :

> Je suis très consciente que je ne corresponds pas à ce que la plupart des gens ont dans l'esprit lorsqu'ils pensent à une « épouse de banquier. » Je suis une femme noire ayant fait de longues études. Je suis une avocate accomplie.

Elle mit ses difficultés à poursuivre sur le compte de Spike, mais en réalité l'enfant dormait beaucoup, et Natalie avait Anna, la Polonaise. Elle avait plein de temps à sa disposition. Une semaine plus tard, tandis qu'elle s'occupait de ses e-mails, elle entraperçut le document sur le bureau de son ordinateur et le rangea discrètement dans un endroit où elle ne risquerait plus de tomber dessus aussi facilement. Elle regardait la télé dans le salon en nourrissant son enfant. La nuit tombait de plus en plus tôt. Les feuilles devenaient marron, orange, dorées. Les renards criaient. Parfois, elle consultait les annonces. Les jeunes hommes à la télévision débarrassaient leurs bureaux. Sortaient brandissant devant eux leurs boîtes en carton tels des boucliers.

164. Détachée

Chaque fois qu'elle retournait au travail le défi était évident : faire comme si cela ne s'était jamais produit. Nombre de choses étaient écrites sur ce phénomène dans les pages féminines des suppléments des journaux du dimanche, et Natalie lisait tout cela avec intérêt. La clé était la gestion du temps. Par chance, Natalie savait très bien gérer le temps. Elle comprit que l'ambivalence permettait d'en gagner beaucoup. Elle n'avait pas d'idées arrêtées quant à ce que les jeunes enfants mangeaient, portaient, regardaient, écoutaient, ou par rapport au biberon ou à la tasse qu'ils utilisaient pour boire du lait ou autre chose que du lait.

À d'autres moments, elle était étonnée de rencontrer son double au fond d'une ruelle sombre. La panique et la colère l'envahissaient quand elle voyait ses enfants gâtés assis par terre parcourant des images d'eux-mêmes, passées, parfois en mouvement, sur le téléphone de leur père : une conscience de soi littéralement inconnue dans l'histoire de l'humanité – en dehors du rêve et du miracle – jusqu'à très récemment. Jusqu'à juste avant le « maintenant ».

165. Indications scéniques

Intérieur. Nuit. Lumière artificielle.

Aux murs de droite et de gauche, vers le fond, deux petites fenêtres. Store fermé.

À l'avant-scène, à droite, une porte entrouverte. Étagères à droite et à gauche.

Table de bureau. Chaise pliante. Livres posés dessus.

Nat entre par la porte. Lève les yeux vers une fenêtre. S'en approche et reste debout.

Ouvre le store. Le referme. Quitte la scène. Revient. Repart. Une pause.

Revient précipitamment, ouvre le store. Enlève les livres de la chaise. S'assied. Se lève.

Va vers la porte. Revient. S'assied. Ouvre son ordinateur portable. Le referme. L'ouvre à nouveau.

Tape sur le clavier.

FRANK : [voix machinale, des coulisses] Lit. Tu viens ? [pause] Tu viens ?

NAT : Oui [tape très vite]. Non. Oui.

166. Le temps s'accélère

Maintenant qu'elle avait tant de travail – maintenant que le travail constituait pour ainsi dire sa vie tout entière –, Natalie Blake éprouvait un calme et une satisfaction qu'elle n'avait connus que durant ses révisions d'examens finaux à la fac ou durant les phases préparatoires de procès. Si seulement elle pouvait tout ralentir ! Elle avait eu huit ans pendant cent ans. Elle en avait eu trente-quatre pendant sept minutes. Souvent elle se rappelait d'un diagramme dessiné à la craie sur un tableau noir, jadis, lorsque le temps avançait à un rythme raisonnable. Un cadran symbolisant l'histoire de l'univers sur une période de douze heures. Le *big-bang* survenait à la mi-journée. Parfois, les dinosaures arrivaient dans l'après-midi. Tout ce qui concernait l'humain tenait dans les cinq minutes précédant minuit.

167. Doute

Spike commença à parler. Sa phrase favorite était : « C'est ma maman. » L'accentuation variait. C'est *ma* maman. C'est ma *maman*. *C'est* ma maman.

168. Fin de partie à la superette africaine

Elle aspirait à présent à autre chose qu'aller de l'avant. Elle voulait conserver. Dans cette optique, elle se mit en quête de la nourriture de son enfance. Le samedi matin, après être passée par l'énorme supermarché anglais, elle remontait tant bien que mal la rue principale avec deux enfants dans une poussette double, sans personne pour l'aider, en direction

de la petite supérette africaine pour acheter de l'igname, de la morue séchée et des bananes plantain, entre autres. Il pleuvait. Une pluie horizontale. Les deux enfants hurlaient. Existait-il une misère plus éminente que la sienne?
Naomi jetait des choses dans le caddy. Natalie les retirait. Naomi les remettait. Spike fit dans sa culotte. Les gens dévisageaient Natalie. Elle les dévisageait en retour. Ainsi des regards paranoïaques et méprisants s'échangeaient. Il faisait très froid dehors, très froid dedans. Ils parvinrent à se glisser dans une file d'attente. À peine. Ils y parviennent à peine.
« Je te raconterai une histoire, Nono. Si tu arrêtes je te raconterai une histoire. Tu veux entendre mon histoire ? demanda Natalie Blake.
— Non », lança Naomi De Angelis.
Natalie essuya la sueur froide de son front avec son écharpe et regarda autour d'elle pour voir si quiconque admirait son calme maternel face à une telle provocation. La femme devant elle dans la file d'attente lui apparut. Elle vidait ses poches sur le comptoir, proposant de laisser tel et tel article. Ses enfants, au nombre de quatre, l'entouraient, mortifiés.
Natalie Blake avait complètement oublié ce que c'était qu'être pauvre. Elle ne savait plus parler cette langue, ni même la comprendre.

169. Déjeuner avec Layla

Sa vieille amie Layla Thompson s'appelait à présent Layla Dean. Elle avait quitté l'église bien des années auparavant. Elle travaillait en tant que programmatrice musicale pour une radio centrée sur l'Afrique et le sous-continent indien. Elle était mariée à un homme qui possédait deux cybercafés dotés de photocopieuses à Harlesden. Damien. Ils avaient trois enfants. À chaque fois que Natalie Blake se disputait au sujet de l'éducation (et cela lui arrivait constamment), elle affirmait que sa vieille amie Layla incarnait le parfait exemple de tout ce qu'elle essayait de dire.

Lorsqu'elle utilisait Layla de cette façon, elle oubliait généralement de mentionner qu'elle ne l'avait pas vue depuis deux ans. Layla avait eu des enfants quand Natalie n'en avait pas encore, et durant cette période cette dernière avait trouvé difficile de déjeuner avec elle, les centres d'intérêt de son amie étant particulièrement restreints. Maintenant que Natalie avait elle-même des enfants, elle se rendait compte qu'elle aimerait vraiment beaucoup déjeuner à nouveau avec Layla. Elle aurait tant de choses à lui dire qu'elle ne pouvait partager avec personne d'autre. Une date fut fixée. Et elle se retrouva à parler très vite, profitant pleinement de Layla dans ce charmant restaurant de cuisine noire américaine dans Camden High Street. On aurait dit qu'elle ne pouvait pas parler assez vite pour dire tout ce qu'elle désirait.

« *"C'est un tel soulagement de ne pas avoir à faire semblant de s'intéresser aux nouvelles"*, déclara Natalie Blake, citant une autre femme et avalant quelques crevettes au lait de noix de coco à l'aide d'une cuillère en porcelaine. Et j'étais là avec tous ces dégénérés et je me disais : J'ai vraiment rien à voir avec eux. C'est par où, la sortie ? Ce qu'il me faut, c'est des gens avec qui aller danser. » Une voiture passa dans la rue, avec « Billie Jean » à fond.

« Moi, j'irai danser avec toi, Natalie.

— Merci ! Il y a des soirées hip hop old school quelque part à Farringdon, mon frère m'en a parlé. On pourrait y aller samedi prochain. Je pourrais embarquer ma copine Ameeta. C'est plus sympa que de chanter des comptines.

— J'aimais bien ces ateliers pour les parents. J'y allais tout le temps.

— Pas celui-là, je te le dis. Ils se la pètent là-bas. Mais le truc que je ne supporte vraiment pas, c'est quand ils... », commença Natalie, et elle poursuivit dans cette veine jusqu'à ce qu'elles aient presque fini le plat principal. Des hommes venaient avec du punch, ils venaient avec du punch. Son verre n'était jamais à demi vide ou à demi plein, il se remplissait constamment. Des hommes venaient avec du punch. Une voiture passa dans la rue avec «Don't Stop 'Til You Get Enough» à fond.

«Quoi?» demanda Natalie. Elle était vraiment trop saoule pour retourner au cabinet. Son amie souriait, un peu tristement. Elle fixait la nappe.

«Rien. Tu es exactement la même.»

Natalie était en train d'envoyer un texto à Melanie pour l'avertir qu'elle ne reviendrait pas avant le lendemain matin.

«Ouais. C'est pas comme s'il fallait que je devienne quelqu'un d'autre juste parce que...

— Tu as toujours voulu souligner que tu n'étais pas comme les autres, que tu n'étais pas comme nous. Et tu continues de le faire.»

Un serveur s'approcha pour proposer un dessert. Natalie Blake, qui en avait pourtant envie, eut l'impression qu'elle ne pouvait plus en commander un à présent. Elle était terrifiée. Son cœur battait la chamade. Comme une gamine à l'école, elle voulut se plaindre au serveur de Layla Dean née Thompson. Layla est horrible avec moi! Layla me déteste! Une voiture passa dans la rue, avec «Wanna Be Startin' Somethin'» à fond.

Layla ne leva pas les yeux vers le serveur, et il finit par partir. Elle triturait des deux mains une épaisse serviette blanche.

«Même quand on chantait nos chansons sur scène, tu étais avec moi mais en même temps tu ne l'étais pas du tout. Tu en faisais des tonnes. Tu étais fausse. Tu faisais semblant. Tu n'arrêtais pas de faire des signes aux garçons dans le public, ou des trucs comme ça.

— Layla, de quoi tu parles?

— Et tu continues de le faire.»

170. Travestie

En fille. En sœur. En mère. En femme. En avocate. En riche. En pauvre. En Anglaise. En Jamaïcaine. Pour chaque personnage, une tenue différente. Mais lorsqu'elle considérait ces diverses possibilités, elle avait du mal à savoir laquelle était la plus authentique, sinon la moins inauthentique.

171. Moi, moi et moi

Natalie posa Naomi dans son siège auto et boucla la ceinture. Natalie posa Spike dans son siège auto et boucla la ceinture. Natalie grimpa dans l'énorme voiture. Natalie ferma toutes les fenêtres. Natalie alluma la climatisation. Natalie mit *Reasonable Doubt* dans l'autoradio. Natalie demanda à Frank de couper le son aux moments des gros mots.

172. Coffrets

Parcourant Kilburn High Road, Natalie eut une irrésistible envie de se glisser dans la vie des autres. Il était difficile de voir comment ce désir pourrait être concrètement satisfait ou ce qu'il signifiait, s'il signifiait quelque chose. « Glisser » demeure imprécis toutefois. Suivre le gamin somalien chez lui ? S'asseoir avec la vieille Russe à l'arrêt de bus devant Poundland ? Se joindre au gangster ukrainien installé à une table dans la pâtisserie ? Un tuyau : l'arrêt de bus situé devant le Poundland de Kilburn est l'endroit à Londres où l'on peut entendre certaines des conversations les plus passionnantes de la ville. De rien.

Écouter ne suffisait pas. Natalie Blake voulait connaître les gens. Être intimement liée à eux.

Cependant :

Tout le monde au travail de Natalie comme à celui de Frank était intimement lié aux vies d'un groupe de Noirs américains, principalement des hommes, qui balançaient des doses de 20 dollars de crack dans les buissons entre les tours affreuses d'une ville déprimante et oubliée ayant l'un des taux d'homicide les plus élevés des États-Unis. Que tout le monde soit si intimement impliqué dans l'existence de ces jeunes hommes dérangeait Frank, même s'il ne savait pas vraiment dire pourquoi, et pour protester il se dispensa et dispensa sa femme de vivre ce qui, de l'avis de tous, était une expérience télévisuelle sans pareil.

Cependant :

Natalie Blake consultait ses annonces. Répondait à ses réponses.

173. Dans l'aire de jeux

C'est interdit de fumer dans une aire de jeux. C'est évident. Même les moins civilisés savent ça.

Oui, acquiesça Natalie. Oui, bien sûr.

Il fume encore ? Demanda la vieille Blanche.

Natalie se pencha en avant sur le banc. Il fumait toujours. Environ dix-huit ans. Il était avec deux autres jeunes : un petit Blanc au visage couvert d'acné, et une très jolie fille en jogging gris avec des Nike jaune fluo. Cette dernière « se la coulait douce », ou « machinait », comme Natalie et ses copines aimaient dire quand elles avaient cet âge-là : c'est-à-dire qu'elle était assise entre les jambes du garçon blanc, les coudes posés sur ses genoux, dans une position nonchalante et estivale. Et ils étaient beaux à voir, enlacés ainsi sur le tourniquet. Mais on ne pouvait le nier. Le garçon avec la cigarette se tenait debout sur ledit tourniquet. En train de fumer.

Je vais aller leur dire le fond de ma pensée. Déclara la vieille Blanche. Ils viennent tous de cette foutue cité.

Au moment où la femme se levait, Naomi arriva en courant de la pataugeoire et se jeta dans les bras de sa mère en criant SERVIETTE SERVIETTE SERVIETTE. Au cas où vous vous interrogeriez, il s'agissait en effet du bassin dans lequel l'événement dramatique s'était produit bien des années auparavant. Natalie Blake enveloppa sa fille dans une serviette et lui enfila des sandales en plastique.

La vieille femme revint.

Il fume encore ? Il a été très grossier avec moi.

Oui. Répondit Natalie Blake. Il fume encore.

ÉTEINS-LA. Hurla la vieille femme.

Natalie prit Naomi dans ses bras et se dirigea vers le tourniquet. Comme elle s'approchait, une femme d'âge mûr, une rasta imposante avec un énorme chapeau zulu sur la tête, la rejoignit. Les deux femmes s'arrêtèrent devant le tourniquet. La rasta croisa les bras sur sa poitrine.

Il faut que tu éteignes ça. C'est une aire de jeux. Articula Natalie.

MAINTENANT. Renchérit la rasta. Tu ne devrais même pas être ici. Je t'ai entendu parler à cette femme. Tu devrais avoir honte. C'est ton aînée.

Allez, éteins-la. Répéta Natalie. Ma fille est ici. Ajouta-t-elle, même si elle n'avait pas vraiment d'idée arrêtée sur le tabagisme passif, en particulier lorsqu'on était en plein air.

Écoutez, si quelqu'un vient me manquer de respect, s'écria le garçon, je lui dis d'aller se faire foutre. Vous trouvez qu'elle m'a parlé respectueusement ? Arrêtez de mentir, parce que tout le monde vous a entendue, vous m'avez manqué de respect, lança-t-il à la vieille femme.

C'EST INTERDIT DE FUMER DANS UNE AIRE DE JEUX POUR ENFANTS. Cria cette dernière. Depuis son banc.

Mais qu'est-ce qu'elle a à me harceler comme ça ? Demanda le garçon.

Elle est dans son droit ! Insista la rasta.
Éteins ta cigarette. Réitéra Natalie. C'est une aire de jeux ici.
Je suis pas comme vous autres, moi. C'est pas mon tiéquar. On fait pas comme vous. À Queen's Park. Vous n'avez rien à me dire. Je suis d'Hackney, alors.

C'était un mauvais choix, d'un point de vue rhétorique. Même la fille qui se la coulait douce émit un son désapprobateur.

Oh, NON. Lança la rasta. Dis-moi que t'as pas dit ce que tu viens de dire. Non non non. Tu te fous de ma gueule, ou quoi ? *Je viens d'Hackney ?* Et alors ? ET ALORS ? Écoute, tu peux essayer d'embrouiller ces gens, mais c'est peine perdue avec moi, mon petit. Je te connais. Comme ma poche. Je suis pas de Queen's Park, je viens de HARLESDEN. Pourquoi tu parles de toi comme ça ? Pourquoi tu parles de ton quartier comme ça ? Ah, tu viens de me foutre en rogne, toi. Je viens d'Harlesden, je suis éducatrice. Depuis vingt ans. J'ai franchement honte pour toi. C'est à cause de jeunes comme toi qu'on est là où on en est aujourd'hui. Tu devrais avoir honte. Tu devrais avoir honte !

Ouais ouais ouais ouais ouais ouais ouais. Enchaîna le garçon. La fille s'esclaffa.

Tu trouves ça drôle ? Coupa la rasta. C'est ça, continue, frangine. Tu crois que ça va mener où, tout ça ? Demanda la rasta à la fille.

Moi ? Mais j'ai rien à voir là-dedans ! Qu'est-ce que j'ai à voir là-dedans ?

Nulle part. Interrompit Natalie. Nulle part. Nulle part. NULLE PART.

Maman, arrête de crier ! Protesta Naomi.

Natalie ne savait pas pourquoi elle le faisait. Soudain, elle eut peur de paraître ridicule.

J'ai pitié de vous, franchement. S'en mêla un Indien qui jusqu'alors s'était tenu à l'écart, mais qui venait de se joindre aux mécontents. Vous êtes manifestement des jeunes très malheureux et très frustrés.

Oh, la vache, commencez pas avec ces conneries ! S'exclama la fille.

Le jeune Blanc avec lequel elle se prélassait observa la foule grandissante et écarquilla les yeux. Il se mit à rire.

Vous me faites tous marrer. Proclama-t-il.

Non mais c'est quoi ce plan ? Demanda la fille, hilare. J'étais là à me détendre ! J'ai rien à voir là-dedans, moi. Marcus, mec, c'est ton problème. C'est toi que ça concerne. Si ça continue on va se croire chez Jeremy Kyle[1] !

Pourquoi riez-vous ? S'enquit la vieille Blanche qui à présent avait rejoint la troupe devant le tourniquet. Je ne trouve pas ça très drôle.

Oh là là, il manquait plus qu'elle. Brailla la fille. La voilà de retour. Une vraie concierge, celle-là. C'est un truc de ouf.

Et tout ça pourquoi ? Interrogea Marcus. Pour une clope. Ça vaut vraiment la peine ? Allez vous rasseoir et calmez-vous. Occupez-vous de vos oignons. Retournez vous asseoir.

Idiots. Décréta la fille.

Éteins ta cigarette, mec. Insista Natalie. Elle n'avait pas conclu une phrase avec « mec » depuis fort longtemps.

Allez, Marcus. Vociféra la fille. Éteins ta clope. Qu'elle nous lâche, celle-là. Ça devient ridicule.

Vous devriez avoir honte. Tempêta la vieille femme.

J'étais prête à discuter avec toi. Continua la rasta. D'adulte à adulte, pour essayer de comprendre ton point de vue. Mais là, c'est trop. Honte à toi, cousin. Et le plus triste, c'est que je sais où ça mène.

Ne vous inquiétez pas pour moi. Riposta Marcus. Je gagne ma vie. J'ai tout ce qu'il me faut. Se défendit Marcus.

Il remonta son col. Geste peu convaincant.

---

1. Le « Jeremy Kyle Show » est un talk-show britannique qui propose des sujets racoleurs, spectaculaires et sensationnels, afin de faire grimper l'audimat à tout prix.

Je gagne ma vie. J'ai tout ce qu'il me faut. Répéta Natalie. Lèvre retroussée, elle grognait presque. Je gagne ma vie. J'ai tout ce qu'il me faut. Répéta-t-elle. Ouais, c'est ça. Je suis avocate, mec. Ça, c'est gagner sa vie. Gagner bien sa vie.

Ces gens sont carrément chtarbés. S'écria la fille.

Si elle était venue me le demander avec respect, je l'aurais fait. Objecta Marcus. J'suis un garçon intelligent, moi. Mais quand quelqu'un me manque de respect, il me manque de respect, et je vois pas pourquoi je me laisserais faire.

Si tu avais un tant soit peu de respect ou d'estime de toi, argumenta Natalie, tu ne te vexerais pas connement quand une personne te demande d'éteindre une cigarette dans une putain d'aire de jeux pour enfants.

Une petite foule – autres parents, citoyens concernés – s'était amassée. Cette dernière réplique remporta un vif succès, et Natalie sentit sa victoire, comme si elle venait de convaincre un jury, photographies à l'appui. Savourant son triomphe, elle regarda accidentellement Marcus dans les yeux – ce qui la fit bégayer l'espace d'un instant –, mais très vite elle trouva un espace vide au-dessus de son épaule droite et adressa ses remarques suivantes à ce point de fuite. De là, la controverse évolua en querelles éparses. La fille se disputait avec la vieille femme. Son copain avec la rasta. Plusieurs personnes s'étaient jointes à Natalie pour continuer d'invectiver le pauvre Marcus qui entretemps avait fini sa cigarette et paraissait complètement exténué.

174. Pêche, pivoines

Elle ne parvenait pas à trouver. Passa devant plusieurs fois. C'était une porte banale avec un carreau à double vitrage, coincée entre Habitat et Waitrose sur Finchley Road. Immeuble Art déco des années trente, délabré. Elle sonna à l'interphone et on lui ouvrit immédiatement. Elle s'arrêta pour contempler quelques fleurs artificielles dans le couloir, d'une extraordinaire vraisemblance. Quatre étages, pas d'ascenseur. Une fois là-haut, Natalie Blake resta devant la porte pendant un long moment. Pour appuyer sur la sonnette, elle dut se livrer à ce qu'elle appela plus tard une « désincarnation ». À travers le panneau en verre de la porte, elle discerna une moquette et des murs pêche et, trônant dans un coin du séjour, un confortable canapé en cuir blanc avec des pieds et des accoudoirs en noyer en face duquel elle aperçut un fauteuil assorti et un pouf géant, dans le même style. Sur une console dans le couloir était posé un journal. Elle se contorsionna pour en lire le titre et conclut qu'il s'agissait du *Daily Express*, partiellement dissimulé sous un vieux téléphone à cadran rotatif, également crème, avec un combiné en laiton. Elle se remémora l'annonce, qui décrivait le couple comme « aisé ». Deux corps s'approchèrent de la porte. Elle les distingua clairement à travers le carreau. Bien plus âgés qu'annoncé. La soixantaine. Une peau blanche affreusement fripée, striée de veines bleues. Tout le monde cherchait une femme noire entre dix-huit et trente-cinq ans. Pourquoi ? Que nous croient-ils capables de faire ? Que cherchent-ils au juste en nous ? Elle les entendit s'écrier dans son dos : Revenez !

175. *Crématorium Golders Green*

Natalie Blake n'eut pas de mal à s'habiller pour l'enterrement. La plupart de ses vêtements avaient un air funèbre. Il fut plus compliqué de trouver une tenue aux enfants, et elle en fit une obsession, claquant les portes de placard et jetant par terre tout ce qu'elle rencontrait sur son chemin. Dans la voiture, son mari Frank De Angelis demanda : « C'était un type bien ?

— Je ne sais pas ce que ça signifie », répliqua Natalie Blake.

En arrivant sur le parking, elle reconnut tous les visages qu'elle apercevait dans le rétroviseur, même si elle ne se souvenait plus des noms. Des gens de Caldwell, de Brayton, de Kilburn, de Willesden. Chacun marquant une certaine période. Sans aucun doute était-elle aussi pour eux une façon narcissique de mesurer le temps. Cependant. Elle descendit de voiture et s'avança dans la cour. Une amie de sa mère lui toucha le bras. Elle poursuivit son chemin jusqu'au jardin du souvenir. Un homme qui présidait l'association des résidents de Caldwell lui pressa la nuque de sa grosse main. Était-il possible d'éprouver autre chose que du mépris pour ceux qui incarnaient le temps par rapport à votre propre vie ? Pouvait-on les aimer aussi ? « Ça va, Keisha ? » « Natalie, contente de te voir. » « Ça va, ma jolie ? » « Mlle Blake, ça fait longtemps. » Le curieux signe de tête de ceux qui se reconnaissent aux enterrements. Non seulement Colin Hanwell était décédé, mais une centaine de personnes ayant partagé quelques kilomètres carrés de rues avec cet homme saluaient ce lien à la fois intime et fortuit, proche et distant. Natalie n'avait pas vraiment connu Colin (chose impossible pour quiconque) ; elle avait connu ce que l'on pouvait connaître de lui. Elle savait ce que signifiait avoir conscience de l'existence de Colin. Tout comme ceux autour d'elle.

Les gens parlèrent. Les gens chantèrent. « Ces pieds ont-ils jadis... » Natalie dut aller et venir pour calmer ses enfants qui chahutaient. Le rideau s'ouvrit enfin et le cercueil disparut. Dusty Springfield. Il faut que les gens meurent pour apprendre certaines choses à leur sujet. Tandis que l'assemblée s'acheminait vers la sortie, Leah se tenait dans l'entrée avec sa mère. Elle portait une longue jupe noire et affreuse assortie d'un chemisier qu'on avait dû lui prêter. Natalie entendit des inconnus bien attentionnés l'accabler de souvenirs sans fin et hors de propos. L'art de raconter une histoire. « Merci d'être venu(e) », soufflait

Leah mécaniquement comme chacun la saluait. Elle paraissait très pâle. Ni frère ni sœur. Ni cousin. Seul Michel à ses côtés.

« Oh, Lélé », s'exclama Natalie Blake lorsque son tour arriva, et elle éclata en sanglots, serrant sa chère amie Leah Hanwell contre elle. Si seulement quelqu'un avait pu contraindre Natalie Blake à assister à un enterrement tous les jours !

176. Néant

Cité Cranley, Camden. Plus au nord qu'au nord-ouest. Un homme efflanqué se faisant appeler « JJ », qui ressemblait vaguement à son oncle Jeffrey. Et une Iranienne, avec un surnom tout aussi improbable : « Honey. » Une petite vingtaine d'années chacun, des désastres ambulants. Crack, pensa Natalie Blake, mais il aurait tout aussi bien pu s'agir de méthamphétamine, ou d'autre chose encore. Honey avait une dent en moins. Leur séjour méritait à peine cette appellation. Futon d'une saleté abjecte, télé constamment allumée. Tout l'appartement empestait l'herbe. Ils étaient vautrés sur des poufs, à demi conscients, en train de regarder *À prendre ou à laisser*. Ils ne semblaient pas nerveux. JJ lança : Restons ici d'abord. Je viens de rentrer, je suis lessivé. Il n'indiqua aucun siège à Natalie. Toujours accommodante, cette dernière trouva un endroit par terre pour s'asseoir entre les deux.

Elle essaya de se concentrer sur l'émission, qu'elle n'avait jamais vue jusqu'alors. Son téléphone ne cessait de biper à chaque arrivée de message venant du bureau. JJ avait une théorie du complot élaborée en ce qui concernait l'ordre des boîtes. La seule chose à faire était d'accepter le joint et de laisser l'herbe l'emporter. Très vite, elle perdit la notion du temps. À un moment donné, ils cessèrent de regarder la télé, et JJ se mit à jouer à un jeu vidéo : lutins, épées, elfes parlant un jargon incompréhensible. Natalie s'excusa pour se rendre aux toilettes. Elle ouvrit la mauvaise porte, vit une jambe, entendit un cri. C'est Kelvin, s'écria JJ, il crèche ici en ce moment. Il travaille de nuit.

La lunette des toilettes était transparente, à motif poisson rouge. L'eau du robinet marron. Bouteille de Head & Shoulders. Gel douche : les deux vides.

Natalie regagna sa place. JJ était occupé à parler à l'écran. Dis-moi où est le putain de grenier à grains. Une énigmatique paysanne lui sourit en retour. Natalie essaya de faire la conversation. Avait-il déjà fait cela avant ? Deux ou trois fois, répondit-il, quand y a rien d'autre à foutre. Mais c'est des vrais cageots la plupart du temps, et je les fous dehors avant même qu'elles aient passé la porte. Oh, fit Natalie. Elle attendit. Rien. Honey, qui s'ennuyait, se tourna vers son invitée. Qu'est-ce que tu fais, Keisha ? T'as l'air d'une fille bien. Je suis coiffeuse, l'informa Natalie Blake. Oh, t'entends ? Elle est coiffeuse. C'est chouette. Je suis iranienne. JJ fit la grimace. Axe du mal ! Honey le gifla, mais avec affection. Elle caressa le visage de Natalie. Tu crois aux auras, Keisha ?

D'autres joints furent roulés et fumés. À un moment donné, Natalie se souvint que Frank travaillait tard également. Elle envoya un texto à Anna et la soudoya en lui proposant une fois et demie ce qu'elle la payait habituellement pour rester jusqu'à onze heures et mettre les enfants au lit. JJ arriva devant un château où l'attendait une nouvelle série de tâches. Honey se demandait à voix haute ce qu'elle avait fait de la poudre de MDMA qu'elle avait laissée quelque part dans un papier de chewing-gum. Natalie déclara : J'ai pas l'impression qu'on va faire quoi que ce soit, n'est-ce pas ? JJ répliqua : Sans doute pas, pour être franc avec toi.

177. Envie

Leah souhaitait que Natalie Blake s'exprime à une vente de charité en faveur d'un collectif de jeunes femmes noires pour lequel elle avait trouvé les financements. Elle ne cessait de revenir sur la question. Mais la salle qu'ils avaient louée pour l'occasion était sur la rive sud du fleuve.

« Je ne vais jamais dans le Sud, protesta Natalie Blake.

— C'est vraiment pour une bonne cause », insista Leah Hanwell.

Natalie Blake remercia Leah de l'avoir présentée et prit place au pupitre face à l'assemblée. Elle fit un discours sur la gestion du temps, l'identification des buts, le travail assidu, le respect de soi et de son partenaire et l'importance de l'éducation. « Tout ce qui n'est ancré que dans le physique est voué à l'échec, lut-elle. Pour survivre, vos ambitions devraient aller en ce sens. » Un jour elle se retrouverait très certainement à dire ce genre de choses à Leah. Pas tout de suite, mais un jour. Elle mettrait de l'eau dans son vin, naturellement. Pauvre Leah.

Entre le haut de la page deux et le début de la page trois, elle dut lire à voix haute des phrases sensées, il dut y avoir une sorte de continuité – personne dans le public ne la regardait comme si elle était folle –, et pourtant des images obscènes vagabondèrent dans son esprit. Elle se demandait ce que Leah et Michel, qui n'arrêtaient pas de se toucher, faisaient en privé, au lit. Orifices, positions, orgasmes. « Et c'est en refusant de me fixer des limites artificielles, expliqua Natalie Blake au collectif de jeunes femmes noires, que j'ai pu atteindre mon plein potentiel. »

178. Choucroute

La voix magnifique sortait des haut-parleurs dans le café du parc. Natalie Blake et son amie Leah Hanwell étaient depuis longtemps d'accord que cette voix incarnait Londres – en particulier le nord/nord-ouest de la ville –, comme si sa propriétaire était la sainte patronne de leur quartier. Pouvait-on posséder la voix d'autrui ? La fille de Natalie et de nombreux autres enfants sautaient dans tous les sens en dansant sur la chanson, tandis que les parents hochaient discrètement la tête. Le soleil resplendissait. Malheureusement, Leah Hanwell était en retard comme à son habitude, et bientôt la chanson s'acheva ; Naomi hurla à propos de quelque chose, Spike s'était réveillé, et Leah venait de rater une parfaite démonstration de joie de vivre – en famille en particulier. « Elle est vraiment déprimée, dit Natalie à Frank tandis qu'ils attendaient. Elle croit que je ne m'en aperçois pas. Mais je m'en rends compte. Elle est complètement bloquée. Paralysée. Elle n'a pas l'air de pouvoir se sortir du trou dans lequel elle est tombée. » Mais à ces mots elle songea que la chanson l'avait peut-être poussée à formuler ce jugement, comme si elle y avait spontanément ajouté un couplet final, et qu'en le prononçant à voix haute elle s'était rendue ridicule. Frank leva les yeux de son journal et surprit l'expression figée et catastrophée sur son visage. « Leah et Michel sont heureux comme des poissons dans l'eau », affirma-t-il.

Un peu plus tard, Natalie vit la chanteuse interviewée à la télévision : « Quand j'étais petite, je croyais que je n'avais rien d'exceptionnel. Je pensais que tout le monde savait chanter. » Sa voix était aussi miraculeuse que celle que Natalie avait jadis entendue par la fenêtre d'un pub, à Camden. Mais la femme sur l'écran qui la possédait – ou pas – s'était presque entièrement effacée. Natalie fixa cette femme-enfant aux genoux cagneux, à peine présente, déjà presque disparue.

179. Aphorisme

Comme un cadeau est difficile à accepter pour une femme. Elle se punira de l'avoir reçu.

180. Tout le confort moderne

Charmante Primrose Hill. Après moult négociations par e-mails, un rencart fut fixé : quinze heures. La femme ouvrit la porte d'entrée et s'exclama : Ouah ! Tresses, peignoir, talons, belle, manifestement africaine. Son objectif principal était de prendre Natalie Blake par le bras et de la faire pénétrer au plus vite dans l'immense demeure à l'abri des regards. En matière de tenue vestimentaire, Natalie restait dans la même veine : anneaux dorés, jupe en jean, bottes en daim à franges, élastique à pompons noir et blanc, et ses vêtements de travail dans un sac à dos. Surprenant son reflet dans un gigantesque miroir à cadre doré du couloir, elle se trouva convaincante. À cet instant, elle était déterminée. Au moins ils étaient attirants. Natalie Blake considérait toujours l'attraction primordiale.

Vert utopie de chez Farrow & Ball (mat) dans le couloir. Sculptures africaines aux murs. Pièces minimalistes modernes. Un disque d'or encadré. Une photo de Bob Marley encadrée. La une d'un journal encadrée. Une espèce d'affreux « bon goût » partout. Natalie Blake leva les yeux et vit le mari ou le petit ami en haut des escaliers. Il était particulièrement beau, avec le crâne rasé, et une silhouette bien dessinée. Un beau couple. Ils se ressemblaient. Semblaient tout droit sortis d'une publicité américaine pour une assurance vie. Il sourit à Natalie, révélant des dents éclatantes et parfaitement alignées. Robe de chambre en soie. Ringard. On est tellement heureux que tu sois là, Keisha. On ne savait pas si tu existais vraiment. Tu te rends compte qu'elle est là en chair et en os ? C'est trop beau pour être vrai. Viens ici, que je te voie de plus près. Musique soul à l'étage. Une chaise haute de bébé de chez Bloom, édition limitée 2009, lévitait telle une station spatiale dans la cuisine. Un MacBook Air était ouvert sur la table. Un Mac plus vieux, posé dans les escaliers, était fermé. Il tendit la main. Vous avez une baraque magnifique, affirma Natalie Blake. Tu es magnifique, répliqua-t-il. Natalie sentit la main de sa femme ou de sa petite amie sur ses fesses.

À l'étage on lui montra un lit à rouleaux, comme ceux qui étaient à la mode cinq ans plus tôt. Le placard à chaussures était ouvert. Semelles rouges du sol au plafond. Au-dessus du lit était accrochée la désormais trop célèbre carte du métro dont les arrêts étaient remplacés par des icônes du siècle passé, rassemblées en fonction des groupes et des mouvements auxquels elles appartenaient. Natalie chercha Kilburn : trouva Pelé. Sur le lit un iPad diffusait de la pornographie – triolisme. C'était la première fois que Natalie voyait ce genre d'appareil. Deux filles se faisaient un cunnilingus pendant qu'un homme assis sur un bureau les observait, bite à la main. Ils étaient tous allemands.

La belle Africaine ne cessait de parler. Tu viens d'où ? Tu es à la fac ? Qu'est-ce que tu veux faire plus tard ? Ne baisse jamais les bras. Il faut avoir de grands rêves. De grandes aspirations. Et travailler dur. Il faut refuser l'échec. Être celle que tu veux être.

Plus Natalie Blake restait là, debout, habillée et peu diserte, plus ses hôtes devenaient nerveux, et plus ils parlaient. Pour finir, Natalie demanda où se trouvait la salle de bains. Attenante à la chambre. Elle grimpa dans la baignoire de style victorien en laiton et en porcelaine de chez The Water Monopoly. Elle savait qu'elle en avait fini ici. Elle s'allongea. Acqua di Parma. Chanel. Molton Brown. Marc Jacobs. Tommy Hilfiger. Prada. Gucci.

181. Vacances de Pâques

Anna était allée en Pologne pour quelques jours voir sa famille, mais à présent le volcan l'empêchait de revenir. Natalie lança une recherche sur Google. Elle examina l'énorme nuage de cendres.

« Tu peux plus facilement t'arranger que moi », prétendit Frank, et il quitta la maison. Le réaménagement de la cave était à nouveau d'actualité. Il y avait des ouvriers partout. Frank avait travaillé dur pour remettre les choses en marche. Elle aussi. Ils méritaient tout ce qui leur arrivait.

Il vous reste du thé, madame ? Vaudrait mieux empêcher les gamins de venir par là. Ils pourraient se blesser. Il y aurait pas un biscuit qui traîne, des fois ?

À dix heures elle se retrouva prisonnière dans une boîte peinte en blanc avec deux êtres mystérieux aux yeux noirs qui semblaient vouloir quelque chose qu'elle ne pouvait ni comprendre ni leur donner. Des hommes en combinaison orange allaient et venaient. Ce lait est périmé, madame. Vous avez de la confiture ? Elle prit ses enfants dans ses bras et quitta ce chantier, sa cuisine. Elle les emmena chez sa mère. Au parc. Au zoo. Au marché de Kilburn. À la supérette africaine. Au Toys"R"Us de Cricklewood. Puis ils rentrèrent.

Naomi raconta cette odyssée dans le plus grand détail à son père lorsqu'il fut de retour à la maison.

« T'es incroyable, déclara Frank en embrassant Natalie sur la joue. Je serais juste resté assis là toute la journée à perdre mon temps et à jouer avec eux. »

182. L'amour parmi les ruines

C'étaient de jeunes hommes charmants, de toute évidence stupéfaits que quiconque ait répondu à leur annonce. Natalie était convaincue qu'ils l'avaient postée dans un moment d'ivresse. Étaient-ils cousins ? Frères ? C'était une maison des années cinquante dans Wembley, face à la North Circular, aux doubles vitrages hermétiques jusqu'à l'étouffement. Une maison familiale, sans la famille. Ce que les gosses de Brayton appelaient autrefois une « villa d'épicier du coin ». Natalie Blake ne pouvait expliquer pourquoi elle savait qu'ils n'allaient pas la tuer. Elle croyait de façon complètement irrationnelle qu'on « savait tout simplement » si quelqu'un avait l'intention ou non de vous tuer. Naturellement, cela lui fut d'autant plus facile lorsqu'ils ouvrirent la porte et qu'ils apparurent encore plus effrayés qu'elle ne l'était. Oh, mon Dieu. Je te l'avais dit, Dinesh. Je te l'avais dit. Je t'avais dit que c'était pas un mec. Entre, je t'en prie. Entre, Keisha. Oh, mon Dieu. T'es super bien foutue et tout. Pourquoi tu dis ça ? Pourquoi pas ? Elle sait, et on sait. Elle sait, et on sait. Y a pas de surprise. Oh, mon Dieu ! Va par là, beauté. On va pas te faire de mal, n'est-ce pas, on est des gentils garçons. Oh, la vache, personne va nous croire, mec. J'arrive même pas à y croire, moi. Entre ici. On passe chacun son tour, ou quoi ? Quoi ? Je veux pas te voir à poil, moi. C'est un truc de pédé. Ouais, mais elle veut une double pénétration, tu vois ! C'est pas un après l'autre ! C'est les deux simul... simultana... sinamul – en même temps, quoi. Tu sais ce que ça veut dire, double pénétration, mec ? Double pénétration. Tu sais même pas de quoi tu parles. Double pénétration ! Tais-toi, espèce de rigolo. Natalie les écoutait se disputer dans le couloir. Elle était assise à attendre dans la cuisine. Une grande flaque d'eau stagnait sous le congélateur. COUPE-FEU était inscrit sur toutes les portes. Ils regagnèrent la pièce. Timidement, ils suggérèrent de se rendre tous dans une chambre. Leur réserve était singulière, étant données les circonstances. Ils se chamaillaient constamment. Par ici. T'es fou ou quoi ? Je vais pas le faire là-dedans. C'est la chambre de Bibi !

Allons là plutôt, mec. Chef. Suis-moi, Keisha, mets-toi à l'aise. Dinesh, mec, y a même pas de drap ! Va en chercher un ! Arrête de m'appeler par mon nom ! On a dit qu'on prononçait pas les noms. On va chercher un drap, reste ici, bouge pas.

Natalie Blake s'allongea sur le matelas. Des cartons étaient entassés au sommet de l'armoire. Des trucs que personne ne reviendrait chercher. L'excédent inutile. Toute cette maison dégageait quelque chose d'effroyablement triste. Elle aurait voulu pouvoir descendre ces cartons, farfouiller dedans, et récupérer ce qui pouvait l'être.

La porte s'ouvrit et les deux jeunes hommes pénétrèrent à nouveau dans la pièce, vêtus uniquement de leurs caleçons Calvin Klein : un noir et un blanc, tels deux poids plume sur un ring de boxe. Ils n'avaient guère plus de vingt ans. Ils allumèrent un ordinateur portable. L'idée semblait être de jouer à la roulette. Un clic, et un être humain surgissait à l'écran en temps réel. Encore un clic. Encore un clic. À quatre-vingts pour cent, ils tombaient sur un pénis. Pour le reste, il s'agissait surtout de filles silencieuses jouant avec leurs cheveux, de groupes d'étudiants qui voulaient parler, de voyous au crâne rasé posant devant leurs drapeaux nationaux. Les rares fois où une fille apparaissait, ils tapaient immédiatement : MONTRE TES NICHONS. Natalie leur demanda : les garçons, les garçons, pourquoi est-ce qu'on fait ça ? Vous m'avez, moi, et je suis là en chair et en os. Mais ils poursuivirent avec Internet. Natalie eut le sentiment qu'ils gagnaient du temps. Ou peut-être ne pouvaient-ils rien faire sans inclure le Net dans la formule. Essaie, Keisha, essaie, voyons sur qui tu tombes. Natalie s'assit devant l'ordinateur. Elle décrocha un garçon solitaire en Israël qui tapa T BELLE, et sortit son pénis. Tu aimes qu'on te regarde, Keisha ? T'aimes ça ? On va le laisser ici, sur la commode. Tu veux quoi, Keisha ? Dis-nous, et on le fait.

N'importe quoi. Et pourtant, Natalie Blake savait qu'elle ne courait aucun danger. Faites ce que vous voulez, c'est tout, répondit Natalie Blake.

Mais aucun des deux n'y arrivait, et ils ne tardèrent pas à se rejeter mutuellement la faute. C'est lui! C'est parce que je le regarde. Il me casse le rythme. Ne l'écoute pas, il sait pas de quoi il parle.

Ils paraissaient contents de chahuter comme des adolescents. Natalie s'impatienta. Elle n'était plus une adolescente. Elle savait ce qu'elle faisait. Elle considérait qu'elle n'avait pas à attendre dans l'espoir d'être pénétrée. Elle savait enserrer. Elle savait retenir. Elle savait relâcher.

Elle assit le garçon en caleçon noir au bord du lit, lui décalotta le pénis, s'installa à califourchon sur lui, lui recommanda de ne pas la toucher et de ne pas bouger à moins qu'elle lui dise le contraire. Une bite étroite mais pas laide. Il dit : T'es déterminée, hein Keisha. Tu sais ce que tu veux, et tout. C'est ce qu'on dit sur les renois, pas vrai? Ce à quoi Natalie Blake répliqua : J'en ai vraiment rien à foutre de ce qu'on dit. Elle se rendit bien compte que le garçon n'avait aucune cadence : il valait mieux pour les deux qu'il reste immobile. Elle s'enfonça un peu plus sur lui. Se balança. Fini son affaire très vite, mais pas aussi rapidement que l'ami circoncis de l'autre côté du lit, qui gémit doucement et gicla trois gouttes dans sa main avant de disparaître dans la salle de bains. Dinesh, petit con. Reviens ici. Euh. C'est un peu bizarre. Il est parti où? On n'est plus que tous les deux. T'as joui déjà, non? Bon, d'accord. Tu sais quoi, je ne crois pas que je vais y arriver maintenant, Keisha. Je me sens pas vraiment dans mon assiette, en fait.

Elle le libéra. Le garçon glissa hors d'elle, nettement ratatiné. Elle la lui rangea dans le pantalon et commença à se rhabiller. L'autre sortit de la salle de bains, l'air penaud. Il restait à Natalie un joint de Camden, et ils le fumèrent ensemble. Elle essaya de les faire parler, même un peu, de ceux qui vivaient dans cette maison, mais ils restèrent concentrés sur ce qu'ils appelaient leur «sérénade». On devrait vénérer cette fille, mec. T'es prête à être honorée? T'es une déesse pour moi. Ça va durer toute la nuit, bébé. Jusqu'à ce que tu me supplies d'arrêter. Jusqu'à six heures du mat'. Dinesh, mec, il faut que je sois au boulot à huit heures.

183. Prendre des nouvelles

Natalie Blake renvoya Anna, et engagea Maria, qui était brésilienne. L'aménagement de la cave était achevé. Maria s'y installa. Un nouvel espace de temps libre s'ouvrit à Natalie. Elle en profita pour sortir avec Leah au pub irlandais.
«Quoi de neuf? s'enquit Leah Hanwell.
— Pas grand-chose, répondit Natalie Blake. Et toi?
— Comme d'hab.»
Natalie évoqua un garçon fumant dans le parc, soulignant son rôle héroïque dans le combat contre l'incivilité. Elle raconta combien leur connaissance commune Layla Dean était devenue méchante et mesquine, de façon à se faire subtilement mousser elle-même. Elle décrivit comment les enfants se préparaient pour le carnaval, sans pouvoir éviter de mettre en avant la joyeuse plénitude de son existence.
«Mais Cheryl veut que "tous les cousins" se retrouvent sur le char de l'église. J'ai aucune envie de faire ça, moi!»
Leah défendit le droit de Natalie de refuser la religion sous couvert de carnaval. Leah se plaignit de sa mère, qui était impossible. Natalie défendit le droit de Leah d'être scandalisée par les écarts de conduite de sa mère, aussi petits soient-ils. Leah raconta une drôle d'histoire concernant son voisin du dessus, Ned. Une drôle d'histoire sur les habitudes

de Michel dans la salle de bains. Natalie remarqua avec angoisse que Leah s'exprimait sans arrière-pensée.

« Tu l'as revue, cette fille ? interrogea Natalie Blake. Celle qui t'a arnaquée... qui est venue sonner chez toi ?

— Tout le temps, répliqua Leah Hanwell. Je la vois tout le temps. »

Elles burent deux bouteilles de vin blanc.

184. Flagrant délit

« Qu'est-ce que c'est que ça ? "KeishaNW@gmail.com." Qu'est-ce que c'est que ce bordel ? T'écris un roman, ou quoi ? »

Ils se tenaient face à face dans le couloir. Il agitait une feuille de papier sous son nez. À trois pas d'eux, les enfants, les cousins, Cheryl et Jayden répétaient des chorégraphies qu'ils devaient danser le lendemain matin sur un char au carnaval. Marcia aidait à coudre des paillettes et des plumes sur des juste-au-corps fluorescents. En entendant les voix s'élever, les membres de la famille de Natalie Blake s'interrompirent et regardèrent dans le couloir.

« S'il te plaît, allons en haut », implora Natalie Blake.

Ils montèrent un étage jusqu'à la chambre d'amis, dont la décoration marocaine était faite avec goût. Le mari de Natalie Blake lui tenait très fermement le poignet.

« Qui es-tu ? »

Natalie Blake essaya de libérer son poignet.

« Tu as deux enfants en bas. T'es censée être une putain d'adulte. Qui es-tu ? C'est réel, ce truc ? Qui est *insatiable-awembley*, bordel ? Qu'est-ce que ça fout sur ton ordinateur ?

— Pourquoi tu regardes mon ordinateur ? » glissa Natalie Blake d'une petite voix ridicule.

185. En avant

Frank était assis sur le lit et lui tournait le dos, une main sur les yeux. Natalie Blake se leva, quitta la chambre d'amis et ferma la porte. Une curieuse sérénité l'envahit tandis qu'elle descendait les escaliers. Au rez-de-chaussée, dans le couloir, elle croisa la Brésilienne qui l'observait avec la même expression ahurie que la semaine précédente lorsqu'elle était arrivée et avait découvert que son employeur avait la peau encore plus sombre que la sienne.

Elle passa devant son ordinateur portable resté allumé sur une petite table, à la vue de tous. Devant les siens qui l'appelèrent. Elle entendit Frank dévaler les escaliers. Elle remarqua son manteau posé sur la rampe avec ses clés et son téléphone dans la poche. Arrivée devant la porte, elle eut une autre chance de prendre quelque chose avec elle (sur la console dans le couloir il y avait son sac, sa carte de métro et un autre jeu de clés). Elle sortit de la maison les mains vides, et referma la porte derrière elle. Par la baie vitrée, Frank De Angelis demanda à sa femme, Natalie Blake, où elle allait. Où elle croyait aller. Où elle croyait aller, nom de Dieu. « Nulle part », répondit Natalie Blake.

traversée

De Willesden Lane à Kilburn High Road

Elle tourna à gauche. Marcha jusqu'au bout de sa rue, puis de la suivante. S'éloigna rapidement de Queen's Park. Elle franchit la frontière entre Willesden et Kilburn. Passa devant chez Leah, puis arriva aux abords de Caldwell. Dans son ancien appartement la fenêtre de la cuisine était ouverte. Une housse de couette – à l'effigie d'un club de foot – était suspendue au balcon pour sécher. Sans regarder où elle allait, elle grimpa la colline qui commençait à Willesden et s'achevait à Highgate. Elle faisait un curieux bruit plaintif, comme le cri d'un renard. Alors qu'elle venait de traverser la chaussée, un bus, le 98, surgit près d'elle dans la pente – il paraissait sur le point de se renverser –, et au début elle eut l'impression que les étranges lueurs rouge et bleu colorant les bandes blanches du passage clouté émanaient de lui. Puis elle vit la voiture de police garée dans son ombre, gyrophares allumés en silence. Un cordon de véhicules, en réalité stationnés en épis, bloquaient la circulation sur Albert Road. D'un côté de cette barrière un groupe de badauds s'étaient amassés, et un grand policier enturbanné se tenait au milieu d'eux, répondant aux questions. Mais j'habite sur Albert Road! s'écria une jeune femme. Elle tenait dans chaque main de trop nombreux sacs de courses; d'autres encore étaient suspendus à ses poignets, lui marquant la peau. Quel numéro? demanda le policier. La femme lui répondit. Il va falloir que vous fassiez le tour. Vous trouverez des agents de l'autre côté de la rue, qui vous conduiront jusqu'à votre porte. C'est pas vrai, lança la femme, mais au bout d'un moment elle partit à pied dans la direction indiquée. Je ne peux pas passer par là ? tenta Natalie. Il y a eu un incident, répliqua l'homme en uniforme. Il baissa les yeux vers elle. Un grand tee-shirt, un legging, et des chaussons rouges crasseux : l'air d'une junkie. Il regarda sa montre. Il est vingt heures. Cette rue va être fermée pour au moins une heure encore. Elle se mit sur la pointe des pieds pour essayer de voir derrière lui. Elle n'aperçut que d'autres policiers, et une tente blanche sur le trottoir de gauche, en face de l'arrêt de bus. Quel genre d'incident ? Il garda le silence. Elle n'était personne. Elle ne méritait pas de réponse. Un adolescent en BMX affirma, Quelqu'un s'est fait planter.

    Elle fit demi-tour et repartit en direction de Caldwell. Marcher était ce qu'elle savait faire maintenant, marcher était son identité. Elle se résumait tout entière à la marche. Elle n'avait plus de nom, plus d'histoire, plus de signes distinctifs. Tout s'était évanoui dans le paradoxe. Certaines sensations physiques demeuraient. Elle percevait les boursouflures de sa peau sous ses yeux, et la douleur dans sa gorge à force d'avoir crié et gémi. Elle avait une marque au poignet là où on l'avait fermement agrippée. Elle toucha ses cheveux ; elle savait qu'ils allaient dans tous les sens et qu'au milieu de la dispute elle en avait arraché une mèche au niveau de la tempe droite. Elle atteignit le mur d'enceinte de Caldwell. Elle le longea à l'arrière de la cité, les yeux rivés sur l'accotement de verdure grimpant de la cuvette en contrebas jusqu'au niveau de la rue. Elle fit plusieurs allers-retours, comme si elle cherchait quelque faille entre les briques. Elle ne cessait de revenir sur ses pas. Elle levait un genou pour passer par-dessus lorsqu'une voix masculine l'appela.

    Keisha Blake.

    De l'autre côté de la rue, sur sa gauche. Il se tenait sous

un marronnier, les mains profondément enfoncées dans son sweat à capuche.

Keisha Blake. Attends.

Il traversa en trottinant, ses mains touchant nerveusement son nez, ses oreilles, sa nuque.

Nathan.

T'essaies de rentrer par effraction ?

Il sauta sur le mur.

Je ne sais pas ce que je fais.

Tu me demandes même pas comment je vais. C'est plutôt raide.

Il s'accroupit et la regarda dans les yeux.

T'as pas l'air en forme, Keisha. Tends-moi les bras.

Natalie croisa ses poignets. Nathan observa ses mains tremblantes. Il la hissa près de lui. Ils sautèrent ensemble de l'autre côté, atterrissant en douceur dans les buissons. Comme il se redressait, il regarda dans la rue par-dessus son épaule.

Suis-moi.

Il dévala la pente dans les broussailles jusqu'à l'espèce de pelouse où les résidents se garaient. Il s'appuya contre une vieille voiture. Natalie le suivit plus doucement, s'agrippant tant bien que mal aux branches des buissons, glissant sur ses chaussons.

T'as vraiment pas l'air bien du tout.

Je ne sais pas ce que je fais ici.

Tu t'es disputée avec ton mec, pas vrai ?

Oui. Comment...

Ça a pas l'air d'être des vrais problèmes. Fais comme moi. Je plane.

C'est alors qu'elle remarqua ses pupilles, dilatées et vitreuses, et elle s'efforça de reprendre son ancien rôle. Ce serait quelque chose de combler cette absence de sensation, de néant. Elle posa une main sur l'épaule de Nathan. Le tissu de son sweat était raide et sale.

T'es foncedé?

Il émit un son d'arrière gorge, comme un râle. Les glaires le firent tousser un long moment.

C'est soit ça, soit c'est fini pour moi ce soir. Tu vas chez ta mère?

Non. Je vais vers le nord.

Le nord?

J'ai essayé de prendre le métro à Kilburn. Mais la route est fermée.

Ah bon. Allez, marchons. J'ai aucune envie d'être ici maintenant. J'y ai passé assez de temps.

Ils arrivèrent au cœur de Caldwell : cinq tours reliées par des passerelles, des ponts, des cages d'escalier, des ascenseurs qu'il avait fallu éviter dès leur construction. Smith, Hobbes, Bentham, Locke, Russell. Voilà la porte, voilà la fenêtre. Et encore, et encore. Certains des habitants avaient installé de jolis pots de géraniums et de violettes africaines sur leurs balcons. D'autres avaient leurs fenêtres rafistolées avec du scotch marron, des voilages grisâtres, des portes sans numéro ni sonnette. En face, sur le balcon filant en béton qui courait le long de Bentham, un gros garçon blanc ne scrutait pas la lune mais le parking en contrebas avec un télescope posé sur un trépied. Nathan le regarda, et resta là à le dévisager. Le garçon plia le télescope, prit le trépied sous son bras, et se précipita à l'intérieur. L'odeur de l'herbe était partout.

Ça fait longtemps, Keisha.

Ça fait longtemps.

T'as une cigarette?

Natalie toucha son corps à plusieurs reprises pour montrer qu'elle n'avait pas de poches. Nathan s'immobilisa et sortit une cigarette de sa poche arrière. Il la coupa en deux avec l'ongle de son pouce, qui était long, jaune, épais et fendu par le milieu. Du tabac s'éparpilla dans ses mains. Des lignes noires et sèches creusaient ses paumes. Il farfouilla dans son jean et en ressortit un grand paquet de Rizla+ orange et un petit sachet qu'il tint entre ses dents.

T'étais dans laquelle déjà ?

Locke. Et toi ?

Il fit un signe de tête en direction de Russell.

Mets-toi là.

Nathan prit Natalie par les épaules et la manœuvra pour qu'elle se retrouve juste en face de lui. Elle trouva un certain soulagement à devenir un objet. Elle pouvait sans se tromper faire tampon entre la brise et les deux Rizla+ soigneusement disposées en L.

Attends encore une minute. Oh : tu pleures ?

Une lueur passa au-dessus de leurs têtes, accompagnée d'un vrombissement assourdissant ; un hélicoptère qui volait bas.

Oui. Désolée.

Allez, Keisha. Ton mec est quand même pas une terreur. Il va te reprendre.

Il devrait pas.

Les gens font plein de trucs qu'ils devraient pas faire. OK, c'est bon.

Il brandit le joint, leva le visage vers le ciel noir.

Non. Il faut que je garde mes esprits.

Fais pas semblant d'être une fille bien, Keisha. Je te connais depuis toujours. Je connais ta famille. Cheryl. Comme tu veux.

Il glissa le joint derrière son oreille. Y a pas que de la beuh là-dedans, tu sais. J'ai mis quelques surprises. Essaie. On ira se poser quelque part de tranquille. On y va.

Il se mit en marche. Natalie le suivit. Marcher était ce qu'elle savait faire maintenant. Tandis qu'elle avançait, elle s'efforçait de replacer dans le courant de ses pensées les gens qu'elle avait laissés derrière elle, dans la maison. Mais les relations qu'elle entretenait avec chacune de ces personnes étaient à présent méconnaissables, et son imagination

– qu'elle avait négligée trop longtemps, pendant presque toute sa vie – n'avait pas l'énergie créatrice pour se régénérer. Tout ce qu'elle pouvait envisager, c'était la honte bourgeoise qui étouffait tout. Elle réfléchit dans un sens et dans un autre, mais il n'y avait pas d'issue. Sauf peut-être Jayden ? Elle cala à nouveau. Sauf peut-être Jayden quoi ?

Quelle heure est-il, Keisha ?

Je ne sais pas.

J'aurais dû me barrer d'ici y a longtemps. Parfois je ne me comprends pas. Qui me retient ? Personne. J'aurais dû aller à Dalston. C'est trop tard maintenant.

Un garçon de neuf ans environ surgit de derrière un taxi noir en stationnement. Il roulait à vélo sans les mains, très lentement et avec beaucoup d'adresse. À sa suite débouchèrent deux autres garçons qui n'avaient pas plus de six ans, et une petite fille dans les quatre ans. Ils avaient le visage allongé et les yeux en amande des Somaliens, pensa Natalie, et leur expression désœuvrée lui donnait une impression de déjà-vu. La fille shootait dans une cannette cabossée. L'un des garçons tenait mollement dans sa main une longue branche qui percutait tout ce qu'il croisait sur son chemin. Les enfants les regardèrent d'un œil mauvais et échangèrent quelques mots dans leur langue. Le bâton se mit en travers de la route de Nathan. Il n'eut qu'à y jeter un œil pour que le garçon le soulève doucement au-dessus de leurs têtes.

Qu'est-ce qu'on fait ? Nathan ? Qu'est-ce qu'on fait ?

On se balade. On va vers le nord.

Ah.

C'est là que tu voulais aller, non ?

Si.

Il existe un lien entre l'ennui et le désir de chaos. Malgré les masques et les faux-semblants, elle n'avait peut-être jamais cessé d'aspirer au chaos.

T'as du son, Keisha ?

Quoi ?

On devrait aller chez toi, pour choper de la zicmu. LOCKE !
Il cria en désignant la tour du doigt, comme si en la nommant il rendait concrète son existence.

Keisha, rappelle-moi les noms de gens qui habitaient Locke.

Leah Hanwell. John-Michael. Tina Haynes. Rodney Banks.

Sous le coup de l'effort qu'il lui fallut faire pour prononcer ces noms, Natalie s'assit exactement là où elle se trouvait. Puis elle s'allongea et posa sa tête sur le bitume jusqu'à ce que la lune occupe tout son champ de vision et son esprit.

J'ai vu Rodney, y a un bail, à Wembley. Il a un pressing là-bas maintenant. Il s'est bien débrouillé. Mais il est resté sympa, Rodney. Toujours humble. Il m'a parlé et tout. Y en a certains qui font comme s'ils ne te connaissaient pas. Lève-toi, Keisha.

Natalie se redressa sur ses coudes pour le regarder. Elle ne s'était pas allongée dans la rue depuis des décennies.

Allez, lève-toi. Parle-moi. Comme d'habitude. Allez, viens.

Pour la deuxième fois de la soirée, elle croisa ses poignets et se sentit soulevée, comme si elle était à peine là, comme si elle n'existait pas.

Leah. Elle était obsédée par toi. Carrément obsédée.

Je l'ai vue. Mais parlons d'autre chose. Doué pour les nombres.

Leah ?

Non, moi ! J'étais doué pour les nombres ! Tu te souviens pas ? La plupart des gens ne me connaissaient pas à l'époque. Mais toi, tu te rappelles. J'avais toujours les meilleures notes.

T'étais bon partout. Ça, je m'en souviens. Tu as même fait une période d'essai dans un club.

Exactement. Avec les Queens Park Rangers. Tout le monde prétend avoir eu une période d'essai, mais moi c'est pour de vrai.

Je sais. Ta mère l'avait dit à ma mère.

J'avais des problèmes de tendons. J'ai joué quand même.

Personne m'a prévenu. Plein de choses seraient différentes. Plein de choses. C'est comme ça. C'est tout. J'aime pas penser à cette époque, en vérité. En fin de compte, je suis dans la rue, j'essaie de survivre. Je me casse le cul jour après jour. J'essaie de gagner ma croûte. J'ai fait des sales trucs, je vais pas te mentir. Mais tu sais que je suis pas comme ça au fond. Tu me connais depuis toujours.

Il envoya valser trois cannettes de bière dans l'herbe. Ils avaient épuisé la nostalgie. Ici le mur d'enceinte avait été partiellement détruit – comme si quelqu'un l'avait démonté de ses propres mains, brique par brique. Ils traversèrent la rue, passèrent devant le terrain de basket. Quatre silhouettes se tenaient dans le coin le plus éloigné, le bout de leurs cigarettes illuminant la pénombre. Nathan salua les hommes d'un signe de la main. Ils firent de même en retour.

Arrêtons-nous ici. Je vais fumer ça.

D'accord, moi aussi.

Il s'appuya contre le haut portail en fer forgé du cimetière, et regarda à travers les barreaux. Il s'empara du joint derrière son oreille et ils le fumèrent ensemble, soufflant la fumée dans la nuit. Ce qu'il avait rajouté au tabac avait un goût amer. La lèvre inférieure de Natalie s'ankylosa. Le sommet de son crâne s'envola. Sa bouche devint rigide et pâteuse. Elle commença à avoir du mal à traduire les pensées en son, ou à savoir quelles pensées étaient susceptibles de devenir sonores.

Descends descends descends. Keisha, descends.

Quoi ?

Bouge de là.

Nathan poussa doucement Natalie de l'épaule pendant quelques mètres, jusqu'à ce qu'ils soient suffisamment éloignés des deux feux de signalisation de la rue. De l'autre côté de la grille, un lampadaire victorien filiforme projetait une faible lueur sur les plates-bandes. Quand Naomi était petite Natalie l'avait attachée sur sa poitrine un après-midi et avait marché en huit dans ce cimetière, espérant que l'enfant s'endormirait. Les gens du quartier prétendaient qu'Arthur Orton était enterré ici quelque part. Au cours de ces pérégrinations en huit, elle ne le trouva jamais.

Rentrons à l'intérieur. On a qu'à grimper par-dessus.

Arrête. Keisha est devenue folle.

Allez. On y va. Y a rien à craindre. T'as peur de quoi ? Des morts ?

Je connais pas les fantômes, Keisha. Et j'ai pas envie de les connaître.

Natalie essaya de lui rendre le joint, mais Nathan le lui remit dans la bouche.

Pourquoi t'es là, dehors, Keisha. Tu devrais être chez toi.

Je ne rentrerai pas chez moi.

Comme tu veux.

T'as des mômes, Nathan ?

Moi ? Nan.

C'est alors qu'une sorte de bruissement se fit entendre, allant grandissant, suivi d'un crissement. Un vélo s'arrêta net devant eux. Un jeune homme avec des tresses couchées et un des ourlets de son pantalon remonté jusqu'au genou, pencha son vélo sur le côté, s'avança et murmura à l'oreille de Nathan. Ce dernier l'écouta un instant, secoua la tête et fit un pas en arrière.

Lâche-moi, mec. C'est trop tard.

Le gamin haussa les épaules et posa son pied sur la pédale. Natalie observa le vélo tandis qu'il s'éloignait en accélérant devant l'ancien cinéma.

C'est juste une condamnation à mort.

Quoi ?

Les enfants. S'ils naissent, ils vont mourir. Donc c'est ça qu'on leur donne au bout du compte. Tu vois, c'est pour ça que j'aime bien parler avec toi, Keisha. T'es vraie. On a toujours des conversations profondes, toi et moi.

J'aurais aimé qu'on puisse parler plus souvent.

J'suis à la rue, Keisha. J'ai pas eu de chance. Novlene ne dit pas aux gens la vérité. Mais je vais pas te mentir, moi. Tu vois bien, j'suis là devant toi. Je suis comme je suis.

Natalie continuait de lorgner dans la direction du garçon à vélo. La malchance d'autrui la mettait à présent systématiquement mal à l'aise.

J'ai croisé Novlene, dans la rue principale, y a un moment.

T'es futée, Keisha.

Quoi ?

Elle t'a dit qu'elle me laissait plus entrer dans la maison ? Je parie que non. Vas-y, Keisha, puisque t'es futée. Dis-moi un truc intelligent. T'es juriste maintenant, pas vrai ?

Oui. Avocate. Peu importe.

Tu portes une perruque sur la tête, t'as un marteau dans la main et tout ?

Non. Peu importe.

Nan, mais tu t'es bien débrouillée. Ma mère adore me parler de toi. T'es futée, Keisha. Hé, mate un peu ce renard. T'as vu comme il trace ?

Il avait une petite lampe torche à l'extrémité de son téléphone, et il la braqua à travers les barreaux. Le bout d'une vilaine queue – semblable à une vieille brosse ébouriffée – disparut derrière un chêne.

C'est des animaux sournois. Ils sont partout. Moi, je crois que c'est eux qui sont aux manettes.

Le renard était maigre et paraissait courir en crabe entre les tombes. La lampe de Nathan le suivit aussi loin que possible, puis l'animal bondit dans le néant et disparut.

Comment tu t'es retrouvée à faire ça ?

Quoi, du droit ?

Ouais. Comment t'as fini là-dedans ?

J'sais pas. Ça s'est fait comme ça.

T'as toujours été intelligente. Tu le mérites.

Je vois pas le rapport.

Le revoilà ! Ils sont rapides, ces renards.

Il faut que j'y aille.

Les jambes de Nathan flageolèrent. Il s'affaissa. D'abord contre les barreaux, puis il glissa vers Natalie. Elle n'avait pas prévu de soutenir quiconque. Ils s'effondrèrent ensemble par terre.

La vache, faut que t'arrêtes de fumer.

Keisha, reste avec moi, parle-moi un peu. Parle-moi, Keisha.

Ils étendirent leurs jambes sur le trottoir.

Plus personne me parle. Ils me regardent comme s'ils me connaissaient pas. Des anciens potes. Des gens avec qui je faisais les quatre cents coups.

Il posa une main à plat sur sa poitrine.

Y a trop d'amphètes dans ce truc. Mon cœur s'emballe. Ce petit con. J'sais pas pourquoi je traîne avec lui. C'est de sa faute, tout ça. Il va toujours trop loin. Comment je peux l'arrêter, moi, Tyler ? Y a que lui qui peut se contrôler. Je devrais même pas être en train de te parler. Je devrais être à Dalston, parce que c'est même pas de ma faute, c'est de la sienne. Mais je suis là à me demander : Nathan, pourquoi t'es encore ici ? Pourquoi ? Et je connais même pas la réponse. Je rigole pas. Je devrais me fuir moi-même.

Calme-toi. Respire profondément.

Attends, je vais me reprendre, Keisha. Continue de marcher avec moi.

Il ôta sa capuche, enleva sa casquette. Il avait dans la nuque une tache blanche grosse comme un pièce de monnaie.

Allez, on y va.

Il se remit debout aussitôt. Une lueur rouge et bleue envahit le mur du cimetière.

On fait quoi avec ça ?

Jette-le par terre. Allez. Magne-toi.

De Shoot Up Hill[1] à Fortune Green

Ils s'arrêtèrent au croisement de Shoot Up Hill et de Kilburn High Road, à l'entrée de la station de métro.
Attends ici.
Nathan laissa Nathalie près des distributeurs de tickets et se dirigea vers le fleuriste. Elle attendit jusqu'à ce qu'il disparaisse au coin, puis elle le suivit et s'immobilisa au niveau de la banne du magasin. Il se tenait dans l'entrée d'un traiteur chinois, chuchotant avec deux filles. L'une portait une minijupe en lycra et un sweatshirt à capuche; l'autre, plus petite, avait un survêtement et un foulard qui avait glissé à l'arrière de son crâne. Ils étaient tous trois serrés les uns contre les autres. Quelque chose passa de main en main. Nathan toucha la tête de la plus petite des deux filles.

Qu'est-ce que je viens de te dire ? Ne m'oblige pas à répéter.
J'ai rien dit, moi.
Bien. Continue comme ça.

Nathan fit demi-tour, remarqua Natalie et bougonna. Les filles s'éloignèrent dans l'autre sens.

1. Shoot Up Hill désigne la portion d'Edgware Road traversant le quartier de Kilburn. Ce nom, que l'on pourrait traduire par « Colline coupe-gorge », fait référence au passé turbulent de l'artère, jadis fréquentée par les voleurs de grand chemin.

C'était qui, ces filles ?
Personne.
Je sais comment ça marche. Avant, je passais tous les soirs dans les cellules de Bow Street.
C'est fermé maintenant. Ils t'embarquent à Horseferry aujourd'hui.
Exactement.
Moi aussi je sais comment ça marche, Keisha. Y en a là-dedans. T'es pas la seule à être futée dans le coin.
Je vois. C'est qui, ces filles ?
Prenons Shoot Up Hill, après on traversera.

La rue paraissait plus longue et plus large que jamais. Les maisons et les appartements étaient en retrait, comme si les gens qui vivaient là cherchaient encore à se protéger des voleurs et autres brigands. Natalie eut l'impression qu'ils n'arriveraient jamais jusqu'au bout.
T'as du fric sur toi ?
Non.
On pourrait se pécho deux sachets.
Je n'ai rien sur moi, Nathan.
Ils marchèrent un moment en silence. Nathan rasait les murs, évitant soigneusement le centre du trottoir. Natalie se rendit compte qu'elle ne pleurait ni ne tremblait plus, et que la terreur était l'émotion qui durait le moins longtemps. Elle ne pouvait s'empêcher de contempler les matières qui l'entouraient : pierre blanche, pelouse verte, rouille ocre, ardoise grise, merde marron. C'était presque agréable de déambuler au hasard. Ils prirent en transversale, Natalie Blake et Nathan Bogle, continuant de grimper la colline, passant devant d'étroits immeubles en briques rouges plutôt cossus, se dirigeant vers l'argent. Le monde des logements sociaux était loin derrière eux, au pied de la colline. Quelques maisons victoriennes firent leur apparition, puis il y en eut de plus en plus. Gravier immaculé dans les allées de garage,

stores en bois blanc aux fenêtres. Panneaux d'agences immobilières fixés aux portails.

Certaines de ces maisons valent vingt fois plus que ce qu'elles valaient il y a dix ans. Trente fois même.

Ah bon.

Ils poursuivirent leur chemin. À intervalles réguliers sur le trottoir, la mairie avait planté des platanes, rangée de petits arbustes optimistes protégés par du plastique autour de leurs troncs. L'un d'eux avait déjà été arraché, et un autre brisé en deux.

D'Hampstead à Archway

Dans le Heath, sur la route qui traverse le parc, là où le trottoir disparaît. Il faisait nuit, et la pluie tombait doucement. Ils marchaient l'un derrière l'autre sur le bitume. Natalie sentait les voitures passer tout près d'elle à sa droite, et les ronces et les buissons la frôler à sa gauche. Nathan avait remis casquette et capuche pour se protéger. La tresse à présent défaite que Natalie portait en chignon à l'arrière du crâne était trempée. De temps à autre Nathan l'avertissait par-dessus son épaule. Reste à gauche. Merde de chien. Ça glisse. Elle n'aurait pu rêver meilleur compagnon de route.

La pluie s'intensifia. Ils firent halte devant la porte d'un pub, le Jack Straw's Castle.

Ces chaussures sont trop voyantes.

C'est pas des chaussures, c'est des chaussons.

Ils sont trop voyants.

Et alors ?

Pourquoi ils sont si rouges ?

Je sais pas. Je dois aimer cette couleur.

Ouais, mais pourquoi ils doivent tellement attirer l'attention ? Tu peux pas courir, tu peux pas te planquer.

J'essaie pas de me planquer. Je crois pas du moins. Pourquoi on essaierait de se cacher ?

C'est pas à moi qu'il faut demander.

Il s'assit sur la marche en pierre humide. Il se frotta les yeux, soupira.

Je te parie qu'il y a des gens qui vivent dans ces bois.

Dans le Heath ?

Ouais. Tout au fond.

Peut-être. J'en sais rien.

Ils doivent vivre comme des animaux là-dedans. Ils en ont assez de cette ville. Moi aussi j'en ai marre, pour de vrai. La malchance me poursuit, Keisha. C'est ça le truc. C'est pas moi qui lui cours après. C'est elle.

Je ne crois pas à la chance ou la malchance.

Tu devrais. C'est ça qui dirige le monde.

Il se remit à chanter. À chanter et à rapper, mais d'une voix si basse, mélancolique et monocorde que Natalie peinait à faire la différence.

Et revoilà ce putain d'hélico.

À ces mots, il sortit de sa poche un paquet de Golden Virginia et aplatit une Rizla + sur son genou. Natalie leva les yeux. Nathan s'efforça de se dissimuler dans l'ombre de la porte. Au-dessus de leurs têtes les pales de l'appareil fendaient la couverture de nuages. Ils avaient fumé sans discontinuer. Elle n'avait jamais été aussi défoncée de sa vie.

Et cette pluie ne va pas s'arrêter.

Je pourrais te montrer un journal intime. Avec ton nom partout. Toutes les trois lignes, ton nom. C'est celui de mon amie, Leah, son journal intime. Mon enfance se résume presque à ça : l'écouter parler de toi. Elle ne l'admettrait jamais, mais l'homme qu'elle a fini par épouser, il te ressemble.

Ah bon.

Ça me semble bizarre qu'on puisse être aussi vital pour quelqu'un et ne pas s'en rendre compte. Elle t'aimait... tellement. Pourquoi tu fais ça ? Tu me crois pas ?

Nan, c'est juste que je me souviens d'un truc que ma mère disait. Tout le monde adore les petits Noirs quand ils ont dix ans. Avec leurs petites têtes rondes et tout. Ils sont mignons et pleins de vie. Tout le monde adore les petits Noirs quand ils ont dix ans. Après ça, ils deviennent un problème. On peut pas avoir dix ans toute sa vie.

C'est horrible de dire ça à un enfant.

C'est comme ça que tu vois les choses, mais pas moi. Pour moi, c'est juste la vérité. Ma mère, elle essayait de me dire quelque chose de vrai. Mais toi, tu veux pas l'entendre. Tu veux entendre d'autres trucs. Oh, Nathan, je me souviens quand t'étais comme ci et comme ça. Quand t'étais tellement mignon et tout, tu vois ce que je veux dire? Tu veux des beaux souvenirs. La dernière fois que je suis allé chez toi, j'avais dix ans. Après ça, ta mère m'a plus laissé entrer, crois-moi.

C'est pas vrai !

Quand j'ai eu quatorze ans, elle s'est mise à m'éviter, à traverser la rue comme si elle m'avait pas vu. C'est comme ça que je vois les choses. C'est impossible de vivre dans ce pays quand t'es grand. Impossible. Ils veulent pas de toi, même les Noirs veulent pas de toi. Personne veut de toi. C'est pas pareil pour les filles. C'est un truc de mecs. C'est comme ça que ça se passe ici.

Mais tu ne te souviens pas que...

Oh, Nathan, *tu te souviens de ci, tu te souviens de ça...* franchement Keisha, je ne me souviens pas. J'ai effacé tout ce bordel de mon cerveau. Ma vie est différente maintenant. Ça me sert à rien. Je vis plus dans ces tours. Je suis dans la rue maintenant. C'est pas la même chanson. Il faut survivre. C'est ça. Survivre. C'est tout ce qui compte. Tu me dis : « On était à la même école. » Et alors ? Qu'est-ce que tu sais de ma vie ? Depuis quand tu te mets dans ma peau ? Qu'est-ce que tu sais de ma façon de vivre ? Qu'est-ce que tu sais de mon enfance ? T'es là, assise sur ton banc, à me juger. À m'interroger sur ces filles. Occupe-toi de tes oignons. Toi et ta putain de copine gouine. Amène-la-moi, je lui dirai en face. « T'étais tellement bon au foot, tout le monde t'adorait. » À quoi ça me sert, moi? Et après tu rentres chez toi, tu retrouves ton petit jardin, ta petite vie. Et où il est, mon jardin à moi? Où elle est, ma vie? T'es là, assise sur ton banc à délirer sur moi. « C'est comment, d'être un problème? » Qu'est-ce que t'en sais? Qu'est-ce que tu sais de moi? Rien. Pour qui tu te prends pour me parler comme ça? T'es personne. T'es rien.

Juste en face d'eux, un petit oiseau trempé jusqu'aux os se posa sur une feuille et secoua ses plumes. Une voiture tourna en trombe au coin de la rue, projetant de l'eau sur son passage.

Pourquoi tu pleures maintenant? T'as aucune raison de pleurer.

Laisse-moi tranquille. Je sais où je vais. J'ai pas besoin que tu m'accompagnes.

Des scènes. T'es bien de ce genre-là. T'adores faire des scènes.

Je veux que tu partes, c'est tout. VA-T'EN!

Je vais nulle part, moi. Tu peux courir, tu peux pas te planquer. Écoute, t'as pas besoin de prendre la mouche parce que je te dis des trucs vrais.

Je veux que tu me laisses tranquille!

T'es en train de t'apitoyer sur ton sort. Tu t'es fritée avec ton mec. Il est métisse. Je l'ai vu prendre le métro à Kilburn avec son attaché-case. Non mais regarde-toi, t'es là à t'apitoyer sur ton sort. Ça montre bien que t'as réussi, si tu peux pleurer pour ça. Tu me fais trop rire.

Je ne m'apitoie pas sur mon sort. Je m'en fous de moi. J'ai juste envie d'être seule.

Ouais, eh bien on n'a pas toujours ce qu'on veut.

Natalie se leva et essaya de courir. Presque aussitôt un de ses chaussons mouillés glissa dans un nid-de-poule, et elle tomba à genoux.

Où tu vas? Laisse tomber, je te dis! Laisse tomber! Combien de fois je dois te le répéter?

La pluie redoubla. Elle vit la main de Nathan se tendre vers elle. Elle l'ignora, s'appuya sur son genou droit et se releva d'un bond. Elle secoua ses bras et ses jambes comme une gymnaste et se remit en marche aussi vite qu'elle le pouvait, mais lorsqu'elle regarda par-dessus son épaule, il la suivait.

Hampstead Heath

Je vois bien que t'essaies de me piger.
J'essaie rien du tout. Regarde devant.
T'as fini ? Il t'en faut du temps.
C'est plus compliqué pour une femme.
Tu ferais mieux de te magner. Y a un vieux avec son chien qui se ramène.
Quoi ?
Nan. Détends-toi.
Laisse-moi tranquille.
J'ai rien dit, moi.
Mais si, tu viens de dire quelque chose.
C'est super, ici pour une piqueu-niqueu. Et si on se faisait un piqueu-niqueu ?
Et alors ? J'ai déjà pique-niqué ici. On dit pique-nique. T'as jamais pique-niqué ? J'essaie de te décrire une vie normale.
Ouais. T'adores expliquer.
Je venais ici avant, avec mon église.
Et voilà.
Et voilà quoi ? T'es jamais venu jusqu'ici ?
Non.
Jamais. T'es jamais venu à Hampstead Heath. Quand on était gosses. T'es jamais venu ici.
Pourquoi je serais venu ici ?

Je sais pas, moi… parce que c'est gratuit, parce que c'est beau. Les arbres, l'air frais, les étangs, la pelouse.

C'était pas mon truc.

Comment ça, c'était pas ton truc ? C'est le truc de tout le monde ! Ça s'appelle la nature !

On se calme. Remonte ta culotte.

À l'angle de Hornsey Lane

Arrête de me suivre. Tais-toi. Je m'entends même plus penser. J'ai besoin d'être seule maintenant.
Mais c'est pas moi qui suis dans ton rêve, Keisha. C'est toi qui t'incrustes dans le mien.
Sérieusement. Il faut que tu t'en ailles.
Non, mais tu comprends pas. Écoute : mon rêve, c'est mon rêve. Tu vois ? Ton rêve, c'est ton rêve. Tu peux pas rêver mon rêve. Ce que tu bouffes me fait pas chier. Tu vois ? C'est mon rêve, tu peux pas y entrer.
Tu te prends pour un sorcier noir, ou quoi ?
Un sorcier tout court.
Casse-toi !
Je bougerai pas d'ici.
Si tu as décidé de me faire du mal, c'est peine perdue. C'est déjà fait.
Mais pourquoi tu me dis ça, à moi ? On se balade gentiment et tout. Je ne suis pas méchant, Keisha. Pourquoi tu fais comme si j'étais un sale type ? Tu te souviens de moi. Tu sais qui je suis.
Je ne sais pas qui tu es. Je ne connais personne en vérité. Arrête de me suivre.
Pourquoi tu me jettes maintenant ? Qu'est-ce que je t'ai fait ? Je t'ai rien fait, moi.
C'était qui, la fille, la petite avec le foulard ?

Hein ? Pourquoi tu penses à elle ?

Tu vis avec elle ?

C'est ça, ton problème : tu veux t'emmêler du rêve des autres. On est potes, toi et moi. On se baladait gentiment et tout. Pourquoi tu me cherches comme ça ?

Elle était pas à Brayton ? Elle me rappelle quelqu'un. Elle s'appelle pas Shar ?

Je la connaissais pas à l'époque. C'est pas comme ça que je l'appelle, moi.

Comment tu l'appelles ?

On est au tribunal ou quoi ? J'appelle mes filles comme je veux.

Qu'est-ce que tu fais avec ces filles ? Elles volent pour toi ? Tu les prostitues ? C'est toi qui appelles les femmes pour les menacer ?

Oh là, oh là, on se calme. Tu me prends pour quelqu'un d'autre, là. Écoute, moi et mes filles, on se tient les coudes. C'est tout ce que t'as besoin de savoir. Elles assurent mes arrières. J'assure les leurs. C'est tous pour un, un pour tous. On est comme les doigts de la main.

Tu te caches de quelqu'un, Nathan ? De qui tu te caches ?

Je me cache de personne, putain ! Qui parle de se cacher ?

C'est qui, cette fille, Nathan ? Qu'est-ce que tu fais avec ces filles ?

Ça déraille là-dedans. Tu racontes vraiment n'importe quoi maintenant.

Réponds à la question ! Prends tes responsabilités ! Tu es libre !

Nan, c'est là que tu te goures. J'suis pas libre. Je l'ai jamais été.

On est tous libres !

Mais je vis pas comme toi, Keisha.

Quoi ?

Je vis pas comme toi. Tu sais que dalle de moi. Tu sais rien de mes filles. On est une famille.
Bizarre comme famille.
Elles le sont toutes.

Hornsey Lane

Hornsey Lane. Déclara Natalie. C'est là que je voulais aller.
C'était vrai. Même si d'une certaine façon cela ne devint concret que lorsqu'elle aperçut le pont. Nathan regardait autour de lui. Il gratta la plaie qu'il avait dans le cou.
Personne habite dans ce coin. Tu viens voir qui ici? C'est au milieu de nulle part, putain.
Va-t-en, Nathan.
Natalie marchait vers le pont. Les lampadaires à chaque extrémité étaient en fer forgé, avec des bases en forme de poissons à la bouche grande ouverte et des queues de dragon s'enroulant autour du pied. Ils étaient couronnés d'un globe en verre orange, luisant, aussi gros qu'un ballon de foot. Natalie avait oublié que le pont n'était pas uniquement fonctionnel. Malgré ses efforts, elle ne put s'empêcher de contempler sa beauté.
Keisha, reviens ici. Je te parle. Arrête d'être comme ça.
Natalie se hissa sur la première petite corniche, à quelques centimètres du sol. Elle ne se souvenait que d'une barrière, mais celle-ci faisait presque deux mètres, et elle était surmontée de pics, telle une fortification médiévale : un pic vers le haut, un pic vers le bas, sorte d'épais fil barbelé. C'est sans doute ainsi qu'ils empêchaient les gens de basculer dans le néant.
Keisha?

Ce qu'elle voyait était comme hachuré. St Paul's dans une bande. Le Cornichon dans une autre. Un demi-arbre. Une demi-voiture. Des coupoles, des flèches. Des carrés, des rectangles, des demi-lunes, des étoiles. Il était impossible de se faire une idée de l'ensemble. De là-haut, le couloir de bus était une fente rouge parcourant la ville. Seules les tours, séparées les unes des autres et pourtant reliées entre elles, lui inspiraient une certaine logique. De là où elle était, l'ensemble dégageait une harmonie ; pylônes de pierre plantés dans un champ antique, attendant d'être recouverts de quelque chose, d'une statue peut-être, ou d'une plate-forme. Un homme et une femme s'approchèrent et s'immobilisèrent près de Natalie devant le parapet. Quelle vue magnifique, fit la femme. Elle avait un accent français. Elle ne paraissait pas du tout convaincue par ce qu'elle venait de dire. Au bout d'une minute le couple s'éloigna en descendant la colline.

Keisha ?

Natalie Blake regarda vers le bas. Elle essaya de localiser la maison, qui devait se trouver quelque part au pied de cette colline, à l'ouest. Des rangées de cheminées en briques rouges identiques s'étiraient à perte de vue. Le vent se leva, agitant les arbres en contrebas. Elle eut l'impression d'être à la campagne. À la campagne, si une femme ne pouvait regarder en face ses enfants, ses amis ou sa famille – si elle était accablée de honte –, elle n'aurait qu'à s'allonger dans un pré et prendre congé en se laissant absorber par l'herbe autour d'elle, puis par la terre en dessous. En bonne citadine, Natalie Blake avait toujours considéré la nature avec naïveté. Mais, lorsqu'il s'agissait de la ville, elle ne pouvait se tromper. Ici, il fallait une vraie coupure, une rupture soudaine et totale. Elle visualisait clairement l'acte, tel un objet dans sa main ; puis le vent souffla à nouveau dans les arbres et ses pieds regagnèrent le trottoir. L'acte en resta là ; il demeura un acte, un projet, toujours possible. Quelqu'un viendrait sans doute bientôt sur ce pont et s'emparerait à la fois de la possibilité et de l'acte lui-même, comme c'était le cas avec une triste régularité depuis la construction de l'édifice. Mais à ce moment précis, il n'y avait personne pour prendre la relève.

Keisha, il commence à faire froid ici. J'ai besoin de me réchauffer. Allez, viens. Keisha, fais pas la gueule. Parle-moi encore. Viens.

Elle se pencha en avant et s'appuya sur ses genoux. Elle était tordue de rire. Elle leva les yeux et aperçut Nathan qui grimaçait.

Écoute, je me casse. Il faut que je bouge. T'es vraiment lourde. Tu viens ou pas ? Demanda Nathan Bogle.

Salut, Nathan. Répondit Natalie Blake.

Un bus de nuit arrivait dans la rue, et elle regretta de ne pas avoir d'argent. Elle ne savait pas exactement ce qui avait été sauvé, ni par qui.

apparition

La femme était nue, l'homme habillé. La femme n'avait pas compris que l'homme devait se rendre quelque part. Par la fenêtre leur parvint la balance-son d'un char de carnaval, quelque part à l'ouest, dans Kensal Rise. Après quelques mesures, la musique s'interrompit, faisant place au carillon de la camionnette d'un vendeur de glaces. *Here we go round the mulberry bush*, comme dit la comptine. La femme se redressa et chercha la lettre qu'elle avait laissée dans le lit, du côté de l'homme, aux premières heures du matin. Cela lui avait pris toute la journée et presque la nuit entière pour «rassembler ses idées». Finalement, alors que lundi commençait, elle avait humecté l'enveloppe, l'avait cachetée et posée sur l'oreiller de l'homme. Il l'avait déplacée sur une chaise, sans l'ouvrir. À présent, elle observait son mari enfiler d'élégants mocassins à pompons italiens et enfoncer une casquette de base-ball sur sa tête. «Tu ne vas pas l'ouvrir? demanda Natalie. — Je sors», répondit Frank. La femme s'agenouilla, implorante. Elle avait du mal à croire qu'elle s'était réveillée dans la même situation que la veille, que l'avant-veille, et que le sommeil n'avait rien effacé. Qu'elle demeurerait dans cette même situation demain. Que telle était sa vie à présent : deux ennemis silencieux accompagnant les enfants à leurs divers rendez-vous. «Je m'absente quelques heures, poursuivit l'homme. À mon retour, je prendrai les enfants jusqu'à sept heures. Il va falloir que tu trouves un autre endroit où aller.» La femme se saisit de l'enveloppe et la tendit à l'homme. «Frank, prends-la avec toi au moins.» L'homme s'empara d'un petit livre sur l'étagère – elle n'eut pas le temps de l'identifier – et le glissa dans sa poche arrière. «C'est pour soi-même qu'on fait des confessions», déclara-t-il. Il quitta la chambre. Elle l'entendit descendre les escaliers et marquer une brève pause au deuxième étage. Quelques minutes plus tard, la porte d'entrée claqua.

Soit elle restait paralysée, soit elle allait de l'avant. Elle s'habilla rapidement, en bleu pétant et blanc, et dévala les escaliers. Elle trouva ses enfants dans un couloir à l'étage du dessous. Naomi était debout sur une boîte renversée, Spike à plat ventre par terre. Ils étaient tous deux argentés. Visages argentés, vêtements argentés, peints à la bombe, chapeaux en papier aluminium. Natalie ne savait pas si cela était dû à un événement dramatique, s'il s'agissait d'une sorte de jeu, ou d'autre chose.

«Où est Maria? demanda-t-elle, avant de répondre à sa propre question : c'est lundi, c'est jour férié. Pourquoi vous êtes habillés comme ça?

— C'est le carnaval!

— Encore? Qui a dit qu'on y allait deux jours de rang?

— Je suis un robot. Il y a un concours de déguisement. C'est Maria qui nous les a fabriqués. On a fini le papier alu.

— Vous êtes tous les deux des robots.

— Non! Spike est un chien-robot. Moi je suis le robot principal. Ça commence à deux heures. Ça coûte cinq livres.»

Si ses enfants continuaient de lui donner des descriptions claires et utiles du déroulement des choses, ils auraient peut-être une chance de traverser les quelques heures à venir. Les quelques années.

«Quelle heure est-il?» Les enfants de Natalie attendirent

qu'elle vérifie sur son téléphone. « On peut pas rester ici. C'est une journée magnifique. Il faut qu'on sorte. »

Chaque enfant avait sa propre chambre – il y avait suffisamment d'espace dans la maison pour qu'ils puissent tous dormir seuls –, mais ignorant la logique capitaliste, ils insistaient pour coucher dans la même pièce, la plus petite, dans des lits superposés, au milieu d'une montagne de vêtements. Natalie chercha dans ce bazar quelque chose de convenable à leur mettre.

« Je ne veux pas me changer, protesta Naomi.
— Je veux pas ! répéta Spike.
— Mais vous avez l'air ridicule », insista Natalie.

Elle distingua dans les yeux de sa fille sa propre volonté, deux fois plus intense. Au rez-de-chaussée, dans le couloir de l'entrée elle mit le chien-robot dans la poussette et se disputa avec le robot principal pour savoir s'il était oui ou non autorisé à prendre la trottinette. Une fois encore, elle dut céder. Elle ferma la porte et leva les yeux vers l'onéreuse pile de briques et de mortier qui s'élevait au-dessus de sa tête, qui serait sans doute bientôt divisée, dont le contenu serait mis en cartons, redistribué, et les occupants séparés, réinstallés. Et une nouvelle distribution d'êtres optimistes, bien décidés à se « construire une vie », franchirait le seuil. Dans un sens, il n'était pas si difficile de se projeter dans l'avenir de cette façon, tant que cela restait abstrait.

Au bout de deux minutes, la fille de Natalie se lassa de sa trottinette et demanda à sa mère de la porter sur son dos. Natalie accrocha la trottinette à la poussette et s'exécuta. Naomi tendit le cou : sa joue soyeuse vint se coller contre le visage de sa mère, et ses cheveux en bataille volèrent dans la bouche de cette dernière.

« Pourquoi as-tu insisté pour prendre la trottinette si tu savais que tu n'allais pas vouloir l'utiliser ? »

L'enfant répondit, ses lèvres humides effleurant les oreilles de sa mère : « Je ne sais pas ce que je vais vouloir avant de le vouloir. »

La mère regarda dans les paniers métalliques de ses enfants.
Naomi : dentifrice, balle en caoutchouc, pochette d'autocollants, grosse fourche rouge, livre.
Spike : balle en caoutchouc, balle en caoutchouc, canard en plastique clignotant, tampon à récurer, épée en plastique.
Cinq livres chacun, cinq articles. Poundland. Natalie se souvenait avoir fait pareil avec Marcia, mais chez Woolworth's ; à l'époque c'était une livre, on en avait tellement plus pour son argent, et tout devait être « utile ».
« J'aimerais bien savoir comment vous avez choisi.
— J'ai essayé d'aider Spike, mais il a pris ça.
— Tu n'as pas besoin d'un tampon à récurer, mon chéri.
— SI, JE LE VEUX. »
Natalie ramassa la fourche.
« C'est pour Halloween.
— Naomi, on est au mois d'août.
— SI, JE LE VEUX.
— Franchement, protesta Naomi avec un air très sérieux, c'est hyper pas cher. »
Sur le comptoir à la caisse ils vendaient le *Kilburn Times* pour vingt-cinq pence :

```
MEURTRE SUR ALBERT ROAD.
LA FAMILLE LANCE UN APPEL À TÉMOINS
```

Assis sur un canapé défraîchi, un rasta d'un certain âge avec dans la main une photo de son fils adulte. À la gauche du père était installée une magnifique jeune femme lui tenant l'autre main. Une douleur si profonde marquait leurs visages que Natalie dut détourner le regard. Elle retourna et plia en deux l'exemplaire en haut de la pile.
« Et un journal », ajouta-t-elle.

Ils avaient du temps à tuer. Natalie n'avait aucune idée de ce qu'il adviendrait d'eux ensuite. Ils marchèrent jusqu'à l'animalerie. Natalie libéra chien-robot. Robot et chien-robot se précipitèrent sur la rampe d'accès, vers la liberté. Elle ouvrit le journal, s'efforça de marcher en lisant, en poussant la poussette, en surveillant du coin de l'œil deux magnifiques enfants qui déambulaient dans le gigantesque établissement, parlant aux lézards ou se disputant au sujet de la différence entre le hamster et la gerbille. Elle eut envie d'appeler Frank – il était plus doué pour la réalité qu'elle, en particulier pour la chronologie des événements –, mais lui téléphoner impliquerait de se lancer dans des explications qu'elle était bien incapable de lui fournir. Deux soirs plus tôt. Dix-huit heures. Albert Road. Ses yeux ne cessaient de revenir à la même colonne, essayant à chaque fois d'en tirer un peu plus de sens. Elle ne savait pas si elle cherchait à s'immiscer dans le drame de quelqu'un d'autre – comme Frank lui disait souvent qu'elle avait tendance à faire – ou si elle savait véritablement quelque chose sur ce qui s'était produit à cette heure-là, dans cette rue. Puis elle s'efforça d'extraire le mot Felix de la photo dans la photo. Les fossettes, l'expression de jeune homme jovial, l'impeccable haut à capuche noir et jaune. C'était facile. Il était du quartier, et elle le reconnut, sans toutefois pouvoir dire quoi que ce soit de plus à son sujet. Sinon peut-être qu'il avait tout l'air d'un Felix.

Elle leva le nez de son journal. Elle appela. Rien. Elle alla aux poissons, aux lézards, aux chiens et aux chats. Nulle part. Elle s'apaisa tant bien que mal en se disant qu'elle n'était pas du genre hystérique. Elle revint sur ses pas, à un rythme légèrement plus rapide, les appelant d'une voix parfaitement posée. Rien, nulle part. Elle abandonna la poussette et accéléra vers la caisse. Elle posa à deux personnes une question extrêmement simple à laquelle ils répondirent avec une exaspérante indolence. Elle retourna aux poissons, puis aux lézards, en criant. Elle savait que ses enfants n'avaient pas été kidnappés ou assassinés, et qu'ils n'étaient sans doute pas à plus d'une vingtaine de mètres de là où elle se trouvait présentement, mais parcourir mentalement cette suite logique d'affirmations ne l'empêcha pas de sentir en elle que tout s'effondrait. Elle scruta l'abîme séparant ceux qui savaient ce que signifiait douleur intolérable, et les autres. Instantanément tout son corps se mit à transpirer. Un homme en tablier s'approcha pour lui dire de se calmer. Elle le bouscula et courut jusque dans la rue. Et c'était dans cet abîme qu'elle avait failli précipiter Frank, ses enfants, sa mère, Leah. Tous ceux pour lesquels elle avait pu compter.

Elle fit un pas vers la gauche et s'immobilisa : sans savoir pourquoi, son instinct rejetait cette direction. Elle partit dans l'autre sens, descendit à toute allure la première rampe venue et se retrouva dans un énorme magasin plein de mannequins sans visage drapés dans des hijabs, et de grands pans de soie noire pliés et disposés en piles carrées sur de longues étagères. Elle courut au hasard dans les rayons de tissus, de foulards, de robes brodées, puis elle retourna dans la rue, redescendit la rampe d'accès à l'animalerie, et là elle les aperçut tous les deux assis par terre au fond du magasin devant les clapiers à lapins.

Elle tomba à genoux, les agrippa et les embrassa partout sur le visage, offrande qu'ils acceptèrent sans broncher.

« Ça se mange, un lapin ? demanda Naomi.

— Quoi ?

— T'as déjà mangé un lapin ?

— Non... enfin il y a des gens qui en mangent. Mais moi, non. Attends, c'est mon téléphone. Il faut pas disparaître comme ça. Vous m'avez fait peur.

— Pourquoi tu manges pas de lapin ?

— Ma chérie, je ne sais pas, je n'en ai jamais eu envie. Attends, il faut que je réponde. Allô ?

— Tu manges du cochon, du poulet, de l'agneau. Et du poisson.
— Tu as raison. C'est pas vraiment logique. Allô ? Qui est-ce ? »

Michel. Elle entendit immédiatement qu'il était bouleversé. Elle se leva, recula de quelques pas et brandit un doigt en direction des enfants pour leur signifier de rester là où ils se trouvaient.

« Elle est là-dehors, allongée au soleil, dit Michel. Elle refuse de parler. Je sais plus quoi faire. Pourquoi elle me déteste comme ça ? »

Natalie essaya de le calmer. Elle prit le rôle de Frank : établir la chronologie des événements. Mais tout était confus. Michel évoqua un incident au drugstore, des photos.

« Je ne comprends rien, coupa Natalie Blake, avec une légère impatience.

— Et puis je lui ai demandé : "Qu'est-ce qui ne va pas ? Dis-moi ce qui ne va pas." Elle a répondu : "Regarde dans la boîte dans le tiroir." Et j'y suis allé.

— Et il y avait quoi ? » interrogea Natalie, avec le sentiment qu'il exagérait outre mesure cette histoire. Elle avait hâte de retrouver ses enfants.

« Des pilules. On essaie depuis un an ! Je ne sais pas si elle la prend depuis tout ce temps, mais bon. Y avait ton nom dessus. C'est toi qui lui as donné, Natalie ? Pourquoi t'as fait ça ? C'est quoi ce bordel ? »

Les enfants de Natalie s'approchèrent de leur mère et s'agrippèrent à chacune de ses jambes tandis qu'elle se défendait de toute collaboration. En temps normal, elle aurait concentré son énergie à réfuter une telle accusation – c'était son métier, après tout –, mais tandis qu'elle parlait, son esprit s'égara dans un espace vide où elle parvint presque à visionner quelque chose s'apparentant à la douleur de son ami, et ce faisant, à l'appréhender en son for intérieur.

« Je suis vraiment désolée.

— Pourquoi elle m'a menti ? Elle n'est pas elle-même. Elle m'a dit qu'elle s'était mise à prier. Elle n'est pas elle-même. Depuis qu'Olive est morte, elle n'est plus elle-même.
— Mais non, tu te trompes. Elle est toujours Leah.
— Pourquoi elle me déteste comme ça ?
— Maman... on y va, maman ! Allez, on y va !
— Leah t'aime. Elle t'a toujours aimé. Elle ne veut pas avoir d'enfant, c'est tout. » Clairvoyance. Lumineuse, aveuglante, sans jugement de valeur, impossible à contempler très longtemps, et bientôt transformée en autre chose. Pourtant, l'espace d'un instant, elle était là.
« Viens, s'il te plaît. »

Ils étaient assis tous les trois à l'arrêt de bus devant Poundland, à attendre le 98. Une dame d'environ soixante-dix ans, avec une charmante mèche blanche dans ses cheveux noirs, leur raconta comment elle avait échappé à la révolution en embarquant dans un avion affrété par le Shah lui-même, avec un Yorkshire en bagage à main. Pas celui-là, ni celui d'avant ni celui d'avant, mais celui encore avant. Dans un sens, je n'étais pas une bonne musulmane avant d'arriver à Kilburn. C'est ici que je suis vraiment devenue croyante. Je croyais que les chiens étaient *harām*, s'étonna Natalie. Pas le mien. Mindy-Lou est un don de Dieu. Laissez-la faire une léchouille à vos enfants. C'est une bénédiction, en fait.
Le bus arriva. Natalie s'assit et colla son front contre la vitre qui vibrait. La Cock Tavern. Le McDonald's. Le vieux Woolworth's. Le bookmaker. Le State Empire. Willesden Lane. Le cimetière. Qui a dit que tous ces endroits étaient des points immuables auxquels elle devait être fidèle à vie ? Comment pouvait-elle les trahir ? La liberté était absolue, partout, en mouvement constant. Il ne fallait pas s'attendre à la trouver uniquement dans les endroits qui nous étaient familiers. Tout comme on ne pouvait pas forcer les gens à se déshabiller et vous faire don de leur liberté. Clairvoyance !

Et quand j'ai compris que Mindy-Lou pouvait communiquer avec moi par télépathie, eh bien, là, j'ai vraiment vécu quelque chose digne d'un conte de fées ou d'un film, et j'ai su que j'aurais toujours quelqu'un pour veiller sur moi, et que tous ceux que je rencontrerais m'aimeraient jusqu'à la fin de mes jours. Très bien, fit Natalie, soulevant Naomi et manœuvrant la poussette vers la porte du bus. Heureuse de vous avoir rencontrée. On descend ici.

À la porte, Michel prit la main de Natalie et la guida dans le couloir, traversant la cuisine et la pelouse comme s'il s'agissait d'une expédition, et qu'elle était incapable de trouver seule son chemin. « Je devrais peut-être prendre un nouveau chien. Je ne sais pas ce qu'elle veut. » Il était anéanti. Un homme si doux. Natalie mit sa main en visière pour se protéger du soleil estival. Leah était allongée dans le hamac du jardin, sans protection. Elle était restée ainsi pendant plusieurs heures, refusant de parler. Natalie avait été appelée pour une consultation d'urgence. Elle essaya de s'approcher doucement avec ses enfants, mais ils tiraient sur ses vêtements, avaient tous deux trop chaud, pleuraient, et la ralentissaient. Michel proposa de les emmener dans la cuisine. Ils s'agrippèrent à leur mère. « Tu peux peut-être remplir ça, suggéra Natalie en tendant à Michel deux tasses anti-gouttes en plastique. Allez, les enfants. Suivez Michel. » Elle s'assit sur le banc en face du hamac et prononça le nom de sa chère amie. Rien. Elle lui demanda ce qui la tracassait. Rien. Elle ôta ses sandales et enfonça ses pieds nus dans l'herbe. Avec ce qui lui restait de clairvoyance, elle proposa à Leah un choix d'aphorismes, axiomes et autres proverbes qui devaient bien contenir une certaine vérité, présuma-t-elle, puisque tout le monde les répétait, un peu comme l'on croit à la valeur intrinsèque d'un billet de banque. L'honnêteté est toujours la meilleure politique. L'amour est plus fort que tout. Chacun voit midi à sa porte.

Elle parla et Leah ne l'interrompit pas, mais Natalie perdait son temps. Elle venait d'enfreindre une loi féminine selon laquelle une femme ne doit pas dévoiler de faiblesse à une autre femme à moins que cette dernière ne se fende d'un sacrifice à valeur égale en retour. Jusqu'à ce que Natalie paie son dû sous la forme d'une histoire inédite, de préférence intime, voire secrète, sa chère amie Leah Hanwell ne lui dirait rien ni n'écouterait aucun conseil.

« Leah ! cria Natalie Blake, Leah, je te parle. Leah ! »

Elle entendit Spike hurler ; il courait vers elle, le maquillage argenté coulant sur son visage ; elle l'accueillit dans ses bras, s'efforçant de l'écouter et de comprendre l'injustice dont il croyait avoir été la victime. Leah tourna très lentement la tête vers Natalie. Spike était allongé de tout son long sur les genoux de sa mère. Le nez rouge de Leah pelait.

« Regarde-moi ça, dit-elle. La mère et l'enfant. Regarde-moi ça. Tu as l'air d'une putain de madone. »

Un enfant. Des enfants. Ils n'étaient plus des bébés, ni des êtres qu'il fallait simplement gérer. Ils étaient magnifiques, mystérieux, et non pas un bras, une jambe, ou quelque autre extension de sa propre personne. Natalie serra Spike si fort contre elle qu'il commença à se plaindre. Les enfants vous ouvraient les yeux, comme s'ils vous faisaient par inadvertance un don sublime. Elle voulait donner à son amie quelque chose d'aussi beau en retour. Si la candeur était une chose au monde que l'on pouvait posséder et conserver, tel un objet, Natalie Blake aurait peut-être compris que le cadeau idéal à ce moment précis était de raconter honnêtement ses propres difficultés, et ses ambivalences, sans tergiverser, sans rien cacher ni embellir. Mais la tendance de Natalie Blake à se défendre et à se protéger était tout simplement trop forte.

« Je vais pas m'excuser pour mes choix, décréta-t-elle.

— Oh, allez Nat, personne te demande de faire ça. Laisse tomber. J'ai pas envie de me disputer avec toi.

— Je ne me dispute pas. J'essaie tout simplement de comprendre ce que t'as. Je ne crois pas que tu sois allongée là à flirter avec le cancer de la peau juste parce que tu ne veux pas d'enfants. »

Leah tourna le dos à Natalie dans le hamac.

« Je ne comprends pas pourquoi j'ai la vie que j'ai, déclara-t-elle calmement.

— Quoi ?

— Toi, moi, nous tous. Pourquoi cette fille et pas nous. Pourquoi ce pauvre type sur Albert Road. Tout ça n'a aucun sens. »

Natalie fit la grimace et croisa les bras sur sa poitrine. Elle avait pensé qu'il s'agirait d'un problème plus épineux.

« Parce qu'on a travaillé plus dur, commença-t-elle en appuyant sa tête contre le banc pour contempler le ciel immaculé. On était plus intelligentes, et on savait qu'on ne voulait pas se retrouver à frapper chez les autres pour faire la manche. On voulait s'en sortir. Les gens comme Bogle, ils n'avaient pas suffisamment de volonté. Je regrette si tu trouves ça dégueulasse, Lélé, mais c'est la vérité. C'est une des choses qu'on apprend dans un tribunal. Les gens ont généralement ce qu'ils méritent. Tu sais, un des avantages avec les gamins, c'est que tu n'as plus tellement de temps pour déprimer dans un hamac en t'interrogeant sur ce genre de question abstraite. Vu de ma fenêtre, tu t'en sors bien. Tu as un mari que t'aimes, et qui t'aime... Et il ne va pas cesser de le faire si tu lui ouvres ton cœur. T'as un boulot, des amis, une famille, quelque part où... », poursuivit Natalie en énumérant une liste de points positifs, mais elle s'était mise à parler mécaniquement et plus d'elle-même que d'autre chose. En vérité, elle ne pensait qu'à Frank, à qui elle aurait tant voulu ouvrir son cœur.

« Changeons de sujet », proposa Leah Hanwell.

Michel traversa la pelouse avec Naomi, portant un plateau

sur lequel trônaient les deux tasses des enfants, une bouteille de vin blanc et des verres à pied.

«Alors, elle parle? demanda-t-il.

— Elle parle», répondit Leah.

Michel servit du vin aux adultes.

«S'il vous plaît, poursuivit Leah, acceptant un verre, je ne veux pas faire ça devant les enfants. Parlons d'autre chose

— Je crois que je sais ce qui s'est passé sur Albert Road» affirma Natalie Blake.

Elles envoyèrent tout d'abord un e-mail. À la police, sur un site où l'on pouvait donner des renseignements sous couvert d'anonymat. Mais c'était décevant, et après coup, elles restèrent là, devant l'écran, dépitées. Elles décidèrent de téléphoner au commissariat de Kilburn.

«Au moins, dit Leah Hanwell, qui semblait gonflée d'une nouvelle énergie, Nathan Bogle va les intéresser. D'après ce que tu dis, ajouté à ce qu'on sait déjà sur lui, la police voudra au moins l'entendre.»

Au moins l'entendre, sans aucun doute.

«Tu as raison, enchaîna Natalie Blake. C'est la seule chose à faire», et quelques minutes plus tard, alors qu'elles retraçaient ce qu'elles savaient de l'histoire, Leah répéta précisément la même chose à Natalie.

À travers la porte vitrée, elles pouvaient voir les enfants jouant sur la pelouse. Leah trouva le numéro en ligne. Natalie le composa. Ce fut Keisha qui parla. Hormis le fait qu'elle avait sorti le téléphone de sa propre poche, toute la scène rappelait à Natalie les coups de fil que les deux amies, dans un état toujours un peu hystérique, les têtes collées au combiné, passaient quand elles étaient jeunes aux garçons qui leur avaient tapé dans l'œil.

«J'ai quelque chose à vous dire», déclara Keisha Blake, déguisant sa voix avec sa propre voix.

REMERCIEMENTS

Pour le temps qu'il m'a fallu : Mariya Shopova, Sharon Singh, Seeta Oosman, Freedom©, Self Control©.

Pour avoir mis l'auteur au monde : Yvonne Bailey-Smith.

Pour avoir lu le livre : Simon Prosser, Georgia Garrett, Ann Godoff, Sarah Manguso, Gemma Seiff, Hilton Als, Tamara Barnett-Herrin, Devorah Baum, Sarah Kellas, Darryl Pinckney, Sarah Woolley, Daniel Kehlmann, Anelise Chen, Josh Appignanesi.

Pour être du quartier : Jim Ford, Len Snow.

Pour leur connaissance du droit : Alison Macdonald, Matthew Ryder.

Pour l'inspiration : *The Black House*, de Colin Jones, qui m'a servi de modèle pour « Garvey House ».

Pour être l'amie idéale : Sarah Kellas.

Pour tout ce qui est mentionné ici, et plus encore, et tout le reste : Nick Laird. Merci.

Autorisations

L'éditeur remercie pour les autorisations de reproductions des extraits suivants :
« Welcome to Jamrock », paroles et musique d'Ini Kamoze, Damian Marley & Stephen Marley, © Copyright 2005 Ixat Music Incorporated/Universal Songs of Polygram Incorporated/Biddah Muzik Inc./Universal Music Publishing Limited/EMI Music Publishing Limited/Universal Music Publishing MGB Limited. Tous droits réservés pour tous pays. Utilisé avec l'autorisation de Music Sales Limited.
« You Really Got Me », paroles et musique de Ray Davies © 1964 Edward Kassner music co. Ltd pour le monde. Utilisé avec l'autorisation. Tous droits réservés.
« Village Green Preservation Society », paroles et musique par Rad Davies © Davray Music Ltd & Carlin Music Corp. Londres NW1 8BD. Tous droits réservés.
« Willesden Green », paroles et musique Raymond Douglas Davies © 1971. Reproduite avec l'autorisation d'EMI Music Publishing Ltd, Londres W8 5SW.
« If I Ruled the World (Imagine That) », de Nas, Allan Felder, David Reeves, Kurt Walker, Jean Olivier, Jean O'Bryant, Samuel Barnes, Norman Harris © Universal Music Publishing Limited/Warner Chappell/Chyrsalis One Pub/International Music Network. Utilisée avec l'autorisation de Music Sales Limited.

Tout a été fait pour retrouver les détenteurs des droits et pour obtenir leur autorisation afin d'utiliser tout matériel sous copyright. L'éditeur s'excuse pour toute erreur et omission et sera reconnaissant à celui ou à celle qui lui signalera toute correction à incorporer à toute édition à venir de l'ouvrage.

APPARITION	13
CONVIVE	125
HÔTE	213
TRAVERSÉE	365
APPARITION	395

ÉLAGUÉ

Composition : Entrelignes (64)
Achevé d'imprimer par CPI Firmin Didot,
le 28 mars 2014
Dépôt légal : mars 2014
Numéro d'imprimeur : 121928

ISBN : 978-2-07-014100-5/Imprimé en France

251525